Vergiss die Liebe nicht

Neuengland-Reihe, Buch 1

Originaltitel: Treading Water © 2011 Marie Force

978-1946136077

Lektorat: Ute-Christine Geiler, Birte Lilienthal, Agentur Libelli GmbH

Deutsche Erstausgabe

Deutsche Erstausgabe

Deckel-Design: Courtney Lopes

Buchdesign und Satz: Isabel Sullivan

Für meine lieben Freunde Julie Cupp, Chris Camara und Lisa Ridder, die von diesem Buch von Anfang an begeistert waren und nie zugelassen haben, dass ich es aufgebe. Auch für Jack Harrington und das, was wir gemeinsam erreicht warst haben:

Du der Erste und der Beste.

Anmerkung der Autorin

Eine Mutter sollte unter ihren Kindern keinen besonderen Liebling haben, richtig? Eine Autorin bei ihren Büchern auch nicht, aber ich wette, dass wir alle einen haben. Das hier ist meiner: mein erstes Buch, das absolute Buch meines Herzens mit dem ersten Protagonisten, der als reale, lebendige Person in meinem Kopf existierte.

Es ist auch das einzige Buch von mir, das meine verstorbene Mutter zu Gesicht bekommen hat, wenn auch eine viel ältere und weniger ausgefeilte Version. Das Buch hat mich auf eine beinahe acht Jahre dauernde Reise mitgenommen, von der ersten Idee bis zur Veröffentlichung. Ich freue mich, dass ich in den kommenden ein, zwei Jahren »Vergiss die Liebe nicht« und seine drei Nachfolger meinen Lesern in Deutschland nahebringen kann.

Mein ganz besonderer Dank gilt meinen vielen Freunden, die dieses Buch gelesen, geliebt und daran geglaubt haben – und nach weiteren Geschichten aus der Neuengland-Reihe verlangt haben. Mehr über Jack und das, was wir zusammen erreicht haben, erfahren Sie auf marieforce.com/house.

Wie immer höre ich gerne von den Lesern, lassen Sie mich also wissen, was Sie von Jacks Geschichte halten. Sie können mir gerne an marie@marieforce.com schreiben.

TEIL I

Wasser treten: sich mit Händen und Füßen
über Wasser halten

KAPITEL 1

Jack ließ sich Zeit dabei, den eigentlich unmöglichen Vier-Meter-Putt ganz genau zu durchdenken.

Jamie Booth, sein bester Freund und Geschäftspartner, seufzte ungeduldig. »Das schaffst du nie im Leben, Jack, also mach jetzt einfach, okay?«

»Hetz mich nicht.« Jack atmete tief durch und setzte den Putter an, während eine warme Frühlingsbrise von Rhode Islands Narragansett Bay heranwehte. Er tippte gegen den Ball, beobachtete überrascht, wie er ins Loch rollte, und reckte wie ein professioneller Golfer den Arm in die Luft.

Während ihre Klienten Jack gratulierten, stöhnte Jamie. »Das bekomme ich jetzt die nächsten Wochen lang garantiert täglich zu hören.«

»Da kannst du noch was lernen, mein Freund«, erklärte Jack triumphierend. »Also pass besser auf.«

Als die vier Männer zum fünfzehnten Abschlag hinübergingen, begann das Handy in seiner Tasche zu vibrieren. Er schaute auf die Nummer und stellte fest, dass es seine Frau Clare war. Nach dem furchtbaren Streit, den sie heute Morgen gehabt hatten, war er erleichtert, von ihr zu hören.

»Dad?«

Beim Klang der aufgelösten Stimme seiner ältesten Tochter stockte ihm das Herz. »Was ist los?«

»Mom.«

»Was? Was, Jill?«

»Sie wurde von einem Auto angefahren.« Jill schluchzte so heftig, dass er sie kaum verstand. »Sie bringen sie ins Krankenhaus in Newport.«

Ihre Worte jagten eine Welle der Angst durch ihn. »Ich bin unterwegs, Schatz«, brachte er heraus. »Ich bin gleich da.«

Er ließ Schläger und Kunden stehen und rannte über den Golfplatz.

Auf dem Parkplatz nahm Jamie ihm die Autoschlüssel ab. »Was ist los, Jack?«

»Es ist Clare.« Mit vor Schock tonloser Stimme berichtete er, was er erfahren hatte, während sie vom Parkplatz fuhren.

»O mein Gott«, murmelte Jamie.

Auf der kurzen Fahrt erschienen in rascher Folge Bilder vor Jacks geistigem Auge, Schlaglichter auf die knapp zwanzig Jahre, die er mit Clare an seiner Seite verbracht hatte. Sein Magen verkrampfte sich, als ihm die zornigen, hässlichen Worte wieder einfielen, die sie heute Morgen gewechselt hatten. *Ihr darf nichts geschehen sein. Das kann einfach nicht wahr sein.*

»Rede mit mir«, forderte Jamie ihn auf.

»Wir haben uns gestritten.« Er fühlte sich, als hätte er keine Verbindung mehr zur Wirklichkeit, als würde er einen Film über das Leben einer anderen Person anschauen.

»Wann?«

»Heute Morgen.«

»Ich hätte nie gedacht, dass ihr zwei euch überhaupt streitet.«

»Das haben wir auch nicht, aber in letzter Zeit … scheint es, als gäbe es nichts anderes mehr.« Bis zu diesem Augenblick war ihm das nicht mal bewusst gewesen, erst jetzt, da er sie verlieren könnte.

»Was ist heute Morgen passiert?«

»Sie … hat mich abgewiesen. Im Bett. Schon wieder. Ich weiß nicht mehr, wann sie mich das letzte Mal *nicht* weggestoßen hat. Es muss Monate her sein.«

»Du hast nie erwähnt, dass etwas nicht stimmt.«

»Ich hatte Angst davor, es laut auszusprechen. Aber jetzt, nachdem ich gehört habe, dass sie verletzt sein könnte …« Sorge und Angst vor dem, was er im Krankenhaus vorfinden würde, zerrissen ihn innerlich fast. »Oder Schlimmeres.« Er zwang sich dazu, durchzuatmen, und fragte: »Gott, was, wenn sie tot ist? Was, wenn das Letzte, was ich ihr an den Kopf geworfen habe, war: ›Wenn du nicht mehr mit mir verheiratet sein willst, dann sag es einfach‹?«

»Ihr kriegt das schon wieder hin. Ihr zwei habt eine gute Ehe, Mann. Was auch immer los ist, ihr kommt darüber hinweg.«

Vorausgesetzt, sie lebt noch, dachte Jack. *Bitte, lass sie nicht sterben.*

* * *

Sie hielten vor der Notaufnahme, und Jack sprang aus dem Auto. Drinnen fand er seine Töchter in der Obhut einer Krankenschwester und eines Polizisten. Jill, Kate und Maggie liefen ihm weinend in die Arme.

Mit rasendem Pulsschlag drückte er sie lange an sich, während ihr herzzerreißendes Schluchzen seine namenlose Furcht noch weiter wachsen ließ. »Könnt ihr mir erzählen, was passiert ist?«

Jamie legte einen Arm um Maggie und führte sie weg, damit ihre älteren Schwestern mit ihrem Vater reden konnten.

»Wir waren gerade aus der Mall raus«, weinte Jill und wischte sich die Tränen ab. »Das Auto kam direkt auf uns zu. Wir sind aus dem Weg gesprungen, aber sie blieb einfach stehen, und dann hat der Wagen sie getroffen.« Ein Schluchzen entrang sich ihr. »Sie ist über das Dach geflogen und auf der Straße gelandet.«

»Schon gut, Schatz«, tröstete Jack seine Tochter, während er das, was sie ihm erzählt hatte, verarbeitete. Bei der Vorstellung zog sich ihm die Brust zusammen. »Vielleicht ist sie einfach nicht rechtzeitig weggekommen.«

Kate schüttelte den Kopf. »Sie hat sich nicht gerührt. Als wollte sie, dass das Auto sie erwischt.«

»Ich kann mir vorstellen, wie beängstigend das gewesen sein muss, aber da täuschst du dich bestimmt«, beharrte er. »So etwas würde Mom nie tun.«

Durch die Schwingtür trat ein junger Arzt in das Wartezimmer. »Mr Harrington? Ich bin Dr. Rooney.« Er bedeutete Jack, mit ihm ein paar Schritte von den Mädchen wegzugehen.

Jamie ließ Maggie in der Obhut ihrer Schwestern und kam ebenfalls hinzu, um zu hören, was der Chirurg mitzuteilen hatte.

»Ihre Frau ist in einem äußerst kritischen Zustand. Sie hat eine schwere Kopfverletzung«, unterrichtete der Arzt Jack mit ernster Miene. »Zudem hat sie mehrere Brüche erlitten und einen Leberriss. Sobald wir sie stabilisiert haben, bringen wir sie in den Operationssaal, um die Milz zu entfernen und die Leber zu nähen.«

Wie unter Schock fragte Jack: »Aber sie wird doch wieder gesund, oder?«

»Die Kopfverletzung bereitet uns Sorgen. Wir werden sie in ein künstliches Koma versetzen, damit die Schwellung zurückgehen kann. Die nächsten vierundzwanzig bis achtundvierzig Stunden sind entscheidend.«

Jacks Hände zitterten, also schob er sie in die Hosentaschen. »Wie lange bleibt sie im Koma?«

»Hoffentlich nur ein paar Tage«, antwortete Dr. Rooney. »Wir müssen abwarten, was passiert, wenn wir die Sedierung reduzieren.«

»Was könnte denn passieren?« Noch nie hatte er solch unerträgliche Angst empfunden. »Sie wird wieder aufwachen, oder nicht?«

»Das weiß niemand. Die Kopfverletzung ist leider schwerwiegend. Ich wünschte, ich könnte Ihnen mehr sagen, aber zu diesem Zeitpunkt bleibt uns nichts anderes übrig, als abzuwarten. Es tut mir leid.«

»Ich möchte sie sehen.«

»Ich hole Sie, sobald sie die Operation hinter sich hat«, versprach der Arzt, ehe er sie verließ.

»Ein Koma«, murmelte Jack ungläubig.

Jamie drückte ihm die Schulter. »Warum rufst du nicht deine Mutter an und bittest sie, dir mit den Mädchen zu helfen?«

»Ich fasse es nicht. Sie war noch nie in ihrem Leben krank. Weißt du noch, wie es ihr nach der Geburt der Mädchen ging?«

»Ich erinnere mich. Sie ist Superwoman, du musst dir also keine Sorgen machen. Ich bin mir sicher, dass sie schon bald nach dir fragen wird.«

»Ja«, stimmte Jack zu. »Ganz bestimmt.«

* * *

Die Chirurgen entfernten Clare die Milz, flickten ihre Leber und versorgten den übel zugerichteten Arm und das Bein. Eine Woche später stellten ihre Ärzte erleichtert fest, dass sie selbstständig atmete, als sie sie extubierten. Ermutigt von diesem Erfolg reduzierten sie auch die Sedierung.

Jack, die Mädchen, seine Schwester, Clares Mutter, ihr Bruder und ihre Schwester hielten rund um die Uhr Wache an ihrem Bett. Sie sangen ihr vor, spielten ihre Lieblingsmusik, weinten, flehten, bettelten, bis sie heiser waren, aber sie erlangte das Bewusstsein nicht wieder.

Am Ende der dritten Woche bat Dr. Blake, der Neurologe, Jack um ein Gespräch. Beunruhigt über das, was er hören würde, bat Jack seine Schwester Frannie, ihn zu begleiten.

»Ich fürchte, es gibt nichts mehr, was wir für Ihre Frau tun können. Sie hat ein schweres Schädel-Hirn-Trauma erlitten, und ich kann Ihnen da leider keine Hoffnungen machen. Es ist zwar nicht ausgeschlossen, dass sie aus dem Koma aufwachen wird, aber extrem unwahrscheinlich.«

Jack und Frannie atmeten bei diesen Worten des Arztes scharf ein.

»Was soll das heißen?«, verlangte Jack zu wissen. »Was wollen Sie damit sagen?«

»Die Entscheidung liegt bei Ihnen. Aber es ist keine leichte.«

»Was meinen Sie damit?«

»Da Ihre Frau keine Patientenverfügung hat, können Sie als nächster Angehöriger Entscheidungen für sie treffen.«

»Wollen Sie damit vorschlagen, dass ich sie sterben lasse?«

»Das ist eine Option, die Sie vermutlich früher oder später in Erwägung ziehen müssen.«

»Nennen Sie mir die anderen, denn das steht nicht zur Debatte.«

»Mr Harrington, sie ist dreiundvierzig Jahre alt. Sie könnte Jahrzehnte in diesem Zustand verharren.«

Jack hob die Hand, um den Arzt zu unterbrechen. »Ist sie hirntot?«

»Genau genommen nicht …«

»Dann will ich kein weiteres Wort darüber hören, dass wir ihr Leben beenden sollten. Solange es noch Aktivität in ihrem Gehirn gibt, will ich, dass sie gepflegt wird, als ob sie sich wieder erholen könnte.«

»Wir glauben nicht, dass das passieren wird.«

»Solange es auch nur eine verschwindend geringe Chance gibt …«

»Diese Chance liegt bei nicht mal einem Prozent.«

»Aber eben nicht bei null«, entgegnete Jack mit einem Blick, der den Neurologen davor warnte, ihm zu widersprechen.

Der Arzt schien zu erkennen, dass eine weitere Diskussion zwecklos war. »In ein paar Tagen werden wir sie entlassen. Ich schlage vor, Sie sehen sich nach einer Langzeitpflege um. Wenn es Ihnen weiterhilft, kann ich Ihnen ein paar Einrichtungen nennen.«

Wieder allein mit seiner Schwester, rang Jack darum, zu begreifen, was ihm der Arzt mitgeteilt hatte.

»Ich werde herziehen, Jack«, verkündete Frannie entschlossen. Sie wohnte in New York, wo sie als Künstlerin tätig war, und ihre kurze zweite Ehe war gerade geschieden worden. »Ich helfe dir mit den Mädchen und bei allem, was du brauchst.«

»Das kann ich nicht von dir verlangen.«

»Das hast du auch nicht. Aber ich möchte es tun.« Sie fasste nach seiner Hand und blickte ihn aus ihren haselnussbraunen Augen mitfühlend an. »Was wäre jetzt wichtiger, als dafür zu sorgen, dass es den Mädchen so gut wie möglich geht?«

»Nichts«, stimmte er ihr zu und musste sich eingestehen, dass er das, was sie ihm anbot, dringend brauchte. Außerdem war er viel zu erschöpft, um mit ihr zu streiten. »Danke, Fran.«

Sobald Frannie aufgebrochen war, um Maggie von einer Freundin abzuholen, kehrte Jack in Clares Zimmer zurück, wo er den größten Teil der letzten drei Wochen verbracht hatte. Trotz der Magensonde, der sich langsam gelb verfärbenden Prellungen und der Gipsverbände an Arm und Bein sah sie aus wie immer, und er sehnte sich schmerzlich danach, sie zurückzuhaben. Er wünschte sich, sie würde ihn wieder mit den strahlend blauen Augen anschauen und ihm dieses besondere Lächeln schenken, das sie nur für ihn reserviert hatte, damals, als zwischen ihnen noch alles in Ordnung gewesen war.

Er nahm ihre Hand, hielt sie sich ans Gesicht und strich ihr mit der anderen das blonde Haar aus der Stirn. »Ich weiß, dass du mich hörst«, flüsterte er. »Das, was mir neulich Morgen rausgerutscht ist … Das habe ich nicht so gemeint. Das weißt du. Was auch immer das Problem ist, wir kriegen das wieder hin. Du musst zu mir zurückkehren. Bitte, Clare. Gib nicht auf.«

Wie hatte das nur passieren können? Wenn die Mädchen recht hatten, dann hatte sie zugelassen, dass das Auto sie erwischte. Aber warum? Die Fragen ließen ihm keine Ruhe, bescherten ihm schlaflose Nächte und furchtbare Tage. Seit ihrem Unfall durchlebte er in Gedanken jede Minute, an die er sich aus den vergangenen Monaten erinnerte. Etwas war zwischen ihnen definitiv nicht in Ordnung gewesen. An die Stelle ihres sonst so heiteren, fröhlichen Wesens waren langes Schweigen und schlechte Träume getreten, von denen sie geglaubt hatte, er hätte sie nicht bemerkt. Aber jedes Mal, wenn er versucht hatte, sie darauf anzusprechen, war sie ihm ausgewichen.

Ihr eigentlich leidenschaftliches und befriedigendes Sexleben hatte sich förmlich in nichts aufgelöst. War es möglich, dass sie sich mit einem anderen eingelassen hatte? Hatte sie beschlossen, diese Ehe zu beenden, die zu den Errungenschaften in seinem Leben zählte, auf die er am stolzesten war? Hatte sie auf den richtigen Zeitpunkt gewartet, um es ihm mitzuteilen?

Nein. Nicht Clare. Sie liebte ihn. Von Anfang an hatten sie einander geliebt und hatten eine Ehe und Familie, um die andere sie beneideten. Sie würde ihn nie verlassen. Als er jedoch die blasse, reglose Frau im Krankenhausbett anschaute und sich daran erinnerte, wie sie dort gelandet war, war er sich nicht mehr so sicher.

Da betrat Jill das Zimmer, und Jack zwang sich für seine älteste Tochter zu einem Lächeln.

»Hi, Schatz.«

»Hey.« Sie betrachtete ihre Mutter mit graublauen Augen, die seinen so ähnlich waren. »Keine Veränderung?«

Da er es nicht über sich brachte, ihr zu sagen, was der Neurologe ihm eröffnet hatte, schüttelte er den Kopf. »Kann ich dich etwas fragen?«

Sie trat auf die andere Seite des Bettes und legte eine Hand auf den Arm ihrer Mutter. Obwohl sie erst fünfzehn war, bewegte sie sich mit der Selbstsicherheit einer Frau, die doppelt so alt war. »Klar.«

»Bevor das hier passiert ist, ist dir da … du weißt schon … eine Veränderung bei deiner Mom aufgefallen?«

»Meinst du das wirklich ernst?«

Die sarkastische Antwort überraschte ihn. »Zum Beispiel?«

»Sie war doch total abgelenkt, planlos und zerstreut. Außerdem hat sie dauernd etwas vergessen – zum Beispiel Maggie von der Schule abzuholen. Das ist ganz schön oft vorgekommen. Die Schule hat zu Hause angerufen, und ich musste hinfahren, weil wir Mom nicht erreichen konnten.«

Jack sah sie fassungslos an. »Warum habt ihr mir nichts davon erzählt?«

Ihr Achselzucken war typisch Teenager. »Wir dachten nicht, dass es dich interessiert.«

»Warum um alles in der Welt habt ihr das geglaubt?«

»Du interessierst dich doch sowieso nur für deine Arbeit und dafür, Geld zu verdienen. Wir sind dir völlig egal.«

Er starrte sie an, und sein Herz zog sich schmerzhaft zusammen. »Das mache ich doch nur für euch, für dich und deine Schwestern.« Er sah zu Clare runter. »Und für eure Mutter.«

»Wann warst du das letzte Mal bei einem meiner Lacrosse-Spiele oder hast dir eines von Maggies Fußballspielen angesehen? *Weißt* du überhaupt, dass Maggie jetzt Fußball spielt?«

Wo kam das jetzt her? Wie lange hatte sie ihm das schon an den Kopf werfen wollen? »Es tut mir leid, dass du glaubst, ihr wärt mir egal. Ich liebe euch mehr als alles andere auf der Welt. Und ich habe immer versucht, euch das zu zeigen.«

Der kalte Blick, mit dem sie ihn bedachte, verriet ihm, dass er dabei elendig versagt hatte.

»Ich habe versucht, mit ihr über ihre Probleme zu reden, aber sie hat abgeblockt«, gestand er.

»Ich frage mich, ob wir es jemals erfahren werden.«

Er brachte es nicht über sich, ihr zu sagen, dass der Arzt dachte, ihre Mutter würde vermutlich nie wieder aufwachen.

* * *

Frannie hielt die Tränen zurück, bis sie auf dem Parkplatz ankam und nicht länger dagegen ankämpfen konnte.

»Fran«, rief Jamie aus der nächsten Parkreihe. Während er – groß, blond und gut aussehend – zu ihr joggte, wischte sie sich rasch mit den Händen die Wangen trocken.

Er blieb vor ihr stehen. »Hey.« Er nahm ihr Gesicht zwischen die Hände und zwang sie dazu, seinen Blick zu erwidern. »Was ist los?«

Sie erzählte ihm, was der Arzt ihnen mitgeteilt hatte, und erneut traten ihr Tränen in die Augen.

»Verdammt«, flüsterte er und zog sie an sich.

An seiner starken Brust entspannte sie sich und wünschte sich, sie könnte dort für immer bleiben. »Warum musste ihr das nur zustoßen? Ihnen allen?«

»Ich wünschte, ich wüsste es.« Er seufzte tief, was ihr verriet, dass auch er aufgewühlt war. Als Jacks bester Freund und Geschäftspartner sowie Patenonkel der Mädchen war er eng mit Clare befreundet. Fran redete sich ein, dass es bei dieser Umarmung lediglich um Trost ging, und legte die Arme um seine Taille.

»Schaffst du das?«, erkundigte er sich, nachdem sie sich eine Weile so gehalten hatten.

»Was bleibt mir denn anderes übrig?« Widerstrebend ließ sie ihn los und trat einen Schritt zurück. »Mein Bruder braucht mich.«

Er griff nach ihrer Hand. »Und ich bin hier, falls *du* jemanden brauchst. Das weißt du, oder?«

Sie wünschte sich, sie hätte den Mut, ihm zu offenbaren, wie sehr sie ihn brauchte, aber den hatte sie noch nie aufgebracht, und jetzt war ganz sicher nicht der richtige Zeitpunkt. »Danke. Darauf komme ich vielleicht wirklich zurück. Ich ziehe bei Jack und den Mädchen ein.«

»Im Ernst?« Diese Neuigkeit schien ihn ernsthaft zu freuen.

»Ich kann nicht zwischen hier und New York pendeln, und die Kinder brauchen jemanden, auf den sie sich verlassen können.«

»Was für ein Glück, dass sie dich haben.« Er strich ihr eine Strähne hinters Ohr und überraschte sie, indem er ihr einen langen Kuss auf die Stirn gab. »Was auch immer du brauchst, wann auch immer du es brauchst, ich bin für dich da.«

Bei seinen leisen Worten wäre sie beinahe wieder in Tränen ausgebrochen. »Ich gehe jetzt besser. Maggie wartet auf mich.«

»Pass auf dich auf, Fran.« Er öffnete ihr die Autotür und hielt sie auf, damit sie einsteigen konnte.

Sie winkte ihm zu, als sie an ihm vorbeifuhr. Ein Blick in den Rückspiegel verriet ihr, dass er ihr noch immer nachsah.

* * *

Frannie zog mit Sack, Pack und Staffelei ein, um sich um die Kinder zu kümmern, während Jack Anrufe tätigte, im Internet recherchierte und den Rat von Spezialisten im ganzen Land einholte. Alle erzählten ihm das Gleiche: Je länger das Koma andauerte, desto unwahrscheinlicher wurde es, dass seine Frau jemals wieder aufwachte.

Da er sich weigerte, Clare in ein Pflegeheim zu bringen, holte er sie zu ihnen in das große, moderne Haus, das er vor fünf Jahren für sie geplant und errichtet hatte. Er ließ das Esszimmer im Erdgeschoss umbauen, um dort ein Krankenhausbett und die Geräte unterzubringen, die vom Pflegepersonal benötigt wurden, das rund um die Uhr zur Verfügung stand. Die meisten Nächte verbrachte er auf dem Sofa, das er in das Zimmer geschoben hatte, damit sie nie alleine war.

Eine Woche nachdem sie Clare aus dem Krankenhaus nach Hause geholt hatten, erhielt er einen Anruf von Sergeant Curtis, dem Polizeibeamten aus Newport, der den Unfall untersucht hatte. Der Fahrer hatte einen tödlichen Herzinfarkt erlitten, was erklärte, warum das Auto ungebremst über den Parkplatz des Einkaufszentrums gerast war. Jack hatte den Fall, soweit er die Polizei betraf, für abgeschlossen gehalten.

»Ich wollte fragen, ob ich kurz vorbeikommen kann«, erkundigte sich Curtis.

»Gibt es was Neues?«

»Es gibt da etwas, worauf Sie unbedingt mal einen Blick werfen sollten.«

Eine Viertelstunde später öffnete Jack dem großen, blonden Polizisten die Tür, und sie schüttelten sich die Hand.

»Was haben Sie da?« Mit dem Kopf zeigte er auf die CD, die der Officer dabeihatte.

»Ich habe endlich das Video der Überwachungskamera vom Parkplatz der Mall bekommen. Ich glaube, Sie sollten sich das ansehen, aber ich muss Sie warnen, es ist kein schöner Anblick.«

Jack schluckte schwer und bedeutete Curtis, ihm ins Wohnzimmer zu folgen. Dort legte er die CD in den DVD-Player, schaltete den Fernseher ein und verfolgte in bestürztem Schweigen, wie seine Töchter vor dem heranrasenden Auto aus dem Weg sprangen, sich umdrehten und ihrer Mutter zuschrien, sie solle ebenfalls ausweichen.

Sie hatten genug Zeit, um sich umzudrehen und zu rufen. Also hatte auch Clare Zeit, sich zu rühren, aber sie tat es nicht. Sie stand nur da und ließ zu, dass das Auto sie erwischte, direkt unter den entsetzten Blicken ihrer Töchter.

»Ich verstehe das nicht«, flüsterte Jack, als er es ein zweites Mal abspielte. »Warum in aller Welt ist sie nicht ausgewichen?«

»Fällt Ihnen … irgendein Grund ein, weshalb sie sich das Leben nehmen sollte?«

»Natürlich nicht«, entgegnete er, aber nach seinem Gespräch mit Jill war er sich da nicht mehr so sicher. »So etwas würde sie nie tun, ganz besonders nicht vor den Kindern. Sie waren ihr Ein und Alles.«

»Es tut mir leid. Ich wollte damit nicht andeuten …«

»Dass meine Frau Selbstmordgedanken hatte?«

»Ich meine nur … Warum hat sie sich nicht in Sicherheit gebracht?«

In hilfloser Verzweiflung konnte Jack nur den Kopf schütteln. »Ich weiß es nicht.«

Kapitel 2

Das Video von Clares Unfall ließ Jack monatelang nicht los. Mitten in der Nacht wachte er schweißgebadet und schwer atmend auf, weil er den Horror im Traum noch einmal erlebt hatte.

Es verlief jedes Mal auf dieselbe Weise: Er sah, wie das Auto auf sie zuraste, konnte sie aber nicht rechtzeitig erreichen, um sie aus dem Weg zu stoßen. Auch die Fragen, warum sie nicht ausgewichen war und was sie in jenem alles verändernden Augenblick gedacht hatte, bevor das Auto sie erfasste, suchten ihn immer wieder heim.

Nachdem sie ein Jahr lang auf eine Veränderung in Clares Zustand gehofft und gewartet hatten, offenbarte ihm Frannie, dass die Mädchen keine Freunde mehr zu sich einluden, da das Haus mit all den Pflegekräften, die rund um die Uhr hier arbeiteten, wie ein Krankenhaus wirkte. Aufgrund dieser Information traf er die eigentlich undenkbare Entscheidung, Clare in eine eigene Wohnung in der Nähe umzusiedeln, wo sich dasselbe Personal um sie kümmern würde.

Den Tag nach dem Umzug hatte Jack sich freigenommen, um sich seiner Trauer hinzugeben, aber jetzt hatte er keine andere Wahl, als sich zusammenzureißen. Jamie hatte über ein Jahr lang ihr gemeinsames Architekturbüro geleitet, die Mädchen brauchten ihren Vater, und er musste rausfinden, was er mit dem Rest seines Lebens anfangen wollte. Auch wenn er diese Probleme gerne ignoriert hätte, konnte er sich das nicht länger leisten.

Er stand vor dem Spiegel und rasierte sich zum ersten Mal seit Tagen. Die vertrauten Handgriffe führte er wie so vieles in letzter Zeit aus: einfach weil es nötig war. Als er sein Gesicht das letzte Mal genauer betrachtet hatte, hatte es nicht so schmal gewirkt. Innerlich fühlte er sich völlig taub. Würde sich das jemals wieder ändern? Oder würde er von jetzt an ohne jede Empfindung durchs Leben taumeln? Ohne jede Freude? War das sein Schicksal?

Als er in der Dusche das Wasser anmachte, wandten sich seine Gedanken erneut Clare zu. Da er nur die Erinnerungen an sie hatte, gestattete er es sich, sie oft heraufzubeschwören. Er erinnerte sich noch lebhaft daran, wie er ihr zum ersten Mal begegnet war. Sie hatte an der Bar im National Hotel auf Block Island gearbeitet. Ständig in Bewegung, hatte sie ihn an einen wirbelnden Derwisch erinnert, wie sie, immer einen Scherz auf den Lippen, Getränke mixte, Gläser ausspülte, sich mit den Gästen unterhielt, abkassierte und sich mit den anderen beiden Barkeepern ein amüsantes Geplänkel lieferte.

Sie hatte damals beinahe genauso ausgesehen wie zwanzig Jahre später: zierlich, mit wildem blondem Haar und den herrlichsten blauen Augen, die er jemals erblickt hatte.

Über den Bartresen hinweg hatte sie ihn angeschaut. »Gibt es ein Problem?«

»Tut mir leid. Ich wollte Sie nicht anstarren. Ich habe nur noch nie erlebt, wie jemand in so kurzer Zeit so viel schafft wie Sie.«

Sie hatte begonnen, Gläser einzusammeln, und arbeitete sich zu seinem Ende der Theke vor. »Wer rastet, rostet. Deshalb bekomme ich hier jedes Jahr einen Job.«

»Sie haben hier schon mal gearbeitet? Ich erinnere mich gar nicht an Sie.«

»Das ist mein fünfter Sommer auf Block Island. Bis ich alt genug war, um hinter der Bar zu arbeiten, habe ich hier die Tische abgeräumt. Soll ich Ihnen nachschenken?«

Er schob das Glas vor. »Heineken, bitte. Eigenartig, ich bin mir sicher, dass ich mich an Sie erinnern würde.«

»Ich wette, das sagen Sie zu allen Mädchen.« Mit einem Augenzwinkern widmete sie sich wieder den anderen Kunden.

Er beobachtete sie – ohne zu starren –, während er sein Abendessen aß und noch ein Bier trank. An der Bar wurde es geschäftiger, und obwohl er vorhatte, noch ein paar andere Szenetreffs der Insel aufzusuchen, saß er zur letzten Runde noch immer da.

»Noch einen Absacker?«, schlug sie vor, während sie stehen gelassene Gläser und Teller zusammenstellte.

Da er nicht mit dem Auto hier war, erwiderte er: »Klar, danke.«

Nachdem sie ihm das Bier gebracht hatte, wollte er von ihr wissen, wo sie den Rest des Jahres über arbeitete.

»Ich unterrichte in Mystic Drittklässler.«

»Ich hätte Sie für eine Studentin gehalten.«

Sie lachte. »Jeder denkt, ich wäre zu jung, um Lehrerin zu sein, aber ich bin schon seit fast drei Jahren an der Schule. Was ist mit Ihnen?« Während ihrer Unterhaltung räumte sie den Tresen ab, wusch Geschirr und kassierte ab.

»Ich bin Architekt. Habe letzte Woche den Abschluss gemacht. Jetzt genieße ich einen kurzen Urlaub, bevor ich mit dem Arbeiten anfange.«

»Ich liebe Architektur. Es hat mich schon immer fasziniert, wie man Gebäude entwirft und baut. Klingt nach einer Menge Spaß.«

»Das ist es.« Er nahm nur einen kleinen Schluck von seinem Bier, damit es nicht so schnell leer war und sie sich noch weiter mit ihm unterhielt. »Ich hatte die Gelegenheit, an ein paar tollen Projekten mitzuarbeiten, und es warten schon weitere auf mich, wenn ich zurückkehre.«

Sie hob argwöhnisch eine Augenbraue. »Wenn Sie gerade noch studiert haben, wie kommt es dann, dass Sie schon an so tollen Projekten mitgearbeitet haben? Macht man das nicht normalerweise *nach* der Uni?«

»Ich habe während des Studiums in einem Büro in Boston gearbeitet.«

»An welchem College waren Sie?«

»Berkeley und Harvard.«

Sie pfiff leise. »Oh, na ja, lassen Sie sich von mir nicht stören, Harvard-Boy.«

»Es ist nur eine Uni.«

»Klar, und wie. Nur eine Uni, auf die wir Normalsterblichen kaum hoffen dürfen. Woran haben Sie mitgearbeitet? Irgendwas, was ich vielleicht kenne?« Sie wurde jetzt langsamer, nachdem die anderen Gäste die Bar verlassen hatten, um sich woanders weiterzuamüsieren.

»Die Konzerthalle in Boston beispielsweise.«

»Hat die nicht Neil Booth entworfen?«

Beeindruckt betrachtete er sie mit neuer Anerkennung. »Sie sind tatsächlich gut informiert. Ich arbeite für Neil. Mein Freund Jamie ist sein Sohn.« Er war sich nicht sicher, warum er ihr das verraten hatte. Sonst erwähnte er es nicht, da Jamie etwas empfindlich war, wegen der Vorteile, die es in ihrer Branche mit sich brachte, Neils Sohn zu sein.

»Hört, hört. Das wird ja immer interessanter.«

»Neil ist ein toller Kerl. Ziemlich normal, trotz seines Ruhms.«

»Ich habe auf dem College einen Architekturkurs belegt und viel über seine Arbeit gelesen.« Sie nahm sein leeres Glas.

Als er aufstand, um zu gehen, versuchte er, sich daran zu erinnern, wann er das letzte Mal eine Unterhaltung mit einer Frau so sehr genossen hatte. Die meisten Frauen, denen er begegnete, waren entweder nicht an seiner Arbeit interessiert oder vollkommen egozentrisch. Der zierliche Wirbelwind mit dem blonden Haar und den erstaunlich blauen Augen schien da ganz anders.

»Kann ich Sie nach Hause bringen, oder haben Sie schon was vor?«

Sie betrachtete ihn lange, bevor sie antwortete: »Ich habe nichts vor, aber woher weiß ich, dass Sie kein Irrer sind? Im Sommer rennen hier eine Menge Durchgeknallte rum«, scherzte sie mit einem Lächeln. »Außerdem kenne ich nicht einmal Ihren Namen.«

»Jack Harrington.«

Eine Minute lang, die ihm endlos vorkam, ließ sie ihn zappeln. »Sie können mich gerne begleiten, Jack Harrington, aber ich bin hier erst in etwa einer halben Stunde fertig.«

»Ich warte.« Sein Herz setzte einen Schlag aus, denn irgendwie ahnte er, dass sich schon bald alles ändern würde.

Das Shampoo brannte ihm in den Augen und riss ihn aus seinen Erinnerungen. Er spülte sich die Seife ab, merkte, dass er schon viel zu lange unter der Dusche gestanden hatte, und stellte das Wasser ab.

Dann zog er sich an und räumte das unordentliche Zimmer auf. Er zog die Bettwäsche ab und warf sie zusammen mit der schmutzigen Wäsche, die sich in den letzten Tagen angesammelt hatte, in die Waschmaschine. Nachdem er das Bett frisch bezogen hatte, trat er nach draußen auf den Balkon. Das unablässige Dröhnen der Meeresbrandung war das Einzige, was er hörte, während er dort saß, bis die Sonne sich zum Horizont senkte.

Er dachte an seine Töchter, den großen Auftrag, den sein Büro an Land gezogen hatte, in Newport ein Hotel für die Infinity Group zu bauen, und die überwältigende Anzahl von Dingen, die er erledigen musste, um sein Leben wieder auf die Reihe zu kriegen. Ganz oben auf der Liste stand, dass er seinen Kindern wieder näherkommen musste.

Schließlich ging er die Treppe runter, wo Frannie und die Mädchen sich gerade zum Abendessen an den Tisch setzten.

Frannie schenkte ihm ein erfreutes Lächeln. »Schön, dich zu sehen.«

»Tut mir leid, dass ich mich gestern ausgeklinkt habe. Ich brauchte etwas Zeit für mich.«

»Das verstehe ich. Wir sind froh, dass du hier bist, nicht wahr, Mädels?«

Ihre Zustimmung beschränkte sich auf gemurmelte Antworten: Ja, ja, sicher, ich denke schon.

»Hast du Hunger?«, fragte Frannie.

»Ich könnte schon was vertragen.«

»Super. Maggie, hol bitte noch einen Teller.«

Er kam sich in dem Haus, das er größtenteils mit eigenen Händen erbaut hatte, wie ein Gast vor. Da die Kinder, wie es schien, nichts zu ihm zu sagen hatten, nutzte er die Gelegenheit, sie gründlich zu mustern, sie zum ersten Mal seit so vielen Wochen, dass er sich kaum daran erinnerte, wieder wirklich anzuschauen.

Seine Töchter zeigten alle eine gesunde Bräune von den langen Tagen, die sie am Strand verbracht hatten. Während er nicht aufgepasst hatte, waren aus Jill und Kate junge Frauen geworden, und Maggie hatte ihren Babyspeck verloren.

Jill war sechzehn und sah ihm zum Verwechseln ähnlich: groß, dunkelhaarig, mit graublauen Augen. Mit ihren fünfzehn Jahren hatte Kate Clares blondes Haar und ihre strahlend blauen Augen geerbt, war allerdings groß wie er. Die zehnjährige Maggie wirkte wie eine Mischung aus ihnen beiden: Sie hatte Jacks dunklen Haarschopf und Clares Augen. Er und Clare hatten immer gescherzt, dass sie beide jeweils ein Mini-Ich hätten, und dann, als Überraschung, hatten sie noch ein Mini-Wir bekommen.

Daran hatte er schon lange nicht mehr gedacht, und bei der Erinnerung überfiel ihn heftige Sehnsucht nach ihr.

Sein Versuch, sich mit den Mädchen zu unterhalten, brachte ihm lediglich einsilbige Antworten ein. Nur Frannie schien froh darüber zu sein, dass er da war. Sah so aus, als hätte er da keine leichte Aufgabe vor sich.

»Ich möchte am Wochenende zur Insel rausfahren«, verkündete er, nachdem sie aufgegessen hatten.

»Viel Spaß«, erwiderte Jill.

»Ich möchte, dass ihr drei mitkommt.«

Sofort redeten alle durcheinander.

»Ich hab schon was vor.«

»Meghans Pyjama-Party ist am Wochenende.«

»Ich muss babysitten.«

»Ich möchte, dass ihr mitkommt.« Er schaute jeder von ihnen in die Augen und fügte hinzu: »Es ist mir wirklich wichtig.« Er hatte keine Ahnung, was er tun würde, wenn sie sich weigerten.

Seiner Mutter gehörte Haven Hill, ein Haus auf der Insel, und dort hatten sie als Familie ein paar der schönsten Zeiten verbracht. Er verließ sich darauf, dass der Charme des Hauses ihm dabei helfen würde, sich seinen Töchtern wieder zu nähern.

»Ich halte das für eine großartige Idee«, warf Frannie ein und wandte sich mit bedeutungsvollem Blick an die Kinder. »Es wird euch guttun, mal rauszukommen und etwas Zeit miteinander zu verbringen.«

Sie stimmten nicht direkt zu, mitzufahren, aber nachdem Frannie sich eingeschaltet hatte, widersprachen sie auch nicht mehr.

Er lächelte sie dankbar an.

Nach dem Abendessen verzogen die Mädchen sich auf ihre Zimmer. Jack half Frannie dabei, die Küche aufzuräumen, und unternahm dann einen langen Strandspaziergang. Sonst joggte er um diese Uhrzeit, aber heute war ihm nicht danach. Er genoss die warme Spätfrühlingsluft und wanderte ein paar Kilometer weit, erleichtert, im Freien zu sein. Er stattete Clare einen kurzen Besuch ab und kehrte, lange nachdem es dunkel geworden war, nach Hause zurück.

Im Esszimmer blieb er stehen und nahm sich einen Moment Zeit, den Raum zu betrachten, in dem sich wieder ein Tisch und Stühle befanden, wo mehr als ein Jahr lang das Krankenhausbett gestanden hatte. Auch wenn er wusste, dass er das Richtige für seine Kinder getan hatte, würde es eine Weile dauern, bis er sich daran gewöhnt hatte, dass Clare nicht mehr in der Nähe war.

Er stieg die Treppe hoch, blieb aber stehen, als er ein Schniefen aus Maggies Zimmer vernahm. Vorsichtig spähte er hinein und entdeckte sie im Bett mit ihrem liebsten Schlafgefährten Froggie. In ihrem gelben Schlafanzug, mit den Wangen, die von ihrem Tag am Strand leicht gerötet waren, und dem schimmernden dunklen Haar sah sie so süß aus.

»Maggie? Alles in Ordnung?« Als sie sich hastig mit der Decke das Gesicht trocknete, zog sich sein Herz zusammen.

»Ja.«

Zögernd betrat er das Zimmer und näherte sich langsam dem Bett, unsicher, ob er willkommen war. »Soll ich dir etwas bringen? Vielleicht ein Glas Wasser?«

»Nein, danke. Ich brauch nichts.«

»Okay.« Er drehte sich um und wollte gerade gehen, aber etwas hielt ihn zurück. Er war sich nicht sicher, ob es Clare war, die, von wo auch immer sie war, auf ihn herabsah, oder etwas anderes, aber er brachte es nicht über sich, sein Kind weinend im Bett zurückzulassen.

Er setzte sich auf den Bettrand. »Willst du darüber reden?«

Sie biss sich auf die Lippe, und als sich ihre Augen wieder mit Tränen füllten, tat ihm ihr Kummer fast körperlich weh. »Wird Mommy jemals wieder aufwachen?« Die leise Stimme passte ganz und gar nicht zu ihr. Offensichtlich war er nicht der Einzige, der sich an die umwälzende Veränderung in ihrem Leben gewöhnen musste.

»Oh, Schatz, ich glaube nicht.«

Sie setzte sich aufrecht hin und schlang die Arme um ihn. »Warum hat Mommy sich von dem Auto überfahren lassen?«, fragte sie schluchzend, während sie sich an ihn klammerte.

Wie lange hatte sie gewartet, um ihm diese Frage zu stellen? »Baby, sie hat das nicht absichtlich getan. Sie ist erstarrt, weil sie Angst hatte. Bei dem Unfall ist etwas in ihrem Kopf verletzt worden, deshalb kann sie nicht bei uns sein. Aber tief im Innern, in ihrem Herzen, liebt sie dich und Kate und Jill noch immer ganz doll. Daran musst du fest glauben.« Er legte sie zurück aufs Kissen und deckte sie wieder zu.

»Das tue ich«, versprach sie und wischte sich über das Gesicht.

»Gut, denn solange du das glaubst, wirst du Mommys Liebe spüren, ganz egal, wo sie ist.« Er wünschte, *er* könnte das auch glauben.

»Bist du da, wenn ich aufwache?«

Die Frage zerrte innerlich an ihm. »Verlass dich drauf. Ich mache sogar meine berühmten Schokoladen-Pancakes.« Das war das Einzige, was sie ihn kochen ließen.

»Super«, erwiderte sie und klang schon fast wieder wie früher.

»Bis morgen.«

Sobald er das Zimmer verlassen hatte, entdeckte er Frannie auf dem Flur, wo sie auf ihn wartete. Sie hatte ihr langes kastanienbraunes Haar zu einem Pferdeschwanz gebunden und sich T-Shirt und Pyjamahosen angezogen, um ins Bett zu gehen.

Erschöpft rieb er sich den Nacken. »Wie viel hast du gehört?«

»Genug. Du hast genau das Richtige gesagt.«

»Ich bin so müde«, gestand er. Er wollte nur noch nach oben, wo er für sich sein konnte.

»Geh schlafen. Ich werde noch auf Jill warten.«

»Wo ist sie?«

»Sie hat eine Verabredung.«

»Mit wem?«

»Mit einem Jungen aus ihrer Klasse namens Kyle. Ich hab ihn getroffen. Er scheint ganz nett zu sein.«

Ihm war klar, dass *er* den Jungen hätte treffen sollen, mit dem seine Tochter ausging. Nächstes Mal würde er dafür sorgen, dass er ihn kennenlernte. »Wenn es dir nichts ausmacht, aufzubleiben …«

»Ich schau mir noch einen Film an. Geh ins Bett.«

»Danke, Frannie. Für alles.«

»Gerne doch.« Sie gab ihm einen Kuss auf die Wange und lief nach unten.

Jack stieg die Wendeltreppe hoch und trat wieder auf den Balkon, von dem aus man den Pool und das Meer dahinter sehen konnte. Er wartete, bis er müde wurde und mit der Gewissheit ins Bett kriechen konnte, dass er einschlafen würde, ohne von unangenehmen Gedanken gequält zu werden. Gerade als der Schlaf ihn übermannte, klingelte das Telefon und weckte ihn unsanft.

In der Hoffnung, Frannie würde rangehen, wartete er. Beim dritten Klingeln nahm er ab.

»Dad?« Jill klang ein wenig panisch. »Kannst du Frannie holen?«

»Sie muss unten eingeschlafen sein. Sie ist nicht rangegangen.«

»Ich muss mit ihr reden.«

Etwas an ihrem Tonfall und die leicht gelallten Worte weckten seine Aufmerksamkeit. »Was ist los?«

»Jemand soll mich abholen.«

»Was ist aus deinem Date geworden?«

»Kannst du einfach Frannie ans Telefon holen? Bitte?«

»Ich komme zu dir. Wo bist du?«

»Schon gut. Ich finde jemanden, der mich fährt.«

»Jill. Sag mir, wo du bist. Sofort.«

Widerwillig, so kam es ihm zumindest vor, nannte sie ihm eine Adresse.

»Ich bin gleich da. Rühr dich nicht von der Stelle.«

Er warf sich Klamotten über, schnappte sich die Schlüssel und sein Handy und eilte nach unten, wo Frannie zusammengerollt auf dem Sofa lag und tief und fest schlief. Nicht ganz sicher, was er dort vorfinden würde, fuhr er in die Innenstadt von Newport. Vor der Adresse, die Jill ihm gegeben hatte, versuchten mehrere Polizisten, eine wilde Party aufzulösen. Mit rasendem Herzen rief er Jills Handy an. »Beeil dich, und komm nach draußen. Hier sind überall Polizisten.«

Er beobachtete, wie die Beamten einen Teenager in Handschellen wegführten, während sich ein anderer auf der gegenüberliegenden Straßenseite auf einem leeren Parkplatz übergab, bevor Jill aus der Dunkelheit auftauchte.

Sie schlüpfte ins Auto und schlug die Tür zu.

»Was soll das hier werden? Hast du getrunken?«

»Spar dir die väterliche Sorge, okay?«

»In Ordnung. Ich hol nur schnell einen der Polizisten, damit du auf dem Revier übernachten kannst.« Er fasste nach dem Türgriff.

»Ja, ich hab ein paar Bier getrunken. Wen kümmert's?«

Er fuhr los, um von hier zu wegzukommen, konnte aber nicht fassen, was er da hörte. »Mich kümmert es. Du bist *sechzehn*, Jill.«

»Ich weiß, wie alt ich bin.«

Im Licht der Straßenlaternen erkannte er, wie glasig ihr Blick war, und zog den Schluss, dass sie mehr als nur ein paar Bier getrunken hatte. Ihm gingen so viele Dinge durch den Kopf, die er sagen wollte, aber er schwieg, bis ihm klar war, was er sagen *sollte.*

Jill sprach auf dem Heimweg kein Wort.

»Was ist aus dem Jungen geworden, mit dem du verabredet warst?«, fragte er schließlich.

»Keine Ahnung. Wir wurden getrennt.«

»Was hattest du dort überhaupt verloren?«

»Das sind Freunde von ihm. Wir wollten nur kurz vorbeischauen.«

»Wie viel hast du getrunken?«

Sie zuckte die Achseln. »Hab ich doch gesagt: ein paar Bier.«

»Ehrlich, Jill, ich fasse nicht, dass du …«

»Entspann dich, Dad. Ist doch keine große Sache. Das macht jeder.«

Er schluckte das Bedürfnis runter, sie anzufahren. »Du bist nicht jeder, und sag mir nicht, ich soll mich entspannen.«

»Was auch immer.« Ihr Handy klingelte, als sie in die Auffahrt einbogen. »Wo bist du hin?« Sie blickte zu ihrem Vater. »Ich bin abgeholt worden. In Ordnung. Ja, wir reden morgen.«

Jack wartete, bis sie fertig war, und verfolgte dann, wie sie auf unsicheren Beinen ins Haus ging.

Frannie setzte sich auf, sobald sie das Wohnzimmer betraten. »He, was ist los?«

»Jemand hat sich auf einer Party betrunken und wurde von seinem Date getrennt.«

Frannie sah ihre Nichte finster an. »Jill …«

»Können wir uns das bitte für morgen aufheben? Ich bin müde.«

»Setz dich hin«, forderte Jack sie auf.

Mit einem theatralischen Seufzen ließ sie sich auf einen Stuhl fallen.

»Ist es das, was du mit deinem Freund Kyle treibst?«, wollte Jack von ihr wissen. »Ihr geht auf wilde Partys und betrinkt euch?«

»Ich war weder je auf einer wilden Party, noch habe ich mich mit Kyle betrunken.«

»Den Sarkasmus kannst du dir sparen, Jill«, warnte Frannie sie.

»Du bist nicht meine Mutter. Du kannst mir nicht vorschreiben, was ich zu tun habe.«

»Das reicht, Jill. So redest du nicht mit deiner Tante – oder mit mir, verstanden?«

Gerade als sie zu einer Antwort ansetzte, wurde Jill grün im Gesicht. Sie schlug die Hand vor den Mund und stürmte ins Bad.

Jack wechselte einen Blick mit Frannie, bevor er aufstand und seiner Tochter folgte. In der offenen Badezimmertür blieb er stehen und beobachtete hilflos, wie sie sich übergab.

Frannie trat hinter ihn. »Na los«, flüsterte sie. »Geh zu ihr.«

Er zögerte noch eine Sekunde, dann wagte er sich ins Bad und fasste Jills langes dunkles Haar zu einem Pferdeschwanz zusammen.

»Geh weg«, stöhnte sie. »Lass mich in Ruhe.«

»So schnell wirst du mich nicht los.« Er blieb bei ihr, während sie sich wieder heftig erbrach und anschließend trocken würgte. Sobald es vorbei war, wischte er ihr mit einem kühlen Waschlappen über das Gesicht und setzte sich neben sie auf den Badezimmerboden.

»Ich werde nie wieder etwas trinken.«

Er lachte auf, denn er erinnerte sich daran, wie er sich das nach einem ähnlichen Vorfall ebenfalls geschworen hatte. »Gut.« Er legte ihr einen Arm um die Schultern, zog sie an sich und stellte erleichtert fest, dass sie sich nicht wehrte. »Meinst du, es ist vorbei?«

»Vorerst. Aber da könnte noch was kommen.«

»Dann warten wir ab.«

»Warum bist du so nett zu mir?«

»Weil dir schlecht ist.«

»Dann habe ich also keinen Hausarrest?«

»Das habe ich nicht gesagt.«

Sie dachte ein paar Minuten lang darüber nach. »Wie lange?«

Er hatte nicht den blassesten Schimmer. »Was würde Mom sagen?«

»Äh, für immer?«

»Das klingt nicht verkehrt.«

Sie stöhnte. »Ehrlich. Wie lange?«

»Wie klingt ein Monat?«

»Wie ›für immer‹.«

»Aber gerechtfertigt angesichts des Vergehens?«

»Ich schätze schon.«

Er hielt ihr eine Hand hin. »Ich nehme dein Handy und verwahre es bis zum Ende des Monats.«

»Komm schon.«

»Wenn ich mich nicht irre, war die Übergabe des Handys ein zentraler Bestandteil von Moms Hausarrestszenario.«

»Warum muss es auch zu deinem gehören?«

»Her damit.«

Sie holte es aus der Gesäßtasche und ließ es in seine Hand fallen.

Sie blieben auf dem Boden des Badezimmers sitzen, bis sie einschlief und gegen ihn sank. Irgendwie gelang es ihm, sie hochzuheben und zum Sofa im Wohnzimmer zu tragen. Er deckte sie zu und gab ihr einen Kuss auf die Stirn. Dann machte er es sich auf der anderen Couch bequem.

Nur für den Fall, dass sie ihn in der Nacht noch mal brauchen würde.

* * *

Sobald sie am Freitag mit der Abendfähre den Hafen von Point Judith verließen, stellte Jack sich an den Bug und beobachtete, wie das Schiff durch das schäumende Wasser pflügte. Er trank einen Schluck von seinem Kaffee und wünschte sich, es wäre Whiskey. »Augen zu und durch«, flüsterte er, dann wandte er sich von der Reling ab und gesellte sich drinnen zu den Mädchen.

Kate saß wie immer abseits und zupfte an der Gitarre, ohne die sie dieser Tage nie das Haus verließ. Maggie hing an ihrem iPod, und Jill hatte sich mit einem Buch auf einer der Bänke zusammengerollt. Ein bedauerlich großer Haufen Taschen lag auf dem Boden neben ihnen. Jack war froh, dass sie überhaupt dabei waren, also beschloss er, keinen Aufstand zu machen, weil sie so viel Zeug für ein einziges Wochenende mitschleppten.

Er hatte keine Ahnung, was sie unternehmen sollten, wenn sie einmal auf der Insel waren. Er wusste nur, dass er etwas tun musste, um ihre Aufmerksamkeit zu bekommen und sich seinen Töchtern wieder anzunähern, von denen er sich irgendwie entfremdet hatte, obwohl sie unter demselben Dach lebten.

Kurz nach achtzehn Uhr dockte die Fähre rückwärts im Old Harbor von Block Island an. Sie gingen mit ihren zwei Tonnen Gepäck von Bord und kletterten in den alten Kombi, den er auf der Insel fuhr. Das Schweigen auf der kurzen Fahrt zum Südende der Insel nagte an seinen bereits angespannten Nerven.

»Ein weiteres abenteuerliches Wochenende auf Block Island«, verkündete er, aber kaum waren ihm die Worte entschlüpft, kam er sich auch schon dumm vor.

Mehr Schweigen.

»Was wollt ihr zu Abend essen?«

»Pizza von Aldo's«, rief Maggie.

»Aldo's also«, erklärte er sich in den Rückspiegel lächelnd einverstanden.

Es war nur Pizza, aber es war ein Anfang.

* * *

Am Samstagnachmittag stand Jack kurz davor, sich zu erschießen. Da jede seiner Töchter völlig mit ihrem jeweiligen technischen Equipment beschäftigt war – iPods, Computer, Handys, Fernseher –, ignorierten sie ihn alle drei komplett. Der feige Teil in ihm flüsterte, er solle sich auf sein Zimmer zurückziehen und die Zeit totschlagen, bis sie am nächsten Tag nach Hause fahren konnten. Der Feigling wurde allerdings von der inneren Stimme in seine Schranken verwiesen, die ihm vorhielt, dass er schon viel zu viel Zeit mit ihnen versäumt hatte.

Er wappnete sich innerlich gegen die Wutanfälle und betrat das riesige Wohnzimmer, das aufs Meer hinausging. »Hi, Mädels.« Er winkte Kate zu, um ihre Aufmerksamkeit zu erregen, denn sie trug Ohrstöpsel. »Wie wäre es mit einem Ausflug?«

»Ich guck grad fern«, lehnte Maggie ab.

»Ich wollte duschen«, fügte Jill hinzu. Seit dem Intermezzo auf dem Badezimmerboden war sie nur unwesentlich freundlicher zu ihm. Aber er freute sich über jeden Fortschritt, den er kriegen konnte.

»Wir machen einen Ausflug«, äußerte er mit mehr Bestimmtheit. »Kate, bring deine Gitarre mit, okay?«

Sie warf ihm einen fragenden Blick zu, tat aber, worum er sie bat. Auch wenn sie die ganze Zeit leise murrten, suchten sie immerhin ihre Schuhe und Jacken zusammen und marschierten zum Auto.

Auf der Fahrt zu den Klippen im Norden hoffte Jack inständig, dass er das Richtige tat. Er fuhr, so nah er konnte, mit dem Wagen ran, den Rest des Weges mussten sie laufen.

»Soll ich die Gitarre mitnehmen?«, wollte Kate wissen, die den holprigen Pfad skeptisch beäugte.

»Bitte.«

Er bemerkte, wie sie einander verwirrt ansahen, und sein Magen zog sich nervös zusammen. »Hört mal, ich weiß, dass ich euch keinen Grund gegeben habe, mir zu vertrauen oder mir zu glauben, aber ich bitte euch nur um dreißig Minuten.«

Stille.

»Ich brauche nur eine halbe Stunde ohne Rumgezicke, Wutausbrüche oder schlechte Laune. Schafft ihr das?«

»Was machen wir?«, erkundigte sich Maggie, wirkte immerhin aufgeschlossen und willig.

Lächelnd zupfte er an ihrem Pferdeschwanz. »Folgt mir, dann zeige ich es euch.«

Er führte sie den felsigen Pfad hinauf zu der Stelle, an der er und Clare sich zum ersten Mal geliebt hatten, an der sie zum ersten Mal vom Heiraten geredet und an der sie die wichtigsten Entscheidungen ihres Ehelebens getroffen hatten. Hier hatte er sie davon überzeugt, dass es für ihn und Jamie an der Zeit war, Neil Booths Büro zu verlassen, um ihr eigenes zu gründen, mit ihrer kleinen Familie mit von Boston nach Newport zu ziehen und ein neues Leben anzufangen. Später hatte sie ihn hergebracht, um ihm von ihrem ungeplanten dritten Kind zu erzählen, das sich als beste Überraschung seines Lebens herausgestellt hatte.

Am oberen Ende des Weges war ein Aussichtspunkt, von wo aus sich der Atlantik vor ihnen erstreckte. Ihm fiel kein besserer Ort ein, an dem sich Clares Töchter von ihrer Mutter verabschieden konnten.

»Das war dein und Moms Ort«, flüsterte Jill, während sie die Aussicht auf das Meer auf sich wirken ließ.

»Richtig.«

»Ich weiß noch, wie ich mal mit euch hier war, als ich noch ganz klein war«, fuhr sie fort. »Mom hat mir erzählt, dass das euer besonderer Platz ist.«

Er zeigte auf ein Stück Wiese. »Wollt ihr euch mit mir da hinsetzen?« Er wartete, bis sie sich niedergelassen hatten, und setzte sich neben Kate.

»Immer, wenn wir auf der Insel waren, haben eure Mom und ich versucht, hier raufzuwandern, um miteinander zu reden. Manchmal haben wir über ernste Dinge gesprochen, manchmal haben wir uns einfach entspannt und eine Weile das Meer betrachtet. Wir haben uns oft über euch unterhalten.«

Er sah hoch und stellte fest, dass sie gebannt jedem seiner Worte lauschten, und er erkannte auch die Sehnsucht in ihren Gesichtern. Verzweifelt suchten sie nach jedem noch so kleinen Stück ihrer Mutter, an das sie sich klammern konnten.

Er zwang sich dazu, fortzufahren, atmete tief ein und versuchte, sich zusammenzureißen. Darauf, von den Gefühlen überwältigt zu werden, die bei der Rückkehr an diesen Ort auf ihn einstürmten, war er nicht vorbereitet. »Vor dem Unfall, als ich ahnte, dass etwas nicht stimmte, hätte ich sie hierherbringen sollen. Zu Hause wollte sie nicht darüber sprechen, aber vielleicht … wenn wir hergekommen wären …«

»Vielleicht war es etwas, das sie mit sich selbst ausmachen musste«, vermutete Kate.

»Möglich«, räumte er ein, denn auch er wollte das unbedingt glauben. »Aber ich will, dass ihr wisst, wie sehr ich mir wünsche, ich hätte mich mehr bemüht, herauszufinden, was sie belastet hat.«

»Wir wünschen uns auch, wir hätten uns mehr Mühe gegeben«, gestand Jill.

Ihre Schwestern nickten zustimmend.

Gerührt von ihrem Geständnis wandte er sich an Kate. »Spielst du was für uns? Etwas, das dich an Mom erinnert?«

»Ich weiß schon, was.« Sie setzte zu einer vertrauten Melodie an, bei deren Klang ihr Vater und ihre Schwestern lächelten. »Wisst ihr noch, wie laut sie gesungen hat?«

»Und wie schlecht«, warfen die anderen ein und lachten bei der Erinnerung.

Kate spielte »Landslide« von Stevie Nicks, und Jack konnte kaum fassen, wie gut sie geworden war, seit er sie das letzte Mal gehört hatte. Clare hatte den Song geliebt, und er wünschte sich, sie könnte hören, wie ihre Tochter ihn sang. Kate hatte das perfekte Lied ausgesucht. Das vergangene Jahr war genau so verlaufen, als würde man am Fuße eines Erdrutsches stehen.

Nachdem sie die letzte Note gespielt hatte, linste sie zu ihm rüber, und ein schüchternes Lächeln legte sich auf ihr hübsches Gesicht. »Das war wunderschön, Schatz. Du hast eine wunderbare Stimme.«

»Danke.«

»Darf ich auch was sagen?«, fragte Jill.

»Natürlich«, erwiderte er, zufrieden, dass sie den Grund verstanden, warum er sie hergebracht hatte.

»Ich sollte vor Kurzem vor der Klasse ein Gedicht vortragen. Wir durften uns aussuchen, welches, also habe ich mich für Moms Lieblingsgedicht entschieden.«

»Tennyson«, meinte Jack.

Sie nickte. »Es hat mich an sie erinnert, und daran, was unsere Familie letztes Jahr durchgestanden hat:

Viel ist gewonnen – viel bleibt übrig! Sind
Wir auch die Kraft nicht mehr, die Erd' und Himmel
Vordem bewegte: – was wir sind, das sind wir!

Ein einz'ger Wille heldenhafter Herzen,
Durch Zeit und Schicksal schwach gemacht, doch stark
Im Ringen, Suchen, Finden, Nimmerweichen!«

Dass er mit anhören durfte, wie seine schöne, tapfere Tochter so ausdrucksstark die Worte sprach, die ihre Mutter geliebt hatte, rührte Jack zu Tränen. Er räusperte sich und hoffte, er würde über die Lippen bringen, was er sagen musste. »Genau daran müssen wir uns festhalten, versteht ihr? Wir müssen weiterhin eine Familie sein.«

»Jetzt ist alles anders«, murmelte Maggie traurig.

»Das ist es. Ganz gleich, wie sehr wir uns auch danach sehnen, dass es nicht so wäre, wir müssen einen Weg finden, wie wir ohne Mom weiterleben können.«

»Ich wünschte, wir müssten das nicht«, erwiderte Maggie.

»Ich auch, Schatz. Aber das ist das Problem: Mom hat sich immer um euch gekümmert, und ich habe sie gelassen. Es ist mir leichtergefallen, mich zurückzuhalten und ihr die schwere Arbeit zu überlassen, statt mich reinzuknien und mir mit euch die Hände schmutzig zu machen.«

Sie kicherten über seine Wortwahl, aber immerhin hörten sie ihm zu. »So ein Vater möchte ich nicht mehr sein. Ich weiß, dass das im Zuge all dieser Veränderungen noch ein großer Schritt ist, aber von jetzt an bin ich zu Hause der Chef. Frannie ist da, um uns zu unterstützen, aber sie ist nicht für euch verantwortlich. Ich bin es. Wenn ihr weggehen wollt oder etwas Bestimmtes vorhabt, dann fragt ihr mich. Wenn ich bei der Arbeit oder nicht in der Stadt bin, dann wendet ihr euch natürlich an sie, aber ich will immer wissen, wo ihr euch aufhaltet und mit wem ihr zusammen seid. Einverstanden?«

Sie nickten.

»Ich weiß, dass ich bislang nicht der beste Vater der Welt war, aber das möchte ich ab jetzt ändern. Ich hoffe, ihr lasst es mich versuchen.«

Maggie rutschte zu ihm und lehnte den Kopf an seine Schulter.

Er legte einen Arm um sie.

»Darf ich ein Lied singen, das mich an Mom erinnert?«, fragte sie.

»Na klar.«

Mit leiser Stimme stimmte sie die Titelmelodie von »Barney und seine Freunde« an.

Lächelnd dachten die anderen daran, wie Clare das fröhliche Familienlied gesungen hatte, um nach einer Auseinandersetzung zwischen den Schwestern über gekränkte Gefühle hinwegzutrösten.

»Wir waren eine so glückliche Familie«, schluchzte Maggie mit stockender Stimme.

»Das werden wir wieder sein.« Er hauchte einen Kuss auf ihr seidenweiches Haar. »Versprochen. Wir werden wieder glücklich sein.«

Zum ersten Mal seit langer Zeit verspürte er Hoffnung. Sie hatten den ersten und wichtigsten Schritt auf einer ohne Zweifel langen Reise gewagt. Aber sie waren ihn gegangen, und das erfüllte ihn mit Erleichterung.

Kapitel 3

Als Jack zum ersten Mal seit vierzehn Monaten das gut ausgestattete Büro von Harrington Booth Associates betrat, überkam ihn wieder die vertraute Welle des Stolzes.

Nachdem sie in den sieben Jahren bei Neil Booth alles gelernt hatten, was es zu lernen gab, hatten er und Jamie HBA gegründet. Neil war enttäuscht gewesen, als sie das Angebot ausschlugen, sein Büro zu übernehmen, während er sich aus dem Geschäft zurückziehen wollte. Sie sehnten sich nach etwas Einfacherem als der Hektik der prominenten Positionen, die sie in Neils Büro innehatten. Mit der Zeit hatte sich HBA allerdings einen Ruf erarbeitet, der mit Neils konkurrieren konnte.

Er lächelte, als er den eingerahmten Silberdollar unter dem Namen des Büros auf der Innenseite der Wand entdeckte und sich daran erinnerte, wie er und Jamie mit einem Münzwurf entschieden hatten, wessen Anfangsbuchstabe zuerst kommen würde. Erst nachdem Jack zum dritten Mal gewonnen hatte, hatte Jamie sich geschlagen gegeben.

Vor Clares Unfall hätte er nie daran gedacht, sich länger als eine Woche freizunehmen. *Das zeigt doch, dass niemand unentbehrlich ist*, dachte er mit einem schwachen Lächeln, während mehrere seiner Angestellten ihn grüßten.

Seine langjährige Assistentin Quinn Jeffries hieß ihn mit einer festen Umarmung willkommen. Vor mehr als zwölf Jahren hatte er sie als seine Sekretärin eingestellt, aber sie war seitdem längst zu seiner rechten Hand und einer guten Freundin geworden.

»Es ist so schön, dich wiederzusehen«, sagte sie, als sie ihn losließ.

»Es ist auch schön, wieder hier zu sein.« Sein Eckbüro hatte zwei gläserne Wände, die eine herrliche Aussicht auf den Strand und das felsige Ufer boten. Jamies Büro erstreckte sich über die andere Ecke auf der gleichen Seite, während sie sich den Waschraum in der Mitte teilten.

»Komm rein«, bat er sie.

Er stellte die lederne Aktentasche auf seinen Schreibtisch, dessen Mangel an Chaos ihn daran erinnerte, wie lange er nicht mehr hier gewesen war. »Bring mich auf den neuesten Stand«, verlangte er, sobald er sich ein wenig eingerichtet hatte. »Was ist los?«

»Jamie meint, du würdest die nächste Phase des Infinity-Projekts übernehmen.«

»Das stimmt.«

»Um elf hast du eine Telefonkonferenz mit ihrem Team, um alle kennenzulernen und den Arbeitsplan für die nächsten Monate festzulegen.« Sie ging die Liste der HBA-Angestellten durch, die Jamie damit beauftragt hatte, mit Jack an dem Hotel zu arbeiten.

»Woran arbeitet der Rest?«

»Vier Häuser, ein Einkaufszentrum, ein neuer Autohändler und Renovierungsarbeiten am Segelmuseum.«

»Wow.«

»Ja, wir sind ganz schön ausgelastet. Du und Jamie solltet vielleicht darüber reden, mehr Leute einzustellen.«

Ihm gefiel, dass sie mit ihrer Meinung nicht hinter dem Berg hielt, da sie für gewöhnlich recht scharfsinnig war und oft den Nagel auf den Kopf traf.

»Hat Jamie dir erzählt, dass er gebeten wurde, bei einem Auftrag in Tokio als Berater zu fungieren?«, fragte sie.

»Nein, aber ich bin mir sicher, dass er das bei der nächstbesten Gelegenheit nachholen wird.«

»Hier sind die vorläufigen Unterlagen für das Hotel. Die kannst du vor dem Gespräch noch durchsehen. Ach, und Jamie hat um zehn eine Mitarbeiterversammlung einberufen.«

»Klingt gut. Ich werde ab jetzt jeden Abend um achtzehn Uhr mit den Mädchen zu Abend essen. Vermutlich brauche ich deine Hilfe, um hier rechtzeitig zum Feierabend wegzukommen.«

»Kein Problem.«

»Danke für alles, Quinn. Mir ist klar, dass du im letzten Jahr viel mehr gemanagt hast als nur deinen Job. Ich weiß es zu schätzen, wie sehr du Jamie unterstützt hast.«

»Wir sind einfach nur froh, dass du wieder da bist.« Sie schenkte ihm ein Lächeln, dann schloss sie die Tür.

Er drehte sich auf dem Stuhl um, um die Küste zu betrachten. Sie ragte aus dem Morgennebel auf, der einen dieser wunderbaren Frühsommertage ankündigte, die Clare so geliebt hatte. Am Strand wimmelte es von Joggern, Spaziergängern mit Hunden an der Leine und Rettungsschwimmern auf dem Weg zu ihren Posten. Es wirkte ausgesprochen normal, eine Szene, die er schon oft beobachtet hatte, aber nichts war mehr normal, denn Clare würde am Ende des Tages nicht auf ihn warten.

Seit dem Tag an der Klippe mit den Mädchen stiegen immer wieder Gefühle in ihm auf, die viele Monate lang in völliger Taubheit geruht hatten. Der Gedanke an Clare und all das, was sie verloren hatten, trieb ihm die Tränen in die Augen. Er war in letzter Zeit ganz schön nah am Wasser gebaut, als ob all das, was er in dem langen Jahr seit dem Unfall mühsam unterdrückt hatte, plötzlich hervorzubrechen drohte. Dann fiel ihm ein, dass er den Kindern versprochen hatte, ihr Leben wieder auf die Reihe zu kriegen. Er trocknete sich die Augen am Ärmel seines Hemdes und wandte sich den Akten zu, die Quinn ihm dagelassen hatte.

»Ich kann das schaffen«, flüsterte er. »Ich *werde* das schaffen.«

Gegen zehn hatte er sich mit dem Projekt vertraut gemacht, das in den nächsten anderthalb Jahren sein Leben bestimmen würde. Er holte sich eine frische Tasse Kaffee und begab sich zu der Mitarbeiterversammlung in den Konferenzsaal.

»Überraschung!«, begrüßte ihn die gesamte Belegschaft, und ein riesiges Transparent hing an der hinteren Wand, auf dem »Willkommen zurück, Jack« stand. Sie umarmten ihn, während ihn das Mitgefühl seiner Mitarbeiter wie eine Welle überrollte.

»Wow«, brachte er heraus, sobald der Trubel nachließ. »Was für eine Überraschung. Danke für die herzliche Begrüßung. Schön, wieder zurück zu sein.«

»Rede«, rief jemand.

Von allen Seiten bedrängt, wusste er nicht, was er sagen sollte. »Ich … äh … danke euch für die überwältigende Unterstützung im vergangenen Jahr und dafür, wie ihr Jamie entlastet habt.« Er hielt inne, um sich zu sammeln. »Es hat mich beruhigt, zu wissen, dass für HBA gesorgt ist, sodass ich mich um meine Familie kümmern konnte. Heute ist, schätze ich, der erste Tag vom Rest meines Lebens. Deshalb bin ich froh, dass ich ihn hier verbringe.«

Der Applaus brachte ihn in Verlegenheit.

»Willkommen zurück, Kumpel.« Jamie grinste und klopfte ihm auf den Rücken.

»Danke.« Die Angestellten taten sich an Kaffee und Bagels auf dem Konferenztisch gütlich. »Ich hatte ganz vergessen, wie viel Spaß man hier hat.«

»Ich werde dich daran erinnern müssen, wie viel wir uns früher amüsiert haben.«

Jack hob eine Augenbraue. »Wo wir gerade vom Vergnügen reden: Was höre ich da von Tokio?«

»Das hat sich aber schnell rumgesprochen. Es geht um ein Bürogebäude, das einem von Dads Häusern in New York nachempfunden sein soll. Sie haben ihn darum gebeten, sie zu beraten, aber da er lieber Golf spielt, hat er sie zu mir geschickt.«

»Hast du Interesse?«

»Schon. Ich war noch nie in Japan, das finde ich durchaus faszinierend. Allerdings bin ich mir nicht sicher, ob es der richtige Zeitpunkt ist, einen Auftrag im Ausland anzunehmen.«

»Quinn meint, wir sollten mehr Leute einstellen. Dann könnte es womöglich klappen.«

»Selbst mit dem Hotel?«

»Ich wüsste nicht, was dagegen spricht. Wie wäre es, wenn wir Quinn befördern und ihr die Büroleitung übertragen? Das erledigt sie ja mehr oder weniger sowieso schon. Wir könnten es offiziell machen, dann wäre das vom Tisch.«

»Dann könnte ich hin und wieder für ein, zwei Wochen verschwinden, falls ich in Tokio gebraucht werde.« Jamie rieb sich das Kinn und dachte darüber nach. »Um wie viel sollten wir ihr Gehalt erhöhen?«

»Fünfundzwanzigtausend?«

»Einverstanden.«

»Großartig, ich lass es sie heute wissen. Danach sollten wir in Harvard nach ein paar frischen Absolventen Ausschau halten«, schlug Jack vor.

»Darum kümmere ich mich«, erklärte Jamie, ehe sie sich unter ihre Mitarbeiter mischten. »Ich lass dich wissen, was aus Tokio wird. Bevor ich mich entscheide, wollte ich warten, bis du wieder da bist.«

Der Rest des Tages verging wie im Flug, während Jack bei einigen der laufenden Projekte half, an der Telefonkonferenz mit dem Team der Infinity Group aus deren Hauptsitz in Chicago teilnahm und erste Pläne für die nächste Phase des Projekts erstellte.

Infinity hatte HBAs Entwurf dem von sieben anderen Büros aus Neuengland vorgezogen. Beim dem hundertfünfzig Zimmer umfassenden Resort lag die Herausforderung darin, ein altmodisches »Strand-Cottage« im Neuengland-Stil mit allen modernen Annehmlichkeiten zu konzipieren. In der ersten Phase des Hotelbaus würde er mit den Innenarchitekten zusammenarbeiten, um sicherzugehen, dass die Ausstattung, für die sie sich entschieden, dem Gebäudeentwurf von HBA auch wirklich Leben einhauchte.

Er stand auf, streckte sich und sah zum Strand, der beinahe verlassen dalag. Nebel hing über der Küste, wartete darauf, dass die Sonne unterging, und erinnerte ihn an das Essen mit den Mädchen heute Abend. Er rief Quinn ins Büro.

Eine Minute später trat sie durch die Tür und lachte beim Anblick seines Schreibtischs. »Mir gefällt, wie du dich eingerichtet hast.« Sein Chaos und ihre zwanghafte Ordnungsliebe lieferten immer wieder Anlass für den einen oder anderen Lacher. »Wie läuft's?«

»Ich habe heute mehr geschafft, als ich gedacht hatte. Für die Recherchereise der Innenarchitekten in der letzten Augustwoche habe ich eine Liste mit Ausflugszielen erstellt. Macht es dir was aus, das zu übernehmen und die Unterkünfte zu buchen?«

»Kein Problem.«

»Keiner von ihnen war schon mal hier, also schicken wir sie in der ersten Woche nach Cape Cod, Martha's Vineyard, Nantucket und Boston, danach werden sie eine zweite Woche in Newport verbringen. Quartier sie in klassischen Bed-and-Breakfast-Pensionen ein, da wir es beim Newport-Hotel auf den Stil eines Inns abgesehen haben. Besorg auch Tickets für ein Spiel der Red Sox. Sie können nicht nach Boston fahren, ohne das Fenway-Stadion zu sehen.«

»Sie oder du?«

»Sie natürlich«, erwiderte er grinsend.

»Ich kümmere mich gleich morgen früh darum.« Sie ging die Liste durch. »Du schickst sie nicht nach Block Island?«

»Diesmal nicht. Nantucket steht für das ›Ferieninsel‹-Thema.« Nach dem emotionalen Ausflug mit den Mädchen war er noch nicht bereit, nach Block Island zurückzukehren.

Sie sah auf die Uhr. »Du solltest besser zusammenpacken. Du willst doch die Damen nicht warten lassen.«

»Eins noch, bevor ich gehe.«

»Das wäre?«

»Jamie und ich würden dir gerne eine Beförderung anbieten.«

Verwundert zog sie die Augenbrauen zusammen. »Was für eine Beförderung?«

»Wie wäre es mit Büroleiterin? Hast du Interesse?«

»Darum hast du dich doch immer gekümmert.«

»Ich muss mich auf das Hotel konzentrieren, und auf Jamie wartet der Auftrag in Tokio.«

»Dann übernehme ich das natürlich liebend gerne.«

»Großartig. Danke.«

»Ich sollte vermutlich erwähnen, dass ich heiraten werde.«

Überrascht fragte er: »Tatsächlich?«

Ihre warmen grünen Augen funkelten amüsiert. »Du warst wirklich lange weg, Jack. Es ist so einiges passiert.«

»Wer ist denn der Glückliche?«

»Brian. Du hast ihn schon vor einer Weile kennengelernt.«

»Ah, unser Freund aus Australien?«

Sie lächelte. »Genau der. Wir planen eine kleine Hochzeit im Herbst.«

Er stand auf, um ihr mit einer Umarmung zu gratulieren. »Schön für dich. Es freut euch beide bestimmt, dass deine Beförderung mit einer Gehaltserhöhung von fünfundzwanzigtausend Dollar daherkommt.«

Sie schnappte nach Luft. »Ist das dein Ernst?«

Er musste über ihre Reaktion lachen und erwiderte: »Du bist uns extrem wichtig, und im letzten Jahr hast du uns wieder mal gezeigt, wie fähig du bist. Das rechnen wir dir hoch an, und wir wollen dich dafür belohnen.«

Sie warf die Arme um ihn. »Danke, Jack. Ich arbeite echt gerne für euch, und ich danke euch für euer Vertrauen.«

»Ohne dich könnten wir den Laden nicht schmeißen«, versicherte er ihr, als ihm ein weiterer Gedanke kam. »Wenn du Haven Hill für die Hochzeit nutzen möchtest, überlass ich es dir gerne.«

»O mein Gott, das wäre fantastisch.«

»Nicht der Rede wert.« Er winkte ab. »Sag mir nur, wann, dann lass ich die Familie wissen, dass du es an dem Wochenende brauchst.«

»Ich kann es kaum erwarten, Brian davon zu erzählen. Ich bin so froh, dass du wieder da bist. Ohne dich war es einfach nicht dasselbe.«

»Und jetzt raus hier. Wir sehen uns morgen.«

Sie eilte gerade weg, kurz bevor Jamie durch die Tür trat, die die beiden Büros miteinander verband.

»Wer hat der denn Feuer unterm Hintern gemacht?«

Jack steckte ein paar Ordner in seine Aktentasche und schaltete den Computer aus. »Ich hab ihr von der Beförderung und der Gehaltserhöhung erzählt. Wusstest du, dass sie heiratet?«

»Hab davon gehört. Brian ist ein netter Kerl. Ein paarmal sind sie mit dem Boot rausgefahren.«

»Komisch, wie das Leben ohne mich einfach weitergegangen ist. Ich fühle mich, als ob vor vierzehn Monaten alles stehen geblieben wäre.« Er hielt inne und schüttelte den Gedanken ab, denn er wollte nicht, dass sich negative Gefühle in den besten Tag drängten, den er seit Langem gehabt hatte. »Ich hab ihr für die Hochzeit Haven Hill zur Verfügung gestellt.«

»Das ist echt nett von dir.«

»Heute hatte ich ein interessantes Gespräch mit Infinitys Chefdesignerin. Andrea Walsh?«

»Man nennt sie Andi«, bestätigte Jamie. »Warte, bis du sie triffst. Äußerst talentiert.«

»Am Telefon hat sie sich recht pfiffig angehört. Ein paar tolle Ideen hatte sie auch. Sie freuen sich schon auf den Besuch.«

»Bist du dir sicher, dass du dir jetzt schon so viel zumuten willst?«

»Es wird mir guttun, zur Abwechslung mal an etwas anderes als meine eigenen Probleme zu denken.«

»Wie läuft es mit den Mädchen?«

»Viel besser. Sie scheinen es zu akzeptieren, dass ihr alter Herr jetzt das Sagen hat, und hören zu. Aber eines kann ich dir verraten: Ihr Sozialleben ist anstrengend. Ich brauche einen farbcodierten Plan, um bei ihrem Kommen und Gehen auf dem Laufenden zu bleiben. Keine Ahnung, wie Clare es geschafft hat, dass es bei ihr so einfach aussah.«

»Sie war eine verdammt gute Mutter«, erklärte Jamie.

»Das war sie, und jetzt haben sie nur noch mich. Den traurigen Ersatz.«

»Wenn sie erst mal erwachsen sind und eigene Kinder haben, werden sie sich an das erinnern, was du für sie getan hast, und werden dir dafür dankbar sein.«

Jack musterte ihn auf dem Weg zum Parkplatz skeptisch. »Bist du dir da sicher, Obi-Wan?«

»Ganz sicher.«

»Der erste Tag verlief schon mal besser, als ich gedacht hatte. Danke noch mal für die Willkommensfeier.«

»Wir sind froh, dass du wieder da bist. Grüß die Mädchen von mir.«

»Mach ich. Bis später.«

Er entriegelte die Tür seines silbernen BMW-Cabrios, stieg ein und blieb eine Weile sitzen, bevor er sich dazu bringen konnte, loszufahren. *Clare wird nicht da sein.* »Aber die Mädchen«, rief er sich ins Gedächtnis, ehe er den Motor anließ und zu ihnen nach Hause fuhr.

Teil II

Freistil: einen Schwimmstil nach eigener Wahl statt eines festgelegten nutzen

Kapitel 4

Als er am letzten Augustsonntag auf der Rolltreppe am Flughafen stand, fragte sich Jack, wie er Andrea Walsh unter all den Menschen ausfindig machen sollte, die gerade den Flieger aus Chicago verlassen hatten. Oben erblickte er eine wunderschöne Brünette mit langen Locken, die auf ihn zukam. Dank Jamies Beschreibung erkannte er, dass sie das sein musste. *Also, das war einfacher als erwartet.*

Mit ihren braunen Augen suchte sie die Menge ab, und sobald ihr Blick seinem begegnete, versetzte ihr umwerfendes Lächeln ihn in Erstaunen, da ihn ein eigenartiges Gefühl des Wiedererkennens überkam. Waren sie einander schon mal begegnet? Nicht, soweit er sich erinnern konnte.

»Andrea?«

»Hallo, Jack.« Damit sie ihm die Hand geben konnte, nahm sie die Aktentasche auf die andere Seite. »Nennen Sie mich einfach Andi. Danke, dass Sie mich abholen.«

»Kein Problem, das mache ich gerne.« Er nahm ihre Tasche und fuhr mit ihr die Rolltreppe wieder hinunter, um ihr Gepäck abzuholen. »Sie haben sich einen tollen Tag ausgesucht, um herzukommen. Rhode Island zeigt sich von seiner schönsten Seite.«

»Aus der Luft sah es atemberaubend aus.«

»Ich genieße den Anflug auch immer wieder.«

»Tut mir leid, dass ich Sie an einem Tag wie diesem von Ihrer Familie fernhalte«, entschuldigte sie sich, als sie die Gepäckausgabe erreichten.

»Ich habe diese zwei Wochen für den Besuch Ihres Teams fest eingeplant, das verstehen sie. Aber später gehen wir zusammen segeln. Sie können gerne mitkommen, falls Sie Lust haben.«

»Liebend gerne.«

Sie sah zu ihm hoch, aber als sie erkannte, wie genau er sie studierte, errötete sie. »Was ist?«

»Ich habe das Gefühl, dass ich Sie schon mal getroffen habe, dabei bin ich mir ganz sicher, dass das nicht der Fall ist. Sie kommen mir so vertraut vor.«

»Ich glaube, ich würde mich an Sie erinnern«, erwiderte sie, sah aber rasch weg, als wäre ihr ihre unverblümte Antwort peinlich.

»Hmm.« Er war seltsam nervös. Dann nahm er ihre zwei Reisetaschen vom Gepäckband und brachte sie zur Tür.

Sie setzte eine Sonnenbrille im Jackie-O-Stil auf und folgte ihm zu seinem Auto. »Oh, ein Cabrio. Können wir das Verdeck aufmachen?«

»Klar«, willigte er ein, erleichtert, dass der unangenehme Moment vorbei war.

Sie band sich für die Fahrt die langen Haare zu einem Pferdeschwanz zusammen.

»Ihre Kollegen gefallen mir«, setzte er an, sobald sie auf der Interstate 95 Richtung Süden fuhren. Er hatte die Mitglieder ihres Teams nach Cape Cod, Martha's Vineyard und Nantucket begleitet, bevor er sie allein nach Boston weitergeschickt hatte. Er erwartete sie gegen Ende des nächsten Tages in Newport zurück.

»Freut mich, das zu hören.«

»Michael ist ein ganz schönes Unikat«, fuhr er grinsend fort.

»Das ist er, aber er versteht was von seinem Fach, also arrangiere ich mich mit seinen Eigenheiten. Ich hoffe, er hat Sie nicht genervt.«

»Nein, er hat mich zum Lachen gebracht. Bis ein Uhr früh haben sie mich auf Trab gehalten und waren schon um sieben wieder auf den Beinen. Seit Jahren habe ich nicht mehr so Party gemacht, und jetzt ist es offiziell: Ich werde allmählich zu alt dafür. Ich war am nächsten Tag völlig erledigt.«

»Sie müssen die Einladung ausschlagen. Bei mir wissen sie es bereits besser und fragen erst gar nicht, aber bei Ihnen haben sie es wohl einfach mal versucht.«

Lachend riskierte er einen Blick auf sie. Sie hielt das Gesicht ins warme Sonnenlicht, und wieder war er von ihrer umwerfenden Schönheit wie gebannt. Jamie hatte vergessen, das zu erwähnen. Oder vielleicht war es auch Absicht gewesen.

»Was ist denn für heute geplant?«, erkundigte sie sich.

»Ich dachte, wir laden Ihr Gepäck im Hotel ab und schauen bei HBA vorbei, wo wir ein Büro für Sie eingerichtet haben. Danach zeige ich Ihnen die Baustelle.«

»Danke für das Büro. Ich arbeite ungern in einem Hotelzimmer.«

»Ich auch.« Sie fuhren im Schneckentempo den Hügel hinauf, der zur Jamestown Bridge führte. »Von hier aus haben Sie eine wunderschöne Aussicht.«

Sie genoss den Anblick, der sich ihr bot. »Ich dachte, Lake Michigan wäre schön, aber das hier ist noch mal was ganz anderes. Sind all diese Inseln bewohnt?«

»Ein paar der größeren schon. Wir kommen gleich auf eine Insel, die als Conanicut Island bekannt ist. Die Leute nennen sie Jamestown.« Sie überquerten die erste der zwei Brücken. »Newport liegt ebenfalls auf einer Insel, auf Aquidneck.«

»Die habe ich vom Flugzeug aus gesehen«, bemerkte sie und zeigte zur Newport Bridge.

»In einem Moment werden Sie einen unvergleichlichen Blick auf die Stadt haben. Wenn Sie oben nach rechts schauen, können Sie am Horizont vielleicht Block Island erkennen.«

»Noch eine Insel?«

»Ja. Ein beliebtes Ausflugsziel, etwa dreißig Kilometer von hier.« Schmerz durchfuhr ihn bei der Erinnerung daran, wie er mit den Mädchen dorthin gefahren war.

»Hier gibt's aber viele Boote!«

»Die ›Stadt am Meer‹ ist die Segelhauptstadt der Welt, und ich schätze, von hier oben kann man auch erkennen, warum.« Er zeigte ihr das Naval War College nördlich der Brücke und erzählte ihr von der langen Geschichte der Marine in Newport.

»Sie könnten glatt Fremdenführer sein. Kommen Sie von hier?«

Er schüttelte den Kopf. »Man könnte sagen, ich habe einen Migrationshintergrund. Laut den Ortsansässigen kann man nicht aus Newport stammen, wenn man nicht innerhalb der Stadtgrenzen geboren wurde. Ich bin ursprünglich aus Connecticut.«

»Wie kommt's, dass Sie jetzt hier leben?«

»Jamie und ich waren während unseres Studiums mal hier und haben uns in den Ort verliebt. Wir beide segeln unglaublich gerne, als wir uns also entschieden haben, HBA zu gründen, haben wir beschlossen, hierherzuziehen. An einem Tag wie diesem versteht man auch, warum.«

»Ich würde überhaupt nicht zum Arbeiten kommen, wenn ich hier wohnen würde.«

»Im Sommer machen wir tatsächlich häufig mittags Schluss«, gab er zu. »Wohnen Sie schon lange in Chicago?«

»Mein ganzes Leben lang, abgesehen von meinem Studium in New York. Ich fürchte, ich bin ziemlich langweilig, aber ich liebe es dort. Ich kann mir nicht vorstellen, irgendwo anders zu leben.«

Nachdem sie in ihr Hotel in der Innenstadt von Newport eingecheckt hatte, fuhr er sie durch die Stadt. Sie bewunderte die Reihen der Kolonialhäuser, das Kopfsteinpflaster und die gasbetriebenen Laternen. Auf den Straßen wimmelte es von Touristen, die zu den Restaurants, Läden und Bars strömten.

Sie fuhren auf dem Weg zum Büro an dem überfüllten Stadtstrand und dem Karussell vorbei. Auf dem Parkplatz vor HBA ging er um das Auto herum, um ihr die Tür zu öffnen.

»Noch eine beeindruckende Aussicht«, staunte sie, sobald sie sein Arbeitszimmer betraten. »Ich habe von meinem Büro aus einen tollen Blick auf den See, aber es fällt mir kaum noch auf. Dieses Panorama kann man dagegen kaum ignorieren. Das Gebäude liebe ich auch.«

»Das war unser erstes gemeinsames Projekt. Wir haben für dieselbe Firma gearbeitet, aber nie für denselben Kunden. Die Zusammenarbeit hat so gut geklappt, dass es uns bestärkt hat, unseren eigenen Laden aufzumachen.«

»Wo waren Sie davor?«

»Wir haben sieben Jahre lang für Neil Booth in Boston gearbeitet.«

Ihre Augen wurden groß. »*Den* Neil Booth?«

»Ebenden. Er ist Jamies Vater.«

»O mein Gott, natürlich. Die Verbindung habe ich gar nicht hergestellt, und Jamie hat es nie erwähnt.«

»Er hängt es nicht an die große Glocke, lassen Sie ihn also nicht wissen, dass ich es Ihnen verraten habe«, bat er sie grinsend.

Sie trat zu den eingerahmten Diplomen an der Wand. »Sieh mal einer an: Berkeley, Harvard *und* eine römische Ziffer. John Joseph Harrington *der Dritte.* Äußerst beeindruckend.«

Trauer überkam ihn bei der Erinnerung daran, wie Clare ihn wegen seines Harvard-Abschlusses immer geneckt hatte. »Ja, schrecklich beeindruckend«, zwang er sich zu antworten, »und das ist der einzige Ort, an dem Sie diese römische Ziffer jemals zu Gesicht bekommen werden. Sehen wir uns lieber mal Ihr Büro an. Dann gehen wir mittagessen und nehmen die Baustelle in Augenschein.«

»Klingt gut, John der Dritte«, zog sie ihn auf und lächelte, als er gespielt verärgert die Stirn runzelte.

* * *

Nachdem sie das Mittagessen und die Besichtigung der Infinity-Baustelle hinter sich gebracht hatten, klappte Jack das Handy auf. »Ich will mich nur schnell mit Jamie wegen des Segelausflugs kurzschließen und zu Hause anfragen, wer mitkommen will.«

»Ich muss auch zu Hause anrufen.«

Er hielt vor einem Feinkostladen an, um das Picknick abzuholen, das er bestellt hatte.

»Sag ihm, dass ich ihn lieb habe«, beendete Andi ihr Gespräch gerade, als er zum Auto zurückkehrte.

»Wer ist denn der Glückliche?«, wollte er wissen, nachdem sie aufgelegt hatte.

»Mein Sohn. Er ist fünf und schläft schon tief und fest.«

»Das ist ein tolles Alter«, seufzte er wehmütig, bevor er in Richtung Jachthafen losfuhr. »Da sind sie noch süß und lustig. Teenager sind alles andere als süß *oder* lustig. Allerdings habe ich Glück – meine sind nicht ganz so schlimm wie andere.«

»Da bin ich mir sicher.«

Ihr Handy klingelte, kaum dass sie den Hafen erreicht hatten.

»Entschuldigen Sie, den muss ich entgegennehmen. Das ist mein stellvertretender Direktor, der aus Juneau anruft.« Sie verdrehte die Augen. »Die haben jede Menge Probleme da draußen.«

»Lassen Sie sich Zeit. Ich räume das Auto aus und hol Sie dann.«

* * *

Während Andi ihren Anruf erledigte, lief Jack mit voll bepackten Armen über den Steg. Er schloss das große marineblaue Segelboot auf, das er und Jamie *Blaupause* getauft hatten. Stickige Wärme schlug ihm aus der Kajüte entgegen, also öffnete er die Luken, um die kühle Seeluft reinzulassen.

Dann schaute er zum Parkplatz, wo Andi lachend und wild mit den Händen gestikulierend ihr Gespräch führte. *Gott, ist sie schön.* Er spürte ein Ziehen in den Lenden, das er überrascht als Verlangen erkannte. Es war so lange her, dass er beinahe vergessen hatte, wie es sich anfühlte, eine Frau zu begehren.

Sobald er sich eingestand, dass er sich vom ersten Moment an, da er sie erblickt hatte, zu ihr hingezogen gefühlt hatte, kam er sich vor, als würde er aus einem langen Schlummer erwachen, und musste sich ermahnen, sie nicht anzustarren.

Ein paar Minuten später lief sie über den Steg zu ihm. »Der Name des Bootes gefällt mir. Sehr clever.«

»Danke. Kommen Sie an Bord. Die anderen sind auch gleich da.« Er gab ihr die Hand. »Was wollen Sie trinken?«

»Haben Sie Weißwein da?«

»Klar. Ist in Juneau alles in Ordnung?«, fragte er aus der Kombüse, wo er eine Flasche entkorkte.

»Jetzt schon. Da draußen folgt ein Unglück auf das nächste, dabei stehen wir kurz vor der Eröffnung.« Sie seufzte. »Warum verlaufen manche Aufträge so glatt, während andere von Anfang an ein einziges Desaster sind?«

»Das würde ich auch gerne wissen. Wir hatten selbst schon ein paar katastrophale Projekte, aber meistens finden wir einen Weg, anderen die Schuld daran zu geben.«

Sie lachte. »Die Strategie gefällt mir. Zum Glück konnte Bill, mein Stellvertreter, die Sache klären. Er ist auf dem Weg zurück nach Chicago, nachdem er einen neuen Künstler an Land gezogen hat, da die Künstlerin, von der wir alle hin und weg waren, mit Drillingen schwanger wurde und aussteigen musste.«

Er lächelte und reichte ihr ein Glas Wein.

»Er hat mir eine lustige Geschichte über einen alten Mann und ein Hundeschlittenteam erzählt. Eine von diesen Anekdoten, bei denen man dabei gewesen sein muss, aber es klang drollig.«

Er zeigte auf den malerischen Jachthafen. »Ich würde sagen, dass er den Kürzeren gezogen hat.« Wie ein Feuerball strahlte die Sonne am späten Nachmittagshimmel, und es würde noch ein paar Stunden dauern, bis sie unterging.

»Auf jeden Fall. Ich hab es nicht über mich gebracht, ihm zu erzählen, wo ich bin, als er mich angerufen hat.«

»Da sind sie schon.« Jack zeigte auf die lärmende Truppe, die aus Frannies Range Rover quoll. Das Auto hatte er ihr gekauft, damit sie die Kinder rumkutschieren konnte. An Clares Volvo, der noch immer in der Garage stand, ließ er niemanden ran. »Sie erinnern sich an Jamie, nicht wahr? Bei ihm sind meine Schwester Frannie und meine Töchter Kate und Maggie.«

Kaum waren alle an Bord, übernahm er die Vorstellung.

»Hi, Andi, schön, Sie wiederzusehen.« Jamie gab ihr die Hand. »Ich hoffe, Jack hat sich gut um Sie gekümmert.«

»Freut mich ebenfalls, Sie wiederzusehen. Der Tag war echt toll. Ich kann es kaum erwarten, aufs Wasser rauszufahren.«

Jamie rieb sich die Hände. »Na dann, nichts wie los.«

Jack verteilte Bier und Limos an die Crew und riet Andi, sich zu entspannen und ihnen die Arbeit zu überlassen.

* * *

Jack gesellte sich am Bug zu Andi, um den Sonnenuntergang zu bewundern. Sobald er neben ihr saß, fragte er: »Soll ich Ihnen noch was holen?«

»Auf keinen Fall. So viel habe ich vermutlich noch nie an einem einzigen Tag gegessen. Es war alles köstlich. Danke.«

»Gern geschehen.« Mit dem Kopf deutete er auf die farbenprächtige Abenddämmerung. »Wunderschön, nicht wahr?«

»Ich habe fast schon ein schlechtes Gewissen, das hier Arbeit zu nennen.« Sie legte die Arme um die Knie und drehte sich zu ihm. »Ihre Töchter sind wundervoll. Auf sie sind Sie bestimmt sehr stolz.«

»Das bin ich allerdings. Sie beeindrucken mich nahezu jeden Tag auf neue Weise.«

»Es ist herrlich, Sie alle zusammen zu beobachten. Sie stehen Jamie und Frannie offensichtlich sehr nahe.«

»Jamie ist wie der Bruder, den ich nie hatte, und Frannie ist viel mehr als nur eine Schwester. Sie war schon immer auch eine meiner besten Freundinnen.«

»Da können Sie sich sehr glücklich schätzen«, seufzte sie wehmütig. »Ich bin ein Einzelkind.«

»Manchmal, wenn Frannie versucht hat, mich herauszuputzen und mit mir Kaffeekränzchen zu spielen, habe ich davon geträumt, ein Einzelkind zu sein«, räumte er ein, und sie beide lachten bei der Vorstellung.

* * *

Frannie stand am Steuer neben Jamie.

»*Lacht* mein Bruder da drüben?«, flüsterte sie.

»Schön, ihn mal so entspannt zu erleben.«

»Sie ist umwerfend.«

Jamie beugte sich vor, um ihr einen Kuss auf die Stirn zu geben. »Du auch.«

Überrascht sah sie zu ihm hoch. »Flirtest du mit mir, Jamie Booth?«

»Möglich.«

Verwirrt lenkte sie das Gespräch wieder auf Jack und Andi, die am Bug dicht beieinandersaßen und in ein Gespräch vertieft waren.

»Er fühlt sich zu ihr hingezogen«, bemerkte sie.

Jamie trank einen langen Schluck von seinem Bier. »Das bildest du dir nur ein.«

»Was weißt du eigentlich über sie?«

»Nicht viel. Wir haben uns in Chicago selten außerhalb der Firma getroffen.«

»Sie war echt nett zu den Kindern und hat sich wirklich für sie interessiert.«

»Ich weiß, was du denkst, Fran.«

»Nämlich?«

»Er ist vielleicht von ihr angetan, aber mehr auch nicht. Du weißt, wie treu er Clare ist.«

»Soll er denn den Rest seines Lebens allein verbringen?«

»Das ist die Krux an dieser ganzen Lage. Wer weiß schon, wie die Regeln lauten?« Er sah zu ihr runter. »Was ist mit dir? Wie willst du den Rest deines Lebens verbringen?«

Erstaunt konnte sie ihn nur anstarren – groß, blond und unfassbar gut aussehend, wie er war. Sie liebte ihn, seit sie erwachsen war, hatte diesem Gefühl aber aus Respekt vor der Freundschaft zwischen ihm und Jack nie nachgegeben, allerdings auch wegen der blöden Tussis, die ihm wie hirnlose Idioten auf Schritt und Tritt folgten. Sie hatte nicht das Bedürfnis, sich der Parade anzuschließen. »Was soll das?«

Er zuckte die Achseln. »Ich denke an dich. Oft.«

Ein Kloß bildete sich in ihrer Kehle, und ihr Herz raste, als sie zu ihm hochschaute und erkannte, dass der Blick seiner blauen Augen auf ihr ruhte. »Ich denke auch an dich. Viel zu oft.« Bei dem Gedanken daran, wie verrückt diese Wende in ihrer Beziehung war, entwich ihr ein nervöses Lachen.

Er legte einen Arm um sie, zog sie an sich und gab ihr einen Kuss auf die Wange. »Darüber werden wir uns zu einem geeigneteren Zeitpunkt unterhalten müssen.« Dann rief er Jack und Andi zu: »He, ihr beiden, wir müssen wenden, und bei dem Kurswechsel könntet ihr nass werden.«

Auf dem Weg zum geräumigen Cockpit des Bootes hielt Jack Andis Ellbogen fest, um sie zu stützen.

Frannie warf Jamie einen sprechenden Blick zu, um seine Aufmerksamkeit darauf zu lenken, wie sanft Jack mit Andi umging. Jamie verdrehte nur die Augen, und Frannie streckte eine Hand aus, um Andi in den Sitzbereich hinabzuhelfen.

»Danke, Frannie. Was für ein Sonnenuntergang, was?«

»Den haben wir nur für Sie bestellt«, scherzte Jamie.

Jack füllte ihre Gläser auf, bevor er zu ihnen an Deck kam. Er bemerkte, wie Andi ein Gähnen unterdrückte. »Habe ich Sie heute überfordert?«, fragte er mit einem breiten Lächeln.

»Nein, ganz und gar nicht, aber mein Flieger ist ziemlich früh gestartet, und ich bin ziemlich geschafft. Macht es Ihrer Frau gar nichts aus, den ganzen Tag mit dem Baby allein zu sein?«

Die drei anderen starrten sie fassungslos an.

Andis Gesicht glühte vor Verlegenheit. »Was?«

»Maggie ist meine Jüngste.«

»O Gott, Jack, tut mir leid. Als Sie meinten, Sie hätten eine Auszeit genommen, um sich um Ihre Familie zu kümmern … bin ich davon ausgegangen, Sie hätten noch ein Baby bekommen. Ich habe nicht die geringste Ahnung, warum.«

»Das ist die offensichtliche Schlussfolgerung«, beruhigte Jamie sie. »Machen Sie sich deswegen keine Sorgen.«

»Da bin ich ganz schön ins Fettnäpfchen getreten. Es tut mir leid.«

»Das ist nicht nötig«, versicherte ihr Jack.

»He, Mädchen, wir legen gleich an«, rief Jamie Kate und Maggie in der Kajüte zu. »Kommt ihr rauf und helft mit?«

»Klar.« Kate sah keinen der Erwachsenen an, als sie an Deck kletterte, um ihrem Vater beim Einholen der Segel zu helfen.

Es herrschte ein unangenehmes Schweigen, während sie anlegten, aufräumten und alles für die Heimfahrt einpackten.

»Den Rest schaffe ich schon«, meinte Jack.

Jamie drückte Andi die Schulter. Dann legte er eine Hand auf Jacks Arm, und ihre Blicke trafen sich.

Jack nickte, und Jamie ging mit den anderen von Bord.

»Ich habe offensichtlich alle verärgert«, bedauerte Andi. »Ich kann mich nur entschuldigen.«

Sie wirkte so zerknirscht, dass er den Arm nach ihr ausstreckte. Er nahm ihre Hand. »Es ist meine Schuld. Ich hatte angenommen, dass jeder weiß, was passiert ist. Sie haben nichts falsch gemacht, keine Sorge.« Er führte sie zu den Sitzen und ließ sich neben ihr nieder. Um sie gegen die unerwartet kühle Luft zu schützen, legte er ihr seine Jacke um die Schultern und nahm dann wieder ihre Hand. »Sehen Sie mich an.«

Als ihre sanften braunen Augen seinen Blick erwiderten, fühlte es sich an wie ein Stromschlag in seinem ganzen Körper.

»Sie wussten es nicht, okay?«

Sie nickte.

»Vor etwa einem Jahr wurde meine Frau von einem Auto angefahren. Sie liegt im Koma und ist, na ja, irgendwie nicht mehr unter uns.«

Andi keuchte auf und umklammerte seine Hand. »*Oh.* Was ich vorhin gesagt habe … Die Mädchen, sie haben mich gehört. Wie furchtbar.«

»Es geht ihnen jetzt viel besser. Uns allen.«

»Wo ist sie jetzt?«

»In ihrem eigenen Zuhause, wo sie rund um die Uhr betreut wird.« Er wappnete sich gegen den Schmerz, der aber ausblieb. Irgendwann hatte er sich offenbar an das neue Arrangement gewöhnt.

»Es tut mir so leid. Sie müssen alle untröstlich sein.«

»Wir haben uns damit abgefunden. Monatelang haben wir getrauert. Ich habe über ein Jahr lang nicht gearbeitet und bin erst vor nicht ganz zwei Monaten in mein Büro zurückgekehrt. Für meine Töchter musste ich eine gewisse Normalität herstellen. Jill, meine Älteste, wird bald siebzehn.«

»Sie lieben sie wirklich sehr«, stellte sie fest und drückte seine Hand.

»Ja«, bestätigte er, »und ich hatte keine andere Wahl, als für sie weiterzuleben. Frannie war auch ein Geschenk des Himmels. Nach dem Unglück ist sie bei uns eingezogen und hilft mir bei allem.«

»Das ist toll. Ich habe sie auf Anhieb gemocht.«

»Wir standen uns schon immer nahe, aber jetzt ist das noch mal etwas ganz anderes. Es ist unglaublich, wie sie einfach ihr eigenes Leben auf Eis gelegt hat, als wir sie brauchten.«

Sie berührte ihn am Arm. »Sie haben ganz schön viel durchgestanden, nicht wahr? Sie alle?«

»Es war nicht leicht.« Während sie sachte seinen Arm rieb, überkam ihn das Bedürfnis, sie zu küssen. Alarmiert richtete er sich auf und unterbrach den Zauber. »Ich bringe Sie besser zu Ihrem Hotel zurück. Es war ein langer Tag, und wir haben eine anstrengende Woche vor uns.«

»Ja, da haben Sie recht.« Sie stand auf und sammelte ihre Sachen zusammen. »Danke für den wunderbaren Tag. Es war echt schön.«

»Fand ich auch.«

Kapitel 5

Ein Lichtstrahl, der durch die Hotelvorhänge fiel, weckte Andi am nächsten Morgen. Kaum erinnerte sie sich wieder an den gestrigen Abend, stöhnte sie auf und vergrub das Gesicht im Kissen.

Wie konnte ich nur so eine Vermutung anstellen?

Bei dem Gedanken an die geschockten Gesichter von Jack und seiner Familie drückte sie sich noch tiefer ins Kissen, wollte dort für immer bleiben.

Bis das Telefon klingelte.

»Ach, Mann.« Sie schob sich die schweren Locken aus dem Gesicht und griff nach dem Hörer. »Hallo?«

»Guten Morgen, Andi. Ich hoffe, Sie haben gut geschlafen.«

Beim Klang von Jacks Stimme glühte ihr Gesicht. Sie setzte sich auf und zupfte an der Decke. »Ja, habe ich. Danke.«

»Ist es okay, wenn ich in etwa einer Stunde vorbeikomme und Sie abhole? Wir könnten uns nach dem Frühstück ein paar Sehenswürdigkeiten anschauen. Ihr Team kehrt erst am späten Nachmittag in die Stadt zurück, wir haben also den ganzen Tag Zeit.«

»Das klingt gut. Wir treffen uns dann unten.« Sie hielt kurz inne und zuckte bei der unangenehmen Erinnerung erneut zusammen. »Jack, ich fühle mich ganz schrecklich wegen gestern Abend.«

»Ich habe doch gesagt, dass es nicht schlimm ist. Denken Sie einfach nicht mehr daran, okay?«

»Ja, klar«, spottete sie. »Das ist ja auch so leicht.«

Er lachte leise, und sie stellte überrascht fest, wie ihre Haut vor Aufregung kribbelte. Sie konnte es kaum erwarten, ihn wiederzusehen. Hör sofort auf damit, Andrea. Er ist ein Arbeitskollege – ein verheirateter Arbeitskollege. Sie dachte an Tony, den äußerst netten Mann, den sie seit Kurzem in Chicago datete. Außerdem bist du … na ja … mit jemand anderem zusammen.

»Es sind jetzt schon sechsundzwanzig Grad, stellen Sie sich also auf einen heißen Tag ein.«

»Bis gleich.«

Nachdem sie aufgelegt hatte, streckte sie sich wieder aus und dachte über Jack, Tony und ihren Sohn nach. Erics Vater hatte sie ziemlich verletzt, und seitdem hatte sie sich von Männern ferngehalten – bis vor Kurzem. Tony, der Vater von einem von Erics Freunden, hatte sie wiederholt gefragt, ob sie mit ihm ausgehen würde, bis sie schließlich nachgegeben und eingewilligt hatte. In den letzten Wochen waren sie ein paarmal essen gewesen und gingen die Sache langsam an. Sie genoss seine Gesellschaft, aber dann dachte sie an Jacks Anruf und stellte fest, dass ihre Haut bei dem Gedanken, Tony zu treffen, noch nie vor Vorfreude gekribbelt hatte.

»Das ist doch albern«, sagte sie laut. Es konnte kein gutes Ende nehmen, wenn sie zuließ, dass sie sich in Jack verliebte. Er lebte mehr als tausend Kilometer von ihr entfernt, war verheiratet und hatte eigene Kinder. Ein gebrochenes Herz pro Leben, dachte sie, ehe sie das Bett verließ. Das ist mehr als genug.

In einem langen Sommerkleid und mit einem Strohhut mit breiter Krempe trat sie vor das Hotel, wo Jack auf sie wartete.

Er lief ums Auto, um ihr die Tür zu öffnen. »Sie sehen sehr hübsch aus.«

»Danke.« Bei seinem Anblick raste ihr Herz. »Sie hatten recht damit, dass es heiß wird.«

»Ich könnte das Verdeck schließen und die Klimaanlage einschalten, wenn Sie wollen.«

»Nein, schon gut. Ich liebe es, wenn das Verdeck unten ist. Deshalb habe ich den Hut auf. Wo geht's denn heute hin?« Sie warf ihm einen verstohlenen Blick zu und stellte fest, wie gut ihm das hellblaue Seidenhemd und die Khakihose standen. Lass das.

»Ich habe Privatführungen im Breakers und im Marble House arrangiert.«

»Ich kann's kaum erwarten, die Häuser in Augenschein zu nehmen. Ich habe die Broschüren über die ›Sommer-Cottages‹ gelesen, die Ihr Büro uns geschickt hat. Cottages? Da lachen ja die Hühner.«

»Wenn Sie sehen, wie riesig sie wirklich sind, können Sie es noch weniger glauben. Im Büro liegen ein paar Bücher, die zeigen, wo die Astors, Vanderbilts und ihresgleichen den Rest des Jahres verbracht haben. Diese Häuser stellen die Sommer-Cottages noch einmal in den Schatten.«

Die prachtvollen Zimmer mit der antiken Möblierung regten Andis Fantasie an, und sie überlegte schon, wie sie das frühe zwanzigste Jahrhundert ins Hotel einbauen konnte.

Jack schien es zu genießen, wenn sie auf jede neue Entdeckung voller Begeisterung reagierte, während sie durch die Gänge liefen und die Treppen der Villen rauf- und runterstiegen. Sie wies ihn auf etliche Besonderheiten hin, die nur einem Raumgestalter auffallen würden. Im Gegenzug lenkte er ihre Aufmerksamkeit auf Aspekte der Architektur, die jedes Haus zu einem Unikat machten.

Als Nächstes brachte er sie zur Hammersmith Farm, der ehemaligen Sommerresidenz der Kennedy-Familie. Obwohl das Haus nicht länger für Besichtigungen zur Verfügung stand, teilte Jack ihr mit, dass der neue Besitzer ein Freund von ihm war und ihnen eine Tour gestattet hatte. Das Anwesen, das Jackie Kennedys Stiefvater Hugh Auchincloss gehört hatte, stand am Ten Mile Ocean Drive.

Andi mochte ganz besonders die Geschichte der Touristenführerin darüber, wie Präsident Kennedy mit dem Helikopter auf der großen Rasenfläche vor dem Haus zu landen pflegte, die an den Strand von Narragansett Bay angrenzte. Dann war er trotz seines schlimmen Rückens aus dem Helikopter gesprungen, über den Rasen gelaufen und durch das Erkerfenster ins Esszimmer gestiegen. Andi beschloss, die Verbindung der Kennedys zu Newport in einem der Hotelzimmer zu verarbeiten.

»Das war herrlich, Jack, einfach wundervoll«, verkündete sie, noch immer unter dem Eindruck dieses faszinierenden Stücks Kennedy-Geschichte.

»Ich will Ihnen vor dem Mittagessen noch eine Sache zeigen.«

Sie besuchten die St. Mary's Church, in der der Präsident und Mrs Kennedy im September 1953 geheiratet hatten. »Der Empfang fand auf dem Rasen der Hammersmith Farm statt.«

»Wir müssen dafür sorgen, dass auch der Rest vom Team die Kennedy-Tour durchläuft«, entschied sie beim Mittagessen.

»Wir setzen Hammersmith mit auf den Reiseplan. Während Sie eben kurz weg waren, hat Frannie angerufen und alle zum Grillen zu uns nach Hause eingeladen.«

»Das kann ich Ihnen nicht zumuten. Sie sind eine ziemlich verrückte Truppe.«

»Wir haben Teenager, wir sind daran gewöhnt, dass es verrückt zugeht. Frannie und die Mädchen freuen sich schon auf Sie.«

Nachdem sie sich ein spätes Mittagessen bestellt hatten, lehnte er sich auf dem Stuhl zurück und betrachtete sie mit seinen graublauen Augen, die sie so faszinierten. Wieder kribbelte ihre Haut, und wieder ermahnte sie sich, dass sie vorsichtig sein musste.

»Sie hatten erwähnt, dass Sie einen Sohn haben. Wie heißt er?«

»Eric. Ich weiß, dass alle Mütter ihre Kinder toll finden, aber in diesem Fall stimmt es auch.«

Er lachte. »In Ihrem Haus geht es also vermutlich genauso laut und lärmend zu wie in meinem. Sind Sie verheiratet?«

»Nicht mehr«, seufzte sie. »Ich wünschte, es wäre laut bei mir zu Hause, aber Eric ist seit seiner Geburt taub und kann nicht sprechen. Er beherrscht die Gebärdensprache wunderbar und wird immer besser im Lippenlesen, aber es ist viel zu still.«

»Es ist bestimmt nicht leicht, so alleine.«

»Meine Mutter lebt bei uns, und sie ist mir eine große Hilfe. Eric lässt sich von seiner Behinderung nicht aufhalten. Er ist ein ganz typischer Fünfjähriger. Die Schule hat ihm unglaublich viel geholfen, in letzter Zeit läuft es also schon viel besser.«

»Unterstützt sein Dad Sie?«

Sie schüttelte den Kopf und suchte nach den richtigen Worten, selbst nach all den Jahren. »Er … kam nicht damit klar, ein behindertes Kind zu haben. Zehn Tage nach Erics Diagnose hat er uns verlassen, und wir haben ihn seither nicht mehr gesehen. Das ist jetzt über vier Jahre her.«

Er starrte sie sichtlich geschockt an. »Wer macht denn so was?«

Seine Empörung rührte sie so sehr, dass sie lächeln musste. »Ich habe mich vor langer Zeit damit abgefunden. Eric wollte bisher nicht wissen, wo sein Vater ist, also musste ich mich zumindest vorerst nicht damit befassen. Allerdings bin ich mir sicher, dass die Fragen irgendwann kommen werden.«

»Es tut mir so leid. Das muss eine sehr schwere Zeit für Sie gewesen sein.«

»Das war es, aber wir haben es überstanden. Es war viel schwerer, als er noch jünger war und ich ständig Angst hatte, dass ihn das, was er nicht hörte, verletzen könnte. Darin bin ich allerdings besser geworden.«

»Gab es nichts, was man für ihn tun konnte?«

»Er ist kein Kandidat für ein Cochlea-Implantat. Ich hoffe, dass es irgendwann andere Möglichkeiten gibt.« Sie griff in ihre Tasche und zog ein Foto von einem niedlichen blonden Jungen mit großen blauen Augen hervor.

»Er ist Ihr Ebenbild«, bemerkte Jack, nachdem er ihr das Bild zurückgegeben hatte. »Sehr hübsch.«

»Danke, aber eigentlich sieht er aus wie Alec.«

»Das ist bestimmt nicht leicht, wenn man bedenkt, dass die Beziehung zu Ende ist.«

»Das stört mich nicht. Eric erinnert mich ständig daran, dass das Leben vielleicht nicht immer so verläuft, wie man hofft, aber auch aus Enttäuschungen gute Dinge erwachsen können. Ohne ihn wäre mein Leben viel ärmer.«

»Das ist eine wundervolle Art, die Dinge zu betrachten. Ich bewundere Sie dafür. Viele hätte ein solcher Verrat zerstört.«

»Genau wie Sie konnte ich es mir nicht leisten, mich davon unterkriegen zu lassen. Ich musste mich um meinen Sohn kümmern, und glauben Sie mir: Der Verlust ist ganz auf Alecs Seite. Ihm entgeht ein tolles Kind.«

»Wir haben beide schon ganz schöne Schlachten geschlagen, was?«, fragte er, als ihr Essen serviert wurde.

Sie lächelte über seine Wortwahl. »So kann man es ausdrücken, aber wir hatten auch Glück. Wir haben großartige Kinder und interessante Jobs, die wir gerne machen. Es könnte schlimmer sein, oder?«

»Ich habe in den letzten sechzehn Monaten entsetzlich viel Zeit damit verbracht, mich selbst zu bemitleiden.«

»Sie scheinen eine unvorstellbare Situation auf bewundernswerte Weise gemeistert zu haben.«

»Nett, dass Sie das sagen, aber ich habe mich viel zu lange nicht gut genug um meine Kinder gekümmert. Ich habe mich so auf Clare konzentriert, dass ich meine Töchter vernachlässigt habe. Zum Glück waren Jamie, Frannie und eine Menge anderer Leute für sie da, als ich es nicht war.«

»Es klingt so, als hätten Sie für Ihre Frau getan, was Sie konnten. Deshalb konnten Sie sich wieder Ihrer Aufgabe als Dad widmen und zur Arbeit zurückkehren – weil Sie wussten, dass Sie alles in Ihrer Macht Stehende für sie getan hatten.«

»Sonst fällt es mir schwer, darüber zu reden, aber bei Ihnen nicht.«

»Ich muss noch immer mein Fettnäpfchen von gestern ausmerzen«, erklärte sie, ehe sie sich ihrem Hummersalat widmete und ihre Unterhaltung einen leichteren Ton annahm.

»Ich dachte, das hätten wir bereits geklärt.«

Bei seinem schiefen Schmunzeln setzte ihr Herz für einen Schlag aus. Er wirkte so anziehend und verkörperte alles, was sie sich bei einem Mann wünschte. Aber sie rief sich – und ihrem wild klopfenden Herzen – ins Gedächtnis, dass er jemand anderem gehörte. Dann dachte sie an Tony und ihre sich anbahnende Beziehung, und Schuldgefühle überkamen sie wegen dem, was sie plötzlich für Jack empfand.

»Was ist los?«, erkundigte er sich.

Sie riskierte einen Blick auf ihn. »Nichts, warum?«

»Sie hatten nur gerade so einen Ausdruck in den Augen … als würde Sie etwas betrüben.«

Verunsichert legte sie die Gabel weg und trank einen Schluck Wein. »Sie sind ein echt netter Kerl, Jack Harrington.«

Ein Muskel in seiner Wange spannte sich an, als er erst auf den Tisch, dann zu ihr hochsah. »Darf ich Ihnen eine Frage stellen, die von so was wie einem Arbeitskollegen völlig unangemessen ist?«

Sie lachte nervös und erwiderte: »Klar. Schießen Sie los.«

»Sind Sie mit jemandem zusammen?«

Hitze stieg in ihr auf und brachte ihr Gesicht zum Glühen. Sie legte die Hände an die Wangen, in der Hoffnung, ihm würde nicht auffallen, wie sehr seine Frage sie aufwühlte.

»Tut mir leid«, entschuldigte er sich. »Ich habe Sie in Verlegenheit gebracht.«

»Nein, schon gut. Es ist nur ziemlich warm hier.«

»Es geht mich nichts an. Ich weiß nicht mal, warum ich überhaupt gefragt habe.«

Er wirkte so verwirrt, dass sich ihr Herz zusammenzog. Gefährlich, sehr gefährlich. »Wir werden in den kommenden anderthalb Jahren eng zusammenarbeiten. Ich hoffe, dass wir sowohl Freunde als auch Kollegen sein können.«

Seine Miene hellte sich auf, als er lächelte, und plötzlich verspürte sie Verlangen nach ihm. Wirklich sehr, sehr gefährlich.

»Das wäre schön«, stimmte er zu.

»In dem Fall kann ich meinem Freund, der auch mein Kollege ist, erzählen, dass ich mich seit Kurzem mit dem Vater von einem von Erics Freunden treffe.«

War das Enttäuschung, was sie da auf seinem Gesicht erblickte?

»Und wie läuft es?«

»Es ist … äh … interessant, könnte man sagen, wieder mit jemandem auszugehen, nachdem man so lange verheiratet und dann Single war, weil man mitten in der Phase steckte, in der man sich nie wieder mit jemandem treffen wollte.«

»Ich kann mir nicht vorstellen, wieder mit jemandem zusammen zu sein. Ich meine, wer würde sich schon auf eine Situation wie die meine einlassen wollen? Verheiratet, aber eigentlich nicht … Das wäre nicht fair.«

»Das ist nicht Ihre Entscheidung. Wenn eine Frau beschließt, mit Ihnen zusammen zu sein, dann tut sie das, auch wenn sie Ihre Lage kennt.«

»Ich kann es mir trotzdem nicht vorstellen. Ich käme mir Clare gegenüber untreu vor, wissen Sie?«

»Ich verstehe, was Sie meinen.« Sie schwieg kurz. »Ich habe sie nicht gekannt, aber ich kann nicht glauben, dass sie von Ihnen erwartet, für den Rest Ihres Lebens allein zu bleiben. Würde sie sich nicht wünschen, dass Sie glücklich sind?«

Lachend erwiderte er: »Nicht, wenn das eine Frau einschließt. Sie war ein wenig besitzergreifend, wenn es um mich ging.« Er spielte gedankenverloren mit einer weiteren Serviette auf dem Tisch. »Ich war so damit beschäftigt, die Beziehung mit meinen Töchtern zu retten und mich wieder in meine Arbeit einzufinden, dass ich noch gar nicht groß über meine eigene Zukunft nachgedacht habe.« Er hob den Blick und schaute sie an. »Bis vor Kurzem.«

Die Aussage hing zwischen ihnen.

Dann räusperte sie sich und widmete sich wieder ihrem Salat.

»Ich habe Sie wieder in Verlegenheit gebracht. Tut mir leid.«

»Das muss es nicht.« Sie zwang sich zu einem strahlenden Lächeln, obwohl ihr das Herz wild in der Brust schlug. »Wann treffen wir uns mit den anderen bei Ihnen?«

Er betrachtete sie einen atemlosen Moment lang. »Um sechs.«

* * *

Da sie noch etwas Zeit hatten, brachte er sie zum Cliff Walk, der hinter den Gärten der Villen entlangführte, die sie heute Vormittag besichtigt hatten. Der Ozean brach sich tosend an den zerklüfteten Felsen unter ihnen und schleuderte riesige Gischtfontänen zu ihnen hoch.

Jack blieb stehen, um Andi sein Haus auf dem gegenüberliegenden Ufer des weiten Gewässers zu zeigen. »Es steht zwischen den beiden weißen Häusern, das mit dem ganzen Glas. Sehen Sie es?«

»Wow, ich kann es kaum erwarten, es aus der Nähe zu betrachten.« Sie schaute zu ihm hoch, ein neckendes Lächeln auf dem hübschen Gesicht. »Ist es ein Original-Jack-Harrington?«

»Allerdings.«

»War es schwer, so dicht am Ufer zu bauen?«

»Es war eine Herausforderung, aber das war es wert. Ich liebe es, direkt am Wasser zu wohnen.«

Sie betrachtete die Aussicht. »Das kann ich gut verstehen.«

Jack bemühte sich, das Gespräch nicht wieder auf die persönlichen Themen zu bringen, die sie beim Mittagessen angesprochen hatten, und konzentrierte sich auf die Pläne für das Hotel, Ideen für die Einrichtung und die wichtigsten Punkte des Entwurfs. Aber trotz seiner Bemühungen ertappte er sich immer wieder dabei, wie er sie fasziniert beobachtete, wenn sie mit Gesten unterstrich, welche Ideen ihr beim Ausflug durch Newport gekommen waren.

Beim Essen hatte er sie in Verlegenheit gebracht, indem er ihr Fragen gestellt hatte, zu denen er gar kein Recht hatte. Sie war nicht nur eine Kollegin, sondern auch noch mit einem anderen zusammen. Er konnte später noch darüber grübeln, wenn er allein war, warum ihn diese Information auf unangemessene Weise eifersüchtig machte. Im Moment genoss er es einfach nur, bei ihr zu sein.

Sie war so in ihre Erzählung vertieft, dass sie eine Unebenheit auf dem Pfad übersah und stolperte.

Sofort griff er nach ihr und verhinderte, dass sie hinfiel.

Schwer atmend blickte sie zu ihm hoch, die schokoladenbraunen Augen vor Schreck ganz groß.

Er stützte sie, bis sie ihr Gleichgewicht wiedergefunden hatte. »Alles in Ordnung?«

Sie warf einen Blick zur felsigen Küste unter ihnen und klammerte sich fester an ihn. »Das wäre ein ganz schön tiefer Sturz geworden.«

»Wenigstens einmal im Jahr stürzt hier einer ab.« Wieder traf es ihn wie ein Schlag in die Magengrube, als sie ihn ansah. »Andi …«

»Ja?«

»Ich …« Er wollte sie küssen. Nachdem er mehr als ein Jahr lang nichts empfunden hatte, brodelte das Verlangen so heftig in ihm, dass er kaum atmen konnte. Dann kamen ihm wieder all die Gründe in den Sinn, warum er sie oder irgendeine andere nicht küssen konnte, und ermahnten ihn, sie loszulassen.

Aber verdammt noch mal, er wollte es nicht.

Dennoch gab er sie schließlich frei.

»Jack? Was ist? Stimmt was nicht?«

Verunsichert schüttelte er den Kopf. »Alles in Ordnung. Wir sollten weitergehen.«

Kapitel 6

Im Pool an Jacks Haus wurde gerade Blindekuh gespielt. Andi grüßte ihre Arbeitskollegen sowie Frannie und Jamie, die am Grill standen mit einem Nicken.

»Wir sind gleich wieder da«, rief Jack ihnen zu. »Andi würde sich gerne mal das Haus ansehen.«

»Lasst euch Zeit«, übertönte Frannie Jimmy Buffett, der aus der Stereoanlage schallte.

Nachdem Jack sie einander vorgestellt hatte, stand Jill auf, um Andi etwas zu trinken zu holen.

Andi winkte Kate und Maggie im Pool zu, bevor sie das Glas Wein von Jill entgegennahm.

»Das ist unglaublich«, verkündete Andi, sobald sie und Jack im Haus waren. »Sie sieht genauso aus wie Sie.«

»Das sagen alle. Sie ist es so leid, das ständig zu hören.«

»Dann bin ich ja froh, dass ich es nicht zu ihr gesagt habe.«

»Sie hat sich dran gewöhnt. Aber welche Sechzehnjährige möchte schon aussehen wie ihr Dad?«, fragte er grinsend. »Bei Clare und Kate ist es genauso – frappierende Ähnlichkeit. Und mittendrin Maggie.«

»Ein bisschen was von beiden?«, erkundigte sich Andi, während sie ihm in die Küche folgte.

»Genau. Da Maggie viel jünger ist, haben Sie sich sicherlich schon gedacht, dass sie nicht geplant war. Glauben Sie mir, der Gedanke, noch ein Baby zu bekommen, als Jill und Kate schon in der Grundschule waren, hat uns ganz schön zugesetzt. Aber Maggie komplettiert uns. Ich bin so froh, dass sie da ist.«

Als sie ihm zuhörte, wie er von seinen Kindern redete, stimmte es sie traurig, dass Eric keinen Vater wie Jack hatte. Sie verdrängte den deprimierenden Gedanken und konzentrierte sich auf das außergewöhnliche Haus, das er für seine Familie gebaut hatte. Es hatte überall Parkettboden und große Glasfronten, damit man die prachtvolle Aussicht auf das Meer ungehindert genießen konnte.

Er führte sie nach oben auf die Etage der Mädchen und dann die Wendeltreppe hinauf zum Elternzimmer.

»Ich habe den Überblick verloren«, gab sie zu. »Vier Bäder?«

»Sechs«, korrigierte er sie mit einem verlegenen Lächeln. »Sieben Schlafzimmer.«

Ein Schnappschuss von ihm und seiner hübschen, blonden Frau stand auf einem Tisch, und Andi erkannte, dass er auf dem Boot aufgenommen worden war. Sie folgte Jack zum Balkon über dem Poolbereich. Darunter sah sie das Meer glitzern.

»Das war Clares Lieblingsplatz. Egal, welches Wetter herrschte, sie stand jeden Morgen ein paar Minuten hier draußen.«

»Ich verstehe, warum es ihr so gefiel. Es ist ein herrliches Haus, Jack. Ehrlich.«

»Danke.« Ihre Begeisterung schien ihn in Verlegenheit zu bringen. »Vor sechs Jahren habe ich Clare damit zu Weihnachten überrascht. Einer meiner besseren Momente, wenn ich das so sagen darf.«

»Sie hat nichts davon gewusst?«

»Nicht das Geringste.«

»Wie haben Sie das denn geschafft?«

»Eine ganze Reihe von Lügen gehörte dazu«, gestand er mit einem Grinsen. »Was sie mir vergeben hat, sobald sie das Haus zum ersten Mal gesehen hat.«

»Sie hat Glück, dass sie Sie hat.«

»Ich hatte Glück, sie zu haben«, widersprach er und zögerte, als wollte er noch etwas hinzufügen.

»Jack? Was ist los?«

Seine Miene nahm einen abwesenden Ausdruck an, und er wirkte, als wäre er ganz weit weg. »Die Sache mit Clares Unfall ist etwas komplizierter als das, was ich Ihnen gestern erzählt habe.«

Es schien ihn viel Kraft zu kosten, darüber zu reden, wie Clare vor dem heranrasenden Auto gestanden hatte, ohne sich von der Stelle zu rühren, und wie er jetzt mit der Ungewissheit leben musste, ob sie es vielleicht absichtlich getan hatte.

»Das glauben Sie doch nicht wirklich, oder?«, fragte Andi, zutiefst gerührt von seiner Geschichte und dem Schmerz, den er ausstrahlte. In dem Moment stellte sie überrascht fest, dass es so gut wie nichts gab, was sie nicht tun würde, um ihn wieder zum Lächeln zu bringen.

»Ich hätte es nicht für möglich gehalten, wenn ich das Video von der Sicherheitskamera des Einkaufszentrums nicht gesehen hätte. Sie hatte genug Zeit, um aus dem Weg zu springen.«

»Nachdem ich Sie und die Mädchen kennengelernt und das Haus besichtigt habe, das Sie für sie gebaut haben, scheint es mir, als hätte Clare alles gehabt, wofür es sich zu leben lohnt.«

»Das habe ich auch immer gedacht, aber wer weiß, ob sie das auch so empfunden hat. Am Morgen des Unfalls hatten wir einen Streit, und wenn ich mich an die Monate davor zurückerinnere, dann erkenne ich jetzt, dass etwas nicht stimmte. Sie wissen ja: Hinterher ist man immer klüger …«

»Das können Sie sich nicht antun, Jack.«

»Das meinen alle, aber das Bild, wie sie vor dem Auto stand, das auf sie zufuhr, lässt mich einfach nicht mehr los. In vielen Nächten wache ich schweißgebadet auf, selbst nach all den Monaten, weil ich davon geträumt habe und nicht verhindern konnte, dass das Auto sie erfasst. Ich renne auf sie zu, aber ich komme immer zu spät.«

Sie blinzelte die Tränen weg und griff nach seiner Hand. Hätten auf der Terrasse unter ihnen nicht so viele Menschen gestanden, hätte sie ihn umarmt.

»Jedenfalls werde ich vermutlich nie wissen, was eigentlich passiert ist.« Sie beobachtete, wie er sich bemühte, die Trauer abzuschütteln. »Tut mir leid. Ich wollte Ihnen nicht die Stimmung verderben.«

Sie drückte seine Hand. »Das haben Sie nicht. Ich bin froh, dass Sie es mir erzählt haben.«

»Danke, dass Sie mir zugehört haben.«

* * *

Frannie sah zu Jack und Andi auf dem Balkon hoch, die die Köpfe zusammengesteckt hatten und sich unterhielten. »Da geht was vor sich.«

»Vielleicht hast du recht«, stimmte Jamie ihr zu, der erst die Hamburger wendete und dann nach oben linste.

Sie gab ihm einen Klaps auf den Arm. »Sieh nicht hin.«

»Du hast doch auch hingesehen. Bevor sie wieder hier sind, wollte ich dich was fragen.«

»Was?« Sie bemühte sich, gelassen zu klingen, trotz der angespannten Stimmung, die seit dem Abend auf dem Boot gestern zwischen ihnen herrschte.

»Gehst du morgen Abend mit mir essen?«

»Als *Date*?« Sie gab vor, entsetzt zu sein, aber das Herz schlug ihr bis zum Hals.

»Ja, als Date«, bestätigte er lachend.

»Das ist keine gute Idee.«

»Was soll das heißen? Es ist die beste Idee, die ich jemals hatte. Die hätte mir eigentlich schon vor Jahren kommen sollen.«

»Falls wir was anfangen, was am Ende vielleicht nicht hält, dann wäre das eine Katastrophe. Für alle.« Sie zeigte zum Pool, in dem die Mädchen mit ihren Freunden und Jacks Gästen schwammen.

Er wickelte sich eine Locke ihres Haares um den Finger und brachte sein Gesicht ganz nah an ihres. »*Wenn* wir was anfangen, dann wird es auch halten, weil wir einander bereits lieben.«

Vor Überraschung blieb ihr der Mund offen stehen, aber er drückte ihr nur den Pfannenwender in die Hand und ging davon.

»Ihr zwei wirkt aber ziemlich angespannt«, merkte Jack an, als er sich ein paar Minuten später zu ihr gesellte. »Alles in Ordnung?«

»Natürlich.« Sie widmete sich wieder dem Grill. »Du und Andi habt da oben aber auch ganz schön angespannt ausgesehen.«

»Haben wir?« Er klang ertappt. »Wirklich?«

Sie bemerkte, wie ihr Bruder nach Andi Ausschau hielt, die bei ihren Arbeitskollegen auf der anderen Seite des Pools stand. »Entspann dich«, riet sie ihm. »Es hat keiner gemerkt.«

»Du hast es gemerkt.«

»Was ist los, Jack?«

Er zögerte, bevor er ihr verriet: »Ich hatte nicht erwartet, jemanden zu treffen, bei dem ich mehr will.«

Sein ratloses Achselzucken weckte ihr Mitgefühl. »Es ist nicht schlimm, wenn man mehr will, Jack. Du kannst nicht den Rest deines Lebens allein verbringen. Clare würde das nicht wollen.«

»Bleib mal realistisch. Sie wäre ausgeflippt, wenn ich eine andere Frau auch nur angesehen hätte.«

»Das war damals.«

»Gibst du mir also deine Erlaubnis, kleine Schwester?«, fragte er mit einem kleinen Lächeln.

»Du musst es dir selbst gestatten.« Sie drückte seinen Arm. »Erlaube dir zu leben, Jack. Was bleibt dir denn sonst auch übrig?«

»Ich kann mir nicht vorstellen, dass etwas mit ihr laufen könnte.«

»Warum nicht?«

»Erst einmal arbeiten wir zusammen, und Affären unter Kollegen nehmen nie ein gutes Ende.«

»Ich weise dich nur ungern auf etwas Offensichtliches hin, aber ihr seid keine Kollegen.«

»Du weißt, was ich meine. Sie ist eine Kundin.«

»Sie ist die Angestellte eines eurer Kunden.«

Er warf ihr einen nicht ganz ernst gemeinten finsteren Blick zu. »Sie lebt außerdem über tausend Kilometer von mir entfernt und hat dort einen Freund.«

»Ach so«, erwiderte Frannie grinsend. »Du hast dich also erkundigt, was?«

»Es wurde erwähnt.«

»Ist es ernst?«

»Klang eher so, als wäre es ziemlich neu.«

»Ich habe noch keinen Grund gehört, der mich davon überzeugt, dass du nicht mit ihr ausgehen kannst.«

»Wie wäre es dann mit dem hier: Welche Frau, die noch bei Verstand ist, würde sich mit meiner schwierigen Lage auseinandersetzen wollen?«

»Hm, vielleicht ja die, die dir schon die ganze Zeit, seit du dich mit mir unterhältst, verstohlen Blicke zuwirft?«

Er sah unauffällig zur anderen Seite des Pools, und tatsächlich beobachtete Andi ihn. Er lächelte, und sie lächelte zurück.

Über den Austausch musste Frannie lachen. »Du bist wohl ein bisschen verknallt, was?«

»Keine Ahnung«, antwortete er und fuhr sich mit den Fingern durchs Haar. »Kann sein.«

»Trau dich, Jack. Was hast du zu verlieren?«

»Ich habe schon so viel verloren. Ich weiß nicht, ob ich das Risiko noch einmal eingehen kann.« Sein Gesicht verfinsterte sich vor Anspannung, die er mühevoll wieder abzuschütteln versuchte. »Egal. Was läuft da zwischen dir und JB?«

»Ich habe keine Ahnung, was du meinst.«

»Er hat etwas gesagt, worauf du mit offenem Mund dastandst.«

Sie verdrehte die Augen und wandte sich von ihm ab. »Ist doch egal.«

Aber er hielt sie zurück und hob fragend eine Augenbraue.

»Wenn du es unbedingt wissen musst: Er hat mich eingeladen, morgen Abend mit ihm auszugehen.« Sie machte sich von ihm los.

»Wenn das mal nicht interessant ist. Gehst du?«

»Da hab ich mich noch nicht entschieden. Ich gedenke nicht, mich seinem Harem anzuschließen.«

»Die Barbie-Phase hat er längst hinter sich gelassen. Ich weiß nicht mal, wann ich ihn das letzte Mal mit einer Frau gesehen habe. Unser Junge wird vermutlich langsam erwachsen. Vielleicht sucht er nach einer Frau mit Substanz.«

»Ist es das, was ich bin? Eine Frau mit *Substanz*?« Sie tat so, als wäre sie beleidigt, während sie die Burger anrichtete. »Essen ist fertig«, rief sie und reichte Jill einen Teller.

»Geh mit ihm aus. Schau, was passiert.«

»Was, wenn es nicht hält? Er ist dein bester Freund und einer meiner besten Freunde, schon seit Jahren.«

»Ich verstehe das, aber betrachte es doch mal von dieser Seite: Was, wenn es das ist, wonach ihr beide gesucht habt, und in all den Jahren lag es direkt vor eurer Nase?« Er stupste sie an. »Es ist nur ein Abendessen. Geh mit ihm aus. Wenn du es nicht tust, wirst du dich immer fragen, was gewesen wäre, wenn.«

Argwöhnisch betrachtete sie ihn aus schmalen Augen. »Hat er dich dafür bezahlt, dass du seine Partei ergreifst?«

Mit einem Lachen hob er abwehrend die Hände. »Er hat kein Wort darüber verloren. Ehrlich.«

»Okay, okay, ich gebe ihm eine Chance, aber wenn es böse ausgeht, dann vergiss nicht, dass ich das vorhergesagt habe.«

»Es ist immer eine großartige Einstellung, etwas anzufangen und gleich das schlimme Ende zu erwarten. Tolle Strategie, Fran.« Dann tätschelte er ihr den Kopf und gesellte sich zu den anderen.

Sie blickte ihm nach, und ihr schwoll das Herz, als sie bemerkte, wie Andis Gesicht sich aufhellte, sobald sie ihn auf sich zukommen sah. Allmählich ging es aufwärts.

* * *

Nach dem Abendessen entzündete Jack den Kamin am Pool, und Andi setzte sich neben ihn auf die Doppelliege, um das Feuer zu betrachten. Ihre Kollegen unterhielten seine Töchter mit Geschichten über einige ihrer größten Design-Herausforderungen. Die Mädchen waren Fans von Einrichtungssendungen und diskutierten mit den überdrehten Innenarchitekten ihre liebsten Folgen.

Dass Maggie Andis Mitarbeiter Michael dazu überredete, »nur mal ganz kurz« ihr Zimmer zu begutachten, brachte Jack zum Lachen. Sie hatte den lustigen Designer ganz schön bezirzt.

»Auf die müssen Sie in ein paar Jahren achtgeben«, flüsterte Andi.

Jack stöhnte. »Bei ihr bekomme ich bestimmt graue Haare. Jill und Kate werden schon seit Jahren von Jungs umschwärmt, aber sie haben sich noch keinen rausgepickt. Gewöhnlich ziehen sie es vor, sich in Gruppen zu treffen, was mir ganz recht ist. Wenn ich an Maggie in ein paar Jahren denke, wird mir schon jetzt angst und bange.«

»Sie ist hinreißend«, meinte Andi, die über seine Not lachen musste. »Also, womit haben Sie Frannie vorhin bedrängt?«

»Ich? Bedrängt? Ich weiß nicht, wovon Sie reden.«

»Raus mit der Sprache.«

»Sie sind ganz schön unnachgiebig«, zog er sie lächelnd auf. »Wie es aussieht, haben mein bester Freund und meine Schwester ein Auge aufeinander geworfen – und das zwanzig Jahre nachdem sie sich kennengelernt haben. Sie war zweimal verheiratet, beide Male mit Typen, die sie enttäuscht haben. Ich fände es schön, wenn sie mit jemandem zusammen wäre, der so solide ist wie Jamie.«

»Sie haben also keine Einwände. Gut. Das ist ihr bestimmt wichtig.«

Wieder einmal überraschte – und erfreute – es ihn, wie einfühlsam sie war. »Ich habe nichts dagegen, aber ich muss mich trotzdem vergewissern, ob er ehrbare Absichten hat.«

Missbilligend hob sie eine Augenbraue. »Das ist ein Scherz, oder?«

»Überhaupt nicht. Wir reden hier von meiner kleinen Schwester.«

Sie beugte sich an ihm vorbei und betrachtete kurz Frannie. »Von hier aus sieht sie ziemlich erwachsen aus.«

»Sie meinen also, ich darf ihn nicht aushorchen und damit drohen, ihm die Fingernägel auszureißen, sollte er ihr wehtun?«

»Sie müssen sich da raushalten.«

»Ich frage mich allmählich, ob ich Sie so gernhabe, wie ich erst dachte«, scherzte er.

Sie lachte. »Das ist vielleicht für uns beide das Beste.«

»Nein, ist es nicht.«

* * *

Auf der anderen Seite der Terrasse, auf einer anderen Sonnenliege, übte auch Jamie sich im Bedrängen, allerdings unter dem Vorwand des »Überzeugenwollens«.

»Hat dir dein Bruder also gestattet, mit mir auszugehen?«, erkundigte er sich bei Frannie.

»Du bist aber ganz schön anmaßend. Dein Name ist gar nicht gefallen.«

»Ja, *genau*«, erwiderte er. »Ich weiß doch, wie das zwischen euch beiden läuft. Verschon mich also bitte. Darf ich dich jetzt ausführen oder nicht?«

»Du solltest lieber schauen, ob *ich* es dir gestatte, mich auszuführen.«

»Du bist eine zähe Verhandlungspartnerin, Frances Harrington.«

»Glaubst du, dass es deine Chancen verbessert, wenn du mich so nennst? Dann denk noch mal darüber nach.«

Er nahm ihre Hand und küsste jeden ihrer Finger, während das Licht aus dem Kamin über ihr erstauntes Gesicht flackerte. »Also«, wiederholte er zwischen den Küssen, ohne je den Blick von ihr zu nehmen, »was *würde* denn meine Chancen verbessern?«

»Das ist ein Anfang«, hauchte sie atemlos. »Das ist definitiv ein guter Anfang.«

Er strahlte und küsste noch einmal ihre Hand.

»Darf ich dich etwas fragen?«

»Natürlich«, erwiderte er, bevor er sich wieder ihrem Daumen widmete.

Da sie Gefahr lief, die Kontrolle über die Unterhaltung zu verlieren, entzog sie ihm ihre Hand. »Warum willst du plötzlich mit mir essen gehen?«

Er richtete sich auf. »Es ist nicht *plötzlich*, Frannie.«

»Nicht? Du könntest jede haben …«

Er nahm wieder ihre Hand und versicherte ihr: »Aber ich will *dich*. Ich habe dich schon immer gewollt.«

»Das hast du nicht. Lüg mich nicht an.« Sie runzelte die Stirn und stand auf, stürmte ins Haus und begann, unter lautem Scheppern in der Küche aufzuräumen.

Er trat hinter sie und legte die Arme um sie. »Hör auf.« Er vergrub das Gesicht in ihrem Haar. »Hör auf, zu glauben, ich würde nur mit dir spielen.«

Sie musste sich dazu zwingen, weiterzuatmen. »Etwa nicht?«

Er drehte sie zu sich um, hob ihr Kinn und brachte sie dazu, seinen Blick zu erwidern. »Ich habe dich geliebt, seit du zum ersten Mal zu uns nach Kalifornien geflogen bist. Du hast mich umgehauen, aber wir waren noch Kinder. Danach hat das Timing einfach nie gepasst. Du hast geheiratet – *zwei Mal* –, und dann ist die Sache mit Clare passiert. Dabei dachte ich, ich müsste sterben, als Jack mir das erste Mal erzählt hat, dass du vor den Altar trittst.« Er beugte sich vor, um sie zu küssen. »Ich wollte beide Male am liebsten sterben, Frannie.«

Tränen liefen ihr über das Gesicht. »Warum hast du nie etwas gesagt?«

Er wischte ihr die Tränen weg. »Keine Ahnung, aber ich wünschte, ich hätte es. Besteht denn die Möglichkeit, dass du mich, du weißt schon, ebenfalls lieben könntest?«

Sie klammerte sich an ihn und versuchte, zu Atem zu kommen. »Ich habe dich immer geliebt«, flüsterte sie mit rauer Stimme. *»Immer.«* Dann riskierte sie einen Blick in das Gesicht, das ihr schon ihr halbes Leben lang so teuer gewesen war, und erkannte darin, was er für sie empfand.

Endlich.

»Tust du mir einen Gefallen?«, fragte sie.

»Alles.«

Sie legte die Finger um seine. »Bringst du mich zu dir nach Hause?«

Kurz schloss er die Augen, ehe er ihre Hand nahm und sie zur Haustür zog.

* * *

Jack und Andi traten wenige Minuten später mit Tassen und Tellern von der Terrasse in die Küche. Er spähte um die Ecke ins Wohnzimmer, fand aber weder Jamie noch Frannie. Schließlich sah er zur Eingangstür raus und stellte fest, dass Jamies Auto verschwunden war.

»Interessant«, bemerkte er, als er in die Küche zurückkehrte. »Sie sind weg.«

Kate und Maggie brachten ebenfalls Geschirr vom Grillen rein. Jill war schon gegangen, um sich mit Freunden einen Film anzusehen.

»Wo ist Frannie?«, wollte Kate wissen.

»Ich glaube, Onkel Jamie hat sie mitgenommen«, antwortete Jack.

»Sie schien wütend zu sein«, meinte Kate.

»Ich bin mir sicher, dass sie das klären – worum auch immer es geht.«

»Dad, warum nennen wir Frannie, die unsere Tante ist, nur Frannie, aber Onkel Jamie, der gar nicht unser Onkel ist, Onkel Jamie?«, fragte Maggie mit ernster Miene.

Die anderen lachten.

»Das ist eine gute Frage, Maggie, und ich habe keine Ahnung, warum das so ist«, gab Jack zu und strich ihr über das Haar.

»Es ist komisch«, entschied Maggie.

»Ja, das ist es«, stimmte er ihr zu. »Aber es wird Zeit, dass du ins Bett kommst, Miss Naseweis.«

»Nein. Ich will an meinem Zimmer arbeiten. Michael hat mir genau erzählt, was ich tun muss. Außerdem sind Sommerferien. Da darf ich lange aufbleiben.«

»Netter Versuch, aber es ist fast elf. Das ist spät genug.«

»Komm schon, ich bring dich ins Bett«, versprach Kate, bevor sie ihre Schwester rausscheuchte.

»Danke, Kate. Ich fahre Andi noch zu ihrem Hotel. Bin gleich zurück.«

»Okay.« Kate folgte ihrer Schwester die Treppe rauf und kitzelte sie auf dem Weg.

»Kate kann gut mit ihr umgehen«, bemerkte Andi.

»Früher haben sie sich ständig gezankt«, gestand er, »aber nach allem … Sie stehen sich jetzt viel näher.«

»Sie müssen mich nicht zum Hotel bringen. Ich kann mit den anderen mit.«

»Sind Sie sicher?«

»Natürlich. Es besteht kein Grund für Sie, noch eine Extratour zu machen.«

»In Ordnung«, sagte er leise, verspürte Enttäuschung, dass er nicht noch mehr Zeit mit ihr verbringen konnte.

Ein paar Minuten später verließen Andi und ihr Team das Haus, aber nicht ohne sich wortreich bei Jack zu bedanken und ihm zu seinen Töchtern und seinem Zuhause zu gratulieren.

Er sah Andi nach, während sie den anderen folgte, und dachte daran, wie sehr er den Tag mit ihr genossen hatte – und wie sehr er sich wünschte, er könnte die Nacht mit ihr verbringen. Schuldgefühle meldeten sich und gaben ihm das Gefühl, als wäre er Clare bereits untreu gewesen. Der leise Schmerz, den er schon lange mit sich herumtrug, brach plötzlich mit aller Heftigkeit erneut hervor. Er schloss die Tür und lehnte den Kopf dagegen.

Zwei Schritte vor, einer zurück.

* * *

Frannie und Jamie wechselten auf der kurzen Strecke bis zu seiner Wohnung in der Innenstadt von Newport kein Wort. Die ganze Fahrt über raste Frannies Herz so wild, dass sie kaum atmen konnte. Sie konnte es nicht fassen, dass das hier tatsächlich passierte.

Er schien zu spüren, wie aufgeregt sie war, und legte eine Hand auf ihre, woraufhin sich ihr Herzschlag augenblicklich wieder beruhigte.

Sie verfolgte, wie die Lichter der Stadt an ihnen vorbeihuschten, während er mit dem klassischen Porsche schneller fuhr, als er vielleicht sollte. Was, wenn es sich zwischen ihnen irgendwie komisch anfühlen würde? Was, wenn sie schon zu lange befreundet waren, als dass sie diesen Sprung wagen könnten? Was, wenn es genau die Katastrophe war, die sie befürchtete?

»Frannie?«

Seine Stimme riss sie aus den Gedanken, denen sie nachhing, und sie erkannte, dass sie seine Wohnung erreicht hatten.

Als sie sich abschnallen wollte, schien es, als hätte sie zwei linke Hände.

Wieder einmal hielt er sie zurück und machte es selbst. »Komm.« Er griff über die Mittelkonsole nach ihr.

Sobald er die Arme um sie legte, umhüllte sie sein herrlicher Duft, und sie entspannte sich. »Sag mir, dass es nicht verrückt ist, wenn wir an etwas Gutem herumpfuschen«, bat sie ihn nach langem, angespanntem Schweigen.

»Wir sind verrückt, weil wir bis jetzt damit gewartet haben, daran herumzupfuschen.«

»Aber was, wenn …«

Er schob die Finger in ihr Haar und hielt sie fest, während er ihr die Worte von den Lippen küsste. Mit der Zunge drang er in ihren Mund und bescherte ihr eine Flut überwältigender Empfindungen. Noch nie hatte ein Kuss eine solche Wirkung auf sie gehabt.

Während sie seine Zärtlichkeiten erwiderte, fühlte sie sich so wunderbar. Das hier war Jamie. *Ihr* Jamie. Der Mann, den sie schon immer geliebt hatte.

Der Kuss dauerte so lange, dass sie jedes Gefühl für Zeit und Ort verloren.

Als er sich schließlich ihrem Hals zuwandte, raste ihr Herz wieder, aber diesmal aus einem ganz anderen Grund.

»Lass uns reingehen«, flüsterte er, und ein Schauer lief ihr über den Rücken.

Sie ließ ihn los und musste lachen, als sie erkannte, dass die Scheiben seines Autos beschlagen waren.

»Als wären wir noch Teenager.« Sein amüsiertes Lächeln war so sexy und unwiderstehlich, dass es ihr schwerfiel, ihn lange genug loszulassen, dass er aus dem Auto aussteigen, es umrunden und ihr die Tür öffnen konnte. Er hielt ihr eine Hand hin.

Sie legte ihre hinein.

Auf dem Weg zu seinem Apartment im zweiten Stock ließ er sie nicht los. Trotz des schwachen Scheins der beleuchteten Stadt konnten sie einander in der Dunkelheit kaum erkennen. Sie hatte eigentlich erwartet, dass er Licht machen würde, aber kaum hatte er die Tür geschlossen, zog er sie in die Arme und nahm wieder ihren Mund.

»Gott, Frannie«, flüsterte er, bevor er Küsse von ihrem Kinn bis über ihren Hals hauchte. »Hast du eine Ahnung, wie lange ich dich schon begehre? Wie oft ich dir schon am Tisch gegenüber gesessen und mir vorgestellt habe, wie es wohl wäre, das hier zu tun?«

Er strich von ihrer Hüfte aufwärts und umfasste ihre Brüste. Er massierte die Spitzen, und sie schrie unter den Empfindungen auf, die sie durchströmten.

»Manchmal wurde ich bei einem Besuch bei euch steif, wenn ich mir vorstellte, wie ich dich einfach gegen die Wand dränge und dich nehme.« Er saugte an ihrem Ohrläppchen, schob sie gegen die Wand und presste sich an sie. »Ich wollte dich. Jede Minute, die ich mit dir verbracht habe, seit dem Tag, an dem ich dich getroffen habe, habe ich dich begehrt.«

Als Antwort auf dieses Geständnis fasste sie ihm ins Haar und zog seinen Kopf zu einem weiteren leidenschaftlichen Kuss zu sich.

»Tu es«, hauchte sie, als sie sich voneinander lösten, um wieder zu Atem zu kommen. »Wie du es dir vorgestellt hast.« Nicht länger wegen der Folgen besorgt, drückte sie sich an ihn und zeigte ihm, was sie wollte.

Hitze stieg in seine blauen Augen, als er an dem Verschluss ihrer Shorts zog. Beinahe ehrfürchtig entkleidete er sie, bis sie nackt vor ihm stand. Er verschlang sie förmlich mit Blicken, und brennendes Verlangen erfasste sie.

Sie zerrte an seinem Shirt, denn sie wollte ihn endlich nackt sehen und berühren.

Er griff hinter sich und zog sich das Kleidungsstück in einer fließenden Bewegung über den Kopf.

Sie öffnete seine Shorts und schob sie ihm mitsamt der Unterhose über die Hüften. Als sich ihr seine Erektion lang und dick und steif entgegenreckte, wurde ihr Mund ganz trocken. Sie legte die Hand um ihn, begann ihn zu streicheln, während seine Hände sich um ihre Brüste schlossen.

Unter ihrer Liebkosung stöhnte er, dann senkte er den Kopf und nahm eine Brustspitze in den Mund, saugte und leckte, bis sie sich fragte, wie lange ihre Beine sie noch tragen würden. Als könnte er ihre Sorge erahnen, legte er den Arm fester um ihre Taille und widmete sich ihrer anderen Brust.

»Jamie«, keuchte sie.

»Was, Baby? Sag es mir.«

Sie drückte ihn und spürte, wie er in ihrer Hand pulsierte. »Jetzt. Bitte.«

»Müssen wir uns schützen?«

Sie schüttelte den Kopf. Sie hatte seit einem Jahr keine Periode mehr gehabt, allerdings würde sie diesen Moment nicht ruinieren, indem sie ihm diese unangenehme Kleinigkeit mitteilte.

Er streichelte ihr mit der Hand den Rücken und umfasste ihre Pobacken. Dann hob er sie hoch, drückte sie gegen die Wand und stellte sich zwischen ihre Beine. Als er sie auf sich zog, konnte sie sich nicht beherrschen und schrie auf, so überwältigend war die Erfahrung. Nichts hatte sich jemals so gut, so richtig, so vorherbestimmt angefühlt.

»Alles okay?«, keuchte er genauso atemlos wie sie selbst.

»Mehr als nur okay.«

Er lächelte an ihren Lippen, bevor er sie erneut küsste.

Sie hielt sich fest, während er sie hart und schnell gegen die Wand nahm.

Plötzlich riss er seinen Mund von ihrem, warf den Kopf nach hinten, während er tief in sie eindrang und einen Orgasmus auslöste, den sie in jeder Faser ihres Körpers spürte.

Er kam ebenfalls, verloren in seinem eigenen Höhepunkt.

Lange danach hielten sie einander fest, atmeten heftig und kamen langsam wieder zu sich.

Er umklammerte sie fester und trug sie zum Sofa, wo er sich auf sie legte, ohne die Verbindung zwischen ihnen zu trennen.

Sie fuhr ihm mit den Fingern durchs Haar. »Ich dachte, es würde vielleicht komisch sein«, erklärte sie nach längerem Schweigen.

»Was?«, wollte er wissen, bevor er mit den Lippen ihren Hals berührte.

»Du. Ich. Das hier.«

»Komisch ist nur, dass wir das nicht schon seit Jahren tun.«

»Ich fasse nicht, dass du nie etwas gesagt hast.«

»Du doch auch nicht«, rief er ihr ins Gedächtnis.

»Dumm.«

»So dumm.« Er drängte seine Hüften gegen sie, ließ sie spüren, dass er wieder bereit war. »Weißt du, was wirklich dumm wäre?«

»Was?«

»Wenn einer von uns das jemals wieder mit jemand anderem täte.«

Sie lächelte ihn verschmitzt an. »Ich möchte glauben, dass ich diese Dummheit hinter mir gelassen habe.«

Er hauchte einen zärtlichen Kuss auf ihre Lippen. »Ich auch.«

Kapitel 7

Jack joggte am Strand, über den sich die Sonne zu einem weiteren heißen Sommertag erhob, und kehrte nach Hause zurück, um zu duschen, bevor die anderen wach wurden.

Er linste in Frannies Schlafzimmer, fand das Bett aber leer vor. Zwar freute er sich für sie und Jamie, aber die Vorstellung, dass die beiden ein Paar waren, war noch immer gewöhnungsbedürftig, auch wenn es das vermutlich nicht sein sollte. Seit ihrem ersten Besuch in Kalifornien verband die beiden eine besondere Freundschaft, und er hatte sich immer gefragt, ob Frannie mehr für Jamie empfand, als sie sich anmerken ließ. Auch Clare hatte diesen Verdacht gehegt.

Ich schätze, jetzt wissen wir es. Er wünschte sich, er könnte mit Clare darüber reden.

Nachdem er Jill und Kate einen Zettel geschrieben hatte, auf dem er sie darum bat, auf Maggie aufzupassen, bis ihre Tante wieder nach Hause kam, ging er zu seinem Auto.

Er fuhr am Wasser entlang und hielt bei einem Blumenladen an, um ein Dutzend gelber Rosen zu kaufen, bevor er bis zu einer Reihe Wohnungen weiterfuhr, die am Meer lagen. Mit dem Schlüssel ließ er sich selbst rein und trat in die Küche, in der Clares Krankenpflegerin Sally gerade Kaffee trank. Sie war eine stämmige, großmütterliche Frau mit grauem Haar und warmen blauen Augen. Er hatte sie sofort gemocht, als er sie kennengelernt hatte, und sie war ein Geschenk des Himmels.

Sie begrüßte ihn mit einem Lächeln. »Morgen.«

»Hallo. Wie läuft es?«

»Ziemlich gut. Bei Ihnen?«

»Ich bin recht beschäftigt, seit ich wieder arbeite.«

Sie nahm die Rosen entgegen und holte eine Vase aus einem Schrank. »Es ist gut, dass Sie arbeiten.«

Er zuckte die Achseln. »Das Leben geht weiter.«

»Allerdings«, stimmte sie ihm zu, während sie die Rosen frisch anschnitt. »Gehen Sie ruhig rein, und reden Sie mit ihr. Ich stelle diese herrlichen Blumen für sie in eine Vase.«

»Danke.« Er nahm sich einen Moment Zeit, um sich zu wappnen, bevor er Clares Schlafzimmer betrat, in dem es dunkel war, obwohl schwaches Sonnenlicht durch die geschlossenen Fensterläden fiel. Mit der Hand fuhr er durch ihr blondes Haar und strich ihr über die seidige Wange. Die körperlichen Zeichen ihres Unfalls waren längst verblasst, und sie sah genauso aus wie an jedem der Morgen, an denen er in den vergangenen zwanzig Jahren neben ihr aufgewacht war.

Er wickelte sich eine ihrer Locken um einen Finger, beugte sich vor und gab ihr einen Kuss auf die Stirn. Der unvertraute Duft ihrer Haare stimmte ihn traurig. Er sollte mal beim Friseur vorbeischauen, den sie stets besucht hatte, um das Shampoo zu kaufen, das sie mochte.

»Ich liebe dich, Süße«, flüsterte er mit einem letzten Blick auf sie in ihrem Krankenhausbett. Was auch geschah, sie war noch immer seine Frau. *Wie kann ich auch nur an eine andere denken?* Schuldgefühle stiegen erneut in ihm auf, als er den Raum verließ.

»Auf Wiedersehen, Sally.«

Sie trat aus der Küche. »Ich fange gleich mit ihrer Physiotherapie an. Machen Sie sich keine Sorgen.«

»Danke.«

* * *

Frannie löste sich aus Jamies Arm und betrachtete ihn im Schlaf, noch immer erstaunt über das, was letzte Nacht geschehen war. Sie streckte sich, erschöpft davon, ihn die ganze Nacht lang geliebt zu haben, zog sich sein T-Shirt über, das noch immer so wunderbar nach ihm roch, und begab sich auf die Suche nach Kaffee.

Sie stöberte in seiner Küche, fand Kaffeepulver und Filtertüten und schaltete die Kaffeemaschine ein. Dann fuhr sie sich mit den Händen durch die zerzausten Locken und reckte sich mit einem ausgiebigen Gähnen.

Jamies Wohnung erstreckte sich über die oberste Etage eines Gebäudes im Herzen der Innenstadt von Newport, umgeben von Läden und Restaurants. Der kleine Balkon am Wohnzimmer ging zum geschäftigen Hafen raus. Mit dem Kaffee in der Hand lehnte sie sich an das Geländer. Unten auf der Straße fuhr gerade ein Transporter vor, um eines der Restaurants mit Hummer zu beliefern. Interessiert beobachtete sie, wie ein Müllwagen ein Stück weiter eine Mülltonne anhob und leerte.

Alles scheint an diesem Morgen magisch, selbst die Müllabfuhr, dachte sie mit einem leisen Lachen.

Unvermittelt tauchte Jamie hinter ihr auf und rieb sein Gesicht an ihrem Nacken. »Mmm. Da bist du. Ich hab mir schon Sorgen gemacht, als ich aufgewacht bin und du nicht da warst.«

Sie drehte sich zu ihm um, und er gab ihr einen langen, leidenschaftlichen Kuss, der sofort wieder ihre Lust weckte.

»Guten Morgen.« Rückwärts führte er sie zurück in die Wohnung, nahm ihre Kaffeetasse, stellte sie ab und brachte sie zurück ins Bett.

»Musst du nicht arbeiten? Es ist Montag.«

Er zog sie auf sich und hielt sie mit einem Arm fest, während er mit dem anderen nach dem Telefon neben dem Bett tastete. Ohne den Blick von ihr zu nehmen, wählte er eine Nummer und küsste sie wieder, bis jemand abnahm.

»Hi, ich bin's, Jamie. Ich komme heute nicht ins Büro.«

Frannie schnappte nach Luft.

»Bitte Jack darum, einen neuen Termin für mich zu vereinbaren.«

Bei der Erwähnung ihres Bruders schlug sie die Hände vors Gesicht.

Er zwickte sie in die Seite. »Sag ihm, dass ich ihn nachher anrufe. Okay, danke.« Dann legte er auf, warf das Telefon beiseite und rollte sie in einer fließenden Bewegung unter sich. »Also, was wolltest du sagen?«

Sie hatte es vergessen.

* * *

Jack wurde beim Betreten des Büros von Stimmengewirr begrüßt. Andi und ihr Team hatten den Konferenzraum in Beschlag genommen, und sie schienen alle durcheinanderzureden.

Quinn reichte ihm seine Nachrichten. »Was für ein Tohuwabohu, was?«

»Ich schätze, so viel Energie kann für das Hotel nur Gutes bedeuten.« Er blätterte sich durch die Zettel, aber einer von ihnen stach ihm besonders ins Auge. »Was hat Jamie gesagt, als er angerufen hat?«

»Er hat darum gebeten, dass du seine Telefonkonferenz mit Tokio verlegst, weil er sich heute um etwas anderes kümmern muss.«

Ja, um meine Schwester, dachte Jack auf dem Weg in sein Büro. Jamie hatte sich einen freien Tag verdient, nachdem er das Geschäft über ein Jahr lang allein geführt hatte. Was Jack störte, war, *wie* er diesen Tag verbrachte. Vielleicht hätte er Frannies Bedenken gestern Abend ernster nehmen sollen. Sie hatte recht: Es wäre wirklich für alle schrecklich, wenn es zwischen ihnen nicht funktionieren würde.

Ein paar Minuten später klopfte Andi an, während er am Telefon einen neuen Termin für Jamies Gespräch vereinbarte. Er winkte sie rein und bedeutete ihr, die Tür zu schließen.

»Hatten Sie eine erholsame Nacht?«, erkundigte er sich, nachdem er aufgelegt hatte.

»Ich habe noch ein paar Stunden gearbeitet und dann wie ein Stein geschlafen. Muss an der Seeluft liegen.«

Er lächelte, verriet ihr aber nicht, dass er sich den größten Teil der Nacht über nur hin und her gewälzt und an sie und seine widerstreitenden Gefühle gedacht hatte.

Quinn meldete sich über die Gegensprechanlage und teilte ihm mit, dass die Leute von der Küstenschutzbehörde für ihr Meeting da waren.

»Ich schätze, das ist mein Stichwort.« Sie stand auf. »Wir besuchen heute die Redwood Library.«

»Das wird bestimmt ein Riesenspaß.«

»Alles im Dienste der Recherche.«

Er wünschte sich, sie könnten noch einen Tag miteinander verbringen. »Lassen Sie sich von mir nicht aufhalten. Wenn Sie was brauchen, rufen Sie mich an.«

»Danke, bis später.« Sie schenkte ihm auf dem Weg nach draußen ein strahlendes Lächeln.

Nachdem sie weg war, stieß er einen langen, gequälten Seufzer aus. Er hatte nur zehn Minuten mit ihr verbracht, aber sie ließ ihn atemlos vor Verlangen zurück. Er geriet immer tiefer hinein und hatte das Gefühl, als würde er sich selbst von außen betrachten. Ein oder zwei Minuten später – er wusste nicht genau, wie lange – meldete Quinn sich wieder, um ihn daran zu erinnern, dass seine Gäste auf ihn warteten.

Also stand er auf, strich sich durchs Haar und sammelte die Unterlagen ein, die er für das Treffen brauchte. Als er die Tür öffnete, warf ihm Quinn einen fragenden Blick zu.

Wortlos lief er an ihr vorbei.

* * *

Der Tag zog sich hin, während Jack und sein Team mit den Küstenbauingenieuren diskutierten, die prüfen wollten, ob das Abwassersystem des Hotels auf eine Weise konstruiert wurde, die die empfindliche Umwelt schützte. Um die lange Liste der Bedingungen der Aufsichtsbehörde durchzusprechen, arbeiteten sie bis in den Nachmittag hinein. Jack ging beim Design einen Kompromiss nach dem anderen ein, um diese besonders wichtige Hürde im Genehmigungsprozess hinter sich zu bringen. Aber seine Gedanken schweiften immer wieder ab.

Nachdem alle Probleme auf der Liste angesprochen worden waren, gaben sich Jack und die Bauingenieure die Hand.

»Bis zur nächsten Sitzung der Küstenschutzbehörde sollte unser endgültiger Vorschlag stehen«, vermutete der Teamleiter.

»Ich werde da sein«, versicherte ihm Jack.

Nachdem er sie zur Tür gebracht hatte, kehrte er zu seinem Büro zurück. »Grundgütiger, ich dachte schon, wir werden nie fertig«, ächzte er und fügte an Quinn gewandt hinzu: »Es war wie eine Darmspiegelung, die einen Tag dauert.«

Sie lachte. »Danke für dieses Bild, Jack. Aber der Teil sollte ja jetzt erledigt sein, oder?«

»Wir müssen nächsten Monat noch alles bei der Sitzung der Behörde vorstellen, aber es sieht so aus, als würden wir die Genehmigung bekommen.« Es war ein langes Meeting gewesen, und er reckte sich ausgiebig, um die verspannten Muskeln zu entlasten.

Quinn hob eine Augenbraue.

»Was?«

»Was ist los mit dir?«

»Nichts.«

»Okay, wenn du das sagst.«

»Ich sage es«, rief er ihr auf dem Weg in sein Büro zu, wo ihn ein Stapel Nachrichten erwartete. Er blätterte sie durch und legte die beiseite, die bis morgen Zeit hatten. Nachdem er die Anrufe erwidert hatte, die seiner sofortigen Aufmerksamkeit bedurften, überflog er seine E-Mails.

Gerade hatte er sich wieder den Hotelplänen zugewandt, als Jamie mit einem verlegenen Lächeln auf dem Gesicht reinkam.

Er lehnte sich gegen die geschlossene Tür. »Stecke ich in großen Schwierigkeiten?«

Jack neigte den Kopf und betrachtete ihn von Kopf bis Fuß. Sein Freund wirkte glücklich und zur selben Zeit fast wie benommen. »Wie groß sollten die Schwierigkeiten denn sein?«

»Ziemlich groß, nehme ich an.«

Jack hob eine Hand. »Ich will nichts wissen.«

Darüber musste Jamie grinsen, ehe er sich von der Tür abstieß, um sich auf Jacks Stuhl fallen zu lassen. »Ich liebe sie, Jack. Wirklich. Ich glaube, ich habe sie schon immer geliebt.«

»Im Ernst?«

»Ich schwöre es.«

»Wow … Und das nach all dem Mist, den ihr beide mit anderen erlebt habt, sie ganz besonders.«

»Ich will gar nicht darüber nachdenken, wie viel Zeit wir verschwendet haben, aber das Timing hat einfach nie gepasst. Erst war sie verheiratet, dann war da das mit Clare …«

»Ich sollte dir jetzt wohl erklären, dass ich dich töten muss, wenn du ihr wehtust.« Er boxte Jamie leicht gegen die Schulter, als er an ihm vorbeilief, um das Fenster zu schließen, das er am Morgen geöffnet hatte.

»Nein, musst du nicht, denn ich werde sie heiraten.«

Jack wirbelte herum und starrte ihn an. »Hat Jamie Booth gerade das H-Wort in den Mund genommen? Ist nicht wahr. Einfach so?«

Jamie lachte. »Es ist schon seit Jahren ›einfach so‹. Seit sie bei dir eingezogen ist, haben wir viel Zeit miteinander verbracht, und ich schätze, dass etwas, was vermutlich schon immer da gewesen ist, endlich ans Tageslicht getreten ist.«

»Nach dem letzten Desaster hat sie verkündet, dass sie nie wieder heiraten will«, warnte ihn Jack.

»Ich bring sie dazu, ihre Meinung zu ändern.«

Jack grinste. »Wenn das jemand schafft, dann du.«

»Aber bevor ich ihr den Antrag mache, wollte ich wissen: Bist du damit einverstanden?«

Kurz erwog Jack, ihn zappeln zu lassen, aber dann überlegte er es sich anders. Er hatte noch nie eine solche Verletzlichkeit auf Jamies Gesicht gesehen, und er hatte ganz sicher noch nie gehört, dass er von Heirat sprach. »Du bist ohnehin schon wie ein Bruder für mich. Warum also nicht auch mein Schwager?« Er streckte ihm die Hand entgegen.

Erleichterung stand Jamie ins Gesicht geschrieben, als er Jacks Hand schüttelte. »Danke.«

»Ich kann es einfach nicht glauben«, staunte Jack über diese Wendung des Schicksals.

»Es ist irre, aber es fühlt sich richtig an.«

»Ich freue mich für dich – für euch beide.«

»Das ist das Beste, was mir jemals passiert ist, so viel ist schon mal sicher. Und was ist hier so los?«

»Nicht viel. Ich feile nur ein wenig an den Hotelplänen.«

Gerade wollte Jamie in sein eigenes Büro rübergehen, als ihm ein weiterer Gedanke kam. »Ich hab vergessen, dich zu fragen, ob du heute schon mit Tokio telefoniert hast.«

Jack verdrehte die Augen. »Ist alles geklärt. Ich habe sie davon überzeugt, dass du einen persönlichen Notfall hattest, der deine Aufmerksamkeit erforderte.«

Jamie zwinkerte ihm zu. »Danke, ich schulde dir was.«

»Wohl kaum. Das, was du hier getan hast, während ich weg war, werde ich dir noch in fünf Jahren abstottern.«

»Nein, wirst du nicht.«

Kaum war er allein, nahm Jack die Visitenkarte, die Andi ihm gegeben hatte, drehte sie in den Händen und überlegte, ob er sie zum Abendessen einladen sollte.

Aber dann dachte er an Clare und daran, wie sie heute Morgen in ihrem Krankenhausbett ausgesehen hatte. Er warf die Karte auf den Schreibtisch, verließ das Büro und fuhr nach Hause, um dort mit seinen Töchtern zu Abend zu essen.

Kapitel 8

Am nächsten Nachmittag war Jack in die Hotelpläne vertieft, als Andi ihm auf die Schulter tippte.

»Wie läuft's?«

Wahnsinnig glücklich darüber, dass sie da war, lächelte er. »Hi, ich hab Sie gar nicht reinkommen gehört.«

»Ich habe Sie bei der Arbeit beobachtet. Das mach ich gerne. Sie wirken extrem konzentriert«, erklärte sie mit ernstem Gesichtsausdruck. »Woran sitzen Sie gerade?«

»Ich feile nur noch ein bisschen rum, nichts Großes. Und was haben Sie so getrieben?«

»Gerade haben wir die Tennis Hall of Fame besucht. Es war herrlich. Was für eine Stadt. Sie hat eine so reiche, vielfältige Geschichte, von der man sich inspirieren lassen kann. Die Hotelzimmer werden umwerfend.«

»Ich wette, Sie haben sie bereits vor Augen.«

»Natürlich. Ich hab die anderen auf die Kennedy-Tour nach Hammersmith und zu St. Mary's geschickt.«

»Ich hatte schon geahnt, dass Ihnen das Tennismuseum gefällt. Hat jemand auf den Rasenplätzen gespielt?«

»Wir haben bei zwei Spielen zugeschaut, bevor wir uns dazu durchringen konnten, zur Arbeit zurückzukehren.« Sie sah auf die Uhr. »Heute treffe ich mich mit ein paar Künstlern. Künstlern aus der Umgebung Aufträge zu vermitteln ist Teil unserer Besuche vor Ort.«

»Ich habe die Dame mit den Drillingen in Alaska nicht vergessen.«

Sie stöhnte. »Erinnern Sie mich nicht daran.«

»Nachdem wir darüber geredet haben, habe ich überlegt, ob Sie vielleicht Interesse daran hätten, sich Frannies Werke anzuschauen. Sie ist eine tolle Malerin, und seit sie hierhergezogen ist, hat sie viele Aufträge angenommen.«

»Das wusste ich ja noch gar nicht. Ich würde ihre Werke liebend gern in Augenschein nehmen. Können wir das gleich machen? Bis zum nächsten Termin habe ich noch etwa eineinhalb Stunden Zeit.«

»Klar, ich bin hier so weit fertig.« Er rollte die Pläne zusammen, die auf dem Arbeitstisch verteilt lagen. »Sonst kann ich mich gar nicht mehr davon loseisen. Gehen wir.«

* * *

»Oh, Frannie, die sind ja wundervoll«, rief Andi, während sie den Stapel mit den Leinwänden durchging, der an der Wand des ehemaligen Gartenschuppens lehnte, den Jack für seine Schwester zu einem Atelier umgebaut hatte.

»Du warst ganz schön beschäftigt, Fran.« Jack schaute Andi über die Schulter, um einen Blick auf die neuesten Werke seiner Schwester zu werfen. »Die sehen toll aus.«

»Danke. Seit die Mädchen Ferien haben, hatte ich mehr Zeit, es war also ein ergiebiger Sommer.«

»In der Tat.« Andi betrachtete die Leinwände noch einmal. Es gab Landschaften mit Booten, die auf der Narragansett Bay segelten, ein paar Bilder von den Villen aus ungewöhnlichen Blickwinkeln, Momentaufnahmen von Tennisspielern beim Tennismuseum und von Kindern, die in der Brandung herumtollten. »Was haben Sie mit den Bildern vor?«

Frannie zuckte die Achseln. »So weit habe ich noch gar nicht gedacht. Ich wollte mit ein paar der ansässigen Kunstgalerien über eine Ausstellung reden, aber ich war bislang zu beschäftigt.«

Ein Anflug von Schuldgefühlen überkam Jack, weil sie so viel aufgegeben hatte, um ihm und den Kindern zu helfen.

»Was, wenn ich Ihnen sage, dass ich gerne alle für das Hotel hätte?« Andi drehte sich zu Frannie um und nannte als Preis eine sechsstellige Zahl, bei der die Geschwister aufkeuchten.

Frannie blieb vor Überraschung der Mund offen stehen. »Echt?«

»Ihre Gemälde sind hervorragend und vermitteln genau das lokale Flair, das wir uns für unsere Hotels wünschen. Ich kann mir nicht vorstellen, warum ich woanders danach suchen sollte.«

Jack umarmte Frannie. »Gratuliere.«

»Wer vertritt Sie?«, wollte Andi wissen.

»Äh, ich.«

»Dadurch wird die Sache gleich viel einfacher. Ich nehme alles, was Sie hier haben, und gebe noch zehn speziellere Bilder in Auftrag. Das besprechen wir genauer, sobald ich mich mit den Leuten in Chicago kurzgeschlossen habe und die Pläne für die Hotelzimmer stehen.«

»Geht klar«, erwiderte Frannie leicht benommen.

»Sie haben beide eine künstlerische Veranlagung, nicht wahr?«, fragte Andi.

»Erzählen Sie das bloß nicht unserem Vater«, wehrte Jack ab. »Er hat keine Ahnung, woher er uns beide hat.«

Frannie schmunzelte zustimmend.

Nachdem sie die Pläne genauer besprochen hatten, umarmte Frannie Andi. »Ich kann Ihnen gar nicht genug danken.«

»Ich sollte Ihnen danken, denn ich bin gleich beim ersten Besuch auf die Beste getroffen. Da fällt mir ein, dass ich meine Nachmittagstermine absagen muss.« Sie wollte gerade gehen, drehte sich aber noch mal um. »Sie haben nicht vor, in naher Zukunft Drillinge zu bekommen, oder?«

Jack lachte.

Frannie musterte Andi, als wäre sie verrückt geworden. »Äh, nein, keine Pläne für Drillinge.«

»Ausgezeichnet, Sie sind engagiert«, bekräftigte Andi, dann trat sie auf die Terrasse mit dem Pool, um ihre Anrufe zu tätigen.

Nachdem sie weg war, sprang Frannie jubelnd auf und nieder und warf sich dann ihrem Bruder in die Arme. »*Grundgütiger*, Jack, ist das nicht verrückt?«

»Ich freue mich so für dich, Fran. Du hast es verdient.«

»Ich kann es kaum erwarten, Jamie davon zu erzählen. Ach, was meint sie eigentlich mit Drillingen? Das verstehe ich nicht.«

»Die letzte Künstlerin, die sie engagiert hatten, haben sie an eine Drillingsschwangerschaft verloren.«

Frannie erschauderte bei dem Gedanken.

»Geh feiern. Amüsier dich.«

»Du auch.« Frannie sah zu Andi rüber, die es sich auf einer Sonnenliege bequem gemacht hatte und in ihr Handy sprach. Sie hatte die Sandalen ausgezogen und schien die späte Nachmittagssonne zu genießen. »Wir müssen uns mal unterhalten. Es ist ganz schön viel passiert.«

»Ja, aber nicht heute.« Er drängte seine Schwester zum Haus. »Geh und berichte Jamie von deinen Neuigkeiten.«

* * *

Der Rest der Woche bestand aus endlosen Brainstorming-Sitzungen und Planungstreffen. Der größte Teil der Designtätigkeiten würde von Chicago aus erledigt werden, bis etwa zwei Monate vor der Eröffnung, wenn das Team aus dem Hauptsitz nach Newport geschickt werden würde, um die Hotelzimmer und Suiten herzurichten. Andi teilte Jack mit, dass sie für die letzten Vorbereitungen nicht vor Ort sein würde, da sie sonst zu lange von ihrem Sohn getrennt wäre. Allerdings rechnete sie damit, regelmäßig kurz vorbeizuschauen, um die Fortschritte der Arbeit zu begutachten.

In dem Wissen, dass er sie wahrscheinlich längere Zeit nicht mehr sehen würde, empfand Jack wachsendes Unbehagen beim Gedanken daran, dass der Abschied immer näher rückte. Im Verlauf der Woche hatten sie eng zusammengearbeitet, hatten sich viel voneinander erzählt und den Anfang einer vielversprechenden Freundschaft geknüpft. Jedes Mal, wenn er sie verließ, sehnte er sich mehr nach ihr, und ihm kam allmählich der Verdacht, dass er es bedauern würde, wenn er sie abreisen ließ, ohne herauszufinden, ob sie das Gleiche empfand.

Bevor er einen Rückzieher machen konnte, wagte er sich in das Büro, das sie ihr für diese Woche zur Verfügung gestellt hatten.

»Brauchst du Hilfe?«, erkundigte er sich von der Tür aus.

Sie hob den Blick und ließ ein Lächeln aufblitzen, bei dem ihm die Knie weich wurden. »Ich bin fast fertig.«

Jetzt oder nie. Er trat in den Raum, schloss die Tür und lehnte sich dagegen. »Ich hatte mich gerade gefragt …«

Sie durchsuchte einen Stapel Hefter und stopfte einige in ihre bereits überfüllte Aktentasche. »Was?«

Während er darauf wartete, dass sie ihn wieder ansah, verlor er den Mut. »Ich wollte wissen, ob ich dich zum Flughafen bringen soll.«

Sie lief um den Schreibtisch herum, und ihre Mundwinkel hoben sich amüsiert. »Wenn das alles ist, warum hast du dann die Tür geschlossen?«

»Ich, äh …«

Sie verschränkte die Arme und schaute mit ihren herrlichen Augen zu ihm hoch. »Was hast du dich gefragt?«

»Nur, äh …« Sein Herz schlug wie ein Presslufthammer, und sein Mund war staubtrocken. »Also, ich wollte wissen, ob es, du weißt schon … ernst … zwischen dir und dem Typen ist, mit dem du in Chicago ausgehst.«

»Das weiß ich noch nicht.«

»Könnte es ernst werden?«

»Ich schätze schon, irgendwann.«

»Ach so.«

»Warum fragst du?«

»Wenn du glücklich mit ihm bist, dann spielt es keine Rolle.«

Sie trat einen Schritt näher, bis sie nur noch wenige Zentimeter voneinander trennten. »Was, wenn es für mich eine Rolle spielt? Ich möchte wissen, warum dich das interessiert.«

Er schluckte schwer und zwang sich dazu, weiterzureden. »Wenn du ungebunden wärst – rein hypothetisch, natürlich.«

»Natürlich.«

»Hätte ich dich gefragt, ob du es in Erwägung ziehen würdest, irgendwann wieder herzukommen.«

»Um am Hotel zu arbeiten?«, erkundigte sie sich mit einem kleinen Lächeln.

Entnervt knurrte er: »Du genießt das viel zu sehr.«

»Tut mir leid.« Er beobachtete, wie sie vergeblich versuchte, ihre Heiterkeit zu zügeln. »Was wolltest du sagen?«

»Würdest du? In Erwägung ziehen, noch mal herzufliegen? Um, äh, mich zu besuchen? Wenn du ungebunden wärst. Hypothetisch.«

Sie brachte den letzten Schritt hinter sich, der sie trennte, und legte die Hände an sein Gesicht.

»Andi …«

»Ja, Jack?«

Plötzlich schien er keine Luft mehr zu bekommen. »Was machst du da?«

Sie schlang ihm die Arme um den Hals, um ihn zu sich runterzuziehen. »Das.«

In dem Augenblick, in dem seine Lippen ihre berührten, war er verloren.

Bei dem Gefühl, wie ihre Zunge seine liebkoste, wurde ihm schwindlig, aber im selben Moment fühlte er sich auch gestärkt. Er lehnte sich an die Tür, legte die Arme um sie und hob sie hoch, um sie besser küssen zu können. »Das ist völlig verrückt, aber ich kann dir nicht widerstehen.« Er neigte den Kopf und holte sich mehr, war überwältigt von der Hitze des sinnlichen Kusses.

Auf der Suche nach Sauerstoff und dem Rest seiner Vernunft schmiegte er sein Gesicht an ihren Hals und atmete den Duft ein, der ganz und gar ihrer war.

»Jack …«

»Komm zurück«, flüsterte er. »Nicht wegen der Arbeit, sondern weil du mich sehen willst. Komm zurück, Andi.«

»Wann?« Sie klang so atemlos, wie er sich fühlte.

»Bald. Nächstes Wochenende?«

»Ich weiß nicht.« Ihre Hände legten sich auf seine Brust. »Ich muss erst schauen, wie es zu Hause läuft.«

»Ich will dich wiedersehen.«

Ein Klopfen an der Tür schreckte sie auf.

»Kann's losgehen, Boss?«, fragte ihr Arbeitskollege Michael vom Gang aus.

Mit zitternder Hand rieb sie sich über die geschwollenen Lippen. »Ich bin gleich da.« Sie blickte zu Jack hoch und betrachtete ihn lange. »Ich muss darüber nachdenken.«

»Okay.« Er legte eine Hand auf den Türknauf, bis sie ihre Aktentasche genommen und ihre anderen Habseligkeiten eingesammelt hatte. Die ganze Zeit beobachtete er sie, prägte sich jedes Detail ein.

Als er gerade die Tür öffnen wollte, hielt sie ihn zurück. Sie stellte sich auf die Zehenspitzen und drückte ihren Mund auf seine Wange. »Ich habe ihn noch nie geküsst«, flüsterte sie.

Irgendwie schaffte er es, die Tür zu öffnen. Irgendwie schaffte er es, sie gehen zu lassen. Irgendwie schaffte er es, wieder zu atmen.

* * *

Jack ging dieser Kuss nicht mehr aus dem Kopf. Er durchlebte jedes Detail der letzten Minuten mit ihr von Neuem. Wenn er arbeiten sollte, dachte er an den Kuss. Wenn er sich auf ein Meeting konzentrieren sollte, erinnerte er sich wieder an ihn und grübelte über ihre Abschiedsworte nach. Wenn er schlafen sollte, entsann er sich, wie es sich angefühlt hatte, sie festzuhalten.

Er hatte schon so manche Frau geküsst, aber keine andere Begegnung hatte seine Welt so auf den Kopf gestellt wie diese – eine Erkenntnis, die ihn mit bebender Hoffnung und erdrückenden Schuldgefühlen erfüllte. Was war nur los mit ihm, dass er ständig an eine andere Frau dachte, während seine Ehefrau hilflos im Koma lag?

Quinn betrat sein Büro und räusperte sich, um seine Aufmerksamkeit auf sich zu lenken.

»Hi«, begrüßte er sie. »Was ist los?«

»Ich könnte dich das Gleiche fragen. Wo zum Henker steckst du nur diese Woche?«

»Nirgendwo. Hier.«

»Stimmt was nicht? Ist es Clare?«

»Nein«, erwiderte er, wieder voller Schuldgefühle. *Nein, er hatte nicht ständig an seine kranke Ehefrau denken müssen – nicht mehr.* »Alles in Ordnung.«

Sie betrachtete ihn kurz, dann reichte sie ihm ein paar Akten. »Die wöchentliche Telefonkonferenz mit Infinity startet in zwanzig Minuten. Soll ich den Termin verlegen?«

Sein Herz schlug schneller bei dem Gedanken daran, dass er wieder mit Andi reden konnte. Bald. »Nicht nötig.«

»In Ordnung. Dann lass ich dich mal arbeiten.«

»Danke.«

Um sich auf das Meeting vorzubereiten, zwang er sich dazu, die Akten durchzusehen, die Quinn ihm gegeben hatte, konnte aber nicht aufhören, dabei an Andi und den Kuss zu denken. Dieser verdammte Kuss. Als er schließlich den Anruf tätigte, war er beinahe sauer auf sie, weil es ihre Schuld war, dass er so durcheinander war, und sie ihn zwei Tage lang ohne ein Wort hängen gelassen hatte.

Aber dann hörte er ihre Stimme am Telefon, und wildes Verlangen vertrieb die Wut. Er versuchte, sich auf das Gespräch zu konzentrieren und nicht auf die Erinnerung daran, wie es sich angefühlt hatte, sie zu halten, zu küssen, von ihrem verlockenden Duft eingehüllt zu werden. Als er seine Aufmerksamkeit wieder dem Meeting zuwandte, waren bereits zehn Minuten vergangen, und er hatte keine Ahnung, wie viel er verpasst hatte. Kurz danach beendeten sie die Unterhaltung, aber Andi bat ihn, noch nicht aufzulegen. Während sie an ihrem Ende darauf wartete, dass die anderen sich verabschiedeten, litt er still vor sich hin.

»Wie geht es dir?«, erkundigte sie sich schließlich.

»Gut. Dir?«

»Auch gut. Es ist immer wieder schön, bei Eric zu Hause zu sein.«

»Kann ich mir vorstellen.« *Was wird das hier mit uns?*, wollte er rufen. *Was machst du mit mir?*

Nach langem, bedeutungsvollem Schweigen setzte sie an: »Also, ich habe nachgedacht …«

»Über?«

»Darüber, dich zu besuchen.«

Er setzte sich auf dem Stuhl aufrecht hin. »Und?« *Bitte sag nicht ab. Bitte.*

»Was hältst du vom übernächsten Wochenende?«

Begeistert studierte er rasch seinen Kalender und stellte fest, dass die zweite Septemberwoche komplett frei war. »Klingt gut.«

Sie ließ einen langen Atemzug entweichen, der ihm verriet, dass sie bei dieser Unterhaltung genauso nervös war wie er. »Dann schicke ich dir meine Flugdaten?«

»Ich hol dich ab. Meinst du …«

»Was?«

Er kam sich wie ein ungelenker Teenager vor, als er fragte: »Darf ich dich vielleicht vorher anrufen? Zehn Tage sind eine lange Zeit.«

Ihr leises Lachen klang durchs Telefon und weckte Gefühle in ihm, die er schon viel zu lange nicht mehr empfunden hatte. »Klar. Liebend gerne.«

»Also, äh, was ist mit dem Typen, mit dem du ausgegangen bist?«

»Ich habe ihm gestern Abend mitgeteilt, dass wir uns nicht mehr treffen können.«

Überwältigt vor Erleichterung wollte er den Kopf auf den Schreibtisch legen. »Was hast du ihm erzählt?«

»Dass sich etwas geändert hat und es zwischen uns nicht funktioniert.«

»Was hat sich denn geändert?«, neckte er sie, denn er wollte es von ihr hören, wollte von ihr bestätigt bekommen, dass er nicht der Einzige war, der die Anziehung zwischen ihnen spürte.

»Da bin ich mir noch nicht ganz sicher, aber ich kann dich nicht besuchen, solange er noch glaubt, wir wären zusammen.«

Er ließ Atem entweichen, von dem er nicht mal wusste, dass er ihn angehalten hatte. »Andi?«

»Ja?«

»Hast du Angst? Vor dem, was hier passiert?«

»Schreckliche Angst.«

Lachend erwiderte er: »Dann sind wir schon zu zweit. Wie soll ich nur zehn Tage warten, bis ich dich wiedersehe?«

»Du könntest mich besuchen …«

»Kann ich nicht«, stöhnte er frustriert. »Jill hat ein Lacrosse-Spiel und Maggie ein Fußballturnier.«

»Es sind nur zehn Tage. Du wirst es überstehen.«

»Da bin ich mir nicht sicher. Was hältst du davon, wenn wir das Wochenende auf dem Boot verbringen?« Hastig fügte er hinzu: »Es gibt jede Menge Betten und eine Dusche und alles, was wir brauchen.«

»Das klingt großartig. Perfekt sogar.«

»Also gut. Dann hätten wir das geklärt.«

»Ich kann es kaum erwarten.«

KAPITEL 9

Jack und Andi gewöhnten sich an, spät am Abend miteinander zu telefonieren, manchmal stundenlang, über die Kinder, die Arbeit, Freunde, Orte, die sie besucht hatten, Menschen, die sie kannten. Für diese Momente mit ihr am Ende eines jeden hektischen Tages lebte Jack.

An dem Abend, bevor sie ihn besuchen wollte, kehrte er erst spät von einem Abendessen mit Klienten nach Hause zurück und fand Frannie im Wohnzimmer vor, wo sie sich einen Film ansah.

»Wo sind denn alle?«, fragte er und ließ sich neben sie aufs Sofa fallen.

»Hausaufgaben und Dusche.«

»Ich gehe gleich hoch, um nach ihnen zu schauen.«

»Ist für das Wochenende schon alles so weit fertig?«

Er legte den Kopf auf die Sofalehne und warf ihr einen Blick zu. »Ich schätze schon.«

»Was ist los? Du überlegst es dir doch nicht etwa anders, oder?«

»Daran, dass ich sie wiedersehen will, hat sich nichts geändert. Ich kann es kaum erwarten, dass sie hier ist. Ich habe nur irgendwie …«

»Ein schlechtes Gewissen.«

Nickend erklärte er: »Ich war heute bei Clare, und es war so eigenartig, zu wissen, dass ich das Wochenende mit einer anderen verbringen würde.«

Sie legte ihm eine Hand auf den Arm. »Es gibt nichts, was du für Clare tun könntest, was du nicht schon getan oder versucht hast. Es ist Zeit, das alles hinter dir zu lassen.«

»Bist du dir sicher, dass es das Richtige ist, den Mädchen nicht zu erzählen, dass ich mich mit Andi treffe?«

»Ich sehe keinen Grund, sie mit einzubeziehen, bevor du weißt, wohin das Ganze führt.«

»Ich schätze, du hast recht.« Es gefiel ihm nicht, etwas vor ihnen zu verbergen, aber er wollte sie auch nicht unnötig aufregen, jetzt, da sie endlich so etwas wie Normalität gefunden hatten.

»Da du ja nun zu Hause bist, fahre ich gleich zu Jamie. Am Wochenende sind wir aber hier.«

»Danke, Fran, für alles. Ich weiß nicht, was ich ohne dich tun würde.«

»Viel Spaß, und mach dir keine Sorgen.«

* * *

Der Flug hatte dreißig Minuten Verspätung. Nachdem Jack zehn quälend lange Tage gewartet hatte, kam ihm die zusätzliche halbe Stunde unerträglich vor. Er lief im Wartebereich vor der unteren Stufe der Rolltreppe auf und ab und behielt die Passagiere im Auge, die aus dem Ankunftsbereich im ersten Stock nach unten fuhren. Gerade als er glaubte, er würde durchdrehen, wenn er auch nur eine weitere Sekunde lang warten müsste, entdeckte er diese Locken, diese Augen, das Lächeln. *Oh, dieses Lächeln hat mich voll erwischt.*

Sie bedeutete ihm, unten zu bleiben, statt sich einen Weg durch die Menge zu bahnen. Er fand es sehr bezeichnend, dass sie so auf ihn zukam, obwohl sie genau wusste, was sie von ihm erwarten konnte – und was nicht. In diesem Moment erkannte er mit einer Deutlichkeit, die er nur schwer verstand oder erklären konnte – sogar sich selbst gegenüber –, dass er sie liebte. Irgendwann in den letzten zwei

Wochen, in denen sie sich unterhalten und einander anvertraut hatten, hatte er sich rettungslos in sie verliebt.

Bevor er diese überraschende Erkenntnis verarbeiten konnte, stand sie vor ihm, und er konnte sich nicht entscheiden, ob er sie umarmen oder küssen oder vielleicht beides tun wollte. Er nahm ihr Gesicht zwischen die Hände, beugte den Kopf vor und hauchte ihr einen sanften Kuss auf die Lippen. »Ich dachte schon, du tauchst gar nicht mehr auf.«

Sie schloss die Augen, ließ die Tasche fallen und schmiegte sich an ihn.

Lange hielt er sie fest, atmete ihren Duft ein und konnte sich nicht erinnern, wann er sich das letzte Mal so heftig nach jemandem oder etwas gesehnt hatte. Sie hielten einander minutenlang, bevor er sie losließ, ihre Tasche nahm und, den Arm um sie gelegt, zum Parkplatz schlenderte.

Im Auto drehte er sich zu ihr. »Ich bin so froh, dass du hier bist.«

Eine leichte Röte legte sich über ihr Gesicht, die er bezaubernd fand. »Auf dem ganzen Weg hierher«, erwiderte sie, »dachte ich: Was mache ich hier eigentlich? Aber ich wollte dich unbedingt wiedersehen.«

»Ich wollte dich genauso dringend wiedersehen.« Er legte eine Hand an ihre Wange und zog sie dicht genug für einen Kuss an sich. Mit der Zunge strich er über ihre Unterlippe. »Mmm«, flüsterte er an ihrem Mund, »seit diesem wundervollen Kuss im Büro konnte ich nur noch daran denken, ihn zu wiederholen.«

Sie fuhr ihm mit den Fingern durchs Haar und ermutigte ihn, sich mehr zu nehmen. »Ich auch.«

Erneut küsste er sie, hielt sich diesmal nicht zurück. Ihre weichen Lippen und die kecke Zunge weckten in ihm den Wunsch, dass sie nackt unter ihm läge – ein drängendes Verlangen, von dem er nicht gedacht hätte, er wäre noch imstande, es zu empfinden.

Schwer atmend lehnte er die Stirn an ihre und blickte in ihre sanften braunen Augen. »Ich hatte mir vorgenommen, das nicht zu tun.«

»Mich zu küssen?«, fragte sie mit diesem neckenden Lächeln, das er so liebte. »Ich wäre enttäuscht gewesen, wenn du es nicht getan hättest.«

»Wie ein hormongesteuerter Teenager über dich herzufallen, kaum dass du da bist.«

»Wir sind gegenseitig übereinander hergefallen.«

»Ich weiß nicht mehr, wann ich das letzte Mal in einem Auto gefummelt habe«, erklärte er grinsend, bevor er sich widerwillig von ihr löste. »Ich hatte vergessen, wie viel Spaß das machen kann.«

Auf der Fahrt nach Newport unterhielten sie sich angeregt oder schwiegen auch mal, ohne dass es sich unbehaglich anfühlte. Dabei bemühte er sich, zu verarbeiten, wie heftig er auf sie reagiert hatte, musste aber auch die Erkenntnis verdauen, wie schlimm es ihn erwischt hatte.

»Worüber denkst du gerade nach?«

Aus den Grübeleien aufgeschreckt warf er ihr einen Blick zu. »Eine ganze Menge.«

Sie streckte die Hand aus und verschränkte ihre Finger mit seinen. »Möchtest du darüber sprechen?«

»Vielleicht«, erwiderte er mit einem verlegenen Grinsen. »Irgendwann.«

»Wie geht es dir mit … also … mit allem?«

»Ich bin hin- und hergerissen. Das kann ich nicht leugnen.«

»Würde ich auch nicht von dir verlangen.«

»Das hier fühlt sich so an, als hätte es das Potenzial, eine ganz große Sache zu werden. Wenn wir nur an uns denken müssten, wäre es einfach, aber es gibt so viele andere Menschen, die wir nicht vergessen dürfen.«

»Darf ich etwas vorschlagen?«

»Natürlich.«

»Wie wäre es, wenn wir an diesem Wochenende nur an uns denken? Keine Sorgen, keine Gespräche über die Zukunft, die Kinder, die Logistik oder andere Probleme, die im Weg stehen. Nur wir.«

Von Erleichterung überwältigt, weil er sie und ihre einfühlsame Art in den nächsten Tagen ganz für sich hatte, hob er ihre verschränkten Hände an die Lippen. »Das könnte glatt die beste Idee sein, die du jemals hattest.«

Lachend entgegnete sie: »Oh, ich hab noch ein paar andere, die dir genauso gut gefallen könnten – wenn nicht sogar noch mehr.«

Er stöhnte und trat aufs Gaspedal.

* * *

Als sie den Jachthafen erreichten, stellte er erleichtert fest, dass er eigenartig verlassen wirkte. Er war noch nicht bereit dazu, Andis Anwesenheit seinen und Clares Bekannten zu erklären. Außerdem wollte er nicht, dass den Mädchen irgendwelche Gerüchte zu Ohren kamen, bevor er selbst mit ihnen gesprochen hatte. Aber ihm fiel wieder ein, dass sie dieses Wochenende ganz für sich haben wollten, also schob er diese Gedanken beiseite und trug Andis Tasche in die Kajüte.

Er drehte sich um, um die Treppe zum Deck wieder raufzusteigen, und stellte fest, dass sie ihm gefolgt war.

»Hi«, flüsterte er mit rasendem Herzen.

»Hi.«

Einen emotionsgeladenen Moment lang starrten sie einander an, dann lag sie wieder in seinen Armen, klammerte sich an ihn, während er sie erforschte. Er drückte sie fest an seine erwachte Erektion.

Ein Wimmern entrang sich ihrer Kehle.

Als er sie hochhob, schlang sie die Arme und Beine um ihn, ohne ihren Kuss zu unterbrechen. Er drückte sie gegen die Wand, wodurch seine Hände frei waren und er sie um ihre Brüste legen konnte. Mit den Daumen fuhr er über ihre Brustspitzen.

Keuchend löste sie sich von seinem Mund. »Jack …«

»Was, Liebling?« Er hauchte sanfte Küsse auf ihren Hals. »Sag es mir.«

Ein Zittern durchfuhr sie. »Ich will dich.«

Ihre leise geäußerten Worte drangen ihm tief ins Herz – und an ein paar andere Orte. »Lass uns von hier verschwinden und irgendwohin fahren, wo wir ungestört sind.«

»In Ordnung.« Sie rutschte an ihm hinab, bis ihre Füße wieder auf dem Boden standen.

Ein paar Minuten später machte er die letzten Leinen los und lenkte das Boot rückwärts vom Liegeplatz.

Sie beobachtete, wie er die Jacht auf engem Raum manövrierte. »Das kannst du gut.«

»Jede Menge Übung. Hat mir früher eine Riesenangst eingejagt«, gab er mit amüsiertem Lächeln zu, während er das Boot in den Kanal fuhr, der den Newport Harbor umgab. Er steuerte die Jacht in die Bucht, damit sie das Hotel vom Wasser aus betrachten konnten.

Mit Blick auf die Baustelle stellte sie fest: »Das wird großartig.« Der verträumte Ausdruck auf ihrem Gesicht weckte seine Neugier.

»Verrat mir, was du siehst.«

»Die weite Rasenfläche ist mit Schirmen und Adirondack-Stühlen übersät, voller Gäste, die die Aussicht auf die Bucht genießen. Auf der Terrasse wird der Sonntagsbrunch serviert. Grün-weiß gestreifte Markisen und riesige Tontöpfe mit prächtigen Blumen.«

»Wow, ich habe es schon vor Augen. Wie schaffst du das?«

Sie grinste und zuckte die Achseln.

»Dort drüben habe ich den Plänen für die Südseite eine zweite Veranda hinzugefügt.« Er zeigte auf die Stelle. »Für das eigentliche Design kann ich keine Lorbeeren einheimsen, aber ich bin sehr glücklich mit dem, was unsere Leute sich da ausgedacht haben. Mein Entwurf wäre ganz ähnlich ausgefallen.«

»Sie haben von dem Besten gelernt.«

»Genau wie ich.« Er steuerte das Boot auf die Mackerel Cove zu, um dort über Nacht vor Anker zu gehen. »Für Neil zu arbeiten war wirklich wichtig. Nur durch ihn wurde alles andere möglich.«

»Ich würde ihn gerne mal kennenlernen.«

»Du wärst überrascht, wie normal er ist. Die Aufmerksamkeit, die ihm entgegenschlägt, hat ihn nicht verdorben. Er ist überhaupt nicht arrogant oder so.«

»Klingt so, als hättest du mehr als nur das Architektenhandwerk von ihm gelernt. Du könntest dich glatt selbst beschreiben.«

»Danke, aber meine Karriere bringt mir nicht dieselbe Aufmerksamkeit ein wie seine ihm.«

»Du hattest deinen Anteil. Ich hatte, schon Jahre bevor wir euch beauftragt haben, von eurem Büro gehört.«

»Es amüsiert mich noch immer, wenn jemand so was sagt. Wir hatten gar nicht vor, auf diesem Niveau zu arbeiten. Wir wollten es schlicht halten. Deshalb haben wir Neils Büro verlassen, aber es hat nicht ganz so geklappt, wie wir uns das vorgestellt haben.«

»Du weißt ja, was John Lennon über das Leben gesagt hat. Es ist das, was passiert, wenn man gerade damit beschäftigt ist, andere Pläne zu schmieden.«

»Ganz genau. Hätte mein Vater seinen Willen bekommen, wäre ich Banker geworden.«

Sie verzog das Gesicht. »Das kann ich mir nicht vorstellen.«

»Ich auch nicht. Das Bankhaus hat mein Großvater gegründet, und nachdem er sich zur Ruhe gesetzt hatte, hat mein Vater es übernommen. Alle sind davon ausgegangen, ich würde in ihre Fußstapfen treten.«

»Welche Bank?«

»Bank Atlantic.«

»Da hatte ich ein Konto, als ich noch auf dem College war.«

Er grinste. »Danke für Ihr Vertrauen in uns. Nachdem ich ihm offenbart habe, dass ich nicht an die Business School in Yale gehen würde – seine Alma Mater –, sondern Architektur in Berkeley studieren wollte, ist er völlig ausgetickt und hat jahrelang nicht mit mir gesprochen.« Den Schmerz, den der uneinsichtige Zorn seines Vaters ihm bereitet hatte, hatte er jahrelang mit sich rumgetragen. »Ich habe meine Entscheidung nie bereut, aber ich habe mir immer gewünscht, ich könnte die Karriere verfolgen, die mir am Herzen liegt, und ihn gleichzeitig stolz auf mich machen.« Mit einem Achselzucken fügte er hinzu: »Aber das ist jetzt auch egal.«

»Es tut bestimmt immer noch weh.«

»Darüber denke ich nicht mehr nach.«

»Er muss doch stolz auf dich sein, Jack. Wie könnte er es nicht sein? Sieh dir nur an, was du alles erreicht hast.«

»Ich hoffe es, aber ich weiß es nicht. Es ist mir seit Jahren nicht mehr wichtig. Ich hatte mich lange gefragt, wie wir unsere Beziehung wieder kitten könnten. Dann habe ich Clare nach Greenwich gebracht, damit meine Eltern sie kennenlernen konnten. Da er ein erstklassiger Snob sein kann, hatte ich schon halb damit gerechnet, dass er etwas dagegen hätte, wenn ich eine Lehrerin aus der einfachen Mittelklasse von Hartford heirate, aber er hat sie sofort ins Herz geschlossen. Sie hat dabei geholfen, seine raue Schale ein wenig aufzuknacken. Nachdem dann Jill zur Welt kam, haben wir den Zorn und die Verletzungen hinter uns gelassen.«

»Kinder schaffen es, dass man die Dinge wieder in die richtige Perspektive setzt.«

»Das stimmt, aber wir haben nie darüber gesprochen, was passiert ist.«

»Zumindest redet ihr miteinander. Das ist doch was.«

Er lächelte sie an und staunte darüber, wie leicht es ihm fiel, ihr Dinge zu erzählen, über die er sonst mit niemandem sprach. »Auch wahr.«

Sobald sie in der stillen Bucht vor Anker lagen, öffnete er eine Weinflasche und schaltete den CD-Player an. Sinatra brüllte aus den Lautsprechern des Bootes. Jack drehte die Lautstärke runter und stieg zu ihr aufs Deck. Sie saßen auf der breiten Bank nebeneinander, während der Sonnenuntergang über Jamestown der Dunkelheit wich.

Er zog sie an sich, bis ihr Kopf an seiner Brust ruhte.

Sie legte den Arm um ihn.

»Hast du Hunger?«, erkundigte er sich und rieb die Wange an ihren weichen Locken.

»Eigentlich nicht.«

Er hob ihr Kinn und betrachtete ihr Gesicht einen intensiven Augenblick lang, als müsste er noch immer eine Entscheidung treffen. Wem machte er etwas vor? Er nahm ihr das Weinglas ab und stellte es auf den Tisch neben seins.

»Jedes Mal, wenn ich dich küsse«, gestand er, die Lippen an ihren, »kann ich nur noch daran denken, wie lange ich wohl warten muss, bis ich es wieder tun kann.«

»Ich scheine dasselbe Problem zu haben.« Sie seufzte. Dann schlang sie die Arme fester um ihn und erwiderte die leidenschaftliche Liebkosung seiner Zunge mit ihrer.

Er schob eine Hand unter ihr T-Shirt und streifte ihr den BH ab. Mit einem Stöhnen an ihren Lippen reizte er sie, bis sich ihre Brustspitzen aufrichteten. Plötzlich in Eile, riss er seinen Mund los, zog ihr das T-Shirt über den Kopf und hauchte Küsse auf die entblößte Haut, bevor er hinter sie griff, um ihr den BH zu öffnen. Erregt liebkoste er eine rosige Spitze mit den Lippen, während er der anderen mit den Fingern dieselbe Aufmerksamkeit zukommen ließ.

* * *

Andi atmete die salzige Meeresluft ein, während das Wasser gegen den Bootsrumpf schlug und sein heißer, hungriger Mund sie verwöhnte. Sie öffnete die Augen unter einem von Sternen übersäten Himmel und einem Mond, der nur für sie dort zu hängen schien.

Sie wölbte sich ihm entgegen und erkannte, dass er steif und bereit für sie war. Also griff sie nach seinem Hemd und zog es ihm aus, wobei sie feststellte, dass er auf attraktive Weise muskulös war. Das feine Haar auf seinem Oberkörper fühlte sich unter ihrer Hand weich an, die Brustwarzen waren dagegen ganz hart.

Er knöpfte ihr die Shorts auf und schob sie ihr über die Beine nach unten, sodass nur noch ein dünner Streifen Spitze sie bedeckte. Dann gönnte er sich einen langen, trägen Blick auf das, was er enthüllt hatte, stieg aus seinen eigenen Shorts und legte sich auf der schmalen Bank seitlich neben sie.

Brust an Brust, Hüfte an Hüfte, hart an weich, küsste er sie sanft, geduldig, mit wachsender Intensität. Mit einer Hand fuhr er in ihr Höschen und stöhnte, als er erkannte, dass sie bereits feucht vor Verlangen war.

Sie keuchte auf, als seine Finger sie teilten und weiter in sie drangen.

»Andi, Liebling, ich will dich so sehr«, flüsterte er an ihrem Mund.

Sie antwortete, indem sie die Hüften gegen seine Finger hob und aufschrie, als er in sie drang und ihre Welt auf das pochende Verlangen zwischen ihren Beinen reduzierte.

Ungeduldig machte er kurzen Prozess mit der Unterhose und zog ihr Bein über seine Hüfte. Er küsste sie, während er mit den Fingern über sie und in sie fuhr, in einem steten, unnachgiebigen Rhythmus, der sie unaufhaltsam in den Orgasmus trieb.

»Jack. *Oh.*«

Er hielt nicht inne, bis sie ein zweites Mal kam, zitternd und keuchend. Noch nie hatte sie so etwas erlebt.

»Du bist so schön«, flüsterte er und veränderte seine Position, bis er zwischen ihren Beinen lag. »Ich liebe dich, Andi. Ich kann dir nichts anderes bieten, aber ich liebe dich …«

Sie legte ihm einen Finger auf die Lippen. »Mehr brauche ich nicht.«

Er ruhte auf ihr und beugte sich zu einem Kuss zu ihr runter. »Brauchen wir ein Kondom?«

Sie schüttelte den Kopf. »Ich nehme die Pille.«

Mit heißen Küssen auf Hals und Brüste trieb er sie in den Wahnsinn, aber er überraschte sie, als er plötzlich innehielt und die Stirn auf ihre Brust legte.

»Jack? Was ist los?«

Schwer atmend gestand er: »Ich brauch … nur eine Minute, Schatz.«

Sie legte die Arme um ihn und zog ihn zu sich rauf.

»Es tut mir leid.«

»Das muss es nicht.« Sanft strich sie ihm über den Rücken.

»Ich war mir so sicher, dass ich das schaffe.«

Bei dem Schmerz, den sie in seiner Stimme hörte, wallte Mitgefühl für ihn in ihr auf. »Du bist einfach noch nicht so weit. Das verstehe ich.«

»Vielleicht hätte mir das auch einfallen können, bevor wir nackt und in Leidenschaft entbrannt sind.«

Sie lächelte und hauchte ihm einen Kuss aufs Haar. »Ist schon gut.«

Schließlich zog er sie an sich, und eine lange Weile schwiegen sie. »Meinst du, wir können es noch mal versuchen?«

»Wir müssen nicht. Ich bin schon glücklich, mit dir hier zu sein.«

»Ich weiß, dass wir es nicht müssen, aber ich will dich wirklich, *wirklich* dringend lieben. Gibst du mir noch eine Chance?«

Sie fuhr ihm mit den Fingern durchs Haar und küsste ihn zärtlich. Schließlich setzte sie sich auf, nahm seine Hand und führte ihn nach drinnen. »Welche ist deine?«, fragte sie vor den zwei geschlossenen Türen.

Er zeigte auf die linke.

In der kleinen Kajüte legten sie sich aufs Bett. Ihre Lippen trafen sich zu einem weiteren sanften Kuss.

Ohne ihn zu unterbrechen, legte sie sich auf ihn.

Seine Hände glitten über ihren Rücken und ließen sie vor Verlangen erbeben.

Sie rutschte an ihm abwärts und fuhr mit den Lippen über seine Brust und seinen Bauch.

Er seufzte und grub die Finger in ihr Haar.

Als sie ihn in den Mund nahm, keuchte er auf. »Andi …«

Mit der Hand, den Lippen und ihrer Zunge liebte sie ihn, bis er keuchte. Dann hob sie sich über ihn und senkte sich, ohne ihm Zeit zum Nachdenken zu geben, auf ihn. Die Hände auf seiner Brust, warf sie den Kopf in den Nacken. Das Gefühl, eins mit ihm zu sein, überwältigte sie. *Hier* war das, was sie schon immer gewollt hatte – genau hier, genau jetzt, dieser Mann, diese Liebe. Lange Zeit regte sie sich nicht, hielt einfach still und schwelgte in der intensiven Befriedigung, ihn tief in sich zu spüren.

Er verschränkte die Finger mit ihren.

Schließlich hob sie ihre verschlungenen Hände und legte sie auf beiden Seiten neben seinen Kopf, während sie ihre Hüften leicht hob und senkte. Sie berührte seinen Mund mit ihrem, sah zu ihm runter. Seine Lider waren geschlossen, und sie erkannte, wie sich die Anspannung aus seinem Gesicht löste.

»Ist schon gut, Jack«, flüsterte sie. »Ich liebe dich.«

Er riss die Augen auf und erwiderte ihren Blick. Dann drückte er fest ihre Hände und überließ sich seinem Höhepunkt.

Kapitel 10

Sie lagen mit dem Gesicht zueinander da, lauschten der Symphonie der Grillen am nahe gelegenen Strand und der leisen Musik. Während er sanft Sinatras »The Way You Look Tonight« mitsang, wickelte er sich eine ihrer Locken um den Finger.

Sie schloss die Augen, um die Tränen zurückzuhalten, die drohten, den schönsten Moment ihres Lebens zu ruinieren. Er war alles – *alles* –, was sie sich jemals gewünscht hatte, und noch so viel mehr.

»Bist du traurig, Andi?«

»Wie könnte ich? Es war so … Ich habe noch nie …«

Er beugte sich vor, um sie mit einem Kuss zu trösten. »Ich weiß.«

Mit den Fingern strich sie über seinen Rücken, wollte jede Minute mit ihm auskosten.

»Ich bin am Verhungern«, brummte er, seine Stimme an ihren Brüsten gedämpft.

Sie lachte und drückte ihn einen Moment lang an sich, bevor sie ihn losließ.

Aus dem Schubfach unter dem Bett holte er Shorts hervor, die er sich anzog. »Rühr dich nicht von der Stelle.«

Anschließend verspeisten sie im Bett das Abendessen, das er mitgebracht hatte. Er fütterte sie mit Crackern, Brie und hauchdünnen Scheiben Parmaschinken.

»Mmm«, murmelte sie. »Das ist himmlisch.«

Der CD-Player wechselte die CD, und Andi lachte kaum hörbar, als Sammy Davis Jr. »Candy Man« erklingen ließ. »Ich erkenne da ein Thema.«

»Jamie liebt alles vom Rat Pack. Er hat sogar ein paar kubanische Zigarren irgendwo hier rumliegen. Willst du eine zum Nachtisch?«

»Ich denke, das lass ich lieber.« Sie gab ihm einen Kuss und füllte das Weinglas wieder auf, das sie sich teilten. Dann nahm sie sich noch eine Handvoll Trauben, steckte ihm ein paar davon in den Mund und küsste ihm den Saft von den Lippen. »Wo wir gerade von Jamie reden: Ich wollte fragen, wie es zwischen ihm und Frannie läuft.«

»Offenbar hat er vor, ihr einen Heiratsantrag zu machen.«

»Wow. Was hältst du davon?«

»Ich freue mich. Ich habe sie beide gern, aber es ist eigenartig, wie etwas, das vor ein paar Wochen noch völlig verrückt geklungen hätte, plötzlich vollkommen Sinn ergibt.«

»Ich weiß, was du meinst«, stimmte sie ihm mit einem kleinen Lächeln zu.

Er grinste. »Ja, vermutlich schon, was?«

»Die Mädchen wären begeistert, wenn Frannie und Jamie heiraten, oder?«

»Ganz bestimmt, aber weißt du, wer es ganz besonders schön gefunden hätte?«

»Clare.«

Jack blickte zur Decke hoch. »Sie hat sie immer wieder mit ihren Freunden verkuppelt und versucht, sie dazu zu bringen, sich irgendwo häuslich niederzulassen. Gelinde ausgedrückt, hätte sie das Ganze für ziemlich ironisch gehalten.«

Andi legte den Kopf auf seine Schulter. »Ich freu mich, dass sie sich gefunden haben. Es ist so eine schöne Geschichte, wie sie Jahrzehnte gebraucht haben, um etwas zu entdecken, das schon immer da gewesen ist.«

»Es ist unglaublich.«

Sie streckte die Hand aus, um mit seinem Haar zu spielen. »Woran denkst du?«

»Es ist mir wichtig, dass du weißt, dass ich Clare nie untreu war. Ich habe nicht mal daran gedacht.«

Während sie sein Gesicht liebkoste, bestätigte sie: »Du warst ihr so treu, Jack.«

»Alle haben mich bedrängt, mein Leben weiterzuleben, und ich dachte, dass ich genau das tue, wenn ich für die Mädchen da bin und zur Arbeit zurückkehre.« Er fuhr mit den Fingern durch ihr seidiges Haar. »Aber erst als ich dich getroffen habe, habe ich mich wieder lebendig gefühlt.«

»Du hast etwas Schreckliches durchgemacht, aber es hat dich nicht zerstört.«

»Ich hätte nie danach gesucht, auch wenn ich wirklich froh bin, dass ich dich gefunden habe.« Er küsste sie sanft. »Aber ich fürchte, dass ich dich in eine Lage dränge, in der keiner von uns gewinnen kann.«

»Ich bin mit offenen Augen in dein Leben getreten. Wir haben von uns nicht mehr verlangt, als was wir hier haben. Du hast so viele Dinge in deinem Leben, um die du dich kümmern musst. Mich musst du nicht auch noch auf die Liste setzen.«

»Danke für das, was du … vorhin getan hast. Irgendwie hast du genau gewusst, was ich brauchte. Ich glaube nicht, dass ich es mit einer anderen als dir hätte tun können.«

Sie drückte ihn fest an sich.

Dann hauchte er ihr Küsse auf den Hals. »War es auch für dich lange her?«

»Seit Alec.«

»Warum nimmst du dann noch die Pille, oder geht mich das nichts an?«

»Damit ich meine Tage regelmäßig habe. Ohne kommt alles durcheinander.«

»Mmm«, erwiderte er, »das können wir natürlich nicht zulassen. Du schmeckst so gut, wie Wein und …« Er kostete erneut von ihr und fügte hinzu: »Irgendwie süß. Ich könnte glatt süchtig nach dir werden.« Er fuhr ihr neckend mit der Zunge über die Lippen, bevor er sich ihrem Hals und ihren Brüsten widmete.

Das Gefühl ihrer Finger, die ihm durch das Haar glitten, schien sein Verlangen noch zu steigern, als er den Mund auf ihren Bauch drückte. Er teilte ihre Beine mit den Schultern und fuhr mit dem Finger über sie.

»Jack«, flüsterte sie und bog den Rücken durch.

Er beugte den Kopf vor und benutzte seine Zunge.

Sie schrie auf.

Mit offenem Mund hauchte er sanfte Küsse auf die Innenseite ihres Schenkels, küsste sich bis zu ihrer Mitte vor und nahm sie sich.

»O Gott«, keuchte sie atemlos und schaute ihn mit großen Augen an.

Er küsste sich rauf bis zu ihrem Mund. »Ich liebe dich«, flüsterte er, als er in sie eindrang. »Ich liebe dich so sehr.«

Sie schob ihm das Haar aus der Stirn und küsste ihn. »Ich liebe dich auch.«

* * *

Nach einer Nacht, in der sie einander verzweifelt geliebt hatten, erwachte Jack am Montagmorgen neben Andi.

Jedes Mal, wenn er sich vorstellte, wieder zu dem einsamen Leben zurückzukehren, das er geführt hatte, bevor sie darin erschienen war und alles verändert hatte, überkam ihn schreckliche Hoffnungslosigkeit. Sie hatte ihm geholfen, einzusehen, dass sein Leben nicht vorbei war, egal, wonach es aussah. Verändert? Ja. Aber vorbei? Nein.

Das war eines der schönsten Wochenenden seines Lebens gewesen. Sie waren segeln und angeln gewesen und hatten sich jede Nacht bis in die frühen Morgenstunden geliebt. Aber je näher ihr Abschied rückte, desto stärker spürte er, wie sie sich zurückzog, als würde sie sich darauf vorbereiten, ihn zu verlassen. Als die Sonne an ihrem letzten Morgen aufging, hatte ihre stille Nachdenklichkeit angefangen, ihm Sorgen zu machen.

Er drückte sie fest an sich, und sie regte sich.

Beim Umdrehen schob sie ihr Haar beiseite. »Alles in Ordnung? Was ist los?«

Er strich ihr über die Wange. »Nein, es ist nicht alles in Ordnung. Ich will nicht, dass du wieder abreist.«

»Ich muss. Das weißt du.«

»Wie geht es jetzt weiter?«, fragte er.

Sie betrachtete ihn lange. »Ich weiß es nicht«, gestand sie schließlich. »Vielleicht machen wir einfach mit unseren Leben weiter und erinnern uns voller Freude an dieses einmalige Wochenende.«

Sein Magen zog sich zusammen. »Das ist nicht dein Ernst. Du erwartest, dass ich so tue, als wäre das hier nie passiert?«

»Wir müssen realistisch sein, Jack.« Während sie die Worte aussprach, zitterten ihre Lippen, und ihr wurden die Augen feucht. »Wir leben mehr als tausend Kilometer voneinander entfernt. Wir haben jeder unser eigenes Leben und Kinder, die wir nicht entwurzeln können. Wozu sollen wir uns mit einer Fernbeziehung quälen, die zu nichts führen kann? Es würde nur mit jedem Mal schwerer werden, wenn wir uns wieder trennen.«

»Wäre denn ein Wochenende oder Urlaub hier und da nicht besser als nichts?«

»Das kannst du deinen Töchtern nicht antun, Jack. Wie willst du ihnen meine Existenz erklären?«

Frustriert und voller Panik starrte er sie an. »Wenn du das so siehst, warum hast du dann überhaupt das Wochenende mit mir verbracht?«

»Ich wäre fast nicht gekommen, aber ich musste dich sehen. Ich musste wissen …«

Er setzte sich hin und rückte von ihr weg. »Was? Was musstest du wissen? Ob du etwas aufgibst, das die Liebe deines Lebens sein könnte?«

Sie unterdrückte ein Schluchzen. »Ich bin mir ziemlich sicher, dass es so ist. Es tut mir leid, Jack. Ich wünschte, es wäre nicht so, aber ich fühle mich, als ob man mir das Herz aus der Brust reißt, und das nach nur einem Wochenende mit dir. Wie soll ich das jedes Mal wieder durchstehen, wenn ich weiß, dass wir niemals wirklich zusammen sein können?«

Er rieb sich über die Lider, während die Verzweiflung sich wieder in seiner Brust einnistete. Dieses Gefühl hatte er über das Wochenende nicht vermisst. »Es muss doch einen Weg geben. Ich kann dich nicht verlieren, jetzt, da ich dich gefunden habe – jetzt, da *wir uns* gefunden haben. Ich liebe dich, Andi. Ich habe in meinem Leben nur eine andere Frau geliebt, und da wusste ich es genauso schnell wie jetzt. Das hier zwischen uns ist richtig. Ich kann dir nicht sagen, woher ich das weiß. Ich weiß es einfach.«

»Ich liebe dich auch.« Ihre Stimme stockte vor Gefühl, während sie sein Gesicht zwischen die Hände nahm und ihn zu sich drehte. »Ich liebe dich so sehr. Ich würde dir gerne für den Rest meines Lebens zeigen, wie sehr. So wie dich habe ich noch nie jemanden bewundert, so wie du trotz allem überlebt hast. Ich wünschte, die Dinge lägen anders, dass wir uns zu einem anderen Zeitpunkt kennengelernt hätten.«

Er zog sie so nah an sich, dass er diesen Duft einatmen konnte, der ganz und gar ihr gehörte, aber er wusste, dass sie recht hatte. In die Trostlosigkeit zurückzukehren, in der er zuvor gelebt hatte, konnte er sich nicht vorstellen. Als alles in seiner Welt nur schwarz und weiß gewesen war, hatte sie die Farbe zurückgebracht.

»Mir tut es nicht leid«, flüsterte sie. »Das hätte ich um nichts in der Welt verpassen wollen.«

»Ich auch nicht.« Er küsste sie zunächst sanft, dann leidenschaftlicher, sobald ihre Erwiderung sein Verlangen anheizte. Da er wusste, dass sie nicht viel Zeit hatten, drang er mit einem raschen Stoß in sie ein und gab ihr einen Moment Zeit, sich an ihn zu gewöhnen. Dann blickte er auf das wunderschöne Gesicht hinab, das ihn nie wieder loslassen würde.

Sie griff nach ihm und drückte ihren Mund auf seinen.

»Wie können wir das nur aufgeben?«, fragte er, während er sie ganz ausfüllte, sich dann aus ihr zurückzog, sie beraubt zurückließ.

Als er erneut tief in sie drang, schlang sie die Beine um ihn, um ihn festzuhalten, und wiegte sich gegen ihn.

Ihr Höhepunkt, als er kam, war mächtiger und verzehrender als jemals zuvor.

»Wie soll ich dich wieder gehen lassen?«

»Bitte, Jack«, flüsterte sie. »Bitte.«

Er rollte von ihr runter, ließ sie aber nicht aus den Augen, als sie aufstand und duschen ging.

Zwei Stunden später fuhren sie über die Brücke aus der Stadt, und Andi blickte ein letztes Mal zum Meer.

Vor dem Flughafen stellte Jack das Auto ab und begleitete sie hinein. Bei der Sicherheitskontrolle nahm er ihre Hände. »Danke«, flüsterte er mit schwerer Stimme.

In ihren langen Wimpern glitzerten Tränen. »Es war echt schön, Jack. Ich werde das nie vergessen – dich auch nicht.«

Er umarmte sie und flüsterte: »Das ist nicht das Ende, Andi. Es ist noch nicht vorbei.«

Lange hielten sie einander fest, bevor sie einen Schritt zurücktrat. »Mach's gut.«

Er entgegnete nichts, sondern schaute ihr nur nach.

* * *

Diejenigen, die Jack am besten kannten, waren sich einig, dass die Fortschritte, die sie bei ihm beobachtet hatten, nach dem Abschied von Andi einen schweren Rückschlag erlitten hatten.

»Ich mache mir solche Sorgen um ihn«, gestand Frannie Jamie eines späten Abends im Bett. »Diesmal ist es fast noch schlimmer, da er eine zweite Chance hatte, glücklich zu werden, und jetzt ist die auch weg. Er scheint wieder vollkommen am Boden zerstört zu sein.«

»Er versucht, es zu verbergen, aber es sieht schlecht aus. Glaubst du, er liebt sie?«

»Da bin ich mir sicher.«

»Vielleicht kann er sie ja davon überzeugen, herzuziehen.«

»Das wird sie nicht. Er hat mir erzählt, dass sie einen hörgeschädigten Sohn hat, und sie wird ihn nicht aus seiner Schule nehmen wollen. Sie hat einen tollen Job und ein Leben in Chicago. Außerdem ist es ja nicht so, als könnte er sie heiraten.«

»Es ist nicht fair. Er hat doch schon genug gelitten.« Er küsste ihre Hand und dann ihre Lippen. »Da weiß ich zu schätzen, wie viel Glück wir haben.«

»Manchmal muss ich mich noch kneifen, um sicherzugehen, dass ich das nicht nur träume.«

»Ich garantiere dir, dass du nicht träumst. Um genau zu sein: Rühr dich nicht von der Stelle, und guck nicht hin.« Er sprang auf, verließ das Zimmer und kehrte wenig später zurück, wobei er etwas hinter seinem Rücken verbarg. »Ich habe auf den richtigen Zeitpunkt gewartet, und mir ist gerade aufgefallen, dass er jetzt ist.«

Sie schnappte nach Luft, als er sich neben das Bett kniete und nach ihrer Hand griff.

»Frannie, ich liebe dich. Ich habe dich schon immer geliebt, und ich werde dich immer lieben. Erweist du mir also die Ehre, meine Frau zu werden?« Er holte einen Diamantring hinter dem Rücken hervor und steckte ihn ihr an den Finger.

Sie warf ihm die Arme um den Hals. »Ja, ja, *ja*.«

* * *

Jamies und Frannies Verlobung war das Stadtgespräch, zumindest kam es Jack so vor. Er freute sich für sie und versuchte, sich von ihrer Begeisterung anstecken zu lassen, während sie ihre Silvester-Hochzeit planten. Er zog Frannie wegen des »Klunkers« auf, aber keine Neckerei konnte ihr die Freude darüber nehmen, dass sie endlich das bekam, was sie, wie sie ihm eingestand, schon immer hatte haben wollen.

Es fiel ihm schwer, sein inneres Leid zu verbergen, aber er war fest entschlossen, diesmal nicht zuzulassen, dass es sich auf die Kinder auswirkte. Andis Wunsch, nicht angerufen zu werden, hatte er respektiert, seit sie ihn verlassen hatte, aber er vermisste alles an ihr. Auch wenn er sich nach ihrer weichen Haut und ihrem verlockenden Duft sehnte, so fehlten ihm ihre abendlichen Telefonate doch am meisten.

Irgendwie gelang es ihm, die Arbeitswoche hinter sich zu bringen, auch wenn er nicht wirklich viel schaffte. Nach dem einen Wochenende, das er mit Andi verbracht hatte, erschien ihm das nächste einsam und trostlos.

Ein Klopfen an seiner Bürotür riss ihn aus den Gedanken. »Herein.«

»Hallo, Schatz.«

Überrascht, seine Mutter zu sehen, stand er auf, um sie mit einer Umarmung und einem Kuss zu begrüßen. »Was machst du denn hier?«

Madeline lächelte ihn an. Sie hatte weißes Haar und die gleichen grauen Augen wie ihr Sohn. »Braucht eine Mutter einen Grund, um ihre Kinder und Enkel zu besuchen?«

»Natürlich nicht. Die Mädchen werden sich so freuen, dich zu sehen.«

»Herrlicher Tag da draußen. Hast du Zeit für einen Spaziergang am Strand?«

Da der Tag sowieso gelaufen war, antwortete er: »Klar.« Er informierte Quinn, dass er das Büro verlassen würde, und führte seine Mutter den Pfad hinab ans Wasser.

Eine Weile gingen sie schweigend am Ufer entlang.

»Also, was hältst du von der Sache mit deiner Schwester und Jamie?«, fragte Madeline. »Ich weiß immer noch nicht, ob ich es geahnt habe oder nicht.«

Er lachte. »Ich treffe mich ständig mit den beiden, und selbst *ich* habe es nicht kommen sehen. Aber ich freue mich für sie. Du hoffentlich auch.«

»Oh, das tue ich, Jack. Du weißt ja, dass ich Jamie schon immer gemocht habe. Und er ist auch ausgesprochen attraktiv.«

»Mutter!«

»Also, ich hab vielleicht schon weiße Haare, aber …«

»Schon gut«, lenkte er grinsend ein.

»Was gibt es denn bei dir Neues?«

Argwöhnisch blickte er sie an. »Was hast du gehört?«

»Eine Mutter verrät nie ihre Quellen.«

»Frannie hat dir von Andi erzählt.«

»Sie hat erwähnt, dass du eine Zeit lang wieder glücklich zu sein schienst, aber diese Woche war sie deinetwegen ziemlich beunruhigt.«

Eine Welle der Gefühle überrollte ihn unvorbereitet. Aus Angst, er könnte ihr seine Geheimnisse enthüllen, sah er auf den nassen Sand hinunter.

Seine Mutter drückte seinen Arm. »Willst du darüber reden?«

»Da gibt es nicht viel zu erzählen.« Sein Herz zog sich zusammen, sobald er an Andi dachte und daran, wie hoffnungslos ihm ihre Situation vorkam. »Es wird nicht funktionieren.«

»Warum nicht?«

»Wir haben beschlossen, dass es zu kompliziert ist. Sie lebt über tausend Kilometer von hier entfernt, hat dort einen Sohn, einen Job, ein Leben. Die Mädchen sind auf der Highschool, und das mit Clare … Ich kann auf keinen Fall umziehen. Was bringt es also?«

»Es tut mir leid, dass du nichts aus dem gelernt hast, was du erlebt hast.«

Überrascht sah er zu ihr hoch. »Was soll das heißen?«

»Jack, mein lieber Junge, das Leben ist kurz, und wenn du eine Chance hast, glücklich zu sein, dann musst du sie mit beiden Händen ergreifen und darfst sie nicht wieder loslassen. So eine Gelegenheit bietet sich dir nicht jeden Tag.«

»Sie hat einen tollen Job in Chicago. Ihre Mutter wohnt dort, die Schule ihres Sohns ist dort. Wie kann ich sie darum bitten, all das aufzugeben, um hierherzuziehen, wenn ich ihr noch nicht mal etwas versprechen kann? Das ist zu viel verlangt.«

»Es ist mehr, als ihr jetzt habt. Die älteren Mädchen gehen schon bald aufs College, und Maggie braucht auch nicht mehr lange. Was bleibt dir dann noch? Du hast noch jede Menge Jahre vor dir, und mir gefällt der Gedanke nicht, dass du sie allein verbringst.«

Er hielt die linke Hand hoch, an der er noch immer Clares Ring trug. »Was ist damit?«

»Du musst dir ein Leben ohne Clare aufbauen.« Ihre Augen wurden feucht, nachdem sie die Worte geäußert hatte. »Irgendwie.«

»Ich denke, ich habe es endlich akzeptiert, dass sie nicht mehr aufwacht. So lange habe ich es nicht geglaubt, weißt du? Aber jetzt … Es ist schon zu viel Zeit vergangen.«

»Ich bewundere es, dass du trotz allem noch immer das Gelübde ehrst, das du ihr gegeben hast, aber es gibt nichts, was das Geschehene ändern könnte.« Sie nahm seine Hand und blickte ihm in die Augen. »Lebe, Jack. Mehr kannst du nicht tun.«

Er erinnerte sich daran, dass Frannie es fast genauso ausgedrückt hatte. »Ich weiß, was ich tun muss. Danke, Mom.«

»Jederzeit, Schatz. Gehst du mit deiner Mutter dieses Wochenende segeln?«

»Liebend gerne.« Er umarmte sie und legte ihr auf dem Weg zu seinem Büro den Arm um die Schultern.

Kapitel 11

Jack weihte Quinn in seinen Plan ein, und sie half ihm mit den Details. Ihre Begeisterung sorgte dafür, dass auch die letzten Zweifel verpufften. Wenn so viele der wichtigsten Menschen in seinem Leben ihm zurieten, konnte er nicht anders, als sich mitreißen zu lassen.

Sobald er in Chicago war, wollte er sich mit Infinitys CEO David Johnson treffen, um die neuesten Pläne für das Hotel zu besprechen, aber erst nachdem er Andi besucht hatte. Er wollte nicht, dass ihm jemand die Überraschung verdarb.

Am späten Montagnachmittag eilte er durch den gemeinsamen Waschraum in Jamies Büro. »Hast du grad Zeit?«

Jamie winkte ihn zu sich. »Im Moment schon. Komm rein.«

»Hat Quinn dir mitgeteilt, dass ich ein paar Tage in Chicago sein werde?«

»Hat sie, aber ich dachte, wir würden uns erst in einem oder zwei Monaten wieder mit Infinity treffen?«

»Ich fahre wegen Andi hin, und das weißt du auch.«

Jamie grinste. »Wie lautet der Plan, wenn du erst mal dort bist?«

»Ich habe ein paar Asse im Ärmel. Über die Jahre habe ich ein paar Dinge von dir gelernt.«

»Oh, einmal nur Mäuschen spielen …«, lachte Jamie. »Du warst ziemlich lange nicht zu haben. Dir ist klar, dass sich ein paar Dinge geändert haben, oder?«

»Erspar mir die Einzelheiten, Ladykiller. Vergiss nicht, dass du mit meiner Schwester verlobt bist. Von deinen Anmachsprüchen will ich gar nichts wissen. Ich bleibe bei meinem eigenen Plan, vielen Dank.«

»Was hat sich denn geändert? Ich dachte, ihr zwei hättet beschlossen, die Sache auf sich beruhen zu lassen.«

»Würdest du mir glauben, dass ich auf meine Mutter gehört habe? Sie hat mir quasi vorgeworfen, dass ich ein Narr wäre, wenn ich Andi nicht festhalte.«

»Ich habe Madelines Stimme der Vernunft schon immer geliebt. Du wirkst in letzter Zeit auch ein wenig besser gelaunt.«

»Möglich«, erwiderte Jack mit einem Achselzucken, »aber ich will nicht, dass die Leute denken, ich hätte Clare vergessen oder würde sie im Stich lassen.«

Jamie stand auf, ging um den Schreibtisch herum und lehnte sich dagegen. »Keiner, der weiß, was du durchgemacht hast, würde das jemals denken, Jack.«

Jack nickte, überwältigt von Jamies unerschütterlicher Unterstützung. »Weißt du, was ich mich manchmal frage?«

»Was?«

»Die Sache mit Andi ist so schnell passiert. Als wäre ich vom Blitz getroffen worden oder so. Mich würde interessieren, was ich für sie empfunden hätte, wenn Clare nie verletzt worden wäre. Ich hätte Andi trotzdem kennengelernt …«

»Du warst der treueste Ehemann überhaupt. Du hättest vielleicht hin und wieder an Andi gedacht, aber nachgegeben hättest du dem *nie*.«

»Ich hatte gehofft, dass du das sagst«, seufzte Jack erleichtert. »Weißt du, woran ich oft denke? Den Putt. Erinnerst du dich?«

Jamie lachte leise. »Ja.«

Jack stand auf. »Der letzte normale Moment in meinem Leben.«

»Bevor du gehst, muss ich dich um einen Gefallen bitten.«

»Klar, was immer du willst.«

»Wirst du mein Trauzeuge sein?«

»Na klar.« Jack umarmte seinen besten Freund. »Liebend gerne.«

»Ich weiß, dass es eigenartig für dich sein muss, wenn ich nach all den Jahren deine Schwester heirate.«

»Es ist wunderbar, und Clare fände es ebenfalls toll.«

»Ganz besonders nach den zahlreichen fehlgeschlagenen Verkupplungsversuchen bei mir – und Frannie.« Er lächelte. »Es tut mir leid, dass sie nicht dabei sein kann.«

»Mir auch. Hast du es schon deinen Eltern gebeichtet?«

»Ich habe sie darum gebeten, am Wochenende herzukommen, ohne ihnen zu verraten, warum. Die Neuigkeit möchte ich ihnen persönlich beibringen, aber im Moment komme ich hier nicht weg.«

»Ich bin mir sicher, dass sie sich freuen werden. Sorg dafür, dass sie die Mädchen besuchen, ja?«

»Als ob meine Mutter hier anreist, ohne bei ihnen vorbeizuschauen.« Er sah auf die Uhr. »Ich muss los, ich treffe mich noch mit Frannie. Hoffentlich bekommst du, was du willst.«

»Danke. Ich schätze, ich muss jetzt eine Junggesellenfeier planen.« Er rieb sich übers Kinn und gab sich ganz gedankenverloren. »Ich frage mich, ob die Stripperin noch im Geschäft ist, die du für meine bestellt hast.«

Jamie wurde blass. »Wage es ja nicht.«

Unbesehen engagiert, hatte sich die Frau als alt genug herausgestellt, um ihre Mutter zu sein. Mit einem Schaudern und einem Lachen kehrte Jack in sein Büro zurück, um die letzten Sachen vom Schreibtisch abzuarbeiten.

* * *

Jack flog am nächsten Morgen ganz früh nach Chicago, unsicher, wie Andi ihn empfangen würde, aber bereit, wenn nötig, darum zu kämpfen, sie in seinem Leben zu behalten. Auf dem Weg in die Stadt in der Limousine, die Quinn ihm besorgt hatte, konnte er nur noch daran denken, wieder bei Andi zu sein.

Er checkte in eine Suite im Stammhaus von Infinity ein. Im edlen Foyer und in der Suite selbst erhielt er einen beeindruckenden ersten Blick auf Andis Arbeit. Das Hotel war großartig, eines der schönsten, in denen er je übernachtet hatte, und er wusste, dass das in Newport genauso umwerfend werden würde.

Sein Zimmer im fünfzehnten Stock ging auf den Lake Michigan hinaus, und er gönnte sich ein paar Minuten, um die Aussicht zu genießen und seine Nerven zu beruhigen, bevor er mit dem Fahrstuhl in die Chefetage im obersten Stockwerk fuhr. Er trug eine hellbraune Stoffhose, ein marineblaues Kaschmirjackett mit einem hellblauen Seidenhemd und ein Paar italienischer Brogues. Sobald er in der obersten Etage war, erkundigte er sich an der Rezeption nach Andi. Man schickte ihn über einen langen Gang zu einem großen Eckbüro.

Andis Assistentin Jen Brooks schaute vom Schreibtisch auf und begrüßte ihn. Quinn hatte ihn angekündigt.

Er wollte wissen, ob Andi da war, aber als Jen nach dem Telefon griff, hob er eine Hand, um sie zurückzuhalten. Dann zeigte er auf die Tür und fragte: »Darf ich?«

»Natürlich.« Mit neugierigem Gesichtsausdruck ließ sie ihn durch.

Von Andis großem Büro aus hatte man eine herrliche Sicht auf den Lake Michigan und auf Chicagos berühmten Lake Shore Drive, der direkt am Ufer des Sees entlangführte.

Andi saß mit dem Rücken zur Tür und betrachtete das Gewässer. »Gibt's was, Jen?«

»Ich bin nicht Jen.«

Sie wirbelte herum und starrte ihn entgeistert an. »Was willst du denn hier?«

»Ich musste einfach kommen.«

Sie stand auf und umrundete den Schreibtisch. »Ich dachte, wir wären uns einig …«

Sein Blick wanderte über ihr moosbeerenrotes Kostüm und die Stöckelschuhe, die so hoch waren, dass ihre Augen sich fast auf einer Höhe mit seinen befanden.

»Wow, du siehst toll aus«, seufzte sie, während sie ihn betrachtete.

»*Du* siehst toll aus.« Er unterdrückte mit Mühe das Bedürfnis, sie in seine Arme zu ziehen und ihr zu zeigen, wie sehr er sie vermisst hatte.

»Was willst du hier, Jack?«

»Ich zitiere mal jemanden, der mir nahesteht: ›Das Leben ist kurz, und wenn du eine Chance hast, glücklich zu sein, dann musst du sie mit beiden Händen ergreifen.‹«

»Aber es hat sich doch nichts geändert. Es wird nur auf so unendlich viel Herzschmerz hinauslaufen. Ich kann das nicht«, flüsterte sie kopfschüttelnd. »Ich kann es einfach nicht.«

Unfähig, noch länger darauf zu warten, dass er sie berühren konnte, trat er auf sie zu und nahm sie in die Arme. »Ich kann dich nicht gehen lassen. Ich kann dich und das, was zwischen uns ist, nicht vergessen. Irgendwie finden wir einen Weg. Ich liebe dich, Andi.« Er küsste sie. »Ich *liebe* dich.«

Ihre Entschlossenheit schien dahinzuschmelzen, und sie legte die Arme um ihn.

Als er spürte, wie sie nachgab, küsste er sie wieder, überwältigt von der Erleichterung darüber, dass Teil eins seines Plans wunderbar funktioniert hatte.

* * *

Zwei Stunden bevor Jack sie abholen sollte, betrat Andi ihre Wohnung. Er hatte nicht verraten, was er vorhatte, außer dass sie sich schick machen sollte. *Was soll ich nur anziehen?*

Ihre Mutter Betty wischte sich die Hände an einem Geschirrtuch ab, als sie rauskam, um Andi zu begrüßen. »Hallo, Schatz.«

Sie eilte mit einem raschen Kuss auf die Wange an ihrer Mutter vorbei. »Hi, Mom. Hast du was dagegen, heute auf Eric aufzupassen? Ein Freund von mir ist unerwartet in der Stadt, und er hat mich zum Abendessen eingeladen.«

»Muss ein ziemlich guter Freund sein.«

Andi blieb abrupt stehen. »Was meinst du damit?«

Mit dem Kopf zeigte Betty zum Tisch in der vorderen Diele. »Schau mal.«

Als Andi sich umdrehte, entdeckte sie eine riesige Schachtel von Saks Fifth Avenue. Sie keuchte auf und schlug die Hand vor den Mund. »Was ist das?«

»Keine Ahnung, Schatz. Mein Name steht nicht drauf.« Betty lachte, denn Andi näherte sich der Kiste so vorsichtig, als könnte sie jeden Moment explodieren.

Sie hob den Deckel an und schob das Papier beiseite, um ein erlesenes elfenbeinfarbenes Seidenkleid zu enthüllen. Vorsichtig nahm sie es aus der Box. Sie konnte nicht fassen, dass er das getan hatte. Auf der Karte stand: *Selbst Cinderella hatte etwas Neues zum Anziehen. Bis bald. In Liebe, Jack.*

Unter dem Kleid entdeckte sie ein elegantes Paar hochhackiger, mit Perlen bestickter Sandalen, die sie sich auch selbst ausgesucht hätte. Er hatte behauptet, er hätte noch ein paar Sachen zu erledigen, als er ihr Büro verlassen hatte, aber das hier hätte sie sich nicht erträumt.

»Es ist herrlich, Andi. An dir wird das wunderschön aussehen. Du hast nie erzählt, was genau in Rhode Island passiert ist, und ich wollte auch nicht nachhaken, aber ich muss zugeben, dass ich neugierig bin.«

»Ich habe nicht darüber gesprochen, weil ich das zwischen uns beendet hatte.«

Betty folgte ihr ins Schlafzimmer, wo sie das Kleid aufs Bett legte.

»Ich wusste nicht, dass er heute auftaucht«, fuhr Andi fort. »Aber er hat mich gebeten, ihm eine Chance zu geben, und genau das werde ich auch tun.«

»Du warst definitiv nicht du selbst, seit du von dem Wochenende in Newport zurückgekehrt bist. Warum dachtest du, du müsstest das mit ihm beenden? Es kann ja nicht viel gegeben haben, was man beenden konnte. Ihr habt nur eine kurze Zeit miteinander verbracht.«

»Ich war gerade lang genug mit ihm zusammen.« Sie seufzte und setzte sich aufs Bett. »Es ist kompliziert.«

Betty setzte sich neben sie. »Wie das denn? Von dem offenkundigen geografischen Problem einmal abgesehen.«

»Ihm gehört eine Firma, und er hat drei Töchter – zwei sind in der Highschool –, er kann also nicht einfach umziehen. Eric ist auf so einer tollen Schule, und du bist hier. Außerdem habe ich ja auch einen eigenen Job. Was für ein Chaos.« Ihre Freude schwand, als sie all die Gründe durchging, warum eine Beziehung mit Jack eine schlechte Idee war. »Mir war einfach nicht klar, warum ich etwas anfangen sollte, was völlig unmöglich ist.«

»Ich verstehe, was du meinst, aber liebst du ihn?«

»Ja«, erwiderte Andi mit einem Lächeln. Das war der einfache Teil. »Sehr sogar. Ich weiß, du denkst, ich würde nichts über ihn wissen, aber ich kenne ihn bereits besser, als ich Alec jemals gekannt habe. Er ist ein wundervoller Vater, und er ist klug, talentiert und wirklich attraktiv.« In ihrem Magen flatterte es vor Aufregung, als ihr wieder einfiel, wie sexy er heute ausgesehen hatte. »Er ist alles, was ich mir jemals gewünscht habe. Ich bin schon ganz krank, weil ich ihn so vermisse, seit ich wieder zu Hause bin.«

»Er klingt ganz wunderbar.«

Andi biss sich auf die Unterlippe. »Da gibt es aber noch ein Problem.«

»Das wäre?«

»Er ist verheiratet.«

»*O mein Gott*, Andrea. Sag mir, dass das nicht wahr ist.«

Andi hielt die Hände hoch. »Lass es mich erklären.« Sie beschrieb ihrer Mutter, was mit Clare geschehen war und was Jack alles durchgestanden hatte, bevor sie ihm begegnet war. »Glaub mir, er hat genauso wenig danach gesucht wie ich. Es ist einfach passiert. Uns beiden. Bitte, versteh das doch.«

»Du kannst nicht ändern, dass er verheiratet ist.«

»Ich bitte ihn nicht darum, das zu ändern. Es ist einer der Gründe, warum ich ihm gesagt habe, dass wir uns nicht mehr sehen können. Aber er ist heute hergeflogen und hat mich gebeten, ihm noch eine Chance zu geben …« Sie zuckte die Achseln.

»Du bist zu alt, als dass ich dir vorschreiben könnte, wie du dein Leben zu führen hast, aber du hattest recht, als du ihm erklärt hast, dass das eine unmögliche Situation ist. Ich ertrage es nicht, wenn du wieder so verletzt wirst wie mit Alec. Du steuerst auf eine schreckliche Enttäuschung zu.«

Die Worte ihrer Mutter taten weh, auch wenn Andi wusste, dass sie nicht unrecht hatte. Aber während sie mit den Fingern über das herrliche Kleid strich, beschloss sie, dass sie bereit war, dieses Risiko einzugehen.

* * *

»Ist er dein Freund?«, fragte Eric in Gebärdensprache, während Andi ihm dabei half, seinen liebsten Spiderman-Schlafanzug anzuziehen. Er duftete so gut von seinem Bad, dass sie ihn für eine Minute an sich drückte, bis er sich von ihr losmachte.

Sie war froh, dass sie ihm nie von den wenigen Dates mit dem Vater seines Freundes erzählt hatte. Den plötzlichen Richtungswechsel würde sie einem Fünfjährigen nur ungern erklären müssen. Sie konnte es ja kaum ihrer Mutter erklären – oder sich selbst. »Irgendwie schon.« Ein Blick auf die Uhr verriet ihr, dass sie nur noch fünfundvierzig Minuten hatte.

»Kann ich ihn sehen?«

»Natürlich. Er will dich auch kennenlernen. Mommy zieht sich an, während du deinen Nachtisch isst, okay?«

»Okay.«

Sie gab ihm einen Kuss und ließ ihn in der Küche zurück, wo er sein Eis aß.

Nach einer raschen Dusche steckte sie sich das lange dunkle Haar zu einem französischen Knoten hoch. Als sie es nicht schaffte, einige Locken davon abzuhalten, sich zu befreien, gab sie es schließlich auf. Daran, dass ihre Hand beim Auftragen der Mascara zitterte, erkannte sie, wie nervös sie war.

Die finstere Warnung ihrer Mutter ging ihr durch den Kopf, aber sie verscheuchte diese Gedanken, sobald es Zeit war, das herrliche Kleid und die Schuhe anzuziehen, die wie angegossen passten. Sie hätte zu gerne gewusst, wie er diese wundervolle Überraschung auf die Beine gestellt hatte.

Tatsächlich wie Cinderella, dachte sie, während sie das komplette Outfit im Ganzkörperspiegel bewunderte. Sie hätte es selbst nicht besser aussuchen können.

Kaum verließ sie ihr Zimmer, meldete sich der Portier, um ihren Besuch anzukündigen. Sie bat ihn, Jack raufzuschicken, und rief ihrer Mutter zu, sie solle Eric zu ihr bringen.

Schließlich öffnete sie die Tür, und beim Anblick von Jack im Smoking wurde ihr der Mund ganz trocken.

Er reichte ihr eine einzelne rote Rose und gab ihr einen Kuss auf die Wange. »Atemberaubend.«

Sie winkte ihn mit einem Finger zu sich, erwiderte den Kuss und flüsterte: »Du ebenso.« Dann nahm sie ihn an der Hand, um ihn ins Wohnzimmer zu führen, wo ihre Mutter und Eric warteten. »Jack, das ist meine Mutter, Betty Franklin. Mom, Jack Harrington.«

Er gab Betty die Hand. »Freut mich, Sie kennenzulernen, Mrs Franklin.«

»Gleichfalls.« Andi hörte die Distanziertheit in der Stimme ihrer Mutter, glaubte aber nicht, dass es Jack auffiel.

»Wer ist der kleine Racker hinter Ihnen?« Er hockte sich hin und begrüßte ihn in Gebärdensprache: »Hallo, Eric, mein Name ist Jack.«

Andis Herz lief vor Liebe über, als sie sah, wie er mit ihrem Kind kommunizierte.

Mit großen blauen Augen beäugte Eric den Fremden in der eigenartigen Kleidung, dann gestikulierte er: »Hi.«

Jack wandte sich an Andi. »Ich könnte hier deine Hilfe gebrauchen.« Er redete langsam und fragte mit den Händen: »Magst du Baseball, Eric?«

Eric schaute zu seiner Mutter, und sie zeigte die richtige Geste für Baseball.

Jack beobachtete sie dabei und machte ihre Handzeichen nach.

Eric nickte begeistert.

Da griff Jack in seine Jackentasche und zog vier Tickets für das morgige Chicago-Cubs-Spiel hervor.

Erics Augen leuchteten, als Jack ihm die Karten reichte.

»Möchtest du zu dem Spiel gehen?«, erkundigte sich Jack.

Eric hob den Blick zu seiner Mutter, und sie nickte und erinnerte ihn mit raschen Gesten an seine Manieren.

»Danke«, bedeutete Eric ihm, dann flitzte er mit den Tickets aus dem Raum, seine Großmutter dicht auf den Fersen.

»Schönen Abend«, rief Betty über die Schulter.

»Wie hast du denn die Gebärdensprache gelernt?«, wollte Andi erstaunt wissen.

»Sei nicht zu beeindruckt. Mehr habe ich nicht drauf. Kates Freundin Miranda hat eine Schwester, die taub ist. Gestern Abend hat sie mir ein paar Tipps gegeben.«

»Es muss Stunden gedauert haben, so viel zu lernen.«

»Ein paar«, gab er zu, bevor er sie zur Tür brachte. »Ich war ein guter Schüler. Hat Miranda behauptet.«

»Danke dafür, auch für das Kleid und die Karten. Wie hast du das nur alles geschafft?«, fragte sie ihn im Fahrstuhl.

»Meine Geheimnisse verrate ich nicht.« Er führte sie zur Limousine, die an der Bordsteinkante wartete. »Ich gebe zu, dass ich ein wenig Hilfe hatte, aber mehr sage ich nicht.«

»Ich krieg es noch aus dir raus«, verkündete sie zuversichtlich.

Er lachte. »Darauf freue ich mich schon.«

»Wo geht's denn nun hin?«

»Das wirst du schon noch sehen.« Er legte einen Arm um sie, zog sie näher und küsste sie. »Das wollte ich tun, seit du die Tür geöffnet hast. Du siehst umwerfend aus.«

»Dank meiner guten Fee.« Sie strich ihm über das Gesicht. »Ich hätte nicht gedacht, dass ich dich noch mehr lieben könnte, aber was du für Eric getan hast … Danke, Jack.«

Er küsste sie erneut, diesmal entschlossener, und wenige Minuten später waren sie beide atemlos vor Verlangen.

»Hast du es jemals in einer Limo getan?«, fragte er und knabberte an ihrem Hals.

Sie lachte. »Nein.«

»Das werden wir nachher nachholen müssen.« Er küsste sie wieder. »He, ich hab vergessen, dir zu erzählen, dass Frannie und Jamie sich letzte Woche verlobt haben.«

»Das ist wundervoll. Du freust dich bestimmt.«

»Wir alle freuen uns. Jamie hat mich gebeten, sein Trauzeuge zu sein.«

»Natürlich hat er das. Wann ist es denn so weit?«

»Zu Silvester.«

»Das gefällt mir – ein neues Jahr, ein neuer Anfang.«

Er küsste ihre Hand. »Ich hoffe, dass du mich begleitest.«

»Vielleicht«, erwiderte sie zögernd, denn es fiel ihr noch immer schwer, daran zu glauben, dass sie eine gemeinsame Zukunft haben könnten.

Die Limousine hielt an, und Jack half ihr aus dem Auto auf einen Landungssteg. Ein uniformierter Mann erwartete sie, um sie an Bord der *Esmeralda* zu begrüßen, einer klassischen, fünfundzwanzig Meter langen Trumpy-Jacht.

»Oh, Jack, wie himmlisch.« Sie drehte sich zu ihm um, während ein Steward sie über die Gangway führte. »Wem gehört das Schiff?«

»Einem ehemaligen Kunden, der es uns gerne heute Abend zur Verfügung stellt.«

Der Steward führte sie in ein großes Esszimmer, in dem ein einzelner Tisch für zwei gedeckt war. Ein Trio in der Ecke sorgte für die Hintergrundmusik.

Sie betrachtete den luxuriösen Raum, während der Kellner ihnen erzählte, dass das Boot, das 1966 in Annapolis in Maryland gebaut worden war, als Rolls-Royce unter den amerikanischen Motorjachten galt.

Andi durchstreifte den eleganten, von Kerzen erleuchteten Raum. Dann drehte sie sich zu Jack um, aber der zuckte nur die Achseln, als wäre es ein Klacks, so einen Märchenabend zu organisieren.

Sie genossen einen exquisiten Gang nach dem nächsten. Die Musiker behielten ein ruhiges Tempo bei, während Andi und Jack die köstlichen Speisen zu sich nahmen und den hervorragenden Wein tranken. Nachdem sie sich ein Schokoladen-Soufflé als Nachspeise geteilt hatten, hielt Jack ihr eine Hand hin.

Er führte sie auf die kleine Tanzfläche im vorderen Bereich des Saals und zog sie an sich, sobald die Musiker einen anderen Rhythmus anschlugen. Einer von ihnen trat ans Mikrofon und sang »The Way You Look Tonight«.

»Jack«, flüsterte sie, als sie das vertraute Lied hörte.

»Ich wollte, dass du dich an all unsere ersten Male erinnerst«, erwiderte er und hauchte ihr einen Kuss auf die Lippen.

Die Band spielte ein Liebeslied nach dem anderen, während sie eng aneinandergeschmiegt tanzten. Nach einer Weile sah sie zu ihm hoch, betrachtete ihn.

»Was?«

»Ich genieße nur die Aussicht.«

Er lächelte. »Glücklich?«

»Mhm.« Sie barg ihr Gesicht an seiner Brust. Sein Herz schlug unter ihrer Wange, und sie spielte mit dem Haar, das sich über seinem Kragen lockte.

»Lass uns etwas frische Luft schnappen«, schlug er vor, bevor er den Musikern dankbar zuwinkte und Andi von der Tanzfläche lotste.

Er legte ihr sein Smokingjackett um die Schultern, und sie lehnten sich an die Reling, um zu beobachten, wie das Wasser unter ihnen vorbeirauschte, während die Jacht über den riesigen See fuhr.

»Ich kann kaum glauben, dass du das getan hast, Jack. Ich bin überwältigt.« Sie streckte die Hand nach ihm aus und erkannte, dass sie ihn mit dem leidenschaftlichen Kuss überraschte.

Seine Hände strichen unter der Jacke, die er ihr gegeben hatte, aufreizend langsam über ihren Rücken.

Ihre Haut prickelte unter seiner Berührung.

Ihr schien, als wollte der Kuss nicht enden, aber schließlich zog Jack sich zurück, um ihr Wangen, Stirn und Nasenspitze zu küssen. »Ich kann nicht genug von dir bekommen«, flüsterte er mit rauer Stimme, bevor er sie erneut küsste. »Ich brauch dich so dringend, Andi. Sag mir, dass du uns eine Chance gibst.«

»Ich möchte es so gerne. Mehr als alles andere.«

»Aber?«

»Ich habe solche Angst davor, wieder verletzt zu werden. Es hat mich schon einmal beinahe umgebracht. Ich weiß nicht, ob ich das ein weiteres Mal überstehen könnte – nicht, wenn es jetzt so viel schlimmer wäre.«

Er lehnte seine Stirn an ihre. »So gerne ich dir auch etwas versprechen würde, ist das doch etwas, was ich dir nicht geben kann. Ich kann dir nur noch einmal versichern, wie sehr ich dich liebe und wie sehr ich mit dir zusammen sein will – wenn du mich lässt. Mehr habe ich im Moment nicht zu bieten.«

Sie legte eine Hand an sein Gesicht. »Das ist viel mehr, als ich jemals hatte.«

Er griff nach ihrer Hand und drückte einen Kuss auf ihre Handfläche.

Ein Beben durchlief sie. Sie hatte noch nie etwas so unbedingt gewollt wie ihn.

»Unten gibt es eine ziemlich luxuriöse Kabine, die heute Abend uns gehört.« Er neigte einladend den Kopf und streckte die Hand nach ihr aus.

Sie war sich bewusst, dass sie sich auf mehr als nur ein paar Stunden in einer luxuriösen Kabine einließ, aber sie begegnete seinem Blick und besiegelte ihr Schicksal, indem sie die Finger um seine legte.

Er führte sie eine kurze Treppe hinunter und über einen schmalen Gang. Sobald er die Tür der Kajüte hinter ihnen schloss, griff er nach ihr.

Ihr Kuss wurde rasch drängend.

Sie zog sich die Jacke seines Smokings von den Schultern und ließ sie zu Boden fallen. Dann griff sie nach seinem Kragen, entfernte die Fliege und widmete sich den Onyx-Knöpfen, die sein Hemd schlossen.

Er öffnete den Reißverschluss an ihrem Kleid. Mit sanftem Flüstern schwebte es zu Boden. *»Grundgütiger«*, flüsterte er, während er das elfenbeinfarbene Spitzenkorsett anstarrte, das ihre Brüste bestens zur Geltung brachte.

Sie schob sein Hemd auf, legte die Hände auf seine Hüften und drückte die Lippen auf seine Brust. Dann fuhr sie mit der Zunge über eine Brustwarze, und Freude erfüllte sie beim Klang seines tiefen Stöhnens.

Er überraschte sie, indem er seine Hände auf ihren Hintern legte, sie von den Füßen hob und ihren Mund nahm.

Sie legte Arme und Beine um ihn und drängte sich fest gegen seine Erektion.

»Andi«, keuchte er. »Ich will dich so dringend.«

»Ich bin dein, Jack. Nimm mich.«

Er legte sie aufs Bett und machte sich am Korsett zu schaffen. »Wie kriege ich dich aus dem verdammten Ding raus?«

Lachend rollte sie sich auf den Bauch und zeigte ihm den Verschluss am Rücken.

Er öffnete die Haken und huldigte mit den Lippen jedem Stück seidiger Haut, das er enthüllte. Als sie sich umdrehen wollte, hielt er sie fest. »Warte.«

Ihr Herz raste vor Verlangen und Vorfreude, als er seine Hose öffnete und sie zu Boden gleiten ließ.

Dann griff er nach den Nadeln in ihrem Haar, um ihre Locken zu befreien. Er hob eine Handvoll davon an sein Gesicht und atmete tief ein. »Du duftest himmlisch, Andi.« Er schob die Strähnen beiseite und zog eine Spur heißer Küsse über ihren Nacken.

Sie wand sich ungeduldig unter ihm.

»Entspann dich, Liebling«, flüsterte er. »Wir haben die ganze Nacht.«

»Ich brauche dich, Jack. Du hast mir gefehlt.«

Er küsste ihre Wange, ihren Hals, ihre Schulter, ihren Rücken. »Du hast mir auch gefehlt. So sehr.« Er strich ihr mit den Händen über den Hintern, und ihr stockte der Atem. Dann zog er sie auf Hände und Knie und rutschte hinter sie.

Er quälte sie mit seiner Zunge, bis ihre Beine zitterten und ihr Herz noch wilder schlug.

Als sie kurz vor dem Höhepunkt war, drang er in sie ein, und sie kam sofort.

Er hielt ihre Hüften fest und stieß weiter in sie. »Gefällt dir das?«, fragte er atemlos.

Völlig von Sinnen und unfähig, einen klaren Gedanken zu fassen, murmelte sie: *»Mmm.«*

Er erhöhte das Tempo und griff um sie herum. Dann streichelte er sie, bis sie einen weiteren explosiven Höhepunkt hatte, bevor er schließlich seinen eigenen hinausschrie.

Ohne sich von ihr zu lösen, sank er mit ihr aufs Bett. Sie schwiegen für eine lange Zeit, während sie versuchten, wieder zu Atem zu kommen.

»Jack?«

Seine Wange an ihrem Rücken, murmelte er: »Hmm?«

»Warum hast du beschlossen, das zu tun? Hierherzukommen?«

Er löste sich von ihr und drehte sich auf den Rücken. »Du wirst lachen, wenn ich es dir erzähle.«

Sie rollte sich herum, damit sie ihn im schwachen Licht betrachten konnte. »Jetzt muss ich es erst recht wissen.«

»Also, zunächst einmal hat meine Mutter mir einen wenig subtilen Tritt in den Hintern verpasst und mir vorgeworfen, dass ich ein Idiot wäre, wenn ich dich nicht festhalte«, gab er mit betretenem Lächeln zu.

»Erinnere mich daran, ihr irgendwann dafür zu danken.«

»Außerdem hast du mir, seit du weg bist, unglaublich gefehlt. Das will ich nie wieder erleben.«

»Ich war schon ganz krank, so heftig habe ich dich vermisst.«

»Warum bin ich insgeheim froh, das zu hören?«, fragte er mit einem Lächeln.

»Ha. Du hast es also geschafft, mich zum Essen auszuführen und mich irgendwie auch wieder ins Bett zu kriegen. Was kommt als Nächstes, Romeo?« Sie erhob sich auf einen Ellbogen und stützte den Kopf in die Hand.

Er fuhr mit dem Finger zwischen ihren Brüsten entlang und flüsterte: »Meinen Plan verrate ich nicht, nur so viel: Er scheint ganz gut zu funktionieren.« Als sie nach ihm schlug, wich er ihr aus.

Sie rutschte rüber, sodass sie auf ihm lag, und hielt ihn fest. »Ich will Antworten, Mister. Erzähl mir, woher du meine Kleider- und Schuhgröße kanntest.«

Er drehte sich mit ihr herum, sodass er wieder oben lag. »Ich beantworte drei Fragen, keine mehr.«

»Woher kanntest du meine Schuh- und Kleidergröße?«

»Das sind zwei.«

Sie verdrehte die Augen. »In Ordnung. Woher kanntest du meine Schuhgröße?« Sobald er an ihrem Hals und Ohr knabberte, schob sie ihn weg. »Wechsle nicht das Thema.«

»Okay, Nervensäge, wenn du es unbedingt wissen musst: Quinn hat Jen angerufen.«

»*Jen hat davon gewusst und mir nichts gesagt?* Ich bring sie um.«

»Sie wusste nicht, warum ich es wissen wollte.«

»Aber sie wusste, dass du herkommst?«

»Ist das deine zweite Frage?«

»Jaaaaack.«

Er lachte. »Ja, sie wusste, dass ich herkomme, aber Quinn hat sie zur Geheimhaltung verpflichtet.«

»Ich werde sie trotzdem umbringen.«

Er gab ihr einen Kuss auf die Nasenspitze. »Wirst du nicht. Es war schön, dich zu überraschen, und du hast jede Menge Spaß.«

»Das stimmt, aber mir bleibt noch eine Frage«, rief sie ihm ins Gedächtnis, als er versuchte, sie inniger zu küssen.

»Welche?«, murmelte er an ihrem Mund.

Mit den Händen auf seinen Schultern hielt sie ihn zurück, denn diese Antwort war wichtig. »Was geschieht jetzt?«

»Ich habe ein paar Ideen, aber darüber müssen wir jetzt nicht reden, oder?«, erwiderte er, bevor er ihre Brüste umfasste und mit den Daumen über die Spitzen rieb.

Sie erschauerte vor Verlangen. »Ich schätze, es kann warten.«

Kapitel 12

Da Andi wusste, dass ihre Mutter es nicht gutheißen würde, wenn sie die ganze Nacht wegblieb, zwang sie sich dazu, aus tiefem Schlummer aufzuwachen, um zu später Stunde nach Hause zu fahren. *Ich bin siebenunddreißig Jahre alt und lasse mir noch immer von meiner Mutter vorschreiben, was ich tun und lassen soll*, dachte sie, während sie im Fahrstuhl zur Wohnung in der obersten Etage hinauffuhren. Sie hatte Jack nichts von der Missbilligung ihrer Mutter erzählt und hatte das auch nicht vor.

Vor der Haustür umarmte sie ihn. »Danke für diesen wundervollen Abend.«

»Es war mir ein Vergnügen. Ich sehe dich dann später in deinem Büro, nachdem ich mich mit David getroffen habe. Kannst du denn für das Spiel gegen Mittag weg?«

Sie unterdrückte ein Gähnen. »Mmm, aber beim dritten Inning schlafe ich bestimmt ein.«

»Ruh dich noch etwas aus. Bis in ein paar Stunden«, verabschiedete er sich mit einem letzten Kuss.

* * *

Jack ließ das Auto stehen und ging den kurzen Weg bis zum Hotel zu Fuß. Auch wenn es noch dunkel war, zeigten sich am Himmel die ersten Spuren der

Morgendämmerung. Nach der Nacht mit Andi war er mehr denn je davon überzeugt, dass sie eine gemeinsame Zukunft hatten, sie mussten nur rausfinden, wie sie es bewerkstelligen konnten.

Im Hotel gönnte er sich vor seinem Meeting mit David Johnson ein paar Stunden Schlaf. Während er im Konferenzsaal wartete, streckte er sich, um die Verspannung von der zu kurzen Nacht loszuwerden.

Eine Welle der Energie eilte David voraus, als er das Zimmer betrat.

Jack stand auf, um dem jugendlich wirkenden Mann mit dem leuchtend roten Haar die Hand zu geben, der den Vorsitz von Infinity innehatte.

»Es freut mich, Sie endlich zu treffen, Jack.«

»Mich ebenso«, erwiderte Jack und ließ den prüfenden Blick eines von Andis besten Freunden über sich ergehen. »Es tut mir leid, dass ich es nicht schon eher hierher geschafft habe.«

»Wir arbeiten gerne mit Ihrem Team zusammen. Sie haben hervorragende Ideen und haben genau das eingefangen, was wir uns für das Haus in Newport vorgestellt haben.«

»Ich bin froh, dass es Ihnen gefällt.«

»Ich weiß nicht, ob Jamie Ihnen verraten hat, dass ich insgeheim früher selbst Architekt werden wollte, aber als das Familiengeschäft rief …« Er zuckte die Achseln.

»Das erklärt natürlich, warum der CEO persönlich mit der Planung des Gebäudes zu tun hat.«

»Ich habe das Design aller Bauvorhaben betreut, die wir durchgeführt haben, seit ich das Ruder übernommen habe. So kann ich auf zwei Hochzeiten tanzen, wenn man so will.«

»Vielleicht können wir Sie ja für eines unserer Projekte engagieren.«

»Führen Sie mich nicht in Versuchung«, warnte David mit einem leisen Lachen, bevor sie die neuesten Pläne für das Hotel vor sich ausbreiteten.

Jack wies ihn auf die aktuellen Neuerungen hin, von denen die meisten vorgenommen wurden, um die Küstenschutzbehörde zufriedenzustellen. »Auf dem Papier erfüllen wir alle Bedingungen der Behörde, aber genau erfahren wir das erst nächste Woche. Wenn alles nach Plan verläuft und das Wetter mitspielt, sollten wir im Zeitplan liegen und nächstes Jahr im Dezember die ersten Gäste empfangen können.«

»Das ist gut. Ich wollte eine Eröffnung im Winter, damit wir vor der Hauptsaison alle Macken ausmerzen können. Die neue Terrasse an der Südseite gefällt mir besonders gut. Ich kann es kaum erwarten, das fertige Produkt zu Gesicht zu bekommen.« Er rollte die Pläne wieder zusammen. »Andi und ihr Team waren von Newport ziemlich beeindruckt.«

Jack setzte sich ihm gegenüber. »Es war schön, sie dazuhaben.«

David lehnte sich vor und stützte die Arme auf den Tisch. »Jack, darf ich offen sein?«

»Natürlich.«

»Ich weiß, dass Sie nicht nach Chicago gereist sind, um mir die Pläne zu zeigen.«

»Schuldig im Sinne der Anklage.«

»Andi hat nicht viel darüber gesprochen, was genau zwischen Ihnen passiert, aber ich habe ein paar Gerüchte gehört. Lassen Sie es mich so ausdrücken: Andi und Eric bedeuten mir sehr viel. Sie sind praktisch Teil meiner Familie.« Er äußerte das Wort »Familie« in der Gebärdensprache, um deutlich zu machen, dass er viel Zeit mit dem Jungen verbrachte.

»Ich weiß Ihre Sorge zu schätzen, aber ich bin mir bewusst, wie sehr sie gelitten hat. Ich hoffe, es hilft Ihnen, wenn Sie erfahren, dass ich sie liebe.«

»Das tut es. Sie hat es verdient, glücklich zu sein. Dieser Bastard, mit dem sie verheiratet war, hat sie am Boden zerstört zurückgelassen. Ich will nicht erleben, wie sie noch einmal verletzt wird.«

»Ich werde ihr nie absichtlich wehtun, David. Das kann ich Ihnen versprechen.«

»Ich schätze, das muss fürs Erste reichen.«

* * *

Jen war nicht an ihrem Tisch, als Jack an Andis Büro ankam. Durch die offene Tür sah er, wie sie an ihrem Schreibtisch saß und hoch konzentriert Stoffproben studierte. Ihm fiel auf, dass sie ein Gähnen unterdrückte, also räusperte er sich, um sie wissen zu lassen, dass er da war.

»Hi«, begrüßte sie ihn mit einem herzlichen Lächeln.

»Stör ich?«

»Ich bitte darum.« Sie stand auf, um die Tür zu schließen. »Wie schaffst du es nur, ohne Schlaf so gut auszuschauen? Ich bin völlig fertig.«

Er setzte sich und zog sie auf seinen Schoß. »Wenn du so aussiehst, wenn du fertig bist, kann ich es kaum erwarten, dich so richtig auszulaugen.«

Heute hatte sie einen modischen schwarzen Hosenanzug mit einer pinkfarbenen Seidenbluse angezogen. Sie trug das Haar offen, so wie er es mochte. Kaum legte er die Arme um sie, lehnte sie den Kopf an seine Schulter.

»Ich hab mich so darauf gefreut, dich heute Morgen wiederzusehen«, flüsterte sie ihm ins Ohr.

»Ging mir genauso.« Er küsste sie auf die Stirn. »Ich hab gerade ein interessantes Gespräch mit deinem Freund David geführt.«

Sie hob den Kopf, um ihn anzuschauen. »Inwiefern interessant?«

»Er hat mich mehr oder weniger gefragt, was meine Absichten sind.«

Mit einem Stöhnen erwiderte sie: »Das tut mir leid. Er hat einen starken Beschützerinstinkt. Wir kennen uns seit dem College, und er und seine Frau Lauren haben mir sehr geholfen, nachdem Alec mich verlassen hatte.«

»Ich bin froh, dass es in deinem Leben jemanden gibt, der auf dich achtgibt. Ich mag ihn.«

»Das dachte ich mir. Ihr zwei habt viel gemeinsam.« Sie hielt inne, senkte den Blick und fügte hinzu: »Was sind denn deine Absichten?«

Er hob ihr Kinn und brachte sie dazu, ihn anzusehen. »Ich erzähle dir dasselbe, was ich ihm mitgeteilt habe: Ich liebe dich, und ich werde dir niemals absichtlich wehtun.«

»Wann würden wir uns sehen?«

»An den Wochenenden, den Feiertagen, wann immer wir können. Vorerst.«

»Vorerst?«

»Lass uns einfach eine Woche nach der anderen angehen und schauen, wie es läuft, okay?«

»Ich schätze, das könnte funktionieren. Vorerst.« Sie drückte den Mund auf seinen. »Wann musst du wieder los?«

»Morgen Nachmittag.«

»So bald?«

»Ich möchte länger bleiben, aber Jill spielt diese Woche bei einer wichtigen Lacrosse-Meisterschaft mit, und ich muss für sie da sein. Letztes Jahr habe ich zu viel verpasst.«

Andi stand auf und ging zu ihrem Schreibtisch rüber, um einen Blick auf ihren Terminkalender zu werfen. »Wie wäre es nächstes Wochenende?«

Sie überlegten hin und her und einigten sich auf den Columbus Day – das Wochenende von Quinns Hochzeit.

»Warum kommt ihr beide nicht mit?«

»Bist du sicher, dass ihr das nichts ausmacht?«

»Ganz sicher.«

»Was ist mit deinen Töchtern?«

»Ich rede vorher mit ihnen, keine Sorge. Wir schlafen auf dem Boot, da ich Quinn für die Hochzeit das Haus auf Block Island überlasse.«

»Du bist ein guter Mensch, Jack Harrington.« Sie kehrte auf seinen Schoß zurück. »Aber jetzt, da du hier bist und mein Herz im Sturm erobert hast, wie soll ich da einen Monat lang ohne dich auskommen?«

»Ich habe mir gerade dieselbe Frage gestellt.« Er sah auf die Uhr und stellte fest, dass es fünf vor zwölf war. »Wir müssen gleich los und einen Jungen zu seinem Baseballspiel begleiten.«

Sie stand auf, brachte ihren Arbeitsplatz in Ordnung und schaltete den Computer aus.

Dann nahm er ihre Aktentasche und legte einen Arm um sie. »Es gibt da einige Mängel in meiner Suite, auf die ich deine Aufmerksamkeit lenken möchte«, meinte er ernst. »Es ist etwas, das die Chefdesignerin persönlich begutachten sollte.«

Sie lachte. »Du kennst keine Scham.«

»Ich weiß nicht, wovon du sprichst.« Auf dem Weg mit dem Fahrstuhl in den fünfzehnten Stock drückte er sie fest an sich. »Hast du es jemals im Aufzug getan?«

»Schamlos.«

Er ließ ein schmutziges Grinsen aufblitzen, bevor er seine Krawatte lockerte und den obersten Hemdknopf öffnete.

Die Fahrstuhltür öffnete sich, und er führte sie in seine Suite, wo sie eine Stunde lang die »Mängel« überprüften, bevor sie zum Spiel mussten.

* * *

Nach Spiel und Abendessen nahmen sie gemeinsam den Lift zu Andis Wohnung. Eric schlief an Jacks Schulter, während er mit einer Hand einen neuen Cubs-Wimpel festhielt und mit der anderen seinen Baseballhandschuh. Jack half Andi dabei, den Jungen umzuziehen und ins Bett zu bringen.

»Puh«, seufzte sie, nachdem sie auf Zehenspitzen aus dem Zimmer geschlichen waren und die Tür angelehnt hatten. »Er ist ganz schön erledigt.«

Jack gähnte und folgte ihr ins Wohnzimmer. »Ich weiß, wie er sich fühlt.«

»Er hatte jede Menge Spaß, Jack. Danke noch mal für die Tickets.«

»Es war toll, als er während des Spiels auf meinen Schoß geklettert ist. Er ist hinreißend.«

»Ja, ich habe beschlossen, ihn zu behalten.«

Auf der Couch streckte er sich aus und lud sie ein, sich zu ihm zu gesellen. »Bist du immer noch sauer auf deine Mom? Sie schien ziemlich verärgert.«

Sie kuschelte sich in seine Umarmung. »Ich bin enttäuscht. Sonst ist sie nicht so unhöflich.«

»Sie macht sich Sorgen um dich. Das verstehe ich.«

»Es ist echt ulkig, denn sie hat Alec *geliebt*, aber sieh dir nur an, was daraus geworden ist.«

»Sie will nicht, dass du noch mal verletzt wirst.«

»Das hier ist etwas anderes.« Sie drehte sich zu ihm um. »Es ist *anders*.«

Er legte seine Hände an ihr Gesicht und küsste sie sanft, und wie jedes Mal, wenn er sie berührte, durchströmte ihn Aufregung. Es *war* anders. Auch er spürte das. »Bist du sicher, dass deine Mutter bei ihrer Schwester übernachtet?«

»Ja.«

Er stand vom Sofa auf, hielt ihr die Hand entgegen und zog sie in seine Arme. »Wo ist dein Schlafzimmer?«

Lachend wies sie ihm die Richtung.

Kapitel 13

Ein paar Tage bevor Andi und Eric sie zu Quinns Hochzeit besuchen kommen wollten, fragte Jack seine Kinder, ob er nach dem Abendessen mit ihnen reden könne.

»Was ist los, Dad?« Jill ließ sich neben ihm aufs Sofa fallen. Sie wirkte in letzter Zeit mehr wie eine Frau als wie ein Mädchen, und er wurde ganz wehmütig, wenn er daran dachte, dass sie nächstes Jahr um diese Zeit auf dem College sein würde. Er war noch nicht so weit.

Während er versuchte, die richtigen Worte zu finden, kamen Kate und Maggie und warfen sich ebenfalls auf die Couch.

»Erinnert ihr euch noch an Andi, die diesen Sommer aus Chicago hier war?«

»Klar«, versicherte ihm Kate. »Sie war nett.«

»Und *so* hübsch«, fügte Maggie hinzu.

Er lächelte. »Ja, sie ist nett *und* hübsch. Ich habe sie und ihren Sohn Eric eingeladen, uns zu Quinns Hochzeit zu begleiten.«

»Ist sie eine Freundin von Quinn?«, wollte Jill wissen. Sie wickelte sich eine Strähne ihres langen, dunklen Haars um einen grellpink lackierten Finger.

»Nicht direkt.« Er schluckte schwer. »Sie ist eher eine Freundin von mir.«

Kates Augen weiteten sich. »Seid ihr *zusammen*?«

Er hatte sich geschworen, dass er ehrlich zu ihnen sein würde. »Ja, wir sind zusammen. Was haltet ihr davon?«

Sie schwiegen, bis Jill sich schließlich zu Wort meldete. »Ich hatte noch nicht darüber nachgedacht, dass du eine Freundin haben könntest.«

»Ich auch nicht. Du weißt, dass ich nicht nach einer gesucht habe.«

Maggie biss sich auf die Lippe und wirkte beunruhigt. »Wirst du sie heiraten?«

»Nein, Süße. Ich bin immer noch mit Mom verheiratet, und daran wird sich auch nichts ändern. Versprochen.« Er streckte die Hand nach ihr aus, um sie auf seinen Schoß zu ziehen und die Arme um sie zu legen.

»Ich will, dass du glücklich bist, Dad«, erwiderte Kate. »Wenn Andi dich glücklich macht, dann bin ich froh, dass ihr zusammen seid.«

»Danke«, flüsterte er. Sie erinnerte ihn so sehr an Clare, dass es ihm manchmal den Atem verschlug. »Wie erwähnt, wird ihr Sohn Eric sie begleiten. Wisst ihr noch, als ich nach Chicago gereist bin und mir von Miranda ein paar Gebärden habe beibringen lassen, weil ich dort einen hörgeschädigten Jungen treffen würde? Das war Andis Sohn. Ihr werdet ihn mögen. Er ist fünf und richtig niedlich.«

»Aber nicht niedlicher als ich?«, wollte Maggie mit hochgezogener Augenbraue wissen.

Er lachte und kitzelte sie. »Auf keinen Fall. Niemand ist niedlicher als du, Mags.«

Jill und Kate quittierten Maggies »Baby der Familie«-Gehabe mit einem Augenverdrehen. Schließlich gaben Maggie und Kate ihm einen Gutenachtkuss und gingen nach oben in ihre Zimmer.

Er griff nach der Hand von Jill, die noch einen Moment länger blieb. »Ist das okay für dich, Schatz?«

»Ich will, dass es so einfach ist, wie es bei Kate klingt, aber das ist es nicht, oder?«

»Nein, Baby, das ist es nicht. Aber mit ihr bin ich glücklich. Mehr kann ich dazu nicht sagen.«

»Mom fehlt mir.«

»Mir auch, und ich werde sie immer vermissen. Ich hoffe, dass du mir das glaubst.«

Sie nickte und gab ihm einen Kuss, bevor sie ihn allein ließ.

Lange saß er da, dachte an seine Töchter und hoffte, dass er das Richtige tat, wenn er zwei neue Menschen in ihr Leben holte.

* * *

Jack stand an derselben Stelle, an der er Andi im vergangenen Sommer das erste Mal getroffen hatte, und beobachtete die Menschen, die den Flieger aus Chicago verließen, entdeckte aber weder sie noch Eric unter ihnen. Allmählich befürchtete er, dass sie ihren Flug verpasst hatten, bis er Eric um die Ecke laufen und Andi hinter sich herzerren sah.

Jack breitete die Arme aus, und Eric rannte auf ihn zu. Er schwang den Jungen in die Luft und wirbelte ihn herum. Sobald Andi zu ihnen aufgeschlossen hatte, zog er sie mit seinem freien Arm an sich, und sie umarmten einander alle fest.

»Es ist Freitag«, flüsterte sie ihm zu.

Er beugte sich vor, um sie zu küssen, erinnerte sich aber gerade noch daran, dass er sich vor Eric etwas zurückhalten sollte. »Gott sei Dank. Los geht's.«

Sie erreichten Newport, als die Mädchen sich gerade auf dem Boot für die Fahrt nach Block Island einrichteten. Da ihnen nur noch etwa drei Stunden Tageslicht verblieben, beeilten sie sich, fertig zu werden.

Die Mädchen zeigten Eric, wo er seine Sachen unterbringen konnte und wo er schlafen würde. Kates Freundin Miranda hatte ihnen einen Crashkurs in Gebärdensprache gegeben, und sie benahmen sich wie Glucken mit dem kleinen Jungen.

Während sie die Kinder beobachteten, legte Jack einen Arm um Andi. »Sie werden ihn noch erdrücken«, bemerkte er.

»Er genießt die ganze Aufmerksamkeit. Ich fasse nicht, dass sie ein paar Gebärden für ihn gelernt haben. Das ist so lieb von ihnen.«

»Sie wollten sich mit ihm unterhalten können und haben sich gedacht, dass sie sich gegenseitig helfen könnten, wenn jede ein paar Sachen lernt. Wenn es Probleme gibt, dann wissen sie ja, dass du hier bist.«

»Sieht so aus, als liefe es bisher ganz gut.«

Er schaute sie an und verspürte das beinahe unwiderstehliche Verlangen, sie zu küssen und zu berühren. Irgendwie schaffte er es, dem Drang aus Rücksicht auf die Kinder zu widerstehen.

»Sieh mich nicht so an«, flüsterte sie. »Das hier ist ein jugendfreies Wochenende.«

»*Was?* Auf keinen Fall.«

Sanft stieß sie ihn an. »Auf jeden Fall.«

»Das werden wir ja sehen …« Er warf einen Blick in die Kajüte und bemerkte, dass Jill sie mit ausdruckslosem Gesicht beobachtete. Ihm war bewusst, wie eigenartig es für sie sein musste, ihren Vater mit einer anderen Frau zu erleben, also trat er einen Schritt von Andi weg.

»Es dauert seine Zeit«, flüsterte sie.

»Ich weiß.«

Frannie und Jamie stießen dazu und begrüßten Andi mit einer Umarmung.

»Schön, dass du dieses Wochenende herkommen konntest«, erklärte Frannie erfreut.

»Wie ich höre, darf ich euch beiden gratulieren«, erwiderte Andi.

Jamie legte einen Arm um Frannie, während sie Andi den Verlobungsring zeigte.

»Der ist wunderschön, Frannie. Ich freu mich so für dich.«

»Wenn ihr mit dem weiblichen Freundschaftsritual fertig seid, dann können wir ja los«, warf Jack trocken ein.

»Sei still«, entgegnete Andi.

Jack verdrehte die Augen, aber die beiden Frauen bewunderten unbeeindruckt weiterhin Frannies Ring. Sie erzählte Andi von den Hochzeitsplänen, unterdessen steuerten Jack und Jamie das Boot vom Liegeplatz weg und hissten die Segel. Jack winkte Eric zu sich ran, damit er ihm eine Rettungsweste anlegen konnte, und reichte Maggie eine weitere.

Ein flotter Westwind brachte sie rasch zur Insel. Jamie stand am Steuer, als sie den New Harbor am Nordende erreichten. Nachdem sie das Boot festgemacht und sich am Payne's Dock mit ihren Freunden getroffen hatten, stiegen sie in den alten Kombi, den Jack auf der Insel stehen hatte, und fuhren nach Haven Hill. Die Mädchen hatten ihre Taschen dabei, um bei Quinn im Haus zu übernachten, die sie eingeladen hatte, sich morgen der Brautgesellschaft anzuschließen.

Andi schnappte nach Luft, als sie Haven Hill zum ersten Mal erblickte. Das weitläufige »Cottage« mit den zwanzig Zimmern und der breiten Terrasse erhob sich oben auf einem Hügel, und die Schindeln, mit denen es verkleidet war, wiesen Witterungsspuren auf, nachdem sie über ein halbes Jahrhundert lang den Elementen am Südende der Insel ausgesetzt gewesen waren.

Lärmend quollen alle aus dem überfüllten Auto und stürmten nach drinnen. Eric folgte Maggie dicht auf den Fersen, aber Andi trat erst mal ein paar Schritte zurück, um sich das Haus, an dem geschäftig die letzten Vorbereitungen für die Hochzeit getroffen wurden, besser anschauen zu können.

»Es ist wunderschön, Jack. Ich kann es kaum erwarten, es von innen zu sehen.«

Da die Kinder drinnen waren, legte er einen Arm um sie. »Ich bin gerne hier. Wegen dieses Hauses wollte ich Architekt werden. Es hat jedes Gebäude, das ich jemals entworfen habe, inspiriert.«

»Ich verstehe, warum.« Sie gingen die Auffahrt entlang, damit sie einen Blick auf den sogenannten Widow's Walk, die für Neuengland typische Aussichtsplattform auf dem Dach, werfen konnte, von wo sich ein atemberaubender Ausblick auf den Atlantischen Ozean bot. »Es ist unglaublich. Wie ist es in den Besitz deiner Familie gekommen?«

»Man glaubt es kaum, aber mein Großvater hat es direkt nach dem Zweiten Weltkrieg für zweihunderttausend gekauft. Der Typ, der es bauen ließ, ist gestorben, kurz nachdem es fertig geworden war, also musste es verkauft werden. Mein

Großvater hat es dann meiner Mutter vererbt. Den Sommer haben wir als Kinder oft hier verbracht, und Clare ist mit den Mädchen auch immer hergefahren.«

Er brachte sie nach drinnen, um sie herumzuführen, und sie bewunderte die gemütliche, aber elegante Inneneinrichtung, die der Villa das Flair eines Strandhauses verlieh, aber auch klassische Elemente wie eine Standuhr aufwies, die in der Eingangsdiele neben der gewundenen Treppe stand.

»Ich *liebe* es«, verkündete sie, nachdem er sie zur großen hinteren Veranda dirigiert hatte, die mit bequemen Korbmöbeln und einer Hängematte ausgestattet war und von der aus man über das Meer blicken konnte. »Ich kann mir gut vorstellen, auf dieser Veranda den ganzen Sommer zu vertrödeln.« Sie sahen die Kinder über die steile Treppe nach unten zum Strand laufen. »Zeig mir den Rest.«

Er führte sie durch die großen, offenen Zimmer im Erdgeschoss, in denen Quinns Hochzeit stattfinden würde.

»Lass uns in die obere Etage gehen.« Er brachte sie in den ersten Stock.

»Welches ist deins?«, fragte sie mit einem kleinen Lächeln, nachdem er ihr ein paar Räume gezeigt hatte.

Er grinste und betrat mit ihr eines der beiden großen Schlafzimmer des Hauses, wo er sie sofort an die Wand drückte, um sie so zu küssen, wie er es schon seit Stunden hatte tun wollen. Mehrere leidenschaftliche Minuten später stöhnte er frustriert auf und löste sich von ihr, um einen Blick auf die Uhr zu werfen. »Die Fähre ist gleich da. Ich muss Jill losschicken, damit sie Quinn und ihre Familie abholt.« Er lehnte seine Stirn gegen Andis und bemühte sich, sich wieder zu beruhigen. »Wir werden diese Unterhaltung später fortsetzen.«

»Ich kann es kaum erwarten.«

* * *

Nach dem Abendessen mit Quinn, ihrem Verlobten und ihren Eltern kehrten Jack, Andi, Eric, Frannie und Jamie zum Boot zurück. Eric schlief tief und fest, als sie den Jachthafen erreichten.

»Das wird langsam zur Angewohnheit«, meinte Jack, der das schlafende Kind aufs Boot trug.

»Eine, mit der ich mich anfreunden könnte.«

»Ach ja?« Er hob eine Augenbraue, bevor sie an Bord gingen, während Frannie und Jamie noch für einen Schlaftrunk in die Hafenbar abbogen.

»Sieh dir nur die Sterne an«, staunte Andi.

Nachdem sie Eric in seine Koje verfrachtet hatten, öffnete Jack eine Flasche Wein, und sie nahmen sie zusammen mit einer warmen Decke mit an Deck.

In der Dunkelheit über dem Great Salt Pond funkelten zahllose Lichtpunkte am Nachthimmel. Der Hafen, in dem sich im Sommer die Boote drängten, wirkte bis auf ein paar Unerschrockene völlig verlassen. Nach dem langen Wochenende würde die Insel bis zum Frühling kaum noch Gäste zu Gesicht bekommen.

»Es ist der beste Sternenhimmel der Welt«, stimmte Jack ihr zu.

»Ich kann nachvollziehen, warum du gerne hier bist.«

»Hier habe ich Clare kennengelernt.« Er erzählte ihr von ihrer ersten Begegnung.

»Stimmt, du hast ja in *Harvard* studiert«, spottete sie.

»O Gott, fang du nicht auch noch damit an. Clare hat mich deswegen ständig aufgezogen. Nachdem wir in Berkeley unseren Abschluss gemacht hatten, haben Jamie und ich dort nur das Graduiertenkolleg besucht. Wo hast du studiert?«

»Parsons. Mein Apartment lag genau gegenüber von Davids, der an der NYU war. So haben wir uns kennengelernt. Sein Vater ist der Gründer von Infinity. Direkt nach der Schule hat David dort angefangen und mich eingestellt. Vor drei Jahren hat sich sein Vater zur Ruhe gesetzt, und David wurde CEO.«

»Komisch, wie der Verlauf deiner Karriere von deiner Wohnung in New York bestimmt wurde. Meine dreht sich um den Freund, den ich am ersten Tag in Berkeley kennengelernt habe.«

»Es hat gut funktioniert.«

Er hatte ihr Büro und ihre Wohnung gesehen und wusste, dass es für sie mehr als nur gut funktioniert hatte. Behutsam zog er sie an sich und breitete die Decke über sie. »Du hast mir so furchtbar gefehlt«, flüsterte er ihr ins Ohr. »Ein Monat ohne dich ist viel zu lange.«

Sie legte den Kopf an seine Schulter. »Ich sage es nur ungern, aber es sieht leider ganz so aus, als hätte ich erst in sechs Wochen wieder ein freies Wochenende. In der Firma geht es im Moment drunter und drüber. Anfang nächsten Monats muss ich mindestens für eine Woche nach Juneau, es kann also gut sein, dass ich erst zu Thanksgiving wieder Zeit habe, wegzufahren.«

»Ich sollte schon vorher noch mal für ein Wochenende wegkönnen. Meinst du, du schaffst es zu Thanksgiving hierher?«

»Ich lasse meine Mutter nur ungern allein, aber sie verbringt mittlerweile sowieso mehr Zeit bei ihrer Schwester. Ich schätze, wir können euch besuchen.«

»Es tut mir leid, dass es so kompliziert ist, Liebling.«

Sie bog den Kopf zurück und küsste ihn. »Mir auch.«

»Darf ich dich etwas fragen?«

Sie rutschte nach hinten, um seine Züge in der Dunkelheit zu betrachten. Die kleine Lampe in der Kajüte warf ein schwaches Licht auf sie. »Klar.«

»Würdest du je darüber nachdenken, hierherzuziehen, zu mir? Um bei uns zu wohnen?«

Ihre Augen wurden groß. »Im Ernst?«

»Ja.«

»Ich weiß nicht, Jack«, stammelte sie. »Ich habe keine Ahnung, wie das gehen soll … Erst einmal sind da Eric und seine Schule, dann meine Arbeit, meine Mutter …«

»Es ist nicht leicht. Das weiß ich. Außerdem ist es schrecklich ungerecht, dass du diejenige sein sollst, die umzieht. Ich wäre sofort bei dir, wenn ich könnte, aber das geht nicht. Zumindest nicht jetzt.«

»Ich weiß.«

»Wir kennen uns noch nicht so lange, aber das mit uns fühlt sich so restlos richtig an. Ich will viel mehr als nur hin und wieder ein Wochenende mit dir.«

»Ich will auch mehr als das. Das weißt du. Aber ich kann mir nicht vorstellen, mein bisheriges Leben in Chicago aufzugeben.«

»Ich hatte mir fest vorgenommen, dass ich es vor der Hochzeit von Frannie und Jamie gar nicht erwähne. Ich wollte uns mehr Zeit geben, einander besser kennenzulernen, aber der letzte Monat hat mir gezeigt, dass ich das nicht brauche. Ich weiß, dass ich ziemlich viel verlange, auch wenn ich dir dafür nur meine Liebe zu dir und Eric bieten kann.«

»Das ist ja schließlich nicht zu verachten«, warf sie ein, während sie sein Gesicht liebkoste. »Sosehr ich auch möchte, was du mir anbietest, ist es doch ein enormer Schritt für mich. Ich weiß nicht, ob ich die Kraft dazu habe, nach dem, was mit Alec geschehen ist.«

Die Wut, die bei diesen Worten in ihm aufwallte, überraschte ihn. »Du kannst mich doch *unmöglich* mit ihm vergleichen.«

»Nein, Liebster, niemals.« Die Hände an seinem Gesicht, drückte sie ihren Mund auf seinen. »Ich weiß nicht, ob ich *mir selbst* noch vertraue. Das ist ein sehr verlockendes Angebot, das du mir da gemacht hast, und ich würde so gerne einfach Ja sagen. Ich weiß, was hinter dir liegt, was deine Familie durchgemacht hat, ich verstehe also, dass das auch für dich eine große Sache ist. Gibst du mir Zeit, darüber nachzudenken?«

»Ich schätze, das ist nicht zu viel verlangt«, gab er nach.

»Können wir es erst mal vertagen, damit wir nicht dieses wundervolle gemeinsame Wochenende ruinieren?«

»Auch das ist nicht zu viel verlangt.« Er beugte sich vor, um sie zu küssen. »Lass uns nach Frannies und Jamies Hochzeit noch mal drüber reden. Das gibt uns mehr als zwei Monate, okay?«

»Okay.«

Er legte die Arme um sie. »Ich liebe dich, Andi. Ich liebe dich so sehr.«

»Ich weiß.«

»Meine ganze Welt stand auf dem Kopf, bis du aufgetaucht bist und alles wieder gerichtet hast.«

»Jack«, seufzte sie. »Ich liebe dich auch. Wenn es nur um mich ginge, würde ich noch heute umziehen. Sofort.«

Er hob ihr Kinn und küsste sie wieder. »Ich bemühe mich, dich nicht unter Druck zu setzen.«

Sie lachte. »Und du bist ja für deine Geduld bekannt.«

»Ich arbeite daran.«

In dem Moment kamen Frannie und Jamie mit besorgten Mienen an Bord.

»Was ist los?«, fragte Jack.

»Der Hurrikan hat von den Carolinas abgedreht und bewegt sich jetzt Richtung Norden«, antwortete Jamie.

»Block Island liegt direkt auf seinem Weg«, fügte Frannie hinzu.

»Mist«, fluchte Jack, der an Quinn und die Hochzeit dachte. »Wann wird er hier erwartet?«

»Montagabend.«

* * *

Die Hochzeit am Sonntag verlief ohne besondere Vorkommnisse, trotz der hektischen Vorbereitungen auf der Insel, mit denen sich die Bewohner vor dem schweren Tropensturm zu schützen versuchten. Jack und die anderen halfen, wo sie konnten, um Haven Hill zu sichern, bevor sie am Montagmorgen vor dem Sturm nach Newport zurücksegelten.

Zu Hause bestand Maggie, die sich am Wochenende fürsorglich um Eric gekümmert hatte, darauf, dass er in ihrem Zimmer schlief, und holte das Ausziehbett unter ihrem eigenen hervor. Jack fragte sich, ob sie Eric jemals nach Chicago zurückkehren lassen würde.

Nachdem sie die jüngeren Kinder ins Bett gebracht hatten, tätigte er einen Anruf und erkundigte sich nach Clare. Die Krankenpflegerinnen beteuerten ihm, dass sie sich für den Sturm sicher verbarrikadiert hatten.

Während draußen der Wind heulte, verbrachte Jack den größten Teil der Nacht mit Andi im Bett im Gästezimmer und liebte sie. Vor dem Morgengrauen aber trieb ihn sein schlechtes Gewissen, weil er mit einer anderen Frau in Clares Haus schlief, von ihrer Seite. Wenn sie zustimmte, bei ihnen einzuziehen, bedeutete das für alle eine Umgewöhnung – auch für ihn. Er hoffte, dass die Tage, die sie dank des Sturms zusätzlich miteinander haben würden, Andi davon überzeugen würden, wie gut es zwischen ihnen funktionieren könnte.

Der sich nur langsam bewegende Hurrikan wütete bis in den Dienstag hinein, und nachdem er endlich abgezogen war, vernahm Jack mit Erleichterung, dass es Clare gut ging und das Apartmenthaus kaum beschädigt worden war.

Da auf Aquidneck Island der Strom ausgefallen war, kamen Jamie und Frannie rüber, um mit ihnen den Abend zu verbringen. Frannie wohnte derzeit praktisch schon bei Jamie, aber sie half Jack noch immer mit den Mädchen.

Das Feuer im Kamin tauchte das Wohnzimmer in warmes Licht, in dessen Schein Eric und Maggie Karten spielten.

Jill hockte vor den Flammen auf dem Boden und las, und Kate spielte auf ihrer Gitarre. Sie war die ruhigste seiner drei Töchter, weshalb es Jack überraschte und erstaunte, dass sie sie zum Mitsingen aufgefordert hatte. Wieder wurde ihm bewusst, wie gut sie geworden war.

Während das Feuer langsam niederbrannte, saßen Frannie und Jamie auf einem Sofa, Jack und Andi auf dem anderen, und sie genossen eine zweite Flasche Wein. Für den Kühlschrank hatten sie zwar einen Generator, aber Jack hatte den Mädchen erklärt, dass sie einen Abend lang auch mal ohne Strom auskämen. Mit nur wenig Murren hatten sie sich damit abgefunden.

Andi streckte sich und gähnte. »Einen so entspannten Tag hatte ich seit Jahren nicht mehr.«

Jack strahlte sie an, erfreut, dass ihre gemeinsame Zeit verlängert worden war. »Hast du den Flughafen eigentlich noch erreicht?«

»Ich hab's versucht, aber ich hing ewig in der Warteschleife. Irgendwann hab ich aufgelegt, um den Handy-Akku nicht mit Warten aufzubrauchen.«

»Ach, so 'n Mist«, murmelte Jack.

Frannie lachte. »Da bist du echt traurig drüber, was, Jack?«

Er legte den Arm um Andi. »Das ist nicht lustig, Fran. Andi kann nicht zur Arbeit, und Eric verpasst die Schule. Es ist schrecklich, dass sie bei uns festhängen.«

Jamie tat so, als müsse er sich übergeben, was die anderen zum Lachen brachte.

Wenig später brachen Frannie und Jamie auf.

Anschließend schickten Jack und Andi die Kinder auf ihre Zimmer und leuchteten ihnen mit Taschenlampen und Kerzen den Weg durchs dunkle Haus.

Nachdem er Maggie ins Bett gebracht hatte, kehrte Jack nach unten zurück, um sicherzugehen, dass keine Kerze mehr brannte, und entdeckte, wie Andi die letzte Glut im Kamin betrachtete. »He, ich dachte, du wärst schon oben.« Er setzte sich neben sie aufs Sofa und strich ihr übers Haar. »Woran denkst du?«

Sie lächelte. »Nichts. Alles.«

»Hmm, was denn nun?«

»Ich fand den Sturm toll. Ist das nicht verrückt? Ich hätte Angst haben sollen, aber es war aufregend. Ich hab es genossen, hier bei dir und unseren Kindern zu sein.«

Er grinste. »Du hast *unsere* Kinder gesagt.«

Sie lehnte den Kopf an seine Brust. »Bist du sicher, dass du den Hurrikan nicht heraufbeschworen hast, damit wir länger hierbleiben?«

Lachend fuhr er ihr mit den Fingern durch die seidigen Locken. »Es war schon schwierig, ihn dazu zu bringen, in die richtige Richtung zu steuern, aber ich habe es hinbekommen.«

»Allmählich habe ich den Eindruck, dass du für gewöhnlich das kriegst, was du willst.«

»Oh, das will ich doch hoffen.« Er nahm ihre Hand, um mit ihr nach oben zu gehen. »Das hoffe ich doch sehr.«

* * *

Der Hurrikan brachte den Verkehr an der gesamten Ostküste zum Erliegen, und am Mittwoch erfuhren sie, dass erst in ein paar Tagen wieder regulär Flüge gehen würden.

»Und, hattest du Glück?«, fragte Jack, nachdem Andi im Arbeitszimmer aufgelegt hatte. Er hatte so getan, als wäre er in der Küche beschäftigt, wartete aber eigentlich nur darauf, zu hören, was sie erfahren hatte.

»Sie konnten mich nur für Samstagnachmittag auf die Warteliste setzen«, teilte sie ihm mit, sobald sie bei ihm war.

Er versuchte, seine Freude zu verbergen.

»Ach, hör auf. Ich sehe doch, wie du strahlst.«

Rasch zog er sie in seine Arme und begann an ihrem Hals zu knabbern. »Wer strahlt hier?«

Als sie protestierte und im Spaß versuchte, sich von ihm zu befreien, hob er sie einfach von den Füßen.

»Ich habe den Samstagsflug nicht gebucht.«

»Nicht?«

»Ich habe mich für den garantierten Flug am Sonntagabend entschieden.«

Er jubelte, wirbelte sie herum und küsste sie. »Bekommst du dadurch Ärger bei Infinity?«, fragte er, nachdem er sie wieder abgesetzt hatte.

Sie hob eine Augenbraue. »Interessiert dich das?«

Er tat so, als würde er darüber nachdenken. »Eigentlich nicht.«

»Das dachte ich mir.«

* * *

Sobald die Mädchen am Donnerstag in der Schule waren, fuhr Jack ins Büro. Zwar wollte er lieber bei Andi und Eric zu Hause bleiben, aber er konnte die Arbeit nicht länger vernachlässigen. Da Quinn in den Flitterwochen war, wusste er, dass es hektisch zugehen würde.

Gegen Mittag steckte Jamie den Kopf durch die Tür, um zu sehen, wie es bei Jack lief.

»Warum habe ich zugelassen, dass sie sich *drei Wochen* freinimmt?«

»Weil du ein weiches Herz hast«, erwiderte Jamie grinsend. »Kann ich dir irgendwie helfen?«

»Nein, ich schaff das schon.«

»Warst du heute Morgen auf der Baustelle vom Hotel?«

»Ja. Der Sturm hat uns weitestgehend verschont, wir liegen also gut im Zeitplan. Das Fundament sollte noch diesen Monat fertig werden.«

»Das sind hervorragende Nachrichten. Wie sieht es zu Hause aus?«

»Großartig. Am Flughafen herrscht Chaos, also bleiben sie noch bis Sonntag.«

»Bonus.«

»Traurig hat mich das nicht unbedingt gestimmt.« Jack lehnte sich auf seinem Stuhl zurück und bedeutete Jamie, reinzukommen und die Tür zu schließen. »Ich habe sie gefragt, ob sie bei uns einziehen will.«

Jamie wirkte überrascht. »Was hat sie geantwortet?«

»Sie braucht Zeit, um in Ruhe darüber nachzudenken. Darum haben wir beschlossen, nach eurer Hochzeit wieder darüber zu reden.«

»Ich verstehe, warum sie zögert. Du auch?«

»Natürlich. Aber ich möchte diese Fernbeziehung, in der wir uns nur einmal im Monat oder alle zwei Monate treffen, nicht ewig führen. Ich will sie bei mir haben, aber ich will sie auch nicht zu etwas drängen, was wir beide dann bereuen würden. Es bereitet mir auch Sorgen, wie die Mädchen das Ganze aufnehmen würden. Ich habe ihnen gegenüber noch nichts davon erwähnt, weil sie noch nicht zugesagt hat.«

»Du musst das Ganze aus ihrer Sicht betrachten: Sie hat ihr Leben in Chicago, eine Karriere und einen Sohn, an den sie denken muss.«

»Ich befürchte, dass es zu viel ist, um es aufzugeben, dass das zwischen uns nicht reicht, um all das zu ersetzen.« Seine größte Angst in Worte zu fassen ließ die Sorgen wieder aufkommen.

»Ich hab euch beide zusammen erlebt – am Ende geht es nur um Logistik, nicht um Gefühle.«

»Ich schätze, wir müssen einfach abwarten.«

»Du hast noch vier Tage, um ihr zu zeigen, wie häusliches Glück bei den Harringtons aussieht«, ermutigte Jamie ihn grinsend.

»Glaub mir, das weiß ich.«

Kapitel 14

Während er Andis Flugzeug nachsah, sehnte Jack sich bereits danach, dass sie wieder zurückkam. Ihre gemeinsame Woche war so wundervoll gewesen. Dass den Mädchen Andis sanfte, freundliche Art genauso ans Herz zu wachsen schien wie ihm, war ihm durchaus aufgefallen. An einem Abend war er nach Hause gekommen und hatte sie am Esstisch entdeckt, wie sie Maggie beim schriftlichen Dividieren half. Als Andi zu ihm hochschaute und erkannte, dass er sie beobachtete, blieb ihm beim Anblick ihres Lächelns einen Moment lang das Herz stehen.

Diesmal bedeutete der Abschied von Andi auch, sich von dem Jungen zu verabschieden, den er wirklich lieb gewonnen hatte.

Auf dem Rückweg vom Flughafen ging er im Geiste noch einmal den langen Besuch durch und erinnerte sich an all die Momente, die sich zu einer schlichten Wahrheit verdichteten: dass er sie liebte und ständig mehr von ihr wollte. Er konnte nur hoffen, dass sie die gleichen Schlüsse ziehen würde.

Sie hatte versprochen, zu Thanksgiving nach Rhode Island zu kommen, aber bis dahin waren es noch fünf lange Wochen. In der Zwischenzeit blieben ihnen wieder nur Telefonate und Videoanrufe über das Internet, wie sie die Mädchen empfohlen hatten.

Er kehrte vom Flughafen nach Hause zurück und betrat die Küche, in der Jill sich gerade ein Glas Wasser holte.

»Sind sie gut losgekommen?«, fragte sie.

»Ganz pünktlich. Solltest du nicht im Bett sein?«

»Schon auf dem Weg. Ich hatte noch Hausaufgaben zu erledigen.«

Er gab ihr einen Kuss auf die Wange. »Bis morgen.«

Dann lief sie zur Treppe, drehte sich aber noch einmal um. »Dad?«

»Ja, Schatz?«

»Ich mag sie. Das wollte ich eigentlich nicht, aber ich tue es.«

»Das freut mich. Danke, dass du mir das gesagt hast.«

»Gute Nacht.«

»Nacht.«

Um halb eins rief Andi an, um ihn wissen zu lassen, dass sie gut in Chicago gelandet und wieder zu Hause seien.

»Nächstes Mal lass ich dich vielleicht nicht mehr gehen«, warnte er sie.

»Wirklich?«

»Ja, wirklich.«

Nach langem Schweigen erklärte sie: »Ich denke darüber nach, Jack.«

Er selbst dachte seit Tagen kaum noch an etwas anderes. »Gut.«

»Wir reden morgen.«

»Ich freu mich drauf.«

* * *

Am Ende ihres ersten Arbeitstages schlenderte Andi in Davids Büro. Seine Sekretärin saß nicht an ihrem Tisch, also spähte Andi hinein, um zu sehen, ob er beschäftigt war. »Hey, hallo.«

»Hi, komm rein. Du siehst aus, als könntest du einen Drink vertragen.« An der Minibar, die gut bestückt in seinem Büro stand, schenkte er zwei Gläser Wein ein und bedeutete ihr, sich im Sitzbereich, von dem aus man einen atemberaubenden Blick auf den Lake Michigan hatte, zu ihm zu gesellen. »Wie du weißt, heißt das, dass auch ich einen vertragen kann.«

Lachend ließ sie sich fallen, zog die Schuhe aus und legte die Füße auf den Glastisch, machte es sich bequem, so wie damals in New York, als er noch ihr gegenüber gewohnt hatte.

»Anstrengender Tag?«, fragte er, nachdem er ihr das eine Glas gereicht hatte.

»Meine ungeplante freie Woche hat sich bemerkbar gemacht, sobald ich heute Morgen erschienen bin. Natürlich bricht sofort die Hölle los, wenn ich mal ein paar Tage irgendwo ohne Telefon festsitze. Bill hat mich prima vertreten, aber es war ein verrückter Tag.«

»Wir sind einfach nur froh, dass du den Sturm gut überstanden hast. Die Bilder in den Nachrichten waren beängstigend.«

»Es sah schlimmer aus, als es war. Wir waren nie in Gefahr.«

»War es schön?«

»Und wie. Ich kann es nur jedem empfehlen, ein paar Tage in wundervoller Gesellschaft zu verbringen, ohne Telefon, ohne Strom, von der Außenwelt abgeschnitten. Es hat mir in der Seele gutgetan.«

»Wann triffst du dich wieder mit ihm?«

»Zu Thanksgiving, und dann wieder zu Weihnachten. Halt dich fest: Seine Schwester heiratet an Silvester Jamie Booth.«

»Hm. Ich hatte ihn eher für einen Frauenhelden gehalten.«

»Ich schätze, das war er auch, aber er und Frannie sind seit Jahren befreundet – seit Jahrzehnten sogar –, und plötzlich hat es zwischen ihnen gefunkt. Was für eine tolle Geschichte.«

»Klingt ganz so. Was ist mit dir? Du steckst da in einer ganz schön komplizierten Situation.«

Sie stellte das Weinglas ab und betrachtete ihn. »Jack hat mich gefragt, ob ich bei ihm einziehen will.«

»Was wirst du tun?«

»Ich weiß es nicht. Wie du schon gesagt hast: Es ist kompliziert. Ich müsste bei Infinity kündigen, Eric hier aus der Schule nehmen und eine neue für ihn finden, meine Mutter …« Sie zuckte die Schultern.

»Da gibt es eine Menge zu bedenken, ohne Zweifel. Was hält denn dein Herz davon?«

»Es will zu ihm«, erwiderte sie so leise, dass es beinahe ein Flüstern war.

»Und dein Bauch?«

»Letztens hat Jack Eric in den Park mitgenommen. Ich habe sie durchs Fenster beobachtet, als sie nach Hause kamen. Er trug ihn auf den Schultern. Vom Spielen in der Kälte waren ihre Wangen ganz gerötet. Jack hüpfte mit ihm auf und ab, und Eric lachte so glücklich. In dem Moment dachte ich ernsthaft darüber nach, hinzuziehen.«

»Wo liegt dann das Problem?«

»Einfach so?«

»Warum nicht?«

Sie beäugte ihn argwöhnisch. »Warum machst du mir das so leicht? Ich dachte, du würdest einen Wutanfall bekommen und es mir rundweg verbieten.«

»Willst du, dass ich das tue?«

»Ich will, dass du mir zustimmst, dass es das Richtige wäre.«

»Das kann niemand für dich entscheiden, aber ich kann dir eine Sache erleichtern.«

»Was meinst du?«

»Du müsstest hier nicht kündigen.«

»Das verstehe ich nicht.«

»Ich denke, du bist dir bewusst, dass wir ein Hotel in genau der Stadt errichten, in die du ziehen möchtest. Ich wüsste nicht, warum du es nicht für uns leiten könntest.«

Andi stockte der Atem. »Aber ich bin keine Hotelmanagerin.«

»Komm schon, Andi.« Er stand auf, um ihnen nachzuschenken. »Du bist seit fünfzehn Jahren eine unserer Führungskräfte. Du kennst dich mit jedem Aspekt unseres Geschäfts bestens aus. Außerdem bist du eine meiner engsten Vertrauten und weißt über die Leitung eines Hotels fast genauso viel wie ich. Es gibt keinen

Grund, warum du innerhalb der Firma keinen anderen Job übernehmen könntest. Glaub aber ja nicht, dass ich *möchte*, dass du uns verlässt.«

Er warf ihr einen Blick zu. »Du und Eric, ihr würdet mir schrecklich fehlen. Uns allen. Aber wenn es das ist, was du willst, was dich glücklich macht – und ich glaube, dass es das ist –, dann möchte ich es dir nicht noch schwerer machen.«

Sie lehnte sich zurück, erstaunt über das, was er vorgeschlagen hatte. Das Hotel in Newport zu leiten wäre eine große Verantwortung, und sie wusste, dass er bereits innerhalb der Firma nach jemandem gesucht hatte, der den Job annehmen würde.

»Ich weiß nicht, was ich sagen soll.«

»Antworte jetzt noch nicht.« Er kehrte zum Sofa zurück. »Denk ein paar Wochen darüber nach, und schau, wie dir die Vorstellung gefällt. Wir fangen gerade erst mit dem Bau an, ich hab es also noch nicht eilig, die Stelle zu besetzen. In sechs Monaten werde ich jemanden brauchen, der die letzten Vorbereitungen überwacht und die Leute vor Ort einstellt. Du weißt ja, was für eine Eröffnung nötig ist.«

Sie nickte und versuchte, das alles zu verarbeiten. »Du bist zu gut zu mir«, erwiderte sie. »Das alles, das habe ich nur dir zu verdanken.«

»Nein, Andi, das hast du dir selbst zu verdanken. Wenn ich es nicht für eine gute Geschäftsidee halten würde, hätte ich es gar nicht erst erwähnt. Das Hotel in Newport ist das größte, das wir unter meiner Leitung bisher gebaut haben. Da habe ich viel reingesteckt. Ich brauche jemanden dort, dem ich vertrauen kann, und wenn es dich auch noch privat weiterbringt, dann umso besser.«

Sie schlüpfte wieder in ihre Schuhe und stand auf. »Danke«, flüsterte sie, gerührt von seinem Vertrauen in sie.

Er erhob sich und umarmte sie.

»Ich lass dich wissen, wie ich mich entscheide.«

»Kein Grund zur Eile.«

* * *

Da sie selbst entscheiden wollte, was das Beste für sie und Eric war, berichtete Andi Jack nicht sofort von Davids Angebot. Jack würde es als Zeichen dafür verstehen, dass ihr Umzug vorherbestimmt wäre, etwas, was sie ihm kaum würde ausreden können. Also behielt sie es ein paar Wochen lang für sich und versuchte, zu überlegen, auf welche Arten sich ihr – und Erics – Leben verändern würde, wenn sie umzog. Mit Sicherheit wusste sie nur, dass innerhalb der drei Wochen, in denen sie ihn nicht zu Gesicht bekommen hatte, ihre Sehnsucht nach Jack noch stärker geworden war.

An einem Freitagnachmittag musste sie vorzeitig aus dem Büro heimfahren, weil ihre Mutter angerufen und ihr gesagt hatte, dass Eric mit Bauchschmerzen aus der Schule gekommen war.

Als sie Erics Zimmer betrat, schlief er unruhig. Sie legte ihm eine Hand auf die Stirn und stellte fest, dass sie fiebrig glühte.

Ihre Mutter beobachtete sie besorgt.

»Wir sollten einen Arzt rufen«, meinte Andi.

»Ich bleibe bei ihm, während du anrufst«, erwiderte Betty.

Nachdem Andi sich mit dem Arzt beraten hatte, kehrte sie in Erics Schlafzimmer zurück. »Er will, dass wir ihn zu ihm ins Krankenhaus bringen. Er wird in der Notaufnahme auf uns warten.« Sie versuchte, das plötzliche Zittern in ihren Händen vor ihrer Mutter zu verbergen.

Gemeinsam verfrachteten sie den schlafenden Jungen in ein Taxi und drängten den Fahrer, sie rasch zum Krankenhaus zu bringen. Unterwegs wachte Eric auf, hielt sich den Bauch und krümmte sich vor Schmerzen.

Andi wechselte einen beunruhigten Blick mit ihrer Mutter.

Dr. Porter, Erics Kinderarzt, traf kurz nach ihnen ein. Er brachte sie in ein Untersuchungszimmer, wo er sich Eric genauer ansah und ein paar Tests machte. »Ich werde ein Blutbild und eine Ultraschalluntersuchung veranlassen, um es zu bestätigen, aber ich bin mir ziemlich sicher, dass er am Blinddarm operiert werden muss.«

Wieder zitterten Andis Hände bei dem Gedanken daran, dass ihr Baby operiert werden würde.

»Machen Sie sich nicht zu viele Sorgen. Sie haben ihn sehr schnell hergebracht, und es sollte ein reiner Routine-Eingriff sein«, beruhigte Dr. Porter sie. Dann suchte er eine Krankenschwester, damit sie Eric Blut abnehmen konnte.

Eric ging es unterdessen so schlecht, dass er die Blutabnahme kaum mitbekam, aber Andi war froh, als das endlich hinter ihnen lag. Ihr Handy klingelte, und sobald sie erkannte, dass Jack anrief, trat sie auf den Gang hinaus, um den Anruf entgegenzunehmen.

»Hallo, Liebling, wie läuft's?«, fragte er.

»Nicht so gut. Ich bin mit Eric im Mercy Hospital. Sie glauben, dass er eine Blinddarmentzündung hat.«

»O nein. Geht es ihm gut? Was ist mit dir?«

Ihre Stimme brach. »Er ist wirklich krank.«

»Ich bin mir sicher, er kommt schnell wieder auf die Beine«, versicherte er ihr. »Kann ich was für dich tun?«

»Ich glaube nicht. Ich muss los. Der Arzt ist zurück. Ich ruf dich an, sobald ich kann.«

»Okay, Schatz. Halte durch.«

* * *

Andi lief im Gang vor dem Operationssaal auf und ab, als Jack einige Stunden später aus dem Fahrstuhl trat.

Zuerst dachte sie, sie hätte sich so heftig nach ihm gesehnt, dass ihre Vorstellungskraft ihn heraufbeschworen hätte. »O mein Gott. Ich fasse nicht, dass du hier bist.«

»Wie könnte ich *nicht* hier sein?« Er drückte sie fest an sich. »Wie geht's ihm?«, fragte er, bevor er ihr die Tränen von den Wangen wischte.

»Er wird noch operiert.« Ihre Stimme brach, und ihr Herz tat weh von den vielen sorgenvollen Stunden. »Ich kann kaum glauben, wie schnell alles ging.«

Er nahm ihre Hand und führte sie zu einer Sitzreihe. Dann nahm er sie in den Arm und spendete ihr so viel Trost, wie er konnte, während sie warteten.

Ihre Mutter kehrte mit Kaffee zurück und blieb abrupt stehen, als sie ihn erblickte. »Hallo, Jack. Was für eine Überraschung.«

»Hi, Betty.«

»Schön, dass Sie hier sind.«

In dem Moment kamen David und seine Frau Lauren in den Wartesaal geeilt.

»Wir sind losgefahren, sobald wir einen Babysitter für die Mädchen aufgetrieben hatten«, erklärte Lauren, dann umarmte sie Andi. »Wie geht es ihm?«

»Er wird noch operiert«, berichtete Andi, bevor sie Jack vorstellte.

»Freut mich, Sie wiederzusehen, Jack«, grüßte David ihn, ehe er vor Andi in die Hocke ging. »Die Umstände tun mir allerdings leid. Alles okay bei dir, Kleines?«

»Ich fühl mich erst wieder besser, wenn ich höre, dass mit Eric alles in Ordnung ist«, erwiderte Andi, dankbar, dass alle für sie da waren.

Jack drückte tröstend eine ihrer Hände, und David hielt die andere.

* * *

Nach einer endlos langen Wartezeit kam Dr. Porter, noch immer im OP-Kittel, den er getragen hatte, um im Operationssaal zu assistieren.

Andi sprang auf, kaum dass sie ihn erblickte.

»Er hat es gut überstanden, Andi. Kein Durchbruch.«

Sie sank gegen Jack, und die Beine drohten, unter ihr nachzugeben.

Mit beiden Armen hielt Jack sie fest. »Wann können wir zu ihm?«

»Er ist im Aufwachraum. Ich denke nicht, dass er in den nächsten Stunden schon zu sich kommt, Sie könnten also eine Weile nach Hause. Die Schwestern rufen Sie an, wenn er aufwacht.«

»Danke, Dr. Porter«, seufzte Andi.

Schließlich mussten David und Lauren zu ihren vier Töchtern zurück. Aber sie versprachen, sich später noch mal zu melden. Andi und Betty wollten bleiben, aber Jack überredete sie, heimzufahren und sich auszuruhen. Nachdem er der Stationsschwester Andis Telefonnummer gegeben hatte, brachte er sie nach Hause und bereitete ihnen Eier und Toast zu.

Kaum hatten sie gegessen, rief Andi auf der Schwesternstation an. Da Eric noch schlief, ließ sie sich von Jack dazu bewegen, ein Nickerchen auf dem Sofa zu halten, bevor sie ins Krankenhaus zurückkehrten.

»Ich lege mich hin«, verkündete Betty. »Weckt mich, wenn ihr was Neues hört.«

»Natürlich. Schlaf gut, Mom«, verabschiedete Andi sie.

»Danke für Ihre Hilfe, Jack«, sagte Betty. »Bis morgen früh.«

Sobald sie das Zimmer verlassen hatte, streckte Jack sich auf der Couch neben Andi aus und legte die Arme um sie.

»Du scheinst in ihrem Ansehen ein wenig gestiegen zu sein«, flüsterte Andi, froh, seine Arme um sich zu spüren, auch wenn die Umstände weniger angenehm waren.

Er lachte leise. »Erinnere mich daran, Eric dafür zu danken.«

Sie studierte sein attraktives Gesicht und gestand sich ein, dass sie ihn noch nie so innig geliebt hatte. »Ich kann noch immer nicht glauben, dass du da bist. Du warst eine echte Stütze. Danke.«

»Es hat sich angefühlt, als läge mein eigenes Kind in dem Operationssaal.«

»Keine Worte könnten mir mehr bedeuten.«

»Ich liebe dich, Süße, und Eric liebe ich auch.« Er gab ihr einen Kuss auf die Stirn. »Warum ruhst du dich nicht etwas aus?«

»Ich werde es versuchen.«

Er deckte sie zu und ging leise in die Küche, um zu Hause anzurufen und sich zu erkundigen, wie es den Mädchen ging. Zu dem tröstenden Klang seiner Stimme döste sie ein, erleichtert, dass er hier war und die Last mit ihr teilte.

* * *

Jack war zufällig gerade allein bei Eric, als der Junge am Samstagnachmittag aufwachte. Nur kurz hatte er die schweren Lider geschlossen und rieb sich nun das stopplige Gesicht, um die Müdigkeit zu vertreiben. Das Krankenhaus rief Erinnerungen wach, denen er lieber nicht nachhing, also drängte er sie beiseite, damit er sich auf Andi und Eric konzentrieren konnte.

Der Junge lächelte und gestikulierte: »Hi, Jack.«

»Hi, Kumpel.« Jacks Gebärdensprache war in der Woche, die sie Anfang des Monats gemeinsam verbracht hatten, besser geworden.

Eric fragte nach seiner Mutter, und Jack hielt fünf Finger hoch, um ihm mitzuteilen, dass sie gleich zurück sein würde. Daraufhin drückte Eric Jacks Hand und schlief wieder ein.

Wenige Minuten später kam Andi herein und sah, wie er Erics Hand hielt. »Ist er aufgewacht?«

»Nur kurz.«

»Schade, dass ich es verpasst habe.«

Jack steckte Erics Hand unter die Decke. »Ich hab ihm versprochen, dass du gleich wieder da bist.«

»Ich weiß, dass es schwer für dich sein muss, hier im Krankenhaus«, überraschte sie ihn wie so oft mit ihrer Einfühlsamkeit.

»Ich komme zurecht, Liebling.« Er strich mit den Fingern über Erics weiches blondes Haar. »Er wirkt in dem großen Bett so klein. Es gefällt mir nicht, ihn hier zu sehen.«

»Ich weiß. Zum Glück war es nur der Blinddarm, und er kann in ein oder zwei Tagen wieder nach Hause.«

»Ja.«

Sie beugte sich über Jacks Stuhl, um ihn von hinten zu umarmen. »Was geht dir durch den Kopf?«

Kurz zögerte er, nicht sicher, ob das der richtige Zeitpunkt war, um die Vergangenheit wieder ans Licht zu zerren, aber er wollte ehrlich mit ihr sein.

»Das Krankenhaus und Erics Krankheit haben mir alle möglichen Erinnerungen wieder ins Gedächtnis gebracht. Ich weiß noch, wie ich nach Clares Unfall dachte: So schlimm es auch wäre, sie zu verlieren, wäre es doch viel schlimmer gewesen, wenn eines der Mädchen von dem Auto angefahren worden wäre. Ich denke, Clare würde dem zustimmen.«

»O Jack, natürlich würde sie das. Es tut mir leid, dass es für dich hier so unangenehm ist.«

Er griff nach ihrer Hand und hob sie an seine Lippen. »Es ist nie unangenehm für mich, bei dir zu sein. Mach dir um mich keine Gedanken.«

Ein paar Minuten später gesellte sich Betty zu ihnen. »Wie geht es ihm?«, erkundigte sie sich.

»Unverändert«, antwortete Andi. »Er schläft noch immer viel. Sie werden morgen die Schmerzmitteldosis senken, damit er wach bleibt. Dann kann er auch aufstehen.«

»Hat der Arzt erwähnt, wann er nach Hause darf?«

»In ein paar Tagen. Er sollte in zwei bis drei Wochen wieder ganz der Alte sein.«

»Das Schlimmste liegt hinter uns«, seufzte Betty erleichtert. »Warum gönnt ihr beiden euch nicht eine Pause? Draußen ist es gerade richtig schön.«

»Bist du sicher, dass es dir nichts ausmacht, hierzubleiben?«, fragte Andi.

»Ja, kein Problem. Ich habe mein Buch und meine Stricksachen dabei. Verschwindet eine Weile von hier.«

Andi gab Eric einen Kuss auf die Stirn. »Wir sind in ein paar Stunden zurück. Ruf mich auf dem Handy an, wenn er aufwacht oder du mich brauchst.«

»Mach ich. Keine Sorge.«

Jack hielt Andi die Tür auf und legte auf dem Weg zum Fahrstuhl einen Arm um sie. Draußen fuhren Limousinen auf dem Weg ins Theaterviertel an ihnen vorbei, und Menschen waren unterwegs zu Restaurants. Während sie Hand in Hand durch die geschäftigen Straßen spazierten, hing in der frischen Luft schon das Versprechen einer kalten Nacht.

»Hast du Hunger?«, erkundigte er sich, nachdem sie ein paar Häuserblocks weit gegangen waren.

»Eigentlich nicht. Du?«

»Im Moment nicht.«

»Ich hoffe, du verpasst zu Hause nichts Wichtiges. Ich hab ganz vergessen, dich danach zu fragen.«

»Es ist okay, wenn ich dieses Wochenende nicht da bin. Jill hat ein Lacrosse-Spiel, aber ihr Team hat sich den Platz bereits gesichert, das Spiel ist also eine reine Formsache. Es sind ein paar Klienten in der Stadt, aber Jamie kümmert sich um sie. Keine Sorge, Schatz. Ich bin genau da, wo ich gebraucht werde.«

Sie gingen zu einem kleinen Park und zu einer Bank, auf die sie sich setzten und von der aus sie ein älteres Pärchen mit zwei jungen Mädchen beobachteten, die ihre Enkelinnen sein mussten. Die Mädchen fütterten kichernd ein paar Tauben. Sobald die Vögel ihnen nachjagten, kreischten sie vergnügt.

»Sie erinnern mich an Jill und Kate in dem Alter«, bemerkte Jack, während er gedankenverloren Andis Finger massierte.

»Jack …«

»Hmm?«

»Ich habe viel nachgedacht.«

Plötzlich war er ganz aufmerksam. »Ach ja?« Er hatte sich bemüht, ihr gegenüber nicht »die Frage« zu erwähnen.

Sie sah auf ihre verschränkten Hände runter. »David hat mir eine Stelle im Newport-Hotel angeboten.«

»Was soll das heißen?«

»Ich könnte dort Hotelmanagerin werden, wenn ich will.«

Jack setzte sich aufrecht hin und strahlte von einem Ohr zum anderen. »Ist das dein Ernst?«

Sie nickte und musste über seine Reaktion lächeln. »Ich bin froh, dass ich gewartet habe, um es dir persönlich mitzuteilen.«

»Grundgütiger. Das ist fantastisch. Wann ist das denn passiert?«

Wieder konzentrierte sie sich auf die Mädchen mit den Tauben. »Vor ein paar Wochen.«

»Wolltest du es mir nicht sagen?«, fragte Jack, überrascht und verletzt, dass sie ihm diese Neuigkeit vorenthalten hatte.

Da drehte sie sich zu ihm um, strich ihm das Haar aus der Stirn und fuhr ihm mit einem Finger über die Wange. »Ich wollte gerne das Gesamtbild im Blick haben und eine Entscheidung treffen, die das Beste für Eric und mich ist. Aber auch das Beste für dich und deine Töchter.«

»Ich habe dir schon mitgeteilt, was das Beste für mich ist – und für die Mädchen.« Er hoffte, dass sie dem zustimmen würden, falls es so weit kam, aber er hatte keinen Grund gesehen, das Thema mit ihnen zu besprechen, solange Andi sich noch nicht entschieden hatte.

»Du hast so viel Geduld bewiesen und mir Zeit zum Nachdenken gelassen, das weiß ich zu schätzen.«

»Willst du den Job in Newport?«

»Ich denke schon.« Sie klang beinahe überrascht. »Ich liebe meine jetzige Arbeit, aber ich bin bereit für eine neue Herausforderung, und jetzt, da Eric älter wird, möchte ich auch nicht mehr so viel reisen.«

Er konnte förmlich spüren, wie sie sich einer Entscheidung näherte, aber er unterdrückte das Bedürfnis, sie zu drängen. »Lass uns zurückgehen.«

* * *

»Guten Abend, Ms Walsh«, grüßte sie der uniformierte Portier, als sie das Gebäude betraten. »Wie geht es Eric?«

»Viel besser, Joseph, danke.«

»Das sind gute Nachrichten. Schönen Abend noch.«

»Ihnen auch.«

In ihrer Wohnung hielt Jack sie davon ab, das Licht einzuschalten. Er ergriff ihre Hand und hob sie an seine Lippen, bevor er Andi in die Arme nahm, sie auf den Hals küsste und sich zu ihrem Mund vorarbeitete.

Bebend vor Verlangen presste sie sich fester an ihn, nachdem sie so viele Wochen ohne ihn verbracht hatte. Sie zog ihm die Jacke von den Schultern, knöpfte ihm das Hemd auf und küsste ihn auf Brust und Hals, während sie mit den Fingern über seinen Rücken fuhr und ihn zum Erbeben brachte.

Er überraschte sie, als er sie plötzlich hochhob und zum Schlafzimmer trug.

Dort setzte er sie ab, streifte sich und ihr rasch die Kleidung vom Leib und drückte sie aufs Bett.

Seufzer wurden zu Stöhnen, ihre Körper umschlangen sich und wurden eins. Er umfasste ihren Hintern, drückte sie fest an sich und drang langsam in sie ein.

Erst als sie wieder Luft holen musste, löste sie ihre Lippen von seinen.

Jack war über ihr und beschleunigte das Tempo. Er hakte einen Arm unter eins ihrer Beine und drückte es ihr auf die Brust hoch, um tiefer in sie einzudringen, als er jemals gewesen war.

»Jack.«

Er öffnete die Lider und stellte fest, dass ihre Augen tränenfeucht waren, also hielt er inne. »Liebling, was ist los? Tut es weh?«

»Nein.« Sie bog sich ihm entgegen und bemühte sich, die überwältigenden Gefühle und Empfindungen zu verarbeiten. Die Trauer, die er vorhin gezeigt hatte, hatte sie tief angerührt, und sie wollte ihm unbedingt dabei helfen, den Schmerz zu vergessen, selbst wenn es nur von kurzer Dauer war. »Noch nie …«

Er strich ihr mit den Lippen übers Gesicht. »Was? Sag es mir.«

»Ich habe noch nie so etwas wie das hier erlebt. Noch nie.« Sie zog ihn noch näher und brachte seinen Mund wieder auf ihren. Der Rhythmus seiner Zunge passte zu dem seiner Hüften. Er umfing eine Brust und rieb die Spitze zwischen den Fingern.

Sie schrie auf, als sie zum Höhepunkt kam, umklammerte seine Schultern.

»Andi.« Er erbebte, als er sich fest in sie stieß und stöhnend seinen eigenen Höhepunkt erreichte. Danach lagen sie mehrere Minuten lang schwer atmend in der Dunkelheit.

»Jetzt kannst du das Licht einschalten.«

Lachend fragte sie: »Was war *das* denn?« Sie hatte noch nie ein so drängendes Verlangen empfunden, und es bereitete ihr beinahe Angst, dass sie es nie wieder für jemand anderen als ihn empfinden würde.

»Das«, antwortete er, während er nacheinander jeden ihrer Finger küsste, »waren du und ich und unsere Liebe. Mich überkommt es einfach, wenn ich bei dir bin.«

»Mir geht es genauso.«

»Was auch immer es ist, ich liebe es, und ich liebe dich.« Er betrachtete sie. »Du bist alles, was ich auf der Welt will, alles, was ich jemals wollen werde.«

Sie liebkoste sein Gesicht. »Frag mich noch mal, Jack.«

Es dauerte einen Moment, bis er die Bitte verstand, dann begriff er auf einmal. »Andrea«, setzte er mit belegter Stimme an, während er ihr in die Augen schaute. »›Komm, leb mit mir und liebe mich.‹«

»Ja«, flüsterte sie.

Er schloss die Augen und lehnte die Stirn an ihre. »Danke.«

Kapitel 15

»Wann hast du dich entschieden?«, fragte Jack auf dem Weg ins Krankenhaus.

»Ich denke, in dem Augenblick, in dem du aus dem Fahrstuhl getreten bist, als Eric operiert wurde. Ich war so außer mir, aber in diesem Moment war mir alles klar.«

»Deshalb bin ich nicht hergekommen.«

»Das weiß ich.« Sie legte die Hand in seine Armbeuge. »Ich habe dir doch erzählt, dass ich beim ersten Mal schon zugesagt hätte, wenn ich nicht an Eric und meinen Job hätte denken müssen.« Sie stellte sich auf die Zehenspitzen, um ihn zu küssen. »An uns habe ich nie gezweifelt. Nicht eine Sekunde lang.«

»Ich auch nicht.«

»Was wäre passiert, wenn ich es nicht über mich gebracht hätte?«

Darüber musste er kurz nachdenken. »Ich schätze, wir hätten bis zu Kates Schulabschluss nächstes Jahr so weitergemacht wie bisher. Dann wären Maggie und ich hergezogen.«

Überrascht warf sie ein: »Aber Clare und deine Arbeit …«

»Ich hätte einen Weg gefunden.«

»Jetzt musst du das nicht mehr.«

Er beugte sich runter, um sie zu küssen, während sie weitergingen. »Ich denke, dass wir es bis zu Frannies und Jamies Hochzeit für uns behalten sollten.«

»Einverstanden. Das ist *ihr* Moment – und sie haben definitiv lange genug darauf gewartet.«

»Was aber nicht heißt, dass ich es nicht am liebsten von den Dächern rufen würde«, erwiderte Jack, dann blieb er mit übermütigem Grinsen stehen und betrachtete die Leute auf der Straße. »Eigentlich ist gerade niemand da, den ich kenne …«

»Jack …«

Lächelnd riss er sich zusammen. »Sie liebt mich«, flüsterte er an ihrem Mund, was er hinausschreien wollte. »Sie liebt mich, und sie kommt mit nach Hause.«

»O ja, sie liebt dich. Auch wenn du verrückt bist, sie liebt dich.«

* * *

Als Andi und Eric zu Thanksgiving nach Rhode Island flogen, stellten alle erleichtert fest, dass Eric sich von der Operation gut erholt hatte. Andi lernte Jacks und Frannies Eltern und die von Jamie kennen, die über die Feiertage aus Palm Beach angereist waren.

Am Morgen von Thanksgiving verabschiedeten sich Jack und die Mädchen für eine Stunde, um Clare zu besuchen.

»Wie lief es?«, fragte ihn Andi, als sie wieder zu Hause waren.

»Ganz okay. Sie sind gut damit klargekommen«, meinte er auf die Kinder bezogen.

Sie legte die Hand auf seine Wange und erkundigte sich: »Was ist mit dir?«

»Mir geht's gut.« Er küsste ihre Handfläche und lächelte, aber es reichte nicht bis in seine Augen wie sonst. »Lass uns essen.«

Sobald alle am Tisch saßen, setzte Jack zu einem Toast an.

Jill verschränkte die Arme und lehnte sich auf dem Stuhl zurück. »Macht's euch bequem. Hier kommt die jährliche Ansprache.«

Er schlug mit der Serviette nach ihr, aber die anderen lachten nur. »Kein Wort mehr von dir.« In dem Moment erkannte er, wie sehr sie sich seit dem tristen Feiertag im letzten Jahr erholt hatten. »Ich bin dankbar für meine Töchter, selbst für die Göre hier«, verkündete er, während er Jill mit amüsiert erhobener Augenbraue betrachtete.

Sie streckte ihm die Zunge raus.

»Es wird keine Ansprache geben, ich will euch nur mitteilen, dass ich für jeden an diesem Tisch dankbar bin, der mir durch die schlimmste Zeit meines Lebens geholfen hat. Bessere Tage liegen vor uns, also trinken wir darauf.« Er blickte zu Andi und hob sein Glas.

Die anderen folgten seinem Beispiel.

Neil rief: »Hört, hört.«

Nach dem Essen verschleppte Frannie die Frauen ins Arbeitszimmer, um die Kataloge durchzublättern, die sie aus dem Kleidergeschäft mitgebracht hatte und aus denen sich die Mädchen ihre Brautjungfernkleider aussuchen sollten.

»Sind sie weg?« Jamie spähte um die Ecke und griff in die Tasche seines Tweed-Jacketts. Dann zog er eine Handvoll Zigarren hervor und verteilte sie.

»Genießen wir sie, solange wir können«, stimmte Neil in einer Lautstärke zu, die er irrigerweise für ein Flüstern hielt. Die anderen bedeuteten ihm, leise zu sein.

Während die Männer sich die Zigarren anzündeten, stellte Jack Aschenbecher bereit und schenkte Brandy ein.

»Wann fliegst du nach Tokio, Junge?«, fragte Neil Jamie.

»Am Montag. Aber ich bin am Freitagabend wieder da. Eigentlich wollte ich es bis nach der Hochzeit verschieben, aber der Klient verlangt nach ein wenig Aufmerksamkeit.«

»Du wirst zwei Tage lang durchschlafen, wenn du das wirklich so machst«, gab Jack zu bedenken, ehe er kräftig an der Zigarre zog. Clare hätte es ihnen nie gestattet, in ihrem Haus zu rauchen, ein Gedanke, bei dem sich sein schlechtes Gewissen meldete. Er öffnete die Schiebetür zur Terrasse, damit der Rauch nach draußen ziehen konnte.

Der herrliche Tag war ungewöhnlich warm für Ende November in Rhode Island, und auf den Steinplatten lag eine Schicht großer, gelber Blätter, die sich in der Meeresbrise bewegten.

»Ich will kurz frische Luft schnappen«, erklärte Jack. »Es ist schön draußen.« Dank des milden Novembers waren sie beim Hotelbau ihrem Zeitplan voraus, und das Fundament war schon Anfang der Woche gegossen worden.

Er ging am abgedeckten Pool vorbei an den Rand des Grundstückes, um zur Küste hinunterzuschauen. Kleine Wellen schlugen gegen die Felsen, ließen salzige Gischt in die Luft spritzen, aber nicht hoch genug, um ihn zu erreichen. Er genoss das Rauschen des Meeres und die Zigarre, als sein Vater neben ihn trat.

»Wunderschöner Tag«, bemerkte John Harrington.

»Jap. Bis zum Winter wird es nicht mehr viele davon geben.«

»Wie geht es dir, Jack?« John zog an seiner Zigarre und legte seinem Sohn eine Hand auf die Schulter.

Überrascht blickte Jack auf die Stelle, dann zu seinem Vater. Sein Haar war silbergrau und die braunen Augen von ungewohnter Wärme erfüllt. »Schon viel besser. Uns allen.«

»Ich bin froh, das zu hören – und es zu sehen. Ganz anders als letztes Jahr.«

»Clare fehlt uns noch immer sehr, aber das Leben geht weiter.«

Sein Vater nickte zustimmend. »Ich mag Andi. Sie ist sehr hübsch. An deinem Geschmack bei Frauen gab es noch nie was auszusetzen.«

»Wenigstens etwas«, erwiderte Jack trocken.

»Das ist nicht alles.«

Er blickte seinen Vater verwundert an.

»Schau mich nicht so an. Ich gebe mir hier Mühe … Eigentlich war es nicht richtig, dass du fast fünfundvierzig Jahre darauf warten musstest, das von mir zu hören, aber ich bin stolz auf dich, mein Sohn.«

Vor Schreck fiel Jack beinahe die Zigarre aus der Hand, aber als er sah, dass sein Vater sich ehrlich Mühe gab, setzte er eine ausdruckslose Miene auf.

»Du hast all das hier ganz allein erreicht.« John deutete auf Jacks Haus. »Du hast nie auch nur einen Cent von dem Geld angerührt, das ich dir gegeben habe. Von Grund auf hast du dein eigenes Geschäft aufgezogen, wohingegen mir alles, was ich habe, mehr oder weniger in den Schoß gefallen ist. Ich habe … Ich habe jedes Wort gelesen, das über deine Arbeit geschrieben wurde, und, also, ich bin stolz auf dich.«

»Danke, Dad. Ich bin … Keine Ahnung, was ich bin.« Entgeistert war er, aber das konnte er schlecht zugeben.

»Es war richtig von dir, dass du vor all diesen Jahren meinen Wünschen zuwidergehandelt hast. Ich würde viel dafür geben, wenn ich das Ganze ungeschehen machen könnte, denn ich habe einen großen Fehler begangen. Das wollte ich dir schon lange sagen, seit Jahren schon, aber irgendwie war da immer diese Distanz zwischen uns, und der Zeitpunkt erschien mir nie richtig.«

»Danke, dass du es jetzt sagst«, erwiderte Jack, während er versuchte, all das zu verdauen.

»Ich bewundere auch, wie du dich nach dem Unfall um Clare gekümmert hast, aber ich bin froh, dass du mit Andi ein neues Leben anfängst. Zwischen euch hat es ganz schön gefunkt.«

Jack lächelte. Dieser Funke hatte ihn beinahe verzehrt.

»Chicago liegt ziemlich weit weg von Rhode Island«, sinnierte John.

»Das habe ich in den letzten Monaten auch feststellen müssen«, stimmte Jack mit einem Hauch Sarkasmus zu, über den der ältere Mann lachen musste. Er hatte Johns melodiöses Gelächter beinahe vergessen gehabt, ein Klang, der all die Jahre der knappen Unterhaltungen und des Schweigens wiedergutmachte, in denen so vieles unausgesprochen geblieben war. In dieser Sekunde beschloss Jack, ein Risiko einzugehen. »Soll ich dir ein Geheimnis verraten?«

»Raus damit.«

»Ich werde dir etwas anvertrauen, das ich noch niemandem erzählt habe, nicht den Mädchen, nicht mal Jamie oder Frannie.«

John pfiff leise. »Das muss was Gutes sein.«

»Nach der Hochzeit werden Andi und Eric zu uns ziehen. Wir wollen aber bis zur Feier warten, um es den Kindern mitzuteilen.«

»Wow, das ist ein großer Schritt, Jack. Bist du sicher, dass ihr dafür bereit seid?«

Jack sah aufs Meer hinaus. »Wenn mir jemand vor sechs Monaten erzählt hätte, dass das passieren würde, hätte ich die Person für verrückt erklärt.« Sein Blick wanderte zurück zu seinem Vater. »Ich weiß nur, dass ich wieder zu mir selbst gefunden habe, seit ich mit ihr zusammen bin, und wie du selbst schon festgestellt hast, liegt Chicago ziemlich weit weg von hier.«

»Du hast einen Sturm überstanden, der einen geringeren Mann in die Knie gezwungen hätte. Bis jetzt haben dir deine Instinkte gute Dienste geleistet. Ich kann mir nicht vorstellen, dass sie dich plötzlich im Stich lassen würden.«

Andi gesellte sich zu ihnen und legte von hinten einen Arm um Jack. »Plauderst du unsere Geheimnisse aus, Liebster?«

John lachte. »Oh, oh, man hat uns erwischt, Jack.«

»Ja, das hat man«, bestätigte sie lächelnd. »Können wir darauf vertrauen, dass Sie es bis zur Hochzeit geheim halten? Das ist Frannies und Jamies Moment, nicht unserer.«

»Von mir wird es keiner erfahren – außer vielleicht deine Mutter, aber sie wird es für sich behalten«, versicherte er ihnen. »Ich freue mich für euch beide und wünsche euch das Beste.« Er klopfte Jack auf die Schulter und erklärte: »Ich liebe dich, mein Sohn.« Dann gab er Andi einen Kuss auf die Wange und kehrte nach drinnen zurück.

»Okay, was ist da gerade passiert?«, fragte Jack verblüfft, nachdem sein Vater gegangen war.

»Sag du es mir.«

»Ich glaube, er hat mir gerade erzählt, dass er stolz auf mich ist, dass es falsch von ihm war, meine Karrierewahl infrage zu stellen, dass er mich bewundert und dass er mich liebt«, zählte Jack erstaunt die Komplimente an den Fingern ab.

»Wow, und das in nur zehn Minuten?«

»Ja«, erwiderte er, noch immer überwältigt.

»Ich freu mich für dich, Jack. Du hast lange darauf gewartet, das zu hören.«

»Nur mein ganzes Leben lang. Ich hoffe, es stört dich nicht, dass ich ihm die Neuigkeit mitgeteilt habe.«

»Natürlich nicht. Ich hätte es gestern beinahe David anvertraut, als ich den neuen Job angenommen habe. Natürlich habe ich nichts verraten, aber er weiß es trotzdem.«

»Irgendwelche Zweifel?«

»Nicht einen einzigen. Wie ist es mit dir?«

»Nicht im Geringsten.«

* * *

Heiligabend verbrachten sie damit, letzte Hand an den Weihnachtsbaum anzulegen, den Jack nach Hause gebracht hatte. Der Tag vor den Feiertagen war Clare immer am liebsten gewesen, aber da letztes Jahr keiner von ihnen in der Stimmung gewesen war, hatten sie sich keinen Baum geholt. Doch jetzt, ein Jahr später, hatten die Mädchen voller Freude die Dekorationen hervorgesucht, auch wenn sie eine Menge Gefühle hochkommen ließen und Erinnerungen an vergangene Weihnachtsfeste wachriefen.

Jack stand für den größten Teil des Abends auf einer Leiter und ließ sich von Andi und den Mädchen für jedes Stück Anweisungen geben. Andi hatte eine Kiste mit Erics liebsten Behängen von zu Hause mitgebracht, und er platzierte sie an die tieferen Zweige, während Maggie die Geschenke unter dem Baum auf- und wieder umstellte, bis sie mit dem Kunstwerk zufrieden war.

»Okay, das reicht«, verkündete Jack. »Ich komm jetzt runter.«

Andi lachte und griff nach seinem Arm, um auf die Uhr zu sehen. »Es ist fast halb zwölf. Wir beeilen uns besser, wenn wir es noch zur Mitternachtsmesse schaffen wollen.«

In der Kirche saß Jack dicht neben Andi, und er spürte förmlich die neugierigen Blicke, die ihnen die Leute zuwarfen, die er aus der Kirche und der Schule seiner

Töchter kannte. Dass sie zusammen hier waren, würde die Gerüchteküche ganz schön zum Brodeln bringen, und bei dem Gedanken überkam ihn ein Anflug von Beklemmung, auch wenn er wusste, dass er das Gerede nicht verhindern konnte. Mitten in der Messe kroch Eric auf Jacks Schoß. Er wechselte ein Lächeln mit Andi, als der Junge an seiner Schulter eindöste.

Sobald die Kinder im Bett waren, kuschelten sich Jack und Andi auf dem Sofa aneinander, während ihnen nur der Baum und das Feuer im Kamin als Lichtquelle im Wohnzimmer dienten.

»Ich kann es kaum erwarten, Eric das Fahrrad zu geben«, gestand Jack.

»Es wird ihm gefallen.«

Schließlich griff er hinter eines der Kissen. »Der Weihnachtsmann hat dir auch etwas Besonderes gebracht.«

»Geht's jetzt schon los? Ich dachte, wir warten bis zum Morgen.«

»Ich habe noch andere Geschenke für dich, aber das hier geht nur uns beide was an.« Er reichte ihr eine winzige, hübsch verpackte Schachtel.

Während sie das Geschenkpapier entfernte, in das das Schmuckkästchen eingewickelt war, zitterten ihre Hände. »Was hast du getan?«

Er nahm die Schachtel, um ihr beim Öffnen zu helfen. »Ich hoffe, den trägst du als Erinnerung daran, wie sehr ich dich und Eric liebe.« Auch wenn er sich sicher war, dass sie den richtigen Weg gewählt hatten, konnte er das schlechte Gewissen nicht verdrängen, das einen Schatten auf diesen wundervollen Augenblick warf. In Momenten wie diesem fiel es ihm schwer, nicht daran zu denken, dass er noch immer mit einer anderen Frau verheiratet war.

In dem Schmuckkästchen befand sich ein atemberaubender Ring mit einem großen Saphir, der in einem Kreis aus Diamanten funkelte.

Sie schnappte nach Luft. »*Ach*, ist der schön.«

Er steckte ihn ihr an die rechte Hand und zog sie an seine Lippen.

Erst umarmte sie ihn, dann hielt sie die gespreizten Finger vor sich, um den Ring noch einmal zu betrachten. Die Lichter vom Weihnachtsbaum spiegelten sich wie Flammen in dem Edelstein wider.

»Gefällt er dir?«

»Ich liebe ihn, und ich liebe dich, so sehr.« Sie küsste ihn. »Du denkst an alles, nicht wahr?«

»Wenn ich schon nicht öffentlich vor den Menschen, die wir gernhaben, verkünden darf, dass ich dich für den Rest meines Lebens lieben werde, dann kann ich es zumindest dir anvertrauen und darauf hoffen, dass das reicht.«

»Es ist mehr als genug.«

Kapitel 16

Ein paar Tage vor der Hochzeit stolperte Jack über Frannie, die gerade den Rest ihrer Sachen packte. Andi hatte ihr den ganzen Morgen lang geholfen, aber er war froh, seine Schwester allein zu erwischen. Solange ein paar Kilometer die Straße runter, auf der Jacks Zuhause stand, noch ihr Haus gebaut wurde, würde sie bei Jamie in dessen Wohnung mit einziehen.

»Brauchst du Hilfe?«

Sie setzte sich aufs Bett. »Ich glaube, ich bin fertig.«

Er ließ sich neben ihr nieder. »Ich wollte dir die ganze Zeit schon erzählen, was für eine erstaunliche Unterhaltung ich mit Dad an Thanksgiving hatte.«

»Ich auch. Er hat mir mitgeteilt, wie froh er ist, dass ich Jamie heirate, und wie stolz er auf meine Malerei ist. Es war verrückt.«

Darüber musste er lächeln. »Mir hat er das Gleiche gesagt. Ich schätze, er ist endlich milder geworden. Er hat mir auch gesagt, dass es falsch von ihm war, sich gegen meine Karrierewahl zu stellen.«

»Das hast du bestimmt gerne gehört.«

»Besser spät als nie«, gab er zu. »Es wird mir fehlen, dich hierzuhaben.«

»Du wirst mir auch fehlen, aber ich bleib ja in der Nähe.«

»Ich weiß nicht, was ich jemals ohne dich getan hätte, Fran. Nicht mal in einer Million Jahre könnte ich dir angemessen danken.«

»Ich sollte dir danken.«

»Warum das?«

»Also, wenn ich nicht hergezogen wäre, um dir zu helfen, hätten Jamie und ich nie zusammengefunden, und sieh dir nur an, was mir entgangen wäre. Ich habe hier auch neue Inspiration für meine Malerei gefunden, und du weißt ja, was daraus geworden ist.«

Über ihre Logik musste er lächeln, dann legte er einen Arm um sie. »Du und JB … Wer hätte das gedacht? Ich fasse es noch immer nicht.«

»Manchmal kann ich es auch kaum glauben.«

»Ich freue mich, dass du glücklich bist. Keiner hat das mehr verdient.«

»Es ist auch schön, dich wieder glücklich zu sehen. Ich mag Andi.«

»Ich bin froh, das zu hören, denn sie und Eric werden hier einziehen.«

»Wann?«

»In sechs Wochen.«

»Wow.«

»Was denkst du, wie die Mädchen es aufnehmen werden? Ich wollte es ihnen erst mitteilen, wenn ich sicher bin, dass es passiert.«

Darüber dachte sie kurz nach. »Andi ist viel zu klug, als dass sie herkommen und versuchen würde, ihre Mutter zu ersetzen. Ihr werdet euch ein wenig umgewöhnen müssen, aber das wird schon.«

»Ich hoffe, du hast recht. Nach der Hochzeit werde ich mit ihnen darüber reden. Falls sie deswegen ein Theater machen, wollte ich euch damit nicht euren großen Tag ruinieren.«

»Lass mich wissen, wie es gelaufen ist, sobald du es ihnen gesagt hast.«

»Da bist du in den Flitterwochen.«

»Ich will es trotzdem hören.«

Er gab ihr einen Kuss auf die Wange und umarmte sie. »Du wirst die Zweite sein, die es erfährt.«

* * *

Jack warf einen Blick in die Halle, die für die Hochzeitszeremonie geschmückt war, und beobachtete, wie die letzten Gäste eintraten. In Kerzenlicht getaucht, duftete der Saal nach den Blumengestecken, und Stühle standen im Halbkreis um einen Bogen aus roten Rosen. Ein Streichquartett spielte, während die letzten Strahlen des Sonnenuntergangs den Himmel über der Bucht erhellten.

Er drehte sich zu dem ach so coolen und gefassten Jamie um und erinnerte sich an seinen eigenen Hochzeitstag. Die Schmetterlinge in seinem Bauch hatten sich eher wie Fledermäuse angefühlt, als es endlich so weit gewesen war, »Ich will« über die Lippen zu bringen. Jamie hingegen schien den ganzen Tag über nichts aus der Ruhe bringen zu können.

Ein letztes Mal richtete er Jamies Fliege und wischte ihm eingebildete Flusen von seinem Jackett.

»Hörst du endlich auf, an mir rumzuzupfen?« Jamies Augen funkelten amüsiert.

»Tut mir leid«, murmelte Jack.

Der Friedensrichter gab Jack ein Zeichen.

»Bist du so weit?«, fragte der seinen Freund.

»Ich war in meinem ganzen Leben noch nie so bereit für etwas.« Er streckte Jack die Hand entgegen. »Danke, dass du mein Trauzeuge bist – der beste Freund, nicht nur heute, sondern jeden Tag.«

Die Äußerung raubte Jack das letzte bisschen Fassung, das er noch besaß, und er musste die Tränen wegblinzeln. »Das konntest du dir nicht verkneifen, was?«

Jamie lachte und umarmte seinen Freund. »Tut mir leid.«

»Bringen wir dich erst mal unter die Haube«, wechselte Jack das Thema, und gemeinsam gingen sie in den angrenzenden Raum.

Gerade als sie sich umdrehten, um in den hinteren Bereich des Saals zu sehen, huschte Andi mit Eric rein, nachdem sie den Mädchen geholfen hatte, sich fertig zu machen. Sie trug ein umwerfendes langes schwarzes Kleid, das sich an jede ihrer herrlichen Kurven schmiegte. Das Haar fiel ihr in sanften Wellen auf die Schultern, so wie er es mochte. Eric hatte sich mit einem dunklen Anzug und einer Fliege fein gemacht.

Sobald er Andis Blick auffing, tat Jack so, als würde er pfeifen.

Sie lächelte ihn an, bevor sie ihre Plätze einnahmen.

Kaum saßen Jamies Eltern in der ersten Reihe, lief Jack nach hinten, um seine Mutter zu ihrem Sitz zu geleiten. Er gab ihr einen Kuss auf die Wange und kehrte an seinen Platz neben Jamie zurück. Er war jedoch nicht auf die in Rot gekleidete Schönheit vorbereitet, die in dem Moment auf dem obersten Treppenabsatz erschien.

Mit dem zur eleganten Frisur hochgesteckten Haar wirkte Maggie viel zu erwachsen. Sie schritt in einem langen roten, ärmellosen Seidenkleid und Schuhen mit Absätzen die Stufen herab und den Gang entlang und hielt dabei einen kunstvollen Strauß aus roten und weißen Rosen. In der Woche vor Weihnachten war sie elf geworden, und jetzt unterdrückte sie ein nervöses Kichern, als ihr Blick auf ihren sprachlosen Vater fiel.

Als Nächstes erschien Kate in dem gleichen roten Seidenkleid und mit der gleichen Frisur.

Jacks Brust zog sich zusammen, und er fragte sich, ob er einen Herzanfall erleiden würde, während er seine Töchter betrachtete.

Jamie lachte laut darüber, dass Jack »Heiliger Strohsack« flüsterte, als schließlich Jill die Treppe herabzusteigen begann.

Aber Jack würde niemals Jamies Reaktion vergessen, als er Frannie am oberen Treppenabsatz erblickte. Ihr langes kastanienbraunes Haar war wie das der Mädchen frisiert, aber in ihrem steckte zusätzlich noch ein Diamantdiadem, das ihrer Großmutter mütterlicherseits gehört hatte. Sie hatte keinen Schleier, sondern trug nur ein schlichtes, weißes Seidenkleid. Wie die der Mädchen war es ärmellos, aber es besaß eine anderthalb Meter lange, bestickte Schleppe. Frannie hatte verkündet, dass sie Weiß tragen würde, da dies ihre einzig wahre Hochzeit sei. Keinem fiel es auch nur im Traum ein, ihr zu widersprechen.

Nachdem sie diesen Moment mehr als ein halbes Leben lang herbeigesehnt hatte, ließ sie ihren Bräutigam nicht für eine Sekunde aus den Augen, bis ihr Vater sie ihm übergab.

Jack sah zu, wie sein Vater ihre und Jamies Hände ineinanderlegte, und erkannte, dass seine Schwester noch nie so gestrahlt hatte.

»Du siehst umwerfend aus«, flüsterte Jamie seiner Braut zu.

»Du siehst auch sehr schick aus.«

Bei ihrem Wortwechsel musste Jack einen Kloß im Hals runterschlucken, dabei hatte die Zeremonie noch nicht mal angefangen.

»Liebe Anwesende, wir sind heute Abend hier versammelt, um diesen Mann und diese Frau in der Ehe zu verbinden ...« Der Friedensrichter sprach ein paar Worte über die Ehe, kam aber rasch zum Punkt. »Ich denke, diese beiden haben lange genug gewartet, finden Sie nicht?« Er bat Jamie und Frannie, sich einander zuzuwenden.

Frannie reichte Jill ihren Strauß aus weißen Rosen und nahm Jamies Hände.

Dann wandte sich der Friedensrichter an den Bräutigam. »Jamie?«

»Ich war ganz ruhig, bis ich dich gesehen habe.« Er lehnte kurz die Stirn an ihre, um sich wieder zu fassen. Schließlich seufzte er. »Meine Mutter hat vierundvierzig Jahre lang darauf gewartet, dass ihr einziges Kind heiratet, ich darf es also nicht vermasseln«, murmelte er unter Gelächter. »Vor sechsundzwanzig Jahren habe ich die Frau meiner Träume kennengelernt, und heute darf ich sie endlich heiraten.

Ich habe mein ganzes Leben in Eile verbracht, aber jetzt möchte ich einfach nur stillstehen. Mit dir möchte ich stillstehen, Frannie. Ich nehme dich zur Ehefrau, die Meine für den Rest meines Lebens, und ich werde jeden Tag dafür sorgen, dass du es nicht bereust, einen eingefleischten Junggesellen geheiratet zu haben.«

Trotz ihrer Tränen lachte Frannie. »Ich war siebzehn, als ich den Mann meiner Träume getroffen habe, und jeder andere Mann, den ich seither kennengelernt habe, hatte das Pech, an ihm gemessen zu werden, ohne ihm das Wasser reichen zu können.« Sie drückte Jamies Hände. »Für mich warst du immer der Einzige und wirst es immer sein. Ich nehme dich zum Ehemann, der Meine für den Rest meines Lebens, und ich *weiß*, dass ich es nie bereuen werde, *diesen* eingefleischten Junggesellen geheiratet zu haben.«

Die Gäste brachen in lautes Gelächter und viele Tränen aus.

»Jack, geben Sie uns die Ringe?«, bat der Friedensrichter.

Jack schaute zu, wie die beiden die Ringe austauschten, und dachte an seinen eigenen Hochzeitstag vor fast zwanzig Jahren zurück. Er dachte an das Gelübde, das er abgelegt und nie gebrochen hatte – bis vor Kurzem. Kalter Schweiß stand ihm auf der Stirn. Die Hochzeitszeremonie war eine höhnische Erinnerung daran, dass er seiner Frau untreu war.

Wieder fiel ihm ein, wie Andi ihm versichert hatte, er wäre Clare so treu gewesen, aber auch wenn ihm klar war, dass die Umstände ungewöhnlich waren, wurde ihm schlecht. Er betrachtete die Gäste und entdeckte Andi, die ihn mit Sorge auf ihrem hübschen Gesicht beobachtete, also zwang er sich, ihr ein Lächeln zu schenken.

Nachdem das Brautpaar die Ringe getauscht hatte, reichte Kate Maggie ihren Blumenstrauß. Dann nahm sie ihre Gitarre, die zuvor zusammen mit einem Hocker und einem Mikrofon aufgestellt worden war.

Sollte sie nervös sein, so konnte Jack es nicht erkennen. Ihre Stimme klang himmlisch, während sie John Lennons »Grow Old with Me« sang. Sobald die letzte Note verklungen war, gab es im ganzen Saal kein trockenes Auge mehr.

Kaum war Kate wieder an den Platz zwischen ihren Schwestern zurückgekehrt, verkündete der Friedensrichter: »Kraft des mir vom State of Rhode Island and Providence Plantations verliehenen Amtes erkläre ich Sie hiermit zu Mann und Frau. Jamie, Sie dürfen die Braut jetzt küssen.«

Unter dem Applaus der Gäste folgte er der Aufforderung.

»Meine Damen und Herren, darf ich Ihnen zum ersten Mal Mr und Mrs Jamie Booth vorstellen?« Der Friedensrichter begann eine neue Runde Beifall.

Jamie nahm Frannies Hand, um sie den Gang entlangzuführen.

Jack war bei seinen Töchtern. »Ihr seht *umwerfend* aus.«

»Wir hätten uns bei den Grimassen, die du geschnitten hast, als wir reinkamen, fast schlappgelacht«, flüsterte Jill ihm zu.

»Was für Grimassen?«, fragte er, was sie zum Lachen brachte. »Kate, ich bin sprachlos. Wann bist du denn so gut geworden?«

»Ich habe geübt.«

»Das hört man.«

Nachdem sie den hinteren Teil des Saales erreicht hatten, wurde Kate von ihren Großeltern und Freunden mit Komplimenten überhäuft. Jamie und Frannie blieben im Foyer vor dem Empfangssalon stehen, um die Glückwünsche ihrer Gäste entgegenzunehmen.

Jack entdeckte Andi und kam zu ihr rüber. »Du siehst wunderschön aus«, stellte er fest, bevor er ihr einen Kuss auf die Wange gab.

»Du auch.« Sie strich ihm glättend übers Haar und schien nur mit Mühe dem Drang zu widerstehen, ihn vor den Augen aller anderen zu küssen. »Alles in Ordnung? Du bist dort vorne kurz blass geworden.«

Erstaunt darüber, wie aufmerksam sie immer war, was ihn betraf, bedachte er sie mit einem Lächeln. »Alles in Ordnung.« Er hatte für seine Frau alles getan, was er konnte – und mehr. Das hier war seine Zeit mit Andi, und irgendwie musste er sich mit dem Geschehenen abfinden.

»Sicher?«

»Absolut.« Er beugte sich runter und hob Eric hoch, bevor der Junge in der Masse der Hochzeitsgäste verloren ging. Während eine Person nach der nächsten Jack begrüßte, hatte er den Jungen auf dem Arm und stellte ihn vor.

»Ich schätze, das ist unsere große Premiere«, flüsterte er Andi zu.

»Sieht ganz danach aus. Machst du dir Sorgen, was die Leute denken?«

Er setzte sich Eric auf die andere Hüfte und hob eine Augenbraue. »Wirke ich besorgt?«

Jamie hatte eine Band angeheuert, die die ganz alten Schinken spielte, und die Frischvermählten tanzten zu Sinatras »For Once in My Life«.

Dann rief der Sänger den Trauzeugen auf die Bühne, und die Kellner verteilten eine weitere Runde Champagner.

Jack nahm ein Glas und trat vor den großen Saal. Als er nach dem Mikrofon griff, wurde es still im Raum. »Heute Abend bin ich der glücklichste Mann der

Welt«, erklärte er. »Meine Schwester hat gerade meinen besten Freund geheiratet. Was könnte es Schöneres geben?«

Die Frage wurde mit donnerndem Applaus bedacht.

Er räusperte sich wegen der in ihm aufwallenden Gefühle und hoffte, dass er das hier überstand, ohne die Fassung zu verlieren. »Ich hätte mir nie vorstellen können, wie stark eine Zufallsbegegnung im Treppenhaus eines Studentenwohnheims mein Leben verändern würde, und jetzt auch das meiner Schwester. Wie ihr alle wisst, ist Jamie seit mehr als fünfundzwanzig Jahren unser Freund. Seit ihrer Verlobung haben einige von euch mich gefragt, ob ich das vorhergesehen habe, und ich musste ehrlich gestehen, dass es mich überrascht hat. Rückblickend hätte es mir allerdings klar sein müssen. Jamie Booth ist der beste Freund, den man sich wünschen kann, ich habe großes Glück, dass er in all den Jahren *mein* bester Freund war. Frannie hingegen …« Er schluckte, als die Emotionen ihn zu überwältigen drohten. »Frannie war meine erste beste Freundin, und das wird sie auch immer sein. Zwei der besten Menschen, die ich kenne, haben sich auf Umwegen gefunden, und ich könnte nicht glücklicher sein, dass sie es endlich geschafft haben. Hebt also mit mir die Gläser. Auf Jamie und Frannie.«

»Auf Jamie und Frannie«, ertönte es unter Beifall von den Gästen.

Frannie betupfte sich noch immer die Augen, als Jack an ihren Tisch zurückkehrte.

Er gab der Braut einen Kuss auf die Wange und umarmte den Bräutigam, bevor er sich neben Andi setzte, die sich ebenfalls die Tränen trocknete.

»Perfekt«, flüsterte sie.

Unter dem Tisch drückte er ihre Hand.

* * *

Nach dem Essen tanzten Jack und Andi, bis die Braut und der Bräutigam mit ihnen zusammenstießen.

»He, nehmt euch ein Zimmer«, scherzte Jamie.

»Du musst gerade reden«, erwiderte Jack. »Du gibst die Braut ja gar nicht mehr her.« Er hielt seiner Schwester eine Hand hin.

»Na los, ihr beiden«, forderte Andi sie auf. »Ich kümmere mich um den Bräutigam.«

Jamie zog einen übertriebenen Schmollmund, als sich seine frisch angetraute Frau mit ihrem Bruder auf die Tanzfläche begab.

Jack gab Frannie einen Kuss auf die Wange. »Du siehst fabelhaft aus.«

»Du bist auch nicht zu verachten. Deine Rede war wundervoll. Danke.«

»Es ist ein wundervoller Anlass – eine Nacht, wie sie nur einmal im Leben vorkommt.«

Sie legte den Kopf nach hinten, um zu ihm hochzuschauen. »Clare hat mir heute besonders gefehlt.«

»In letzter Zeit musste ich auch oft an sie denken. Ihr hätte das hier gefallen.« Er schüttelte den Kopf. »Schwer zu glauben, dass nächste Woche unser zwanzigster Hochzeitstag ist.«

»Sie ist immer bei uns.«

»Das ist sie«, stimmte er ihr zu. »Kate war unglaublich heute, oder?«

»Ich konnte es nicht fassen. Wie hat sie das an uns vorbeigemogelt?«

»Ich schätze, wir waren beide in letzter Zeit ein wenig mit den Gedanken woanders.«

Sie blickten zu Andi rüber, die lachend mit Jamie tanzte.

»Nur ein bisschen. Andi sieht phänomenal aus.«

»Das tut sie, aber heute kann dir keine das Wasser reichen, Fran.« Als das Lied zu Ende ging, drückte er sie fest an sich, bevor Jamie kam und seine Frau zurückforderte.

* * *

Die Kellner schenkten eine weitere Runde Champagner aus, und Maggie und Eric verteilten Tröten, Rasseln und Hüte, bevor sie alle den Countdown zum Jahreswechsel runterzählten.

Als es Mitternacht schlug, setzte die Band zu dem traditionellen Lied »Auld Lang Syne« an.

Jack hob Andi von den Füßen und küsste sie. Lärm und Konfetti erfüllten die Luft, aber er hörte nichts davon, sondern begrüßte das neue Jahr mit einer neuen Liebe und neuer Hoffnung für die Zukunft.

Neben ihnen küsste Jamie die Braut. »Lass uns von hier verschwinden«, rief er. Sie würden am nächsten Morgen für zwei Wochen nach Fidschi fliegen.

In einem Oldtimer, den die Mädchen mit »Just Married«-Schildern und Blechbüchsen versehen hatten, fuhren sie davon.

Drinnen unterhielt Jack sich mit Jamies Eltern, bis er die ersten Klänge des Liedes vernahm, das ihn mit Andi verband. »Entschuldigt mich«, sagte er zu Neil und Mary, ehe er zu ihr eilte.

Sie saß mit den drei Mädchen und Eric an einem Tisch. Alle hatten die Schuhe ausgezogen, und im Verlauf des Abends hatte Maggie ihre Frisur gelöst. Andi hatte das Lied im selben Moment wie Jack gehört und sah sich suchend nach ihm um.

Mit klopfendem Herzen hielt er ihr eine Hand hin, kaum dass sich ihre Blicke trafen. Die Schuldgefühle, die er zuvor empfunden hatte, konnten seiner überwältigenden Liebe für sie nichts entgegensetzen.

Mit einem Lächeln für die Mädchen, die sie genau beobachteten, griff Andi nach seiner Hand.

Kapitel 17

Da er wusste, dass er es nicht länger vor sich herschieben konnte, den Mädchen von seinen Plänen zu erzählen, ließ er sie aussuchen, wo sie frühstücken wollten. So landete er im International House of Pancakes, in dem es an diesem Neujahrstag ziemlich wild zuging.

»Ihr werdet mir fehlen«, erklärte er, während sie sich vier verschiedene Pfannkuchen zu Gemüte führten. Clares Mutter, Schwester, Bruder und ihre Familien nahmen die Kinder mit auf eine einwöchige Kreuzfahrt in der Karibik. Sie hatten auch Jack eingeladen, aber er konnte nicht weg, solange Jamie in den Flitterwochen war.

»Du wirst uns auch fehlen, Dad«, erwiderte Maggie, den Mund voll Pfannkuchen mit Schokosplittern. »Aber es ist ja nur eine Woche.«

»Das ist ziemlich lange«, beschwerte er sich mit einem übertriebenen Schmollmund, der sie zum Lachen brachte.

»Andi und Eric werden dir ja noch ein paar Tage Gesellschaft leisten«, tröstete ihn Kate. Sie wirkte viel zu erwachsen, wie sie ihren Kaffee trank.

»Das stimmt.« Er wurde nervös, denn das hier bot ihm die perfekte Überleitung für das, was er ihnen mitteilen musste. »Hört mal, wegen Andi und Eric …« Er suchte nach den richtigen Worten.

»Was ist mit ihnen?«, fragte Jill.

»Ihr wisst ja, dass Andi und ich uns ziemlich nahestehen.«

»Sie ist eine Freundin von dir«, bestätigte Maggie.

»Ja, aber sie ist mehr als das.« Er bemerkte, dass Jill aufgehört hatte, zu essen, und ihn von der anderen Seite des Tisches her anstarrte, wo sie neben Maggie saß. »Ich habe sie ziemlich gern und möchte sie öfter als nur einmal alle paar Wochen bei mir haben.«

»Erzähl mir bloß nicht, dass wir nach Chicago ziehen«, rief Jill panisch.

»Nein, nein«, versicherte er ihnen, als die anderen beiden ihn genauso erschrocken ansahen. »Wir ziehen nicht um, sondern sie.«

Maggie strahlte vor Freude über das ganze Gesicht.

Jill senkte den Blick auf ihre Blaubeerpfannkuchen.

»Ist Eric dann unser Bruder?«, wollte Maggie wissen.

»Sei doch nicht so dumm, Maggie«, fuhr Jill sie an. »Dad heiratet sie nicht. Er ist nicht unser *Bruder*.«

»Es gibt keinen Grund, deswegen gemein zu werden, Jill«, wies Jack sie zurecht. Dann wandte er sich an Maggie und fügte hinzu: »Jill hat recht, Schatz. Ich werde Andi nicht heiraten, aber was Eric betrifft, liegt sie falsch. Es wird so sein, als wäre er in mancher Hinsicht euer Bruder. Ich bin mir sicher, dass es ihm gefallen würde, wenn ihr ihn so behandelt.«

»Sie ziehen also bei uns ein?«, hakte Kate nach.

»Ja. Ich hoffe, das ist okay für euch.«

Jill sah ihn finster an. »Warum müssen sie bei uns einziehen? Warum können sie nicht einfach in die Nähe ziehen?«

»Weil ich nicht das Gefühl haben will, zwischen zwei Häusern hin- und hergerissen zu werden, außerdem will ich nicht mehr Zeit als nötig von euch getrennt sein.« Er hielt einen Moment lang inne, damit sie das verarbeiten konnten. »Andi und ich haben darüber geredet, ob es vielleicht besser wäre, wenn wir alle in ein neues Haus umziehen und ganz von vorne anfangen, aber wir wollten euch nicht euer Zuhause wegnehmen – das Zuhause, in dem ihr mit eurer Mutter gelebt habt.«

»Ich bin froh, dass wir nicht umziehen«, gestand Kate. »Ich liebe unser Haus.«

»Ich auch«, stimmte Maggie zu.

Jill hüllte sich in eisiges Schweigen, das an seinen angespannten Nerven zerrte.

»Ich will, dass ihr wisst, was Andi mir heute Morgen anvertraut hat.« Er schwieg, bis sie ihm ihre volle Aufmerksamkeit schenkten. »Sie will euch allen unbedingt eine gute Freundin sein, wenn ihr dafür offen seid, aber sie hat nicht vor, den Platz eurer Mutter einzunehmen, denn das könnte niemand.«

Er bemerkte, wie Kate mit ihren Gefühlen zu kämpfen hatte, also legte er einen Arm um sie.

Den anderen Arm streckte er nach Maggie und Jill aus, die ihre Hände auf seine legten. »Niemand könnte das«, wiederholte er leise.

Jill schien einen inneren Kampf auszufechten.

»Wo werden sie schlafen?«, überlegte Maggie.

Danke, Maggie, dachte Jack. »Da Frannie bei Jamie einzieht, fand ich, könnten wir Eric ihr altes Zimmer geben. Es wird Spaß machen, es für ihn herzurichten. Andi schläft bei mir in meinem Zimmer.«

Jill riss den Kopf hoch. »In Moms Zimmer? Aber da sind all ihre Sachen …«

»Darum müssten wir uns irgendwann kümmern, selbst wenn sie nicht einziehen würden. Ich dachte, wir könnten Moms Sachen einpacken und auf dem Dachboden lagern. Wenn eine von euch irgendwann mal etwas von ihr haben will, dann wartet es dort oben auf sie. Was meint ihr?«

Den Kopf noch immer auf seiner Schulter, nickte Kate.

»Okay«, zeigte Maggie sich mit einem traurigen Ausdruck auf dem Gesicht einverstanden.

»Jill?«

Ihre Augen blitzten wütend auf. »Spielt es eine Rolle, was wir denken? Sie ziehen bei uns ein, egal, ob wir einverstanden sind oder nicht. Das willst du uns damit sagen, nicht wahr? Im Gästezimmer schläfst du doch sowieso schon mit ihr, aber davon sollen wir ja nichts wissen. Wir sind doch nicht dämlich.«

»Pass auf, was du sagst, Jill.« Er bemühte sich mit aller Kraft, nicht die Fassung zu verlieren. »Ich hoffe, dass ihr euch ein Herz fasst und Andi und Eric in unserer

Familie willkommen heißt und dass ihr mir helft, etwas Glück zu finden, nach allem, was wir erlebt haben.«

»Wir wollen, dass du glücklich bist, Dad«, erwiderte Kate mit strengem Blick zu ihrer älteren Schwester. »Wir können es versuchen.«

»Wann kommen sie denn?«, fragte Maggie aufgeregt.

Lächelnd beglich er die Rechnung. »Sie müssen erst bei sich alles zusammenpacken, und Andi muss im Job noch einiges klären, es wird also noch einen oder zwei Monate dauern. Erinnert ihr euch an das Hotel, das wir in Newport bauen?«

Kate und Maggie nickten, aber Jill schmollte weiter.

»Ihre Firma hat sie gebeten, dort die Leitung zu übernehmen, wenn es eröffnet.«

»Das ist cool«, freute sich Kate.

Auf dem Heimweg hüllten sich die Mädchen in Schweigen. Nachdem sie in der Auffahrt angehalten hatten, hielt er sie zurück, bevor sie aus dem Auto aussteigen konnten. »Ich habe euch drei unendlich lieb, und daran wird sich nichts ändern. Versprochen.«

Jill öffnete die Tür und lief ins Haus.

Kate und Maggie nickten, ehe sie ihrer Schwester folgten.

Er blickte ihnen nach und betete, dass er das Richtige für sie alle tat, aber Jills Wutausbruch ließ ihn daran zweifeln.

* * *

Andi hatte ihm einen Zettel geschrieben, auf dem stand, dass sie mit Eric in den Park gegangen war.

Also schaute Jack bei jeder seiner Töchter rein, die gerade mit Packen beschäftigt waren. Sie freuten sich auf die Kreuzfahrt mit ihrer Großmutter und Clares Familie. Jack trug Kates und Maggies Taschen runter, bevor er wieder raufging, um nach Jill zu sehen. Sie lag auf ihrem Bett, der gepackte Koffer stand neben der Tür.

Dankbar stellte er fest, dass sie ihr Zimmer aufgeräumt hatte, das normalerweise ein Katastrophengebiet war. Eine der Wände war mit Fotos ihrer Freunde bedeckt.

Da die Zeit, die sie noch zu Hause verbringen würde, immer kürzer wurde, missfiel ihm der Gedanke, dass zwischen ihnen diese Anspannung herrschte. »Schatz?«

Er setzte sich auf ihr Bett und strich ihr übers Haar. Letzte Nacht hatte sie sich wie eine erwachsene Frau verhalten, aber heute war sie wieder sein kleines Mädchen, das Kummer hatte.

»Es tut mir leid, dass du sauer bist. Ich hoffe, du denkst darüber nach, während du weg bist, und beschließt vielleicht, dem Ganzen eine Chance zu geben.«

Sie wandte sich von ihm ab.

Er nahm ihr Schweigen hin, stand auf und brachte ihren Koffer nach unten.

Als Clares Mutter eintraf, zog sich Jack einen Mantel über und eilte nach draußen, um sie willkommen zu heißen.

Anna Richardson sah aus wie eine ältere Version von Clare – winzig, mit kurzem, grauem Haar und strahlend blauen Augen. Sie begrüßte ihn mit einer herzlichen Umarmung.

»Wie geht's dir, Anna?« Er hatte sie schon eine Weile nicht mehr gesehen, aber die Mädchen trafen sich mit ihr, wenn sie aus Hartford anreiste, um Clare zu besuchen.

»Gut. Was ist mit dir?«

»Ich bin heute etwas angeschlagen. Gestern war ja ein ziemlich großer Tag mit Frannies und Jamies Hochzeit.« Sie war ebenfalls eingeladen gewesen, hatte aber beschlossen, vor der Kreuzfahrt lieber noch etwas bei Clare zu sein.

»Lief alles gut?«

»Es war unglaublich. Die Mädchen sahen umwerfend aus. Ich sorg dafür, dass du die Fotos erhältst.«

»Die hätte ich liebend gerne.«

»Du warst bei Clare?«

»Ich hab dort übernachtet.« Sie schüttelte wehmütig den Kopf. »Es fällt mir so schwer. Nichts ändert sich.«

»Ich weiß, was du meinst.« Er trat nach dem Kies in der Auffahrt. »Hör mal, Anna …«

»Was?«

»Ich habe, äh … ich habe jemanden kennengelernt.«

»Ich habe mich schon gefragt, ob das irgendwann passiert.«

Überrascht, das zu hören, wusste er nicht, wie er reagieren sollte.

»Es sind anderthalb Jahre vergangen, Jack. Du kannst nicht für immer alleine bleiben.«

»Heute Morgen habe ich den Kindern erzählt, dass Andi und ihr Sohn Eric nächsten Monat von Chicago herziehen, um bei uns zu wohnen.« Er lachte verlegen. »Es fällt mir fast schwerer, es dir zu sagen.«

»Ich sehe doch, wie glücklich du bist«, erwiderte sie, das Lächeln ein wenig traurig. »Ich freue mich für dich. Ehrlich.«

»Ich verspreche, dass ich nicht aufhören werde, mich um Clare zu kümmern, und dass ich nicht vorhabe, mich von ihr scheiden zu lassen.«

»Das weiß ich, Jack. Du musst es nicht aussprechen. Wie haben die Mädchen die Neuigkeit aufgenommen?«

»Kate und Maggie finden es okay, aber Jill …« Er schüttelte den Kopf und zuckte die Achseln.

»Ich rede mit ihr, während wir weg sind, und schau, was ich erreiche. Sie wird es verstehen, keine Sorge.«

Trotz ihrer Zuversicht hatte er seine Zweifel, aber da kamen gerade Andi und Eric, die Wangen ganz rot vom Spielen in der kalten Luft.

Er winkte sie zu sich. »Andi, das ist Clares Mutter, Anna Richardson.«

Die Frauen gaben sich die Hand.

»Freut mich, Sie kennenzulernen, Mrs Richardson.«

»Gleichfalls. Das hier ist dann wohl Eric.«

Andi stellte ihm die Großmutter der Mädchen in Gebärdensprache vor. Er winkte und sauste davon, um Maggie zu finden, bevor sie abreiste.

»Ich schau mal lieber nach, wo er hinwill«, entschuldigte sich Andi. »Es war schön, Sie zu treffen. Ich wünsche Ihnen eine angenehme Reise.«

»Danke.« Nachdem Andi drinnen war, drehte sich Anna zu Jack. »Sie ist sehr nett.«

»Ich hoffe, du weißt, dass es einfach passiert ist …«

Sie legte ihm eine Hand auf den Arm. »Clare hat dich sehr geliebt. Du warst ihre ganze Welt, und du hast sie immer gut behandelt – vor *und* nach dem Unfall. Ich hege keinen Zweifel daran, dass sie will, dass du glücklich bist.«

»Danke«, antwortete er mit belegter Stimme und zog sie an sich. »Die Mädchen sind dann so weit.« Er legte ihr einen Arm um die Schultern und brachte sie nach drinnen, um die Kinder einzusammeln.

Wenige Minuten später verschwanden sie nach zahllosen Umarmungen mit großem Chaos und jeder Menge Versprechen, Postkarten zu schicken.

Jill drückte Jack, bevor sie losfuhren, brachte aber kein Wort über die Lippen.

Von der Terrasse aus winkten Jack, Andi und Eric ihnen nach. Wieder im Haus und nachdem Eric verschwunden war, um mit den Trucks zu spielen, die er zu Weihnachten bekommen hatte, streckte Andi Jack die Arme entgegen.

»Wie war es? Im Park saß ich wie auf glühenden Kohlen.«

»Nicht allzu schlimm«, versicherte er ihr, ließ sich dabei aber von der Umarmung trösten. »Kate und Maggie waren großartig, und Anna hat mich echt überrascht. Sie war ziemlich verständnisvoll.«

»Und Jill?«

»Sie war wütend, aber nicht wegen dir. Sie hat noch immer damit zu kämpfen, dass sie ihre Mutter verloren hat, und es fällt ihr schwer, weitere Veränderungen zu ertragen. Ich hoffe, du nimmst es nicht persönlich.«

»Ich hatte damit gerechnet, dass Jill und vielleicht auch Kate deswegen aufgebracht sein könnten. Dass Maggie sich freuen würde, Eric hierzuhaben, hatte ich geahnt, und wenn ich Teil der Gleichung bin, dann wird sie mich auch dulden.«

»Können wir es Eric später erzählen? Ich bin ganz schön fertig.«

Sie drückte ihn. »Natürlich. Lass uns einen Film gucken und faulenzen.«

»Da bin ich dabei.«

* * *

Jack wachte vom plärrenden Fernseher auf, aber Andi und Eric schlummerten neben ihm auf dem Sofa tief und fest. Er versuchte, seinen eingeschlafenen Arm unter ihnen herauszuziehen, ganz langsam, um sie nicht zu stören.

Andi regte sich, und als sie erkannte, was er vorhatte, hob sie den Kopf, um ihn freizulassen. Sie lachte leise, während er den Arm ausschüttelte und das Gesicht verzog, als das Blut zurückfloss.

Er stand auf, streckte sich und gähnte. »Das war ohne Zweifel das beste Nickerchen, das ich jemals hatte.«

»Der hier wird die ganze Nacht wach sein«, gab sie zu bedenken und fuhr mit dem Finger über Erics Wange.

Seine Lider zuckten, und er schlug nach der Hand seiner Mutter. Als sie nicht aufhörte, schob er sie weg.

»Oh, oh, er ist verstimmt.«

Jack setzte sich aufs Sofa und kitzelte Erics Füße.

Da riss der Junge die Augen wieder auf, aber als er merkte, wer ihn da kitzelte, grinste er.

»Das ist nicht fair«, beschwerte sich Andi lachend. »Allmählich verdrängst du mich noch von Platz eins.«

Jack zuckte die Achseln, aber die aufkeimende Beziehung zwischen ihm und dem Kleinen freute ihn.

Schließlich setzte sich Eric aufrecht hin und rieb sich die Augen.

»Geht's dir besser nach dem Nickerchen?«, fragte Andi mit den Händen.

Er bestätigte es mit einem Kopfnicken und rutschte näher an Jack ran, der einen Arm um ihn legte.

Andi blickte Jack an, und er nickte.

»Schatz, Jack und ich möchten dir etwas mitteilen.«

»Heiratet ihr?«

»Nein, Süßer, aber Jack hat uns eingeladen, bei ihm und den Mädchen zu wohnen, wenn wir wollen.«

Erics Augen leuchteten. »Wirklich?« Er drehte sich zu Jack. »Wärst du dann mein Dad?«

Jacks Herz setzte für einen Schlag aus. »Möchtest du das?«

Eric nickte.

Andi musste einige Tränen wegblinzeln.

»Ich wäre liebend gerne dein Dad«, erwiderte Jack in Gebärdensprache, dann zog er den Jungen in die Arme. Er streckte den Arm nach Andi aus und drückte beide voller Zufriedenheit fest an sich, während die Sonne unterging und das Wohnzimmer langsam in Dunkelheit hüllte.

* * *

Nach dem Abendessen spielten die drei zwei Runden Candy Land. Eric gewann beide Male und lachte über Jacks Leid, als der zum dritten Mal im Sirupsumpf stecken blieb.

Andi bedeutete Eric in Gebärdensprache, dass es an der Zeit sei, ins Bett zu gehen.

Aber Jack hielt sie zurück, als sie gerade aufstehen wollte. »Lass mich.« Er hob Eric hoch und warf ihn sich über die Schulter. Dann hielt er den sich windenden Jungen seiner Mutter hin, damit sie ihm kopfüber einen Kuss geben konnte.

Andi sah ihnen nach, als sie die Treppe hinaufstiegen, glücklich, dass Eric jetzt diesen wunderbaren Mann in seinem Leben hatte. Beinahe schwindlig vor Glück betrat sie das Arbeitszimmer, um das Spiel wegzuräumen.

Auf dem Rückweg blieb sie stehen und betrachtete das Familienfoto, das im Flur vor der Küche hing. Aufgrund des Alters der Mädchen nahm sie an, dass es etwa ein Jahr vor Clares Unfall aufgenommen worden war. Alle trugen legere Kleidung, und Jack hatte den Arm um Clare gelegt. Die Trauer, die Andi noch immer hin und wieder in Jacks Augen oder denen seiner Töchter bemerkte, gab es hier nicht.

Auch wenn sie schon viele Fotos von Clare gesehen hatte, fühlte sie sich diesmal zu ihr hingezogen. Ein Schauer lief ihr über den Rücken, denn Clares außergewöhnlich blaue Augen schienen sie herauszufordern. Sie schüttelte den Gedanken ab, richtete das Bild an der Wand und ging in die Küche, um dort aufzuräumen.

* * *

Oben steckte Jack Eric in seinen Schlafanzug, half ihm beim Zähneputzen und brachte ihn mit dem Plüschhund ins Bett, mit dem er schlief. Er zog die Decke hoch und kitzelte ihn dabei.

Lachend winkte Eric Jack mit dem Finger zu sich.

Jack neigte den Kopf zu ihm.

Eric gab ihm einen Kuss auf die Wange und gestikulierte: »Ich hab dich lieb.«

Überwältigt erwiderte Jack den Kuss und entgegnete in Gebärdensprache: »Ich hab dich auch lieb, Kumpel. Schlaf gut.« Er schaltete das Licht aus, warf ihm von der Tür aus einen weiteren Kuss zu und begab sich nach unten.

Dort legte er von hinten die Arme um Andi. »Dein Sohn ist fantastisch.«

Sie hatte den Tresen abgewischt und den Geschirrspüler bestückt. Nachdem sie ihn eingeschaltet hatte, legte sie Jack die Hände auf die Schultern. »Was ist passiert?«

»Er hat mir gesagt, dass er mich lieb hat.«

»Ach, Jack, natürlich hat er dich lieb. Du bist so gut zu ihm.«

»Es hat mir die Sprache verschlagen, als er mich gefragt hat, ob ich dann sein Dad wäre. Das werde ich nie vergessen. Ich kann es kaum erwarten, dass ihr beide für immer hierbleibt.«

Sie stellte sich auf die Zehenspitzen, um ihn zu küssen. »Ich auch nicht.«

Während er sie weiter küsste, legte er die Arme um sie. Sobald sie wieder zu Atem gekommen waren, warf er sie sich – ganz wie Eric vorhin – über die Schulter und trug sie nach oben.

Sie fielen lachend auf das Gästebett. Er küsste sie, ohne den Blickkontakt zwischen ihnen zu unterbrechen. »Ich liebe dich, Andi«, flüsterte er. »Ich liebe dich so sehr.«

»Ich liebe dich auch. Frohes neues Jahr.«

* * *

Zum letzten Mal vor ihrem Umzug flogen Andi und Eric zurück nach Chicago. Jetzt war es an ihr, den Menschen in ihrem Leben von dem Vorhaben zu erzählen, aber sosehr sie auch die Reaktion ihrer Mutter fürchtete, war sie doch froh, dass die Kinder es endlich wussten.

Sie und Jack hatten mit Eric die Gehörlosenschule von Rhode Island besucht. Er hatte die Frau kennengelernt, die ihn unterrichten würde, und sie hatte ihm gesagt, dass sie es kaum erwarten konnte, ihn in ihrer Klasse zu haben. Der Direktor hatte Andi auch die Kontaktdaten einer Fahrgemeinschaft aus Newport mitgegeben.

Andi beschloss, ihrer Mutter am nächsten Abend von dem Umzug zu erzählen, und bat Eric darum, es seiner Großmutter nicht vorher zu verraten. Nachdem sie ihm gestanden hatte, dass seine Großmutter vermutlich nicht mit ihnen umziehen würde, war er traurig, aber er versprach ihr, dass er nichts verraten würde.

Nach einem emotionsgeladenen Arbeitstag, an dem sie ihren Arbeitskollegen die Neuigkeiten beibrachte, steckte sie Eric ins Bett und nahm allen Mut zusammen für das, was sie als Nächstes tun musste. Sie fand ihre Mutter in ihrem Zimmer, wo sie eine ihrer liebsten Serien schaute.

»Ich kann später noch mal kommen«, entschuldigte sich Andi, als sie erkannte, was gerade lief.

»Komm rein. Es ist nur eine Wiederholung.« Betty schaltete den Fernseher aus und musterte ihre Tochter. »Alles in Ordnung?«

»Ich muss mit dir reden.«

»Ach so?«

Sie setzte sich auf den Rand des Bettes ihrer Mutter und zögerte kurz. *Nur Mut.* »Jack hat uns gefragt, ob wir zu ihm nach Rhode Island ziehen wollen.«

»Du hast zugestimmt.«

Andi nickte.

»Wie kannst du nur dein ganzes Leben über den Haufen werfen für einen Mann, der dich noch nicht mal heiraten wird?«

Andi bemühte sich, sich ihren Ärger nicht anmerken zu lassen. »Weil ich in fünf Minuten mit ihm mehr von meinem Leben habe als in einem ganzen Jahr hier, und das genügt mir.«

»Was ich davon halte, habe ich dir schon gesagt.«

»Du kannst uns gerne begleiten. Das würde uns freuen, und Platz gibt es auch genug.«

»Danke dir, aber ich bleibe in Chicago. Hier ist mein Zuhause, und ich werde es nicht verlassen.«

»Es tut mir leid, dass du so denkst. Ich wünschte, du könntest dich für uns freuen.«

»Wie könnte ich, wenn ich sehe, dass du – mit Eric – auf eine Katastrophe zusteuerst? Er ist *verheiratet*, Andrea. Ich bin schwer enttäuscht von dir – und von ihm. Ich war ihm für seine Unterstützung dankbar, als Eric krank war, aber das ändert nichts.«

Andi stand auf, um zur Tür zu gehen. »Wir fahren nächsten Monat am Achten. Ich helfe dir dabei, bis dahin bei Tante Lou einzuziehen, wenn du das möchtest.«

»Das passt schon.«

Traurig kehrte Andi in ihr Zimmer zurück. Das Gespräch war ziemlich genau so verlaufen, wie sie es sich vorgestellt hatte, aber sie hatte gehofft, ihre Mutter hätte unterdessen vielleicht eine bessere Meinung von Jack – besonders nach allem, was er für sie getan hatte, als Eric krank gewesen war. Sie wusste, dass Betty sich gefreut hätte, ihre Tochter mit einem Mann wie ihm zusammen zu sehen, wären seine Umstände andere. Es war nichts Persönliches, genau wie bei Jill. Aber das Wissen nahm der Einstellung ihrer Mutter nicht den Stachel. Andi beschloss, unter die Dusche zu springen und zu versuchen, ihre Gefühle unter Kontrolle zu bekommen, bevor sie Jack anrief.

* * *

In Rhode Island sah sich Jack ebenfalls einer deprimierenden Aufgabe gegenüber. Er hatte beschlossen, Clares Sachen zusammenzupacken, solange er allein im Haus war. Es herrschte eine beinahe unheimliche Stille, seit die Mädchen abgereist waren, Andi und Eric wieder in Chicago und Frannie in den Flitterwochen war. Er wusste nicht mehr, wann er sich das letzte Mal so allein gefühlt hatte, und es schien ihm ein guter Zeitpunkt dafür zu sein, sich dieser unangenehmen Arbeit zu stellen.

Als Erstes widmete er sich Clares großem begehbarem Kleiderschrank, legte ihre Kleidung zusammen und verstaute sie in Kisten. Er bildete einen gesonderten Stapel mit den Kleidungsstücken, bei denen er sich sicher war, dass die Kinder sie nie anziehen würden, und die er deshalb spenden konnte. Er arbeitete zügig und versuchte, nicht über das nachzudenken, was er gerade tat.

Nachdem er mit den Sachen auf den Bügeln fertig war, befasste er sich mit den Ablagen, packte Pullover und Handtaschen ein. Als er nach dem nächsten Gegenstand griff, stieß seine Hand gegen einen großen Umschlag, der unter einem Stapel Pullover verborgen lag.

Er kippte den Inhalt auf dem Bett aus und erstarrte, als er erkannte, dass jede Karte vor ihm lag, die er Clare jemals gegeben hatte – Valentinstage, Muttertage, Geburtstage, Hochzeitstage und all die albernen Zettel, die er ihr über die Jahre hinweg geschrieben hatte.

Er starrte den Haufen auf dem Bett an und fühlte sich, als hätte ihm jemand in den Magen geboxt. Er öffnete eine Karte vom Valentinstag 1994, in die er geschrieben hatte: *Ich liebe Dich heute, ich werde Dich morgen lieben, ich werde Dich immer lieben.*

Das Ausmaß seines Verlustes erfasste ihn mit Macht, als hätte er ihn gerade erst erlitten. Als ihn der brennende Schmerz von Neuem traf, sank er auf den Boden neben das Bett. Er hörte das Telefon klingeln und wusste, dass es Andi war, aber er konnte sich nicht von der Stelle rühren, um den Hörer abzunehmen. Erst als es ein zweites Mal klingelte, schüttelte er die Lähmung ab. Es war nach zehn Uhr abends, und ihm wurde klar, dass er fast eine Stunde lang dort gesessen hatte.

Er griff nach dem Hörer. »Hallo.«

»Jack? Was ist los?«

»Nichts. Können wir morgen früh reden?«

»Du machst mir Angst. Bist du sicher, dass alles in Ordnung ist?«

»Alles ist gut. Ich ruf dich morgen früh an.«

»In Ordnung. Ich liebe …«

Nachdem er aufgelegt hatte, bekam er die ganze Nacht kein Auge zu. Er wusste, dass Andi beunruhigt war, konnte sich aber nicht dazu überwinden, sie zurückzurufen. Noch nicht. Er konnte einfach nicht fassen, dass Clare *alles* aufgehoben hatte, und die Größe des Haufens allein sprach Bände über die Jahre, in denen sie einander geliebt hatten.

Während er den kleinen Papierberg studierte, den Clare aufbewahrt hatte, wanderten seine Gedanken wieder zu jenem Abend, an dem er sie auf Block Island kennengelernt hatte.

Kapitel 18

Jack wartete, bis sie Feierabend hatte, und stieg mit ihr die Stufen der Veranda vom National Hotel hinab.

Auf dem Weg nach draußen verabschiedete sie sich von ihren Arbeitskollegen. Ein paar wirkten besorgt, als sie bemerkten, dass sie von einem Kunden begleitet wurde, aber sie lächelte nur und winkte.

Er war schon immer neidisch auf die Kameradschaft gewesen, die unter den jungen Leuten in der Touristikbranche der Insel herrschte. Sie lebten an Orten, an denen die Musik pulsierte und es von Menschen wimmelte, wo die Wäsche draußen an der Leine hing und Fahrräder auf dem Rasen lagen. Das war ihm immer wie die ideale Art erschienen, den Sommer zu verbringen.

»Wohnst du in den Apartments für Angestellte?«, fragte er sie.

»O Gott, nein.« Sie lachte, während sie am Wasser entlangliefen, wo sich noch immer Menschen aufhielten, obwohl die Bars bereits geschlossen hatten. »Das habe ich die ersten drei Jahre gemacht, und es war auch lustig. Aber dann bin ich ein wenig erwachsener geworden, und der Gedanke daran, noch einen Sommer dort zu verbringen, wirkte nicht mehr ganz so reizvoll. Ich hab mir mit einer Freundin vom College eine Wohnung gemietet. Sie arbeitet im Aldo's.«

»Wo hast du studiert?«

»UConn. Ich bin in Hartford aufgewachsen, und viele meiner Freunde haben dort studiert. Man erhält da eine gute Ausbildung. Ich weiß, dass es nicht Harvard ist, aber mir hat es gefallen.«

»Werde ich das jetzt auf ewig zu hören bekommen?«

»Vermutlich«, erwiderte sie mit einem Lachen. »Ein Freund von mir schmeißt heute Abend am Strand eine Party. Wollen wir da hingehen?«

Da er nicht zu eifrig wirken wollte, dachte er über das Angebot nach. »Bist du mit diesem Freund zusammen?«

»Angelst du nach Informationen?«

»Schon möglich«, gestand er, erstaunt darüber, wie leicht es ihm fiel, sich mit ihr zu unterhalten.

»Nein, wir sind nicht zusammen, ich habe keinen festen Freund. In dem Bereich hatte ich bisher kein großes Glück.«

»Das glaub ich dir nicht.«

»Glaub es ruhig. Was ist mit dir? Wo ist deine Freundin?«

»Mit dem Studium und meiner Arbeit bei Neil bin ich quasi vollzeitbeschäftigt, da bleibt mir vom Tag gerade noch ein wenig Zeit zum Essen und Schlafen. Welche Frau will das schon?«

»Ach, komm schon, ein hübscher Harvard-Boy wie du hat doch mehr Freundinnen, als er bewältigen kann«, spottete sie und lächelte über den gespielt finsteren Ausdruck auf seinem Gesicht.

Er schüttelte bedauernd den Kopf, auch wenn ihn das Kompliment freute. »Das hätte ich dir niemals verraten sollen.«

»Nein, vermutlich nicht. Wollen wir also zur Party oder nicht?«

Sie blieben stehen. Trotz ihres frechen Auftretens wirkte sie winzig und beinahe verletzlich, und er konnte kaum glauben, wie stark er sich zu ihr hingezogen fühlte, obwohl er sie gerade erst kennengelernt hatte. »Ich komme mit, wenn du dich benimmst und nicht jedem auf die Nase bindest, dass ich in Harvard studiert habe.«

»Na ja, das ist vielleicht ein bisschen viel verlangt«, erklärte sie mit einem Funkeln in den Augen und rieb sich das Kinn. »Ich bin mir nicht sicher, ob ich das schaffe.«

Er verschränkte die Arme und musterte den spitzbübischen Ausdruck auf ihrem Gesicht. »Also, ich brauche eine Garantie, sonst kann ich nichts versprechen.«

»Wenn es dir wirklich so wahnsinnig wichtig ist, werde ich deine hohe Herkunft geheim halten.«

Er lachte in sich hinein, denn sie wusste noch gar nichts von seiner eigentlichen Herkunft. Er durfte sich auf was gefasst machen, wenn sie von den Banken seines Vaters erfuhr.

Sie erreichten den Strand, an dem die Party mit einem brennenden Lagerfeuer und zwei kleinen Bierfässern, die in Eiswannen im Sand steckten, in vollem Gange war – genau die Art Fete, die er aus der Ferne beobachtet hatte, wenn er mit seiner Familie hier gewesen war. Sein Vater hatte es nie gutgeheißen, wie die Jugendlichen im Sommer bei jeder sich bietenden Gelegenheit feierten.

Clare begrüßte ihre Freunde und stellte Jack vor. Sie holte ihnen Bier, bevor sie ans Wasser weitergingen, wobei sie einer Gruppe ausweichen mussten, die mit einem im Dunkeln leuchtenden Frisbee spielte. Alle begrüßten Clare lautstark, als sie an ihnen vorbeikamen.

»Kennt dich hier jeder, oder kommt mir das nur so vor?«, fragte er.

»Vielleicht nicht *jeder*. Aber mit einigen von ihnen arbeite ich schon seit Jahren zusammen. Es gibt eine Gruppe, die im Sommer hier und während der Skisaison in Vail arbeitet.«

»Das klingt cool.«

»Findest du? Ich arbeite nur jedes Jahr hier, weil die Bezahlung gut ist. Hier verdiene ich in drei Monaten mehr als im ganzen Jahr als Lehrerin.«

»Im Ernst?«

»Ja, es ist ein fantastischer Job. Meine Mutter dreht jedes Mal durch, wenn sie erfährt, dass ich herfahre. Aber ich finde es toll. Obwohl wir echt schwer schuften, haben wir auch eine Menge Spaß.«

Er betrachtete die Party, die auch um fast zwei Uhr morgens kein bisschen an Schwung verlor. »Ich verstehe, was du meinst. Da hab ich schon immer mitfeiern wollen«, gab er mit Blick auf die ausgelassene Strandparty zu. »Aber mein alter Herr wollte nichts davon wissen. Sobald ich alt genug war, um zu arbeiten, musste ich unter der Woche mit ihm mit, aber an den Wochenenden sind wir immer wieder hierher zurückgekommen.«

Das interessierte Funkeln in ihren Augen verriet ihm, dass er schon zu viel erzählt hatte.

»Deine Familie hat die Sommer hier auf der Insel verbracht?«

»Ja. Also, wo hast du in Hartford gelebt?«

»So nicht. Noch mal zurück. Hat deine Familie noch immer ein Haus hier?«

»Vielleicht«, wich er mit verlegenem Lächeln aus.

»Oh, das verspricht, interessant zu werden.« Sie warf den Kopf in den Nacken und lachte. »Wie schlimm ist es?«

»Ziemlich schlimm.« Als er ihr in die herrlich blauen Augen schaute und sich zu einem Kuss runterbeugte, durchzuckte es ihn bei der Berührung wie ein Stromschlag. Der Geruch von Sand und Seegras würde ihn stets an diesen Moment erinnern.

Er spürte, wie sie ihm eine Hand in den Nacken legte, und sie küssten sich lange, während das Wasser ihre Füße umspülte und die Feier um sie herum weiterging.

Eine Minute später löste sie sich von ihm. »So kann man auch das Thema wechseln.«

Er lachte. »Hat es funktioniert?«

»Im Leben nicht, Kumpel. Raus damit.« Sie stemmte die Hände in die Hüften und hob wieder diese Augenbraue.

»Haven Hill«, gestand er und wappnete sich gegen ihre Reaktion.

Ein ungläubiger Ausdruck huschte über ihr Gesicht. »Nein.«

Er grinste.

»Ich *liebe* das Haus. Ich habe mich schon immer gefragt, wie es da drinnen ausschaut.«

»Du kannst es dir ansehen, wann immer du willst.« Er strich ihr mit einem Finger über die Wange und zog sie zu einem weiteren Kuss an sich.

»Morgen habe ich frei«, bemerkte sie. »Wir könnten am Strand rumhängen oder so, wenn du Lust hast.«

»Gerne. Sehr gerne sogar.«

In der Nacht brachte er sie nach Hause, so wie an jedem weiteren Abend dieser Woche. Sie waren am Strand und in Haven Hill, aßen zu unmöglichen Zeiten, wenn sie Pause hatte, und trafen sich mit einigen ihrer Freunde auf weiteren Partys. Sie redeten über alles. Noch nie hatte er jemandem gesagt, wie tief ihn die Reaktion seines Vaters auf seine Entscheidung, nicht ins Familienunternehmen einzusteigen, verletzt hatte, aber eines Abends, während er sie auf dem Sofa in ihrer winzigen Wohnung im Arm hielt, erzählte er ihr davon. Natürlich machte sie sich über ihn lustig, als er das Anwesen in Greenwich erwähnte, auf dem er groß geworden war.

Sie erzählte ihm von ihrer fröhlichen, gutbürgerlichen Kindheit mit ihrem jüngeren Bruder und ihrer kleinen Schwester in Hartford. Sie vertraute ihm an, wie schmerzhaft es gewesen war, ihren geliebten Vater in ihrem letzten Jahr am College an Krebs zu verlieren. Bis spät in die Nacht unterhielten sie sich darüber, was sie vom Leben erwarteten und wer ihre Freunde waren. Am letzten Abend, bevor er nach Boston zurückkehrte, meldete sie sich im Hotel krank, und sie trafen sich zu einem Picknick auf den Klippen, um gemeinsam den Sonnenuntergang zu betrachten.

Der langjährige Koch der Familie auf Block Island hatte ihnen Kaviar, Hummersalat, frisch gebackene Croissants, Weißwein und zum Dessert mit Schokolade überzogene Erdbeeren mitgegeben.

»Ich glaube, du versuchst, mich zu beeindrucken«, meinte Clare, bevor sie das Picknick verspeisten. Sie warf ihm einen dieser neckenden Blicke zu, die er in der Woche mit ihr so lieb gewonnen hatte.

Mit einem Lächeln trank er einen weiteren Schluck Wein. »Funktioniert es?«

»Hab ich noch nicht entschieden. Weißt du, wie sehr ich dein Lächeln liebe? Den Hummer hättest du weglassen können, wenn du mich nur so ansiehst.«

Er nahm ihr Weinglas und stellte es neben seins. Dann zog er sie an sich und hauchte ihr Küsse auf Gesicht und Hals, flüsterte: »Lass es mich wissen, wenn du beeindruckt bist, okay?«

Sie kicherte. »Noch jedenfalls nicht.«

Sie rollten im Sand herum, küssten sich wieder, dieses Mal ernster. Nach ein paar Minuten zog er sich zurück, setzte sich auf, fuhr sich mit den Händen durchs Haar und atmete tief ein.

»Jack? Was ist los?« Sie legte einen Arm um ihn. »Hab ich was falsch gemacht?«

»Nein, Liebling.« Er erkannte, dass er sie verunsichert hatte. »Tut mir leid, das wollte ich nicht. Es ist nur … Ich empfinde so viel für dich, so schnell. Das hat mich unvorbereitet getroffen.«

»Ich empfinde das Gleiche«, gestand sie mit großen Augen. »Ich kann mir gar nicht vorstellen, dass du morgen schon abreist und ich dann rausfinden muss, was ich ohne dich anfange. Ist das nicht verrückt? Wir haben uns doch erst vor einer Woche kennengelernt.«

»Es *ist* verrückt, aber ich habe überall nach dir gesucht, und hier bist du jetzt einfach.« Während die Sonne in grell pink- und orangefarbenen Tönen unterging, drückte er sie fest an sich und spürte einen Frieden, wie er ihn noch nie gekannt hatte. Er blickte in ihre wunderschönen Augen und hegte keinen Zweifel daran, dass sie die eine für ihn war.

»Ich liebe dich, Clare. Das habe ich noch nie zu jemandem gesagt, aber es ist mir ernst. Ich will nie wieder ohne dich sein.«

»Ich liebe dich auch. Ich kann es kaum glauben, aber es ist wahr.«

Er küsste sie mit einer Leidenschaft, die er noch nie zuvor empfunden hatte, und hier auf den Klippen, in der Abenddämmerung, liebten sie sich zum ersten Mal.

Sechs Monate später heirateten sie. Sie kündigte ihren Job in Mystic, um bei ihm in Boston zu leben, wo sie eine wunderbare Wohnung in Beacon Hill hatten. Er wusste noch, wie glücklich sie in diesen ersten gemeinsamen Jahren gewesen waren. Während er für Neil Überstunden schob, arbeitete sie in Teilzeit als Lehrerin, bis sie mit Jill schwanger wurde und er darauf bestand, dass sie es ruhiger angehen ließe.

Das Anwesen auf Block Island, das sie aus der Ferne bewundert hatte, wurde zu ihrer Sommerresidenz. Sie und die Mädchen siedelten jedes Jahr zur warmen Jahreszeit dorthin über, kaum dass die Ferien angefangen hatten, und Jack pendelte an den Wochenenden hin und her. Clare fing erst wieder an zu arbeiten, als Maggie in die erste Klasse kam, und startete eine erfolgreiche Karriere als Immobilienmaklerin. Zu dem Zeitpunkt lebten sie schon in Rhode Island, und er war damit beschäftigt, mit Jamie HBA auf die Beine zu stellen. Sie liebten ihre Mädchen und verbrachten unzählige Stunden bei Tanzaufführungen und Fußballspielen, während ihre Töchter und deren Freunde größer wurden.

Bis zu den Monaten vor ihrem Unfall hatte es für ihn keinen Moment der Unzufriedenheit mit ihr gegeben, weshalb es so schmerzhaft gewesen war, sie zu verlieren. Als die Sonne durch die Vorhänge fiel, zwang er sich dazu, aufzustehen und den Papierstapel zurück in den Umschlag zu schieben. Er brachte es nicht über sich, den Blick auf etwas anderes als die Karte zu richten, die er letzte Nacht geöffnet hatte. Sobald er fertig war, steckte er den Umschlag in seinen eigenen Kleiderschrank.

Da fiel ihm wieder ein, dass heute ihr zwanzigster Hochzeitstag war. Von der Erkenntnis erneut aus dem Gleichgewicht gebracht sank er gegen den Türrahmen und musste sich überwinden, die Aufgabe zu erledigen, mit der er gestern Abend begonnen hatte.

Rasch ging er den Rest ihrer Sachen durch, leerte ihre Kommode und ihre Hälfte des Badezimmers. Plötzlich war es absolut notwendig, das alles verschwinden zu lassen. Sobald es in Kisten verpackt war, trug er sie in eine Ecke auf dem Dachboden und stapelte sie übereinander, Clares Leben reduziert auf eine Reihe Kartons unter den staubigen Dachschrägen des Hauses, das er für sie gebaut hatte.

Er kehrte ins Schlafzimmer zurück, schloss die Tür des jetzt leeren Kleiderschrankes und die Schubfächer, die er in seiner Eile offen gelassen hatte. Dann zog er sich warme Joggingsachen an und verließ wenig später das Haus, um am Strand laufen zu gehen. Er musste sich bewegen, musste schwitzen, vor dem erneut entflammten Schmerz einer alten Wunde fliehen, die sich wieder geöffnet hatte.

Nachdem er den ganzen Strand entlanggerannt war, drehte er sich keuchend und schwitzend um. »Sand and Water«, eines von Kates Lieblingsliedern, ertönte auf dem iPod, während er den Möwen dabei zusah, wie sie in der eiskalten Brandung nach Fischen tauchten. Er lief langsamer und hörte den eindringlichen Refrain des Liedes, in dem es darum ging, wie wir allein auf diese Welt kommen und sie auch allein wieder verlassen. Trotz all der Menschen und der Liebe in seinem Leben fühlte er sich in diesem Augenblick einsam.

Er lauschte den letzten Klängen des Songs und stellte fest, dass er vor dem Gebäude mit Clares Wohnung stehen geblieben war. Hier verharrte er schwer atmend eine Weile, bis er hochschaute und Sally entdeckte, die ihn vom Fenster aus beobachtete.

Sie hob die Hand und winkte ihn rein.

Also überquerte er den Strand und lief die Düne hinauf.

Kapitel 19

An der Tür begrüßte ihn Sally. »Sie sind heute aber früh draußen, Jack. Alles in Ordnung?«

Mit einem Nicken wischte er sich den Schweiß von der Stirn.

»Geht es den Mädchen gut?«

»Ja, sie sind mit Clares Mutter auf einer Kreuzfahrt.«

»Wie schön. Anna war hier, bevor sie aufgebrochen sind, und sie hat sich schon auf die Reise gefreut.« Sie führte ihn in die Küche, wo sie eine frische Kanne Kaffee aufgebrüht hatte. Sie schenkte ihm eine Tasse ein und musterte ihn. »Wollen Sie darüber reden?«

Überrascht, dass sie ihn gleich durchschaut hatte, senkte er den Blick auf seine Kaffeetasse. »Ich habe letzte Nacht ein paar Sachen von Clare eingepackt. Es fiel mir schwerer, als ich gedacht hätte. Ich weiß nicht, was ich erwartet hatte, aber …«

»Ich bin mir sicher, dass es nicht leicht für Sie war, Jack. Ich weiß, dass es sich im Moment nicht so anfühlt, aber das war vermutlich ein weiterer Schritt zurück ins Leben. Eine weitere, wichtige Phase im Trauerprozess ist die Akzeptanz.«

»Ist es das, was ich tue? All das hier akzeptieren?« Er zeigte aufgebracht in die Wohnung.

»Ich weiß es nicht. Tun Sie es?«

»Meine Freundin und ihr Sohn ziehen aus Chicago zu mir, also schätze ich, schon.« Nachdem er erkannt hatte, dass es ihm nicht gelungen war, die ältere Frau zu schockieren, stellte er die Tasse beschämt ab. »Entschuldigen Sie.«

»Sie müssen sie ganz schön lieben, wenn Sie eine solche Bindung eingehen.«

»Das tue ich«, flüsterte er, und alle Aggressivität wich aus ihm. Schwer ließ er sich auf einen der Küchenstühle fallen und stützte den Kopf in die Hände.

Sie setzte sich neben ihn.

»Es tut mir so leid«, murmelte er. »Ich weiß nicht, was mit mir los ist. Ich freue mich darüber, dass Andi und Eric herziehen.«

Sie drückte seine Schulter. »Sie müssen sich bei mir nicht entschuldigen. Ich bin froh, dass ich da war, als Sie jemanden gebraucht haben, der Ihnen zuhört.«

»Clare und ich haben heute vor zwanzig Jahren geheiratet.«

»Es kommt alles auf einmal, nicht wahr?« Sie schwieg kurz. »Wollen Sie wissen, was ich denke?«

Er nickte. »Bitte.«

»Sie stehen kurz davor, mit Andi einen großen Schritt zu wagen, indem Sie ihr einen Platz in Ihrem Zuhause und Ihrem Herzen einräumen. Sie lassen Clare zurück – viel mehr als bisher.«

»Ich wollte sie nie zurücklassen.«

»Ich weiß.« Sie legte eine Hand auf seine. »Aber es ist vermutlich an der Zeit, meinen Sie nicht?«

»Sieht so aus. Es tut mir leid, dass ich in diesem Zustand hier aufkreuze.«

»Ich habe doch schon gesagt, dass Sie sich nicht entschuldigen müssen«, wiederholte Sally mit strenger und gleichzeitig mütterlicher Stimme.

Er schenkte ihr ein kleines Lächeln, bevor er aufstand. »Ich möchte etwas Zeit mit Clare verbringen, falls das in Ordnung ist.«

»Natürlich. Lassen Sie sich Zeit.«

Er betrat Clares Zimmer, setzte sich auf den Stuhl neben ihrem Bett, dachte an die vielen Karten, die sie aufgehoben hatte, und fragte sich wieder einmal, was geschehen war, dass sie sich in den Monaten vor dem Unfall von ihm zurückgezogen hatte. Während er die schmale Frau im Krankenhausbett betrachtete, durchströmten ihn Hunderte Erinnerungen aus zwanzig Jahren, die mit ihr vor dem heranrasenden Auto endeten. Er konnte noch immer nicht glauben, dass die Clare, die er kannte und liebte, so etwas tun würde. Selbst nach all der Zeit konnte er nicht hinnehmen, dass sie es absichtlich getan haben sollte.

»Ich möchte glauben, dass du mich hören kannst«, flüsterte er. Er erhob sich und beugte sich über das Seitenteil des Bettes, um ihr einen Kuss auf die Stirn zu drücken. »Heute vor zwanzig Jahren war einer der besten Tage meines Lebens. Frohen Hochzeitstag, Clare. Ich liebe dich.« Überwältigt von einer Welle glücklicherer Erinnerungen, blieb er neben ihrem Bett stehen und strich ihr mit den Fingern übers Haar, bevor er sich umdrehte und den Raum verließ.

Auf dem Weg nach draußen dankte er Sally noch einmal.

»Ich hoffe, dass das mit Ihnen und Ihrer Andi klappt«, verabschiedete sie sich an der Tür von ihm.

Er drückte ihre Hand. »Danke.«

Der Refrain des Lieds, das er vorhin gehört hatte, ging ihm wieder durch den Kopf, während er nach Hause joggte, und erinnerte ihn daran, dass er trotz des schmerzhaften Verlusts Grund hatte, dankbar für das Leben zu sein, das er jetzt führte.

* * *

Nach der schrecklichen Szene mit ihrer Mutter und dem eigenartigen Gespräch mit Jack wälzte sich Andi die ganze Nacht schlaflos hin und her. Um vier Uhr früh stand sie schließlich auf, denn sie wusste, dass es keinen Sinn hatte, weiter auf den Schlaf zu warten, bis sie erfuhr, dass mit ihm alles in Ordnung war. So hatte er noch nie geklungen, und sie spürte, dass etwas ganz und gar nicht stimmte.

Um sieben konnte sie keine Minute länger darauf warten, mit ihm zu sprechen, aber zu Hause erreichte sie nur den Anrufbeantworter und auf dem Handy nur die Mailbox. Beim Klang seiner Stimme, die ihr Sprüchlein aufsagte, wuchs ihre

Sehnsucht nach ihm nur immer weiter, während sie darauf wartete, dass er sich bei ihr meldete.

Sie war schon kurz davor, einen Flug zu buchen, als er sie endlich um neun auf ihrem Handy anrief. »Jack? Alles in Ordnung? Ich hab mir solche Sorgen gemacht.«

»Entschuldige, Liebling.«

»Was ist denn los?«

»Ich, äh, habe gestern Abend Clares Sachen ausgeräumt. Das war schwieriger, als ich erwartet hatte. Tut mir leid, dass du dir Sorgen gemacht hast.«

Ihr Herz schmerzte vor Mitgefühl. »Das hast du ganz allein erledigt? Warum hast du nicht gewartet, bis dir jemand dabei helfen kann?«

»Ich wollte es hinter mich bringen, und es schien mir zu dem Zeitpunkt eine gute Idee zu sein«, erwiderte er mit einem kleinen, trockenen Lachen.

»Es tut mir leid, dass es so schlimm für dich war.« Sie schluckte schwer. »Sollen wir unsere Pläne ein wenig verschieben, damit du noch etwas mehr Zeit hast?«

»Ich will nicht noch mehr Zeit haben, Andi«, widersprach er mit verzweifeltem Unterton in der Stimme. »Ich will dich hierhaben. Ich *brauche* dich hier.«

»Wenn du dir sicher bist …«

»Ich bin mir sicher. Es hat sich nichts geändert. Wie lief es denn mit deiner Mutter?«

»So, wie ich es mir vorgestellt hatte«, teilte sie ihm seufzend mit. »Sie ist ›schwer enttäuscht‹ von uns beiden.«

»Ich hatte gehofft, dass sie dich mehr unterstützt.«

»Es war mehr oder weniger das, was ich erwartet hatte, aber es hat doch wehgetan.«

»Das tut mir leid, Schatz. Ich wünschte, du wärst schon hier.«

»Ich auch. Bist du einsam in deinem großen Haus?«

»Irgendwie schon. Es ist viel zu still.«

»Das kann ich mir vorstellen. Wo bist du jetzt?«

»Auf dem Weg ins Büro.«

»Schaffst du das?«

»Es geht mir schon besser, jetzt, da ich mit dir geredet habe. Ich wollte nicht, dass du dich sorgst.«

»Ich liebe dich, Jack. Du weißt, dass ich für dich da bin, wenn du mich brauchst, oder?«

»Ich weiß. Ich liebe dich auch. Viel Spaß heute. Ich ruf dich heute Abend wieder an.«

»Bis dann.« Sie legte auf, war aber nicht wirklich beruhigt. Etwas stimmte nicht. Ein paar Minuten lang dachte sie darüber nach und nahm dann wieder den Hörer in die Hand.

* * *

Nachdem Jack sich ein Bier aufgemacht und eine Pizza in den Ofen geschoben hatte, schreckte ihn die Türklingel auf. Er fragte sich, wer um diese Uhrzeit wohl noch vorbeischaute.

Als er die Haustür öffnete, stellte er erstaunt fest, dass Andi auf seiner Türschwelle stand. Sie hatte das lange dunkle Haar zu einem Pferdeschwanz gebunden, trug Jeans und eine schwarze Lederjacke. Noch nie war er so froh gewesen, sie zu sehen. »Was willst du denn hier?«

»Du warst einsam«, erklärte sie mit einem Schulterzucken. »Lässt du mich rein?«

Er trat beiseite. »Natürlich.«

Sie stellte ihre Tasche in der vorderen Diele ab und strich ihm das Haar aus der Stirn, eine liebevolle Geste, die ihm so vertraut war, dass das Verlangen ihn beinahe überwältigte, als sie ihn in ihre Arme zog.

»Woher wusstest du, dass ich dich brauche?« Er drückte seine Stirn an ihre Schulter und atmete den Duft ein, den er überall erkennen würde.

»Du hast doch auch gewusst, dass ich dich gebraucht habe, als Eric krank war.«

Er hob den Kopf und blickte ihr in die Augen. »Wie bist du hergekommen?«

»Mit dem langsamsten Taxi von Rhode Island. Brennt was an?«

»Mist.« Er griff ihre Hand und zog sie mit sich in die Küche, wo er die Pizza aus dem Ofen holte, bevor sie ganz schwarz wurde. »Hunger?«

»Das willst du essen?« Sie musterte sein altes T-Shirt und die verschlissene Jogginghose. »Die Lage ist schlimmer, als ich dachte.«

Mit einem Lächeln zuckte er die Achseln. »Sie war da und sah verlockend aus.«

»Dann will ich dir und deinem kulinarischen Genuss nicht im Weg stehen.«

»Willst du was abhaben?«

»Ich verzichte.« Stattdessen öffnete sie eine Flasche Wein und schenkte sich ein Glas ein, während er die ganze Pizza aufaß. »Das ist echt eklig.«

»Ich bin heute fast zehn Kilometer gelaufen«, erklärte er, nachdem er die Pizza verschlungen und die Bierflasche geleert hatte.

Sie holte ihm noch ein Bier, öffnete es für ihn und setzte sich zu ihm an den Tisch. »Was ist los, Jack?«

Er nahm ihre Hand und küsste sie. »Im Moment nichts.«

»Und vorhin?«

Er stand auf, um den Teller ins Spülbecken zu stellen, trank einen Schluck von seinem Bier und drehte sich wieder zu ihr um. »Setzen wir uns vor den Kamin.«

* * *

Draußen fiel die Temperatur weit unter null, aber das Feuer verbreitete eine angenehme Wärme im Wohnzimmer, während sie auf dem Sofa saßen. Sie wartete auf die Worte, die er gleich sagen würde, und drängte die Panik zurück. Sie wusste, dass sie ihn noch nie so ungepflegt und aufgelöst erlebt hatte. Was auch immer gestern Abend passiert war, hatte ihn sichtlich erschüttert.

Sein dunkles Haar war ganz zerzaust, als wäre er den ganzen Tag lang mit den Fingern durchgefahren, und sein Gesicht hatte einen rauen Bartschatten. Allerdings war es der niedergeschlagene Ausdruck in seinen Augen, der sie am meisten beunruhigte. Sie liebte ihn so sehr, dass es ihr das Herz zerriss, und sie hatte keine Ahnung, was sie tun würde, sollte er seine Meinung geändert haben.

»Ich fasse es nicht, dass du wirklich den ganzen Weg hierher auf dich genommen hast.« Er wickelte eine ihrer Locken um seinen Finger. »Wo ist Eric?«

»Meine Mom passt auf ihn auf. Sie hat nicht mehr so viel Zeit mit ihm, sie war also ganz froh, dass sie ihn eine Weile für sich haben würde.«

»Nur für eine Weile?«

»So lange, wie du mich brauchst.«

»Dann richte dich am besten bequem ein.«

»Wirst du mit mir reden?«

»Ich rede doch mit dir.«

Sie hob eine Augenbraue.

Er atmete zitternd aus. »Ich hab ein paar von Clares Sachen gefunden, Dinge, von denen ich nicht wusste, dass sie sie aufgehoben hatte, alte Karten und Briefe … Es hat, ich weiß nicht … wehgetan«, flüsterte er.

Sie streckte die Arme nach ihm aus.

»Es war nur ein Stapel Papier, aber der ließ alles wieder hochkommen«, sagte er leise, während er sich an sie schmiegte.

Sie drückte ihn fester an sich. »Und dabei warst du ganz allein.«

»Ich bin froh, dass ich allein war. Ich will nicht, dass die Mädchen mich noch mal so sehen.«

Sie schluckte die Angst runter, die in ihrer Kehle saß, schloss die Lider und atmete seinen vertrauten Duft ein. »Es war ziemlich schlimm?«

Er nickte.

Mit den Fingern strich sie durch sein dichtes Haar.

Als er zu ihr hochsah, trieb ihr der Ausdruck in seinem Gesicht Tränen in die Augen.

»Es jagt mir eine höllische Angst ein, dass hier noch andere Dinge rumliegen könnten, die das auslösen würden. Ich kann nicht versprechen, dass es nie wieder geschehen wird.«

»Das musst du auch gar nicht.« Sie zog seinen Kopf wieder zurück an ihre Brust und streichelte ihm weiter übers Haar, während ihr eine Träne über die

Wange lief. »Wenn es wieder passiert, werde ich hier bei dir sein, dann stehen wir das gemeinsam durch.«

»Ich bin so müde, Andi.«

»Ich weiß, Liebster.« Sie brachte ihn rauf ins Bett und hielt ihn fest, bis er in einen tiefen Schlummer fiel, aber sie blieb lange wach und hoffte, dass sie nicht doch einen riesigen Fehler beging.

* * *

Das Telefon weckte sie früh am nächsten Morgen. Jack tastete nach dem Nebenanschluss neben dem Bett.

»Jack?«

»Fran? Was ist los?«

»Nichts. Was ist denn mit dir?«

»Abgesehen davon, dass es sechs Uhr früh ist?«

»Oh, Mist. Ich krieg das mit der Zeitverschiebung nicht hin. Entschuldige. Alles okay bei euch?«

Allmählich wurde er wach. »Ja, alles in Ordnung. Langweilt dich dein neuer Ehemann schon?«

Andi lächelte über die Frage, und er legte den freien Arm um sie.

»Das habe ich gehört«, ertönte Jamie.

Frannie lachte. »Ich langweile mich definitiv *nicht*.«

»Erspar mir die Einzelheiten. Wie ist es denn auf den Fidschi-Inseln?«

»Das, was ich zu sehen bekommen habe, scheint recht hübsch zu sein.«

»Ich hatte dich doch gebeten, mir die Einzelheiten zu ersparen.«

»Bist du sicher, dass alles in Ordnung ist, Jack? Ich hatte einen ganz eigenartigen Traum über dich, und ich war so beunruhigt, dass Jamie vorgeschlagen hat, dich anzurufen.«

»Mir geht's gut«, versicherte er ihr, während Andis Haare über seine Wange strichen. »Genieß deine Flitterwochen, und sorg dich nicht um uns.«

»Okay. Bis nächstes Wochenende.«

»Bis dann.« Er legte auf, fuhr sich mit der Hand durch das Haar und gähnte.

»Alles okay auf den Fidschi-Inseln?«, fragte Andi.

»Klingt ganz so. Sie meinte, sie hätte einen merkwürdigen Traum über mich gehabt und musste mich deshalb anrufen. Mir ist fast das Herz stehen geblieben, als das Telefon geklingelt hat. Ich habe sofort an die Mädchen auf dem Kreuzfahrtschiff gedacht.«

»Komisch, wie sie gespürt hat, dass mit dir was nicht stimmt.« Sie drehte sich zu ihm und musterte ihn. »Du siehst besser aus.«

Er rollte rüber, sodass er auf ihr lag. »Ich hatte selbst einen wundervollen Traum, und als ich aufwachte, stellte ich fest, dass es gar kein Traum war«, verkündete er, bevor er sie zunächst sanft, dann immer eindringlicher küsste. »Weißt du, was ich tun will?«

»Ich habe da so eine Idee«, erwiderte sie mit einem trockenen Lachen, während sie sich an ihn drängte.

»Ja, das auch.« Lachend zog er eine heiße Spur aus Küssen von ihrem Ohr bis zu ihrem Schlüsselbein. »Aber weißt du, was wir uns noch nie gegönnt haben?«

»Das wäre?«

»Den ganzen Tag im Bett zu bleiben.«

»Und so zu tun, als wären wir auf den Fidschi-Inseln?«

»Warum nicht? Wie oft sind wir schon einen ganzen Tag lang allein, völlig ohne Kinder?«

»Dagegen habe ich nichts einzuwenden. Musst du nicht arbeiten?«

»Und du?«

»Da hast du mich schon wieder erwischt.«

»Ich höre keine Einwände … Wer ist dafür? Okay, der Antrag ist angenommen.« Er küsste sie, bevor sie widersprechen konnte. »Einstimmig.«

* * *

»Das ist reine Dekadenz«, hauchte Andi Stunden später, nachdem sie eine Schachtel Pralinen verspeist hatten, die noch von Weihnachten übrig geblieben war, ein Schaumbad genommen und einander ein weiteres Mal geliebt hatten. »So faul war ich in meinem ganzen Leben noch nicht.«

»Daraus sollten wir ein monatliches Ereignis machen. Einmal pro Monat melden sich Jack und Andi vom Leben ab – definitiv an einem Tag, an dem die Kinder in der Schule sind. Wer ist dafür?«

»Ich«, riefen sie gemeinsam.

»Noch ein Antrag, der einstimmig angenommen wird«, verkündete er. »Mir gefällt dieses Regierungssystem, das wir hier eingeführt haben.«

»Es läuft wieder darauf hinaus, dass du die ganze Zeit deinen Willen bekommst, was, wie ich festgestellt habe, eines deiner vielen Talente ist.«

»Falls ich dir also die Führung überlassen hätte – nur für diesen einen Tag –, was hättest du dann daran geändert?«

»Ganz und gar nichts.«

* * *

»Ich muss morgen nach Hause«, erklärte sie, nachdem sie sich chinesisches Essen bestellt hatten, das sie unten vor dem Kamin aßen.

»Du bist zu Hause«, erinnerte er sie.

»Lass mich das anders ausdrücken: Ich muss in Chicago noch ein paar Sachen erledigen, bis ich zu dir nach Hause zurückkehren kann.«

»Viel besser.« Er gab ihr etwas von seinem Lo Mein ab. »Am Umzugstag komme ich rüber, richtig?«

»Du musst nicht.«

»Ich will es. Noch ein Monat ...«

Sie schaute ins Feuer und murmelte: »Ich weiß.«

»Was ist los?«

Sie drehte sich zu ihm. »Bist du dir sicher, Jack? Bist du dir ganz sicher, dass du für all das bereit bist? Es ist noch nicht zu spät, um es eine Weile aufzuschieben …« Der Ausdruck auf seinem Gesicht ließ sie innehalten.

Er stellte den Karton mit dem Essen auf den Tisch und griff nach ihrer Hand. »Andrea, du hast mich auf jede erdenkliche Art gerettet. Ich dachte, mein Leben wäre vorbei, und dann bist du aufgetaucht. Weißt du noch, als du dir gestern Sorgen gemacht hast, weil du das Gefühl hattest, mit mir wäre was nicht in Ordnung, und alle anderen waren weg?«

Sie nickte. Den ganzen Tag lang hatte er es nicht erwähnt.

»Niemand hätte mir so helfen können wie du. Jeden Morgen denke ich als Erstes an dich, jeden Abend gilt mein letzter Gedanke dir. Ich kann mir mein Leben ohne dich oder Eric nicht vorstellen. Ich möchte nicht, dass du an meiner Liebe für euch beide oder an meiner Hingabe für dich zweifelst.«

Sie liebkoste sein Gesicht. »Das tue ich nicht.«

Schließlich beugte er sich vor, um sie zu küssen, und zog sie fest an sich. »Ich werde dich nicht enttäuschen.«

Sie schloss die Augen und legte den Kopf an seine Brust, um seinem kräftigen Herzschlag zu lauschen, bei dem sie sich ganz sicher war, dass er ihr galt.

* * *

Zwei Tage nachdem der Umzugswagen mit den letzten Sachen, die Andi und Eric mit nach Rhode Island nehmen wollten, abgefahren war, flog Jack nach Chicago. Der Rest ihrer Möbel stand in einem Lager, und nächste Woche würde der neue Mieter einziehen. Da die Wohnung leer war, hatte sie sich für ihre letzte Nacht in der Stadt eine Suite im Infinity reserviert. Eric hatte seinen letzten Schultag in Chicago, während sie mit einem der Firmenwagen zum O'Hare-Flughafen fuhr, um Jack abzuholen. Sich ein Auto zu kaufen, sobald sie in Rhode Island war, stand ganz oben auf ihrer Liste.

Sie lehnte sich an die Limousine, als er auf einer der unteren Etagen durch eine Tür in den frostigen grauen Februartag trat.

»He, Matrose, soll ich dich mitnehmen?« Sie lächelte, als er in Jeans und schwarzem Wollmantel auf sie zukam. Er war so sexy und attraktiv.

Er ließ die kleine Tasche auf den Bürgersteig fallen und nahm sie in die Arme, riss sie von den Füßen und küsste sie, bevor er sie langsam wieder runterließ.

»Hallo«, begrüßte sie ihn, überglücklich, ihn wiederzusehen, nachdem sie einen Monat lang getrennt gewesen waren.

Er drückte sie mit dem Rücken gegen das Auto. »Weißt du, was heute Morgen mein erster Gedanke war?«

»Hmm, war es: Verdammt, ich muss den Hintern aus dem Bett bewegen, damit ich den frühen Flug noch erwische?«

»Nein, weit daneben. Das war mein zweiter Gedanke. Willst du es noch mal versuchen?«

Sie zog ihn nah genug zu sich, um ihn noch mal zu küssen. »Ich habe keine Ahnung.«

»Mein erster Gedanke war, dass *letzte Nacht* die *letzte Nacht* war, die ich jemals ohne dich verbringen werde.« Er küsste sie, während ein Polizist in seine Trillerpfeife blies und sie aufforderte, den Wagen wegzufahren.

Aber sie hörten nichts.

Kapitel 20

David lud Andi, Jack und Eric zum Abendessen ins Hotel ein, und sie stellten erstaunt fest, dass Andis Arbeitskollegen und Freunde ebenfalls da waren, von denen Jack einige zum ersten Mal traf. David hatte sogar daran gedacht, ein paar von Erics Schulfreunden einzuladen. Allerdings war Andi enttäuscht, dass ihre Mutter nicht unter den Gratulanten war.

Schließlich schlüpften sie und Jack gegen Mitternacht unter die Decke, nachdem sie Eric im anderen Schlafzimmer der Suite ins Bett gebracht hatten.

»Wie fühlst du dich?«, fragte er, nachdem er sie an sich gezogen hatte.

»Ich bin ein wenig traurig. Sie werden mir sehr fehlen.«

»Ich weiß nicht, ob ich das ausreichend klargemacht habe, aber ich danke dir für alles, was du tust, alles, was du aufgibst.«

»Weißt du, was ich meiner Mutter erzählt habe, nachdem ich ihr gebeichtet hatte, dass wir umziehen?«

»Nein, was?«

Sie drehte sich zu ihm um. »Dass ich in fünf Minuten mit dir mehr vom Leben habe als in einem ganzen Jahr hier. Ich gebe *nichts* auf, verglichen mit dem, was ich im Gegenzug erhalte.«

Er küsste sie sanft. »Gut zu wissen.«

Sie kuschelte sich an ihn und übersäte sein Gesicht mit Küssen. »Ich bin so froh, dass du da bist. Ich schlafe nicht gerne allein.«

»Ich kann kaum glauben, dass wir jetzt jede Nacht zusammen schlafen können.«

Sie fuhr mit dem Finger über seinen Bauch und legte eine Hand um seine Erektion. »Das ist nicht das Einzige, was wir jede Nacht tun können«, erklärte sie mit aufreizendem Lächeln.

Er drehte sich, sodass er auf ihr lag. »Mmm, jede Nacht, was? Versprochen?«

»Wir haben viel aufzuholen.«

Er drang in sie ein und atmete scharf ein. »*Gott*, gibt es etwas, was besser ist als das hier?«

»Nicht, dass ich wüsste.« Wie sie seinen Rücken streichelte, ließ ihn erbeben. »Jack …«

Er stieß fest in sie. »Was, Baby?«

»Hör nicht auf.«

Lachend beugte er sich runter, um sie zu küssen. »Auf keinen Fall.«

* * *

Als sie am nächsten Tag die Treppe runterstiegen, um abzureisen, erwartete David sie schon.

Andi warf einen letzten kritischen Blick ins Foyer, zufrieden, dass alles dort war, wo es hingehörte, selbst als sich ihr Herz kurz zusammenzog.

Der Hotelpage hatte bereits ihre Taschen ins Auto getragen, das sie zum Flughafen bringen würde.

»Seid ihr so weit?«, erkundigte sich David.

»Du hättest nicht an einem Samstag herkommen müssen«, meinte Andi.

»Ich wollte euch verabschieden. Kann's losgehen?« Die letzte Frage stellte er in Gebärdensprache, um Eric mit einzubeziehen, der ihn mit einem strahlenden Lächeln belohnte.

Eric trug einen Rucksack voller Dinge, mit denen er sich im Flugzeug beschäftigen konnte, und setzte seine Chicago-Cubs-Baseballkappe auf, als sie durch die Drehtür des Hotels nach draußen traten.

Während David Eric ins Auto brachte, wartete Jack, bis Andi einen letzten wehmütigen Blick auf das Hotel geworfen hatte.

»Bereit?«, fragte er, bevor er einen Arm um sie legte.

»Ja. Lass uns aufbrechen.«

Die Fahrt zum Flughafen kam ihr kürzer vor als sonst, und ehe sie sichs versah, halfen Jack und David dem Taxifahrer dabei, die Taschen auf einen Rollwagen zu verladen.

Nachdem Jack das letzte Gepäckstück auf den Stapel gestellt hatte, wandte er sich mit ausgestreckter Hand David zu. »Danke für alles, David. Ich hoffe, Sie und Ihre Familie besuchen uns mal.«

»Verlassen Sie sich darauf.« David schüttelte Jack die Hand und umarmte Eric lange. »Passen Sie gut auf die beiden auf.«

»Das werde ich.« Jack nahm Erics Hand. »Wir warten drinnen auf dich, Andi.«

Schließlich streckte David die Arme nach Andi aus. »Ich schätze, das war's.«

Sie drückte ihn fest und trat dann einen Schritt zurück, um ihn anzusehen. »Ich kann dir nicht genug danken für alles. Du kannst dich darauf verlassen, dass ich in Newport gute Arbeit leisten werde.«

»Daran hege ich keinen Zweifel. Aber es gibt da etwas viel Wichtigeres, was du für mich tun kannst.«

»Das wäre?«

»Sei glücklich, Andi.« Er gab ihr einen Kuss auf die Wange und umarmte sie noch einmal. »Du wirst mir fehlen.«

»Du mir auch.« Tränen liefen ihr über das Gesicht, während sie ihm nachsah, als er zur Limousine zurückkehrte. Sobald das Auto außer Sicht war, suchte sie nach Jack und Eric.

* * *

Mit zwei Autos voller Menschen und Gepäck kamen sie nach Hause. Andi hatte sich gefreut, dass Frannie, Maggie, Kate und Jamie sie am Flughafen abholen gekommen waren. Maggies Schild hatte sie amüsiert, das in großen Buchstaben »Willkommen zu Hause, ERIC« verkündete. Ihr Name stand darunter, als wäre er im Nachhinein hinzugefügt worden. Dennoch war sie glücklich, dass ihr Sohn in seinem neuen Zuhause geliebt werden würde. Sie wusste aber auch, dass Jack enttäuscht war, weil Jill nicht dabei war.

Nachdem Jack und Jamie die Taschen ins Haus gebracht hatten, gingen sie in die Küche, blieben aber abrupt stehen, als sie die Luftballons und den großen Kuchen auf dem Tisch entdeckten, auf dem »Willkommen, Andi und Eric« geschrieben stand.

»Ich dachte, ihr habt vielleicht Hunger«, murmelte Jill mit verlegenem Lächeln.

»Warst du das, Jill?«, fragte Jack sichtlich verblüfft.

Sie stellte sich vor ihn. »Es tut mir leid, Dad«, flüsterte sie, dann umarmte sie ihn. »Ich weiß, dass ich mich schrecklich verhalten habe. Für dich werde ich es versuchen.«

»Danke.«

Überwältigt vor Erleichterung fing Andi seinen Blick auf und schenkte ihm ein warmes Lächeln. »Der Kuchen sieht fantastisch aus, Jill«, sagte sie glücklich. »Wie wäre es, wenn ich dir beim Servieren helfe?«

Sobald sie den Kuchen verspeist hatten, fand eine ausführliche Debatte darüber statt, was sie zum Abendbrot essen würden, bis sie sich auf Pizza einigten.

»Soll ich dir irgendwie dabei helfen, dich einzurichten, Andi?«, schlug Frannie nach dem Abendessen vor.

»Ich muss nur Erics Bett machen und seinen Schlafanzug finden, und zu mehr kriegt mich heute keiner mehr.«

»Maggie und ich haben gestern schon sein Bett gemacht, nachdem es geliefert worden war.«

»Danke, Frannie.«

»Mir war klar, dass du heute Abend erschöpft sein würdest. Ich bin froh, dass ich helfen konnte.«

»Ich freue mich schon, dich in der Nähe zu haben«, erwiderte Andi.

»Da du die nächsten Monate zu Hause arbeitest und ich mein Atelier hier weiter benutze, solange unser Haus noch nicht fertig ist, werden wir jede Menge Zeit miteinander verbringen.«

»Ich frage mich, ob wir überhaupt etwas schaffen werden«, meinte Andi, die sich gerade ihr Weinglas nachfüllte.

»Das solltest du lieber hoffen, da ich zurzeit hauptsächlich an deinem Auftrag male«, erklärte Frannie strahlend.

Wenig später schickten sie und Jamie sich an, aufzubrechen.

»Danke für eure Hilfe heute«, verabschiedete Jack sich von ihnen, während er und Andi sie zur Tür brachten.

»War uns ein Vergnügen«, winkte Jamie ab. »Wir sind alle froh, dass du hierbleibst, Andi, ganz besonders aber er.« Er boxte Jack im Spaß. »Ich glaube nicht, dass wir ihn noch länger ertragen hätten.«

»Was? So schlimm war ich gar nicht.«

Frannie und Jamie wechselten einen Blick.

»War ich nicht.«

Andi legte lachend einen Arm um ihn. »Ich übernehme das jetzt, Leute. Danke für eure Hilfe.«

Nachdem Jack die Tür hinter ihnen geschlossen hatte, zog er Andi an sich. »Ich fühle mich wie ein Kind an Weihnachten.«

»Wo wir gerade von Kindern reden, lass uns mal nach meinem schauen und ihn ins Bett bringen. Da er gestern Abend so lange auf war und heute alles so aufregend war, ist er bestimmt schon ganz müde.«

Eric freute sich über sein neues Zimmer, das in demselben hellen Blau gestrichen war wie das in Chicago. Überrascht stellte er fest, dass sein Bett von zu Hause auf ihn wartete. Sie alle lachten, als er wissen wollte, ob es im Flugzeug mit ihnen mitgeflogen war.

»Puh«, ächzte Jack, sobald er und Andi wieder nach unten gingen. »Ich hoffe, dass sie nicht jeden Abend so aufgedreht sind.«

»Das wird vermutlich noch eine Weile so bleiben.«

»Maggie freut sich riesig, dass er hier ist. Versteh mich nicht falsch, ich bin froh, dass sie glücklich ist, aber es überrascht mich, denn es hat ihr eigentlich immer gefallen, das Baby der Familie zu sein – und sie hat es auch ausgekostet.«

»Sie hatte noch nie jemanden, der auf sie gehört hat«, gab Andi zu bedenken.

»Das stimmt. Brauchst du noch was für heute Abend?«, fragte er und zeigte auf den Gepäckstapel im Foyer, um den sie sich morgen kümmern wollten.

Sie deutete auf eine kleine Tasche. »Nur die da.«

»Gib mir fünf Minuten, und komm dann hoch.« Er küsste sie kurz auf den Mund und nahm die Tasche.

»Was hast du vor?«

Auf dem Weg nach oben hielt er eine Hand hoch. »Fünf Minuten.«

Sie schloss die Hintertür ab und schaltete für Jill und Kate, die noch beim Babysitten waren, das vordere Außenlicht ein. Auf dem Weg nach oben schaute sie noch mal nach Eric. Er war sofort eingeschlafen und lag mit beiden Armen über dem Kopf auf dem Rücken. Sie deckte ihn zu, hob seinen Plüschhund vom Boden auf und legte ihn wieder zu ihm ins Bett. Dann sah sie nach Maggie, die ebenfalls tief und fest schlief. Sie zog die Zudecke über das Mädchen und ging dann leise die Wendeltreppe hoch zu Jack.

Auf dem Weg nach oben bemerkte sie, wie die Anspannung, die seit Wochen schwer auf ihr gelastet hatte, von ihr abfiel. Jetzt, da sie und Eric endlich hier waren und der Umzug hinter ihnen lag, gestattete sie sich selbst, daran zu glauben, dass alles gut werden würde.

Neue Hoffnung keimte in ihrem Herzen auf, als sie in das Schlafzimmer kam, in dem unzählige Kerzen brannten und romantisches Licht spendeten. Auch im Kamin hatte er ein Feuer entzündet, und sie spürte die Wärme, sobald sie den Raum betrat. Die Möbel, die sie aus Chicago hergeschickt hatte, waren so aufgestellt worden, wie sie es auch getan hätte, und in dem Raum herrschte eine ganz andere Atmosphäre als damals bei ihrem bisher einzigen Besuch hier oben.

»Hallo?«

Jack trat aus dem gemeinsamen Badezimmer, nur mit seiner Jeans und einem Lächeln bekleidet. »Hallo.«

Bei seinem Anblick im Kerzenschein durchströmte sie eine Welle des Verlangens. Sie fuhr ihm mit den Händen über die Brust und schmiegte sich an ihn, allerdings wollte sie sich noch immer kneifen, denn sie konnte nicht glauben, dass sie jetzt mit der Liebe ihres Lebens *zusammenwohnte.*

Er umarmte sie. »Wie wäre es mit einer Runde im Whirlpool?«

»Liebend gerne.«

Also führte er sie ins geräumige Bad, und sie schnappte überrascht nach Luft, als sie die zwei Dutzend roten Rosen entdeckte, mit denen er für sie die Ablage geschmückt hatte.

»Ich wollte noch eine Karte dazulegen, aber dann dachte ich, ich sage dir einfach, was draufstehen würde.«

Sie atmete den Duft der Rosen ein. »Das wäre?«

»So was wie: ›Willkommen zu Hause. Ich bin so froh, dass du da bist.‹« Er stibitzte einen langen Kuss und beugte sich dann runter, um den Wasserhahn aufzudrehen.

»Sie sind wunderschön, danke.«

»Ich habe noch etwas für dich.« Er griff sich in die Hosentasche und zog einen Schlüsselbund hervor. »Die drei Silbernen sind fürs Haus. Die anderen für mein Büro, das Boot und Haven Hill. Ach, und der hier ist für mein Auto.«

»Die Schlüssel zu deinem Königreich«, flüsterte sie, gerührt von der Geste.

Er gab sie ihr. »Alles, was ich habe.«

Sie legte die Schlüssel auf die Ablage. »Danke.«

»Lass uns baden.«

In dem warmen, sprudelnden Wasser löste sich die Anstrengung der letzten Wochen einfach auf. »Es war so lieb von Jill, den Kuchen und die Luftballons zu besorgen«, meinte Andi, während sie an seiner Brust ruhte.

»Ich war sprachlos. Sie hat mich echt überrascht.«

Sie schloss die Augen und seufzte zufrieden. Dass sie endlich ohne Zeitbegrenzung bei ihm sein konnte, war wie ein wahr gewordener Traum. Nachdem sie lange schweigend gebadet hatten, verkündete sie: »Ich werde ganz schrumpelig.«

»Das klingt ernst.« Er half ihr aus der Wanne und wickelte sie in ein großes weißes Handtuch, bevor er sich selbst eines um die Hüfte wand. Dann hob er sie so schnell hoch, dass sie völlig überrascht war.

Er legte sie aufs Bett und küsste sie. »Beweg dich nicht.« Mit einem Griff nach unten zog er eine kalte Champagnerflasche und zwei Gläser hervor. »Ich dachte, wir müssten heute Abend feiern.«

»Dem kann ich nur zustimmen.«

Er ließ den Korken knallen, schenkte ihnen ein und reichte ihr ein Glas. »Auf dich und mich und darauf, dass wir den Rest unseres Lebens gemeinsam verbringen.«

Sie stieß mit ihrem Glas gegen seines. »Darauf trinke ich.«

TEIL III

Schmetterlingsschwimmen: vorwärts durch das Wasser stoßen, indem man Arme und Beine wellenförmig auf und ab bewegt

Kapitel 21

Andi nutzte ihre zwei freien Wochen, um auszupacken und sich einzurichten. Sie achtete darauf, nur das Zimmer zu verändern, das sie und Jack sich teilten, und ließ alles andere im Haus unangetastet, denn sie hatte den Eindruck, dass das den Mädchen wichtig war.

Zum Valentinstag bereitete sie ihnen ein extravagantes Abendessen zu. Den Kindern schmeckte es, und sie freuten sich über die kleinen Geschenke, die jede von ihr bekam. Jack überraschte sie mit einem Paar Diamantohrringe, die beim Zubettgehen in einem Kästchen auf ihrem Kissen lagen. Sie schenkte ihm eine neue Armbanduhr, um die alte zu ersetzen, die ihm in der Woche davor kaputtgegangen war.

Am nächsten Wochenende wollte er mit ihr ein Auto kaufen und überredete sie dazu, sich ein mitternachtsblaues BMW-Cabrio zu holen, die viertürige Version von seinem. Als er versuchte, für sie zu bezahlen, weigerte sie sich und ließ ihn wissen, dass sie sich durchaus ein Auto leisten könne. Er protestierte – und machte beim Händler sogar einen kleineren Aufstand –, bis er endlich einsah, dass er diesen Streit nicht gewinnen würde.

»Andi …« Er griff nach ihrer Hand, während sie in seinem Auto nach Hause fuhren. Ihres würde am nächsten Tag geliefert werden.

Sie zog die Hand weg und blickte zum Beifahrerfenster raus.

»Was hab ich denn getan?«

»Das weißt du ganz genau.«

Schließlich lenkte er das Auto an den Straßenrand. »Sieh mich an.« Er legte einen Finger unter ihr Kinn und drehte ihren Kopf, aber als er Tränen in ihren Augen entdeckte, wirkte er überrascht. »Rede mit mir. Was ist los?«

Sie sah auf ihre Hände runter. »Ich hab total überreagiert. Du wolltest nur großzügig sein, wie immer. Daran bin ich nicht gewöhnt. Noch nie hat sich jemand so wie du um mich gekümmert.«

»Ich *will* mich um dich kümmern – und um Eric.«

»Seit Alec uns verlassen hat – eigentlich sogar schon davor –, war es allein meine Aufgabe, für uns zu sorgen. Damit kann ich nicht einfach aufhören. Ich verdiene genug Geld, und ich will, dass wir in einer gleichberechtigten Partnerschaft leben.«

»Ich verdiene auch genug Geld«, erklärte er. »Tatsächlich *habe* ich genug Geld. Haufenweise eigentlich, und das sogar ohne das Geld von meinem Vater, das ich bisher nicht angerührt habe. Es ist Jahre her, dass ich zuletzt gearbeitet habe, weil ich musste. Ich will Dinge für dich und Eric tun können, ohne dich aufzuregen.«

Sie wusste, dass er erfolgreich war, aber zu hören, wie er das Wort »haufenweise« verwendete, brachte sie zum Lachen. »Haufenweise, was?«

Er zuckte zusammen. »Das willst du gar nicht wissen. Was soll ich sagen? Das Geschäft läuft gut. Echt gut.«

Er wirkte so verlegen, dass sie ihn für seine Bescheidenheit nur noch mehr liebte.

»Können wir einen Kompromiss finden?«, schlug er vor.

Sie dachte kurz darüber nach. »Gelegentlich werde ich ein wenig Luxus zulassen, aber für die ganz großen Dinge bezahle ich: mein Auto, Erics Schule, alles, was er braucht. Ich will ihn nicht verwöhnen. Außerdem will ich mich mit meinem Gehalt an den Lebenshaltungskosten beteiligen. Fair?«

»Wir eröffnen morgen ein Gemeinschaftskonto. Davon wird dann alles abgebucht, in Ordnung?«

Sie nickte. »Tust du noch etwas für mich?«

Er küsste ihre Hand. »Es gibt nichts, was ich nicht für dich tun würde.«

»Sei mir nicht böse, wenn ich nicht will, dass du mir etwas kaufst.«

»Ich versuche es.«

Argwöhnisch hob sie eine Augenbraue.

»Was? Ich *werde* es versuchen.«

»Das glaube ich erst, wenn ich es sehe.«

Grinsend lehnte er sich rüber und küsste sie. »Hatten wir gerade unseren ersten Streit?«

Sie lachte und erwiderte: »Wenn wir uns streiten, Kumpel, wirst du nicht fragen müssen.«

* * *

An ihrem ersten Arbeitstag Anfang März übernahm Andi zunächst ihre erste Schicht bei Erics Fahrgemeinschaft und holte sich auf dem Weg in ihr neues Büro in Jacks Arbeitszimmer einen Kaffee. Er hatte ihr Platz geschaffen, sodass sie während der letzten Monate des Hotelbaus von zu Hause aus arbeiten konnte – Personal einstellen, Öffentlichkeitsarbeit und die Planung der Eröffnungsgala.

Frannie war jeden Tag in ihrem Atelier, während sie darauf wartete, dass ihr neues Zuhause fertig wurde. Andi freute sich auf ihre täglichen Gespräche, und oft holten sie gemeinsam Maggie von der Schule ab. Sie hatten schon die ersten Krokusse entdeckt, die sich durch den noch immer gefrorenen Boden ans Licht kämpften, ein sicheres Zeichen dafür, dass der Frühling vor der Tür stand.

Eines Nachmittags kam Frannie völlig geschafft aus dem Atelier.

»Stimmt was nicht?«, erkundigte sich Andi.

»Mein Magen macht mir schon den ganzen Tag zu schaffen.«

Andi betrachtete sie genauer. »Du bist ein wenig grün um die Nase.«

»Bloß nicht. Ich kann es mir nicht leisten, jetzt krank zu werden, wo ich noch so viel für deinen Auftrag zu tun habe.«

»Bist du sicher, dass du dir was eingefangen hast?«

»Was soll es sonst sein?«

Andi imitierte mit den Händen einen dicken Babybauch.

»Nie und nimmer. Der Zug ist für mich abgefahren. Da bin ich mir sicher.«

»Wie sicher?«

»So sicher, dass ich nichts getan habe, um es zu verhindern.« Erschreckt verzog sie das Gesicht. »Du glaubst doch nicht … Ich meine, ehrlich …«

Andi konnte nicht anders – sie musste lachen. »Du bist so was von schwanger. Ich hoffe, es werden keine Drillinge.«

»Das ist *nicht* lustig. Ich muss mir sofort einen Test besorgen. Macht es dir was aus, Maggie allein abzuholen?«

»Ganz und gar nicht. Kommst du hierher zurück?«

»Ich schätze schon. Ich werde Unterstützung brauchen, falls er positiv ausfällt.«

»Ich bin für dich da«, versprach Andi und lachte erneut über den entgeisterten Ausdruck auf Frannies Gesicht.

Dann machte sich Andi auf den Weg zu Maggies Schule und erreichte sie in genau dem Moment, als die ersten Schüler durch die Türen ins Freie strömten. Sie winkte Maggie zu, sobald sie sie entdeckt hatte.

»Hi, Andi. Wo ist Frannie?«

»Sie hatte noch etwas zu erledigen, also musst du mit mir vorliebnehmen.«

»Okay.«

Andi lächelte sie an. Manchmal hatte sie noch immer das Gefühl, dass Maggie sie nur duldete, weil sie zu Eric gehörte. Allerdings achtete Andi bewusst darauf, sich den Mädchen nicht aufzudrängen, in der Hoffnung, dass sich im Laufe der Zeit eine Beziehung entwickeln würde.

»Hattest du einen schönen Tag?«, fragte sie Maggie.

»Es ging so. Bobby Denton hat sich mittags übergeben. Es war *total* eklig.« Sie erschauderte mit der Abscheu einer Fünftklässlerin.

»Der arme Junge, das war ihm bestimmt peinlich.«

»Vermutlich schon. Daran hab ich noch gar nicht gedacht. Da ist Hailey Harper.« Sie nickte zu einem Mädchen auf der anderen Seite der Straße hin. »Die mag ich nicht.«

»Warum nicht?«

»Sie hält sich mit ihren komischen französischen Zöpfen für was Besonderes.«

»Rate mal, wer weiß, wie man die flicht.«

»Echt?« Maggies Augen strahlten. »Machst du mir welche?«

»Klar, gleich morgen.«

Auf dem Heimweg plauderten sie noch ein bisschen, und Andi konnte ihren ersten Durchbruch verbuchen.

Eine geschafft, blieben noch zwei.

* * *

Als sie das laute Aufstöhnen aus dem Bad vernahm, musste sich Andi ein Lachen verkneifen.

»O mein Gott.« Frannie riss die Tür auf und hielt den Schwangerschaftstest mit dem großen rosa Kreuz hoch. »Ich bin fast vierundvierzig. Ich *kann* nicht schwanger sein.«

Andi umarmte sie. »Kannst du und bist du auch.«

Tränen strömten über Frannies Wangen. »Jamie dreht durch«, ächzte sie. »Wir sind beide zu alt.«

»Er wird sich freuen«, versicherte ihr Andi.

Frannie setzte sich auf das Sofa und stützte den Kopf in die Hände.

Um sie zu trösten, tat und sagte Andi alles, was ihr in den Sinn kam, aber nichts schien sie zu beruhigen. »Ich bin gleich wieder da.« Damit Frannie sie nicht hörte, rannte sie nach unten, um das Telefon in Kates Zimmer zu benutzen. »Hi, Jamie, ich bin's, Andi.«

»Hallo, Andi, was gibt's?«

»Alles ist gut, keine Sorge, aber kannst du herkommen … Am besten gleich jetzt?«

»Stimmt was nicht?«

»Nein, es ist nur … Frannie, sie ist …«

»Ich bin sofort da.«

* * *

Eine Viertelstunde später raste Jamie die Treppe rauf und blieb jäh im Türrahmen stehen, als er erkannte, dass Frannie weinte.

»Frannie, Liebes, was ist los?«

»Ich lass euch beide mal allein.« Andi schloss die Tür und schlich nach unten. Ein paar Minuten später musste sie grinsen, denn von oben ertönten laute Jubelrufe.

Wenig später traf Jack ein und wirkte ziemlich beunruhigt. »Was ist denn los, Andi? Quinn hat mir erzählt, du hättest angerufen und Jamie wäre sofort aus dem Büro gestürzt.«

Andi gab ihm einen Kuss. »Alles in Ordnung.«

»Warum ist Jamie dann so Hals über Kopf hergerast? Hat mich halb zu Tode erschreckt.«

»Das tut mir leid, aber das werden sie dir selbst berichten müssen«, erwiderte sie mit geheimnisvollem Lächeln.

Er schien zu verstehen, dass es sich nicht um schlechte Neuigkeiten handelte, also hob er sie hoch. »Verrate mir, was du weißt, Frau.«

»Lass mich runter.«

Stattdessen warf er sie sich über die Schulter und tat so, als würde er sie fallen lassen, wenn sie es ihm nicht sagte.

»Was sollen wir nur machen, wenn unser Kind wie er wird statt so wie ich?«, fragte Jamie, als er und Frannie die Küche betraten.

Jack schnappte nach Luft und ließ Andi runter. »Euer *Kind*?«

Die anderen nickten.

Jack jubelte und umarmte beide. »Gratuliere. Was für eine Überraschung.«

»Aber wirklich«, murmelte Frannie.

Strahlend vor Glück legte Jamie einen Arm um seine Frau.

Jill kam in die Küche. »Warum schreit ihr so?«

»Deine Tante und dein Onkel haben wundervolle Neuigkeiten«, setzte Jack an.

»Wir bekommen ein Baby«, verkündete Jamie.

Jill kreischte auf und rief ihre Schwestern nach unten.

Eric folgte Maggie, und Andi teilte ihm in Gebärdensprache die freudige Botschaft mit.

Plötzlich redeten alle durcheinander, bis Frannie wieder grün anlief und ins Bad stürmte.

* * *

Frannie war wochenlang schlecht, bis Jamie es nicht mehr ertrug und ihre Ärztin hinzuzog. Sie wurde ins Krankenhaus gebracht und an den Tropf gehängt. Ein Ultraschalltest, der an ihrem ersten Tag im Krankenhaus gemacht wurde, bestätigte der Ärztin, was sie auf dem Herzmonitor bereits zu hören geglaubt hatte: zwei Herzschläge.

Nachdem Jamie sie angerufen und ihnen von den Zwillingen erzählt hatte, wollte Andi Frannie später am Tag besuchen, aber Frannie schlief schon.

Kaum hatte Andi neben dem Bett Platz genommen, wachte sie jedoch auf. »Ich gebe dir die Schuld daran, weißt du?«

»Ach, ja? Ich kann es kaum erwarten, die Erklärung zu hören.«

»Jede Frau, bei der du Bilder in Auftrag gibst, kriegt eine Menge Babys – erst Drillinge, jetzt Zwillinge. Du bist so eine Art Fruchtbarkeitshexe.«

Andi lachte laut. »Glaub das meinetwegen ruhig, aber ich kann dir ganz genau sagen, wie du das geschafft hast: zwei Wochen Flitterwochen in einer Hütte auf den Fidschi-Inseln.«

»Es war ein echt hübscher Bungalow, und wir hatten keinen Grund, ihn zu verlassen«, seufzte Frannie, und ein kleines Funkeln kehrte in ihre Augen zurück. »Jetzt denke ich, dass wir vielleicht besser doch ein paar Sehenswürdigkeiten hätten besichtigen sollen.«

»Darauf wette ich«, erwiderte Andi grinsend.

»Meine Mutter war vorhin hier und hat mir erzählt, dass Zwillinge bei uns in der Familie liegen. Meine werden die fünften sein, von denen sie weiß. Ihre Urgroßmutter war ein Zwilling. Das wusste ich gar nicht. Ich dachte nur: Danke, Mom, aber es ist ein wenig spät, mir zu verraten, dass ich mit dem Feuer spiele.«

»Scherz beiseite. Geht es dir besser?«

»Ja. Zumindest muss ich mich nicht mehr ständig übergeben.«

Andi verzog das Gesicht. Sie konnte sich nichts Schlimmeres vorstellen. Nachdem ihre Schwangerschaft mit Eric unkompliziert verlaufen war, war die Geburt ziemlich chaotisch gewesen, und am Ende war ein Notkaiserschnitt nötig geworden. Sie fragte sich oft, ob die Probleme bei der Geburt irgendwie mitverantwortlich waren für seine Taubheit, aber das würde sie nie mit Sicherheit wissen.

»Du ruhst dich jetzt besser etwas aus. Ich bin mir sicher, dass die Mädchen noch vorbeikommen, und Jack wird dich nachher auch besuchen wollen, wir sehen uns also dann, okay?«

»Ja, aber ich gebe dir trotzdem die Schuld.«

* * *

Nachdem es tagelang geregnet hatte und Andi schon glaubte, es würde nie wieder aufhören, zeigte sich der Mai warm und sonnig. Die Tulpen blühten, und an ein paar Tagen wurde es so schön, dass sie endlich ihr neues Cabrio ausprobieren konnte.

Einmal holte sie Jack von seinem Büro ab und fuhr mit ihm über den Ocean Drive. Dort hielten sie an und schauten sich den Rohbau des Hotels an, der eingerüstet war und an dem es von Bauarbeitern nur so wimmelte. Jack war an dem Tag schon mal dort gewesen und hatte erwähnt, er sei zufrieden mit den Fortschritten.

Eine Woche später verbrachten die Mädchen den zweiten Jahrestag von Clares Unfall damit, sie zu besuchen und anschließend essen zu gehen. Sie erkundigten sich, ob Andi und Eric sie zum Abendessen begleiten wollten, aber Andi meinte, dass sie heute unter sich sein sollten, und nutzte die Gelegenheit, etwas Zeit mit Eric zu verbringen.

Sie saß im Bett und las, als Jack erschöpft nach Hause kam. »Wie war's?«

Er knöpfte sein Hemd auf und setzte sich neben sie aufs Bett. »Sie haben es ganz gut überstanden. Sie verkraften es viel besser als früher, sie zu besuchen.«

Sie streckte die Hand nach ihm aus. »Was ist mit dir?«

Er verschränkte seine Finger mit ihren. »Es ist nie einfach, sie so zu sehen. Ich kann es kaum glauben, dass es schon zwei Jahre sind.«

»Kann ich was für dich tun?«

»Das hast du schon. Ich konnte es kaum erwarten, wieder zu dir nach Hause zu kommen.«

Sie zog ihn an der Hand zu sich, um ihm einen Kuss aufzudrücken. Was nur ein kurzer Kuss hatte sein sollen, wurde zu einer längeren Umarmung, und schon bald schob sie die Hände unter sein Hemd und strich ihm über den Rücken.

Er erschauerte unter ihrer Berührung und hauchte eine Spur von Küssen zu ihrem Hals. »Ich bin ganz verrückt nach dir, Andrea.«

»Ich bin ja da, Liebster. Ich bin direkt hier.«

Kapitel 22

Sobald der Name Jillian Frances Harrington bei der Abschlussfeier aufgerufen wurde, umklammerte Jack Andis Hand fest und musste sich sehr zusammennehmen, um die Tränen zurückzuhalten.

Jill lief in ihrem Talar und dem Doktorhut über die Bühne, um dem Direktor die Hand zu geben. Sie trug goldene Kordeln um den Hals, die zeigten, dass sie in verschiedene studentische Ehrengesellschaften aufgenommen worden war, und Jack dachte, er müsste vor Stolz platzen.

Als sie am Ende der Bühne stand, schob sie die Troddel auf die andere Seite des Huts und warf ihnen eine Kusshand zu.

Rechts von ihm saßen Andi, seine Eltern, Clares Mutter, Frannie und Jamie, Neil und Mary Booth, Kate, Maggie und Eric. Den Erwachsenen standen Tränen in den Augen, als sie zusahen, wie das Mädchen, das sie alle so liebten, seinen ersten Schritt ins Erwachsenenleben tat.

Jack wünschte sich, Clare wäre hier, um das ebenfalls mitzuerleben. In den Wochen vor der Feier hatte er oft an sie gedacht, und er wusste, dass auch Jill heute an sie denken musste. Die Zeit mit seiner Erstgeborenen war wie im Flug vergangen, und der Gedanke, dass sie sie nach diesem Sommer verlassen würde, stimmte ihn traurig. Nachdem die letzten Absolventen aufgerufen worden waren, machte er sich auf die Suche nach seiner Tochter.

Er führte sie alle zum Abendessen aus und lud alle ein, mit zurück zum Haus zu kommen, um dort zu schwimmen und Kuchen zu essen. Am nächsten Tag würden sie für Jill und ihre Freunde eine Party schmeißen, aber dieser Abend gehörte der Familie.

Jill strahlte aufgeregt, während sie Karten und Geschenke öffnete. Über Andis – ein Gutschein für die Einrichtung ihres Zimmers im Studentenwohnheim der Brown University – freute sie sich besonders. Jack hatte das für eine großartige Idee gehalten, und Andi schien erleichtert darüber, dass es Jill gefiel.

Nachdem Jill alle Päckchen geöffnet hatte, überreichte Jack ihr einen schwarzen Schlüssel und zeigte zur Haustür.

Aufgeregt lief sie zum Eingang, vor dem in der Auffahrt ein lindgrüner VW Beetle mit einer riesigen gelben Schleife auf dem Dach stand.

Jack war Jill zusammen mit den anderen nach draußen gefolgt, und sie warf sich ihm mit einem Freudenschrei in die Arme. Vor Aufregung wurden ihre Augen ganz groß. »Ist das wirklich meins?«

»Ja, aber unter einer Bedingung: Du musst uns oft besuchen.«

»Das werde ich, Dad. Versprochen.« Sie umarmte ihn wieder. »Komm mit. Dich fahr ich als Ersten rum.«

Er nahm die Schleife ab und reichte sie Andi.

Jill drehte vor Freude fast durch und hupte vor der Familie, bevor sie über die kreisförmige Auffahrt fuhr. Dann trat sie aufs Gaspedal, und Kieselsteine spritzten auf.

Jack stöhnte. Wie oft hatte er mit ihr und Kate schon darüber gesprochen, nicht die Auffahrt entlangzurasen? Ständig musste er die Steinchen zurückharken.

Jill fuhr um den Häuserblock herum zum Strand. »Das war der beste Tag meines ganzen Lebens.«

»Du wirst dich immer an ihn erinnern.« Auf der Suche nach einer Bremse, die nicht da war, streckte er ruckartig den rechten Fuß aus. »Immer schön langsam, Jill.«

Sie warf ihm ein freches Grinsen zu, das ihn an ihre Mutter erinnerte. »Danke für das Auto. Ich liebe es.«

Er wartete, bis sein Herzschlag sich wieder beruhigt hatte, und erwiderte: »Ich hatte so eine Ahnung, dass es dir gefallen könnte.«

Schließlich fuhr sie auf einen Parkplatz am Strand, an dem die Brandung spektakulär war und die Menschen das Ende eines der längsten Tage des Jahres genossen.

Sie setzten sich in den Sand und betrachteten die Surfer.

»Ich war heute so stolz auf dich. Deine Mutter wäre es auch gewesen. Wenn sie wüsste, dass du am Brown College studierst, wäre sie begeistert.«

»Das hoffe ich.«

Er legte einen Arm um sie. »Da bin ich mir ganz sicher. Es gefällt mir, dass du hier in Rhode Island bleibst, aber dennoch eine Eliteuni besuchst. Damit kann ich ganz schön angeben.«

Sie stöhnte lachend.

»Du bist ein guter Mensch, Jill, und eine wundervolle Tochter. Ich hoffe, dass du nie vergisst, wo dein Zuhause ist oder dass du jederzeit zurückkommen kannst, wenn du willst oder musst. Ich werde immer für dich da sein.«

Sie lehnte sich an ihn. »Danke, Dad«, flüsterte sie. »Für alles.«

Überwältigt gab er ihr einen Kuss auf den Scheitel und drückte sie fest an sich, wobei er sich wünschte, dass er sie nie wieder loslassen müsste.

»Wir kehren besser zur Feier zurück«, meinte er.

Sie standen auf, klopften sich den Sand ab und liefen Hand in Hand zu Jills neuen Auto zurück.

* * *

Da Jack für ein paar Tage zu einem Kundenmeeting nach New York gereist war, schickte Andi die Kinder an den Strand und machte sich daran, eine Stellenanzeige für einen Küchenchef für das neue Hotel zu verfassen. Nachdem sie einige Stunden gearbeitet hatte, schob sie sich vom Computer weg und streckte sich.

Sie lief in die Küche, holte sich ein Glas Saft und betrachtete eine Weile die Brandung, bevor sie sich den Rest aus der Flasche eingoss. Dann suchte sie nach einem Zettel, um eine Einkaufsliste zu schreiben, und bemerkte das Whiteboard an der Seite des Kühlschranks, das niemand zu benutzen schien. Sie wischte die alte Notiz mit einem feuchten Küchenpapier weg und fing eine neue Einkaufsliste an, bevor sie ans Fenster zurückkehrte und den Saft austrank. Sie wurde es nie leid, den Ozean stets vor sich zu haben, und brauchte das Rauschen mittlerweile, um nachts einzuschlafen.

Sie saß wieder in ihrem Büro, als sich die Garagentür öffnete. Mit einem Blick auf die Uhr stellte sie ungläubig fest, wie spät es schon war, also stand sie auf, um die Kinder zu begrüßen.

»Hi«, sagte Kate, sobald sie mit Jill, die ihr dicht auf den Fersen folgte, die Küche betrat.

Sie gingen geradewegs auf den Kühlschrank zu.

Plötzlich blieb Jill stehen, schrie auf und musterte Andi. *»Hast du das weggewischt?«*

Erschrocken erwiderte Andi: »Wir brauchten eine neue Liste.«

»Nein«, rief Jill, bevor sie aus dem Raum stürzte.

Andi drehte sich zu Kate um, die die Tafel bestürzt anstarrte.

»Was ist los? Ich verstehe das nicht.«

Sie zuckte die Achseln. »Mom hatte das geschrieben.«

Andi blieb fast das Herz stehen. »O mein Gott, Kate. Das wusste ich nicht. Es tut mir so leid.« Die Notiz hing seit mehr als zwei Jahren dort, und sie hatte sie in einem unbedachten Augenblick zerstört. Sie war ihr vorher noch nicht einmal aufgefallen.

»Du konntest es nicht wissen«, entgegnete Kate.

Sie fragte sich, wie oft sie diesen Satz noch hören würde.

»Was habt ihr?«, wollte Maggie wissen, als sie mit Eric reinkam. Sie keuchte auf, nachdem Kate auf die weiße Tafel gezeigt hatte.

»Es tut mir so leid. Ich wusste nicht, was es für euch bedeutet.« Andi versicherte Eric in Gebärdensprache, dass sie gleich wieder da sein würde, und lief nach oben, wo Jill ausgestreckt auf ihrem Bett lag. Sie setzte sich neben sie. »Es tut mir so leid, Jill.«

»Ich habe überreagiert. Es war nur ein albernes Ding, das ich jeden Tag angesehen habe.«

»Es ist nicht albern. Es tut mir unfassbar leid, Schatz. Ehrlich.«

»Manchmal schaffe ich es, einen ganzen Tag lang nicht daran zu denken, was mit meiner Mutter passiert ist, aber an anderen tut es einfach noch immer unendlich weh.«

Andi streckte die Hand nach Jill aus und hielt sie lange fest.

Schließlich zog Jill sich zurück und schenkte ihr ein verlegenes Lächeln. »Entschuldige, dass ich durchgedreht bin.«

»Da gibt es nichts zu entschuldigen. Ich verstehe das.« Sie strich Jill das seidige dunkle Haar aus dem Gesicht, und das Herz wurde ihr ganz weit, so sehr liebte sie das junge Mädchen, das einen solchen Verlust erlebt hatte. »Niemand kann jemals den Platz deiner Mutter einnehmen, Jill, aber ich hoffe, du weißt, dass ich für dich da bin und dass du mir viel bedeutest.«

»Ich weiß. Es ist schön, dich hierzuhaben.«

Gerührt fragte Andi: »Alles wieder gut?«

Jill nickte.

»Warum gehen wir heute Abend nicht zum Essen aus, dann muss keine von uns kochen?« Andi, Jill und Kate hatten sich damit abgewechselt, das Abendessen zuzubereiten, und heute wäre Jill dran gewesen.

»Klingt gut«, erwiderte sie mit einem kleinen Lächeln. »Ich spring kurz unter die Dusche.«

Als Andi wieder unten war, erwartete Frannie sie schon.

»Alles okay da oben?«, erkundigte sie sich.

»Scheint so. Ich hab heute echt Mist gebaut«, gestand Andi und zeigte auf das unscheinbare Whiteboard, das die Entrüstung ausgelöst hatte.

»Geh nicht zu hart mit dir ins Gericht. Du wusstest es nicht. Wir haben es einfach so gelassen. Das ist schon recht unsinnig, wenn man drüber nachdenkt.«

»Ich finde es eher süß als unsinnig. Gibt es hier noch weitere Tretminen, von denen ich wissen sollte? Ich hab Angst, dass ich wieder etwas tun oder sagen könnte, das sie aufregt.«

»Mir fällt nichts ein, aber wenn doch, dann melde ich mich sofort bei dir«, versicherte ihr Frannie.

»Musste natürlich passieren, wenn Jack nicht da ist.«

»Das war deine Feuertaufe«, erklärte Frannie mit einem schiefen Lächeln.

»Ich gehe mit den Kindern zum Essen aus. Warum kommt ihr nicht einfach mit?«

»Liebend gerne.«

Andi lud sie alle zum Hummeressen in einem Restaurant an der Küste ein, und als sie schließlich nach Hause zurückkehrten, hatten die Mädchen wieder bessere Laune. Frannies und Jamies Gesellschaft hatte dabei geholfen, ihre Stimmung zu heben. Nachdem Andi Maggie und Eric ins Bett gebracht und Jill Gute Nacht gesagt hatte, hörte sie, wie Kate am Pool Gitarre spielte. Sie trat nach draußen, wo der Vollmond über dem Meer hing.

Sie setzte sich ans Ende von Kates Liege. »Das klingt wundervoll, Kate.«

»Danke.«

»Du hast nicht viel darüber geredet, was vorhin passiert ist. Ich bedaure sehr, dass es euch alle so aufgebracht hat.«

»Schon gut. Du wolltest uns ja nicht wehtun.«

»Ich würde nie etwas tun, um euch zu verletzen.«

»Ich weiß.«

»Darf ich dir zuhören?«

»Klar.«

* * *

Am nächsten Morgen spielten die Kinder wieder am Strand, und Andi arbeitete, bis sie hörte, wie die Haustür geöffnet wurde. Sie nahm an, dass es Frannie war, und wusste, dass sie auf dem Weg zum Atelier vorbeischauen würde. Ihr Studio im neuen Haus war fast fertig, und Andi würde es vermissen, sie jeden Tag hierzuhaben.

Sie widmete sich wieder der E-Mail des Leiters der neuen Hotelabteilung in Chicago und war völlig in ihre Antwort vertieft, als Jack hinter sie schlich und sie auf den Nacken küsste.

Überrascht schrie sie auf und sprang vom Stuhl hoch und in seine Arme. »Warum bist du zwei Tage zu früh zurück?«

»Du hast mir gefehlt. Wo sind die Kinder?«

»Am Strand«, antwortete sie, bevor sie ihn an sich drückte.

»Mmm. Gut.« Er gab ihr einen leidenschaftlichen Kuss, hob sie hoch und trug sie aus dem Arbeitszimmer. Auf dem Weg nach oben legte sie die Arme um seine Taille, küsste sein Gesicht und schwelgte in seinem vertrauten Duft. »Ich habe dich so vermisst. Du darfst uns nicht mehr verlassen.«

»Oder ich muss dich mitnehmen.« Er stellte sie neben dem Bett auf die Füße und zog ihr Shorts und T-Shirt aus.

Sie knöpfte sein Hemd auf, schob es ihm von den breiten Schultern und zerrte am Bund seiner Khakihose.

»Beeil dich, Jack«, seufzte sie an seinem Mund.

Er legte sie aufs Bett und stieß in sie.

Die Arme fest um seinen Nacken gelegt, schlang sie die Beine um ihn und nahm ihn tief in sich auf.

»Es ist, als würde die Hälfte von mir fehlen, wenn ich nicht bei dir bin.«

Sie legte die Hände an sein Gesicht, zog ihn zu einem innigen Kuss zu sich runter, der ihr Verlangen nur noch intensivierte, und hob die Hüften, um ihm mehr zu geben.

»Ich muss mich bewegen«, erklärte er keuchend.

Sie nahm die Beine runter und öffnete sich ihm weiter.

Sein Rücken war schweißgebadet, während er in sie stieß.

Sie hatte keine andere Wahl, als ihm zu folgen, bis er eine Brustspitze in den Mund nahm und sie zu einem Höhepunkt brachte, den sie bis in die letzte Faser ihres Seins spürte.

Plötzlich verharrte er. »Andi«, stöhnte er. »O Gott, ich liebe dich.«

Sie küsste seine Stirn, seine geschlossenen Lider, seine Wange, seine Nasenspitze und schließlich seine Lippen. »Ich liebe dich auch. So sehr. Ich weiß nicht, was ich jemals ohne dich tun würde, ohne das hier.«

»Das wirst du nie herausfinden müssen.« Er drückte sie fest an sich, während er versuchte, wieder zu Atem zu kommen. »Ich will nie wieder von dir getrennt sein.«

»Gut, denn ich lass dich nicht mehr weg. Hier ist die Hölle los, wenn du nicht da bist.«

»Jamie hat mir erzählt, was passiert ist.« Er küsste sie und rollte sich auf die Seite, wobei er sie mit sich nahm. »Es tut mir leid, dass du das allein durchstehen musstest.«

Sie strich mit der Hand über seine Brust. »Ich bin untröstlich, dass ich sie so aufgeregt habe. Ich hatte keine Ahnung, dass Clare die Notiz auf die Tafel geschrieben hatte.«

»Das wissen sie.« Er griff nach ihrer Hand und hob sie an die Lippen. »Entschuldige, dass ich es nie erwähnt habe. Wie ich höre, hat es Jill ziemlich zu schaffen gemacht.«

»Hat es, aber wir haben darüber geredet, und sie hat sogar zugelassen, dass ich sie tröste.«

»Sie ist im letzten Jahr ziemlich erwachsen geworden.«

»Sie hat mir anvertraut, dass es schön ist, mich hierzuhaben«, erklärte Andi.

Ein Lächeln erhellte sein Gesicht. »Hat sie? Da bin ich aber froh.«

»Ich auch.«

»Siehst du? Es klappt. Wir werden eine Familie, Stück für Stück.«

Das Telefon klingelte, und er nahm am Nebenanschluss am Bett ab. Er erklärte dem Anrufer, dass Kate am Strand war. »Ja, ich sag's ihr.« Dann legte er auf und verdrehte die Augen. »Das war Ryan.«

»Hab ich mir gedacht.«

»Kate geht nicht an ihr Handy, und er wollte ihr ausrichten, dass er sie erst um halb acht abholt und nicht schon um sieben. Juhu!«

Sie lachte über ihn. »Du hast Glück, dass es so lange gedauert hat, bis eine von ihnen einen Freund hat.«

»Das heißt aber nicht, dass es mir gefallen muss«, beschied er ihr.

Sie legte sich auf ihn. »Ich stelle fest, dass ich dich um Kates willen von ihrem Liebesleben weg- und deine Gedanken auf dein eigenes lenken sollte.«

Er hob eine Augenbraue. »Ach, ja? Was hast du denn im Sinn?«

»Wirst du schon sehen«, flüsterte sie ihm ins Ohr.

* * *

Anfang August verlebten sie zwei wunderbare Wochen auf Block Island, entspannten sich am Strand, segelten im Sund und unternahmen lange Spaziergänge in die Stadt, um sich Eiscreme zu holen.

Am letzten Abend, spät in der Nacht, saßen Jack und Andi auf der hinteren Veranda von Haven Hill, lange nachdem die Kinder zu Bett gegangen waren.

»Ich fasse nicht, dass das die letzte Woche ist, die Jill noch zu Hause verbringt.«

»Der Sommer ist viel zu schnell vergangen.«

»Sobald ich auf dem College war, habe ich meine Eltern eigentlich nie wieder so richtig besucht. Ich habe zehn Jahre lang nicht mehr in ihrem Haus übernachtet.«

»Das war etwas anderes, Jack. Dein Vater war so streng zu dir. Du weißt, dass Jill an den Wochenenden nach Hause kommen wird.«

»Das ist aber nicht dasselbe.«

»Nein, ist es nicht. Sie wird uns allen fehlen, aber es wird ihr guttun. Sie ist intelligent und talentiert, genau wie du. Ich weiß, dass es dir nicht leichtfallen wird, aber sie ist schon so aufgeregt. Nimm ihr nicht ihre Freude, indem du ihr zeigst, wie traurig du bist, okay? Es wird ihr viel schwerer fallen, ans College zu gehen, wenn sie glaubt, dass du deswegen deprimiert bist.«

»Du kennst mich so gut.« Er hob ihre verschränkten Hände, um ihre Finger zu küssen. »Du hast recht. Ich werde das in der nächsten Woche beachten. Ich kann später noch Trübsal blasen, und dann wirst du dich gut um mich kümmern, oder?«

»Natürlich tue ich das.«

Er ließ sie los und fuhr ihr mit den Fingern durch das lange Haar. »Bist du glücklich hier bei uns? Fehlt dir die Stadt …?«

Um ihn zum Schweigen zu bringen, legte sie ihm die Fingerspitzen auf die Lippen. »Es ist wunderschön, hier bei euch zu sein. So etwas wie das zwischen uns habe ich noch nie erlebt.«

Er umarmte sie, dankbar für die zweite Chance auf Liebe, die sie ihm gegeben hatte.

* * *

Eine Woche vor ihrer Abreise zur Orientierungswoche für Studienanfänger kamen Jacks Eltern, um Jill zu verabschieden. Es flossen viele Tränen, bevor Jack, Andi und Jill in zwei Autos mit Jills Besitztümern nach Providence aufbrachen.

»Danke noch mal, Andi«, sagte Jill am Nachmittag.

Andi hatte für sie fern von ihrem Zuhause mit den Lieblingsfarben des Mädchens – Lindgrün, Violett und Blau – ein kleines Wunder gewirkt und ein behagliches Zimmer geschaffen.

»War mir ein Vergnügen, Schatz. Du wirst uns zu Hause fehlen.« Sie umarmte Jill ein letztes Mal. Dann wandte sie sich an Jack: »Ich warte unten auf dich, okay?«

»Ich komm gleich nach.« Er wusste ihr Verständnis dafür zu schätzen, dass er einen Augenblick mit seiner Tochter allein sein wollte. »Bist du sicher, dass du genug Geld und so hast?«, fragte er Jill zum dritten Mal.

»Ja, Dad. Ich habe alles, was ich brauche. Du musst dir um mich keine Sorgen machen.«

»Das kannst du vergessen«, erwiderte er mit einem Grinsen. »Handy und Ladekabel hast du?«

»Ja, und ich werde dich damit anrufen – oft.«

»Ich freu mich drauf.« Er drückte sie fest an sich. »Ich will, dass du jede Minute hier genießt, aber lass dich von deinem guten Urteilsvermögen und deiner Vernunft leiten, und halt dich von Dingen fern, von denen du eigentlich weißt, dass du sie nicht tun solltest. Es wird viele Versuchungen geben …«

»Du musst dir keine Sorgen machen. Ich würde nie etwas tun, das dich enttäuscht.«

Er umarmte sie noch einmal. »Ich liebe dich.« Es schnürte ihm fast die Kehle zu, aber er zwang sich zu einem Lächeln. Plötzlich musste er daran denken, wie sie mit fünf Jahren in einem pinkfarbenen Tutu getanzt hatte, wie sie über die Brücke zu den Pfadfinderinnen gelaufen war, das lange Haar zum Pferdeschwanz gebunden über das Lacrosse-Feld gerast war, vom Boot ins kühle blaue Wasser gesprungen und in Talar und Doktorhut über die Bühne geschritten war. Wie schnell doch alles vorüber war.

»Ich liebe dich auch. Du kannst jetzt nach Hause zurückfahren. Ich verspreche dir, dass es mir an nichts mangeln wird.«

Er rang sich zu einem fröhlichen Winken durch und ging.

Andi wartete auf dem Fahrersitz seines Autos auf ihn.

Er stieg neben ihr ein und ließ sich von ihr umarmen, bemühte sich aber, nicht die Fassung zu verlieren. »Weißt du, woran ich immer denken muss?«, fragte er einige stille Minuten später.

»Was?«

»Dass ich das nächstes Jahr *noch mal* vor mir habe.«

Sie lachte. »Ja, das stimmt wohl. Warum gehen wir nicht nett was zu Abend essen, und ich kauf dir eine Flasche guten Wein, damit du deinen Kummer ertränken kannst?«

»Mir gefällt, wie du denkst.« Ihm war alles recht, um die Rückkehr in ein Haus zu verzögern, in dem Jill nicht mehr wohnte.

Sie suchten sich ein italienisches Restaurant im Federal-Hill-Viertel der Stadt, wo er sich große Mühe gab, eine Flasche Wein zu leeren, aber statt ihm beim

Vergessen zu helfen, deprimierte es ihn nur noch mehr. Sie fuhr ihn nach Hause, wobei sie Händchen hielten.

»Danke für deine Hilfe heute.« Er schaute zu ihr rüber. »Jills Zimmer sieht fantastisch aus. Ihre Kommilitonen werden sie alle beneiden.«

»Ich bin froh, dass es ihr gefällt. Und mir hat es viel Spaß gemacht.«

»Wir haben alle Glück, dass du bei uns bist.« Er gab ihr einen Kuss auf die Wange und lehnte sich an sie, während sie über die Newport Bridge fuhren.

* * *

Jack richtete es so ein, dass die Kinder am vierundzwanzigsten August bei Frannie und Jamie übernachteten – an dem Tag, an dem er vor einem Jahr Andi kennengelernt hatte. Einen besonderen Abend für sie zu planen lenkte ihn davon ab, dass Jill nicht mehr da war, also bat er Andi, um achtzehn Uhr fertig zu sein.

»Bist du so weit, Liebling?«

»Ich bin so weit, wenn du so weit bist.«

»Du siehst umwerfend aus.« Er zog sie an sich und küsste sie lange. »Frohen Jahrestag.«

Andi legte die Arme um seinen Hals. »Dir auch. Nachdem Jill ausgezogen ist, hatte ich mich schon gefragt, ob du überhaupt dran denkst.«

»Natürlich tue ich das.«

Sie lachte. »Ich hätte es besser wissen sollen.«

Den Arm um ihre Schultern gelegt ging er mit ihr zu seinem Auto. »Ja, hättest du.«

»Wo fahren wir hin?«

»Ich dachte, wir verbringen die Nacht auf dem Boot, wie an dem ersten Wochenende, an dem du mich besucht hast«, meinte er auf dem Weg zum Jachthafen.

»Es gibt nichts, was ich heute Nacht lieber tun würde, aber ich habe nichts zum Übernachten dabei.«

Er küsste ihre Hand. »Darum habe ich mich gekümmert.«

Sie seufzte. »Ich werde mich nie daran gewöhnen, mit einem Mann zusammen zu sein, der an alles denkt.«

»Du freundest dich besser mit dem Gedanken an, denn ich lass dich nicht mehr los.«

»Ja, du hältst mich fest«, flüsterte sie mit einem Lächeln. »So *herrlich* fest.«

Er war heute schon beim Boot gewesen und hatte alles für sie vorbereitet.

Sie fuhren zur Bucht, um vom Wasser aus die Fortschritte beim Bau des Hotels zu begutachten. Die Außenwände waren fast vollständig mit Schindeln verkleidet, das Dach war gedeckt, und jetzt zogen die Bauarbeiter die Innenwände hoch. Mit dem Wetter hatten sie das ganze Jahr über Glück gehabt, sodass alles genau nach Plan verlief.

»Es schaut fabelhaft aus, Jack. Ich kann nicht glauben, dass es von hier aus fast fertig wirkt.«

Sie blieben einen Moment länger, um das Hotel zu betrachten, das sie zusammengeführt hatte. Dann steuerte er das Boot über die Bucht, um über Nacht in der Mackerel Cove vor Anker zu gehen.

Dieselbe Sinatra-CD, der sie letztes Mal gelauscht hatten, lief in der Stereoanlage, während sie das Essen genossen, das er mitgebracht hatte.

Nachdem Andi den letzten Brownie verzehrt hatte, verkündete sie: »Ich bin so satt, aber ich konnte den einfach nicht liegen lassen.«

»Ich kann keinen Finger mehr rühren.« Mit einem Ächzen lehnte er sich auf der anderen Seite des gemütlichen Cockpits im hinteren Teil des Bootes zurück. Die Nachtluft war ziemlich schwül, und das Wasser schwappte sanft gegen den Rumpf.

Sie schaute zu dem spektakulären Sternenhimmel hinauf. »Was für ein wundervoller Abend.«

Er wandte sich zu ihr. »Was für ein wundervolles Jahr.«

Da löste sie den Blick vom Firmament und sah ihm in die Augen. »Das wundervollste Jahr.«

»Kein Bedauern?«

»Erwartest du, dass ich etwas bedaure, Jack?«

»Ich hoffe, dass du es nicht tust.«

»Das werde ich nicht. Nicht heute, nicht morgen, nie. Verschwende also keine weitere Minute damit, dir deswegen Gedanken zu machen.«

»Du kennst mich so gut – besser als jeder andere.«

Die Bedeutung dieser Feststellung hing in der Luft zwischen ihnen.

»Ich komme mir Clare gegenüber so treulos vor, wenn ich das sage, aber es ist wahr.«

»Jack«, seufzte sie. »Ich mag diesen grässlichen Schmerz nicht, den ich noch immer hin und wieder in deinen Augen erkenne.«

»Es ist schon besser geworden, aber manchmal tut es noch weh.«

»Natürlich tut es das.«

Kaum ertönte ihr Lied, setzte er sich auf und streckte ihr eine Hand entgegen. »Tanzt du mit mir?«

Sie stand auf und nahm seine Hand.

»Wir brauchen wohl ein anderes Lied«, flüsterte er, nachdem er sie an sich gezogen hatte.

»Warum?«

»Da wir jetzt jeden Tag zusammen sind, muss ich mich nicht daran erinnern, wie du heute Abend aussiehst, um die einsamen Tage durchzustehen.«

»Ich weiß noch, wie ich mich gefühlt habe, als wir das letzte Mal hier waren, als ich wusste, dass ich dich in wenigen Tagen verlassen musste, und wie hoffnungslos mir alles erschien. Wir wären jetzt nicht hier, wenn du nicht genug Hoffnung für uns beide gehabt hättest.«

»Hoffnung war alles, was mir damals noch blieb. Ich mag gar nicht daran denken, wie anders alles gekommen wäre, wenn du nicht den Mut gehabt hättest, uns eine Chance zu geben.«

Sie streckte sich, um ihn zu küssen. »Ich bin so froh, dass ich das getan habe.«

»Ich auch.«

* * *

Am nächsten Morgen wachte Jack auf, weil sein Handy auf dem Tisch vibrierte, wo er es am gestrigen Abend liegen gelassen hatte. Er sprang aus dem Bett und griff danach.

»Dad.«

»Kate, was ist passiert? Was ist los?«

»Frannie hat die Babys bekommen. Ich hab die ganze Nacht versucht, euch anzurufen.«

»Das Handy war auf Vibration gestellt. Ich hab's nicht gehört. Ist alles in Ordnung?«

»Jetzt schon, aber sie hatte einen Kaiserschnitt. Ich glaube, es gab eine Blutung oder so was.«

»Bist du sicher, dass es Frannie gut geht?«, erkundigte er sich, bevor er wieder in die Kajüte trat, um Andi zu wecken.

»Ich bin mir sicher. Onkel Jamie hat vor ein paar Minuten angerufen. Es sind ein Junge und ein Mädchen. Owen und Olivia.«

»Ich fasse nicht, dass wir die ganze Aufregung verschlafen haben.«

»Kommt nach Hause. Wir wollen ins Krankenhaus.«

»Wir sind schon unterwegs.«

* * *

Für Maggie Harrington war die Ankunft von Olivia und Owen Booth das Wundersamste, was jemals passiert war. Sie hatte noch nie so winzige Finger und Zehen erblickt wie die der beiden, die da in ihren Kinderbettchen lagen.

Auf der anderen Seite des Zimmers beklagte Eric sich in Gebärdensprache bei seiner Mutter: »Sie hat sie lieber als mich.« Er beobachtete, wie Maggie die Zwillinge anstarrte.

»Oh, nein, Süßer, sie freut sich nur über die neuen Babys. Dich wird sie nicht vergessen«, versicherte ihm Andi.

»Ich hoffe nicht«, gestikulierte er, bevor er Maggie noch einmal mit einem besorgten Blick bedachte.

»Wir fahren gleich heim«, teilte ihm seine Mutter mit.

Von Frannies Krankenhausbett aus betrachteten die frischgebackenen Eltern den Trubel um sie herum.

»Bist du müde, Schatz?«, fragte Jamie seine Frau.

»Allmählich werde ich es. Du kannst sie in ein paar Minuten rausscheuchen.«

Neil beugte sich vor, um noch einen Blick auf seine ersten Enkel zu werfen. Seit er Palm Beach heute Morgen verlassen hatte, hatte er an jeden, der ihm begegnet war, rosa und blaue Zigarren verteilt.

Jack betrat das Zimmer mit einer Pizza für Jamie und sah, wie seine Töchter ihre neugeborenen Cousins hielten. Jill hatte sie vorhin kurz besucht, bevor sie zum College zurückgemusst hatte. »He, Kate, warum bringst du die Kinder nicht nach Hause? Es wird allmählich spät.«

»Noch fünf Minuten, Dad«, bettelte Maggie, die Olivia hielt.

Nachdem alle weg waren, trat Jack an Frannies Bett. »Wie fühlst du dich, Fran?«

»Als wäre ich von einem Schnellzug überrollt worden.« Sie rutschte herum, um es sich bequemer zu machen.

Jack zuckte zusammen. »Das klingt schrecklich.«

»Es war ziemlich angsteinflößend, aber schau dir die Kleinen an.«

»Sie sind wunderschön«, bestätigte er. Sie hatten kastanienbraunes Haar, und Jamie hatte einen Witz darüber gerissen, dass er jetzt in einem Haus voller hitzköpfiger Rotschöpfe festsäße. »Ihre Namen sind auch wundervoll.«

»Danke. Ich kann immer noch nicht glauben, dass ich alle Ernstes endlich Mom bin.«

»Das ändert sich, wenn sie um drei Uhr früh wach und hungrig sind.«

Sie verzog das Gesicht. »Ich kann es kaum erwarten. Wir möchten, dass du und Andi ihre Paten werdet.«

»Es wäre uns eine Ehre.« Er gab ihr einen Kuss auf die Stirn. »Aber jetzt verschwinden wir, damit du dich etwas ausruhen kannst. Ruf an, wenn du was brauchst.«

Jack und Andi verließen die frischgebackene Familie und begaben sich zu seinem Auto. Der von der sengenden Augusthitze aufgeheizte Asphalt strahlte noch immer Wärme ab.

»Was für ein Tag«, seufzte Jack, während er Andi die Tür aufhielt. »Sind wir wirklich auf dem Boot aufgewacht, oder ist das schon einen Monat her?«

Sie lachte leise. »Die Babys sind hinreißend. Sie haben so ein Glück, dass sie einen Jungen und ein Mädchen bekommen haben.«

»Eine fertige Familie. Sie wollen, dass wir ihre Paten sind.«

»Hat Frannie mir gesagt. Es ist so lieb von ihnen, mich mit einzubeziehen.«

»Denkst du manchmal daran, noch ein Kind zu bekommen?«

Verblüfft von der Frage riss sie den Blick zu ihm. »*Du* etwa?«

»Eigentlich nicht, aber ich habe ja auch schon drei. Du hast nur eins, und du bist jünger als ich.«

»Auch nur sieben Jahre.«

»Ich hätte nichts gegen ein weiteres, wenn du es willst.«

»Obwohl deine Kinder fast schon erwachsen sind?«

»Eric ist erst sechs, wir haben also noch eine Menge Elternjahre vor uns. Was sind da noch ein paar mehr?«

Sie schüttelte den Kopf. »Du erstaunst mich jedes Mal aufs Neue, Jack. Gerade, wenn ich glaube, dass ich dich verstehe …«

Er drehte sich zu ihr um. »Was meinst du? Willst du noch eins?«

Sie dachte kurz darüber nach. »Ich hätte liebend gerne ein Kind mit dir, aber wir haben schon eine wunderbare Familie, und jetzt, da die Zwillinge hinzugekommen sind, denke ich, haben wir genug Kinder zur Verfügung. Wenn wir uns nach einem Baby sehnen, können wir uns die beiden jederzeit ausleihen.«

»Bist du dir sicher?«

Sie beugte sich rüber, um ihm einen Kuss auf die Wange zu geben. »Bin ich. Aber ich liebe dich dafür, dass du gefragt hast.«

»Ich liebe dich auch.« Er hielt ihre Hand, während er sie nach Hause fuhr.

Kapitel 23

Abgesehen von einem kurzen Ausflug nach Chicago Ende September, damit Eric seine Oma besuchen konnte, verbrachten Jack und Andi ihre Zeit damit, für die pünktliche Eröffnung im Dezember am Hotel letzte Hand anzulegen. Mitte Oktober waren die Bauarbeiten beinahe abgeschlossen, und das Designteam aus Chicago traf ein, um die Suiten und Gästezimmer auszustatten. Andi richtete sich Ende Oktober in ihrem Büro im Hotel ein und war damit beschäftigt, Leute einzustellen und zu schulen, während sie gleichzeitig die Eröffnungsgala am zwanzigsten Dezember plante.

Eric besuchte jetzt die erste Klasse an der Schule der Mädchen und fand sich mithilfe seines Gebärdensprachdolmetschers gut zurecht. Jack und Andi hatten darüber gesprochen, eine Haushälterin einzustellen, die ihnen am Nachmittag mit den Kindern half, aber Kate meinte, dass sie das übernehmen könnte, also waren sie einverstanden, sie dafür zu bezahlen. Für gewöhnlich kochte sie das Abendessen für die Familie und half den beiden jüngeren Kindern bei den Hausaufgaben.

In der Woche nach Thanksgiving fand ihre wunderbare Übereinkunft ein jähes Ende, als Jack früher von der Arbeit nach Hause kam und Kate bei einer leidenschaftlichen Umarmung mit ihrem Freund Ryan erwischte.

»Soll das ein Witz sein, Kate?«, schrie Jack, nachdem er Ryan die Tür gewiesen hatte. »Während zwei Kinder im Haus sind, auf die du aufpassen sollst, wofür du,

wie ich dir offenbar erst ins Gedächtnis rufen muss, von uns auch Geld bekommst? Du kennst meine Regeln, was Jungs betrifft, wenn wir nicht da sind.«

Sie antwortete ihm nicht, was ihn nur noch mehr aufregte. »Du hast Hausarrest. Kein Ryan, kein Auto, kein Handy, kein nichts, einen Monat lang.«

»Das kannst du nicht machen.«

»Ich kann, und ich werde. Du hast mein und Andis Vertrauen missbraucht. Wir haben uns darauf verlassen, dass du dich um Maggie und Eric kümmerst, und dann leistest du dir so was? Ich fasse es nicht, Kate. Ich bin enttäuscht von dir.«

»Maggie und Eric ist nichts passiert. Sie haben sich einen Film angesehen. Du kannst mir nicht verbieten, mich mit Ryan zu treffen. Ich liebe ihn.«

»Du glaubst vielleicht, dass du ihn liebst, aber ich werde nicht einfach danebenstehen, wenn du dir deine Zukunft wegen einem Jungen verbaust. Du hast Hausarrest, basta.«

Auf dem Weg zur Treppe stürmte sie durch die Küche.

Während der lautstarken Auseinandersetzung war Andi nach Hause gekommen und wartete in der Küche auf ihn. »Was ist denn los? Ich hab dich noch nie so schreien gehört.«

»Ich bin früher nach Hause gekommen und habe Kate und Ryan beim Knutschen erwischt. Wenn ich nicht in dem Moment reingeplatzt wäre, denke ich, hätten sie dort im Arbeitszimmer miteinander geschlafen.«

»Das würde sie nicht tun.«

»Du hast nicht gesehen, was ich gesehen habe. Ich kann es noch immer nicht fassen.«

* * *

Am nächsten Morgen blieb Andi zu Hause, um ohne den Lärm im Hotel an einer Telefonkonferenz mit Chicago teilzunehmen. Nach dem Meeting ging sie in die Küche und setzte gerade Kaffee auf, als Kate reinkam, noch immer im Schlafanzug.

»Warum bist du nicht in der Schule?«

»Lehrerfortbildung«, murmelte Kate.

»Alles in Ordnung?«

Kate zuckte die Achseln und schenkte sich eine Tasse Kaffee ein. Und dann sprudelten die Worte aus ihr heraus: »Dad versteht überhaupt nichts.«

»Er ist wütend, weil Ryan da war, als wir beide nicht im Haus waren. Wir verlassen uns auf dich, ganz besonders im kommenden Monat.«

»Es tut mir leid. Ich wollte niemanden enttäuschen. Ich kümmere mich gut um die Kinder, und das war das erste Mal, dass Ryan da war, während ihr weg wart. Er wollte mir nur ein paar Bücher bringen, die ich in seinem Auto vergessen hatte. Aber ich weiß schon, dass du mir nicht glaubst.«

»Ich glaube dir. Du bist keine Lügnerin, Kate.«

Danach schien sich ihre Laune etwas zu heben. »Kann ich dir eine Frage stellen?«

»Natürlich.« Andi setzte sich neben sie an den Tisch.

»Wie alt warst du, als du, du weißt schon, so weit warst?« Kates Wangen glühten vor Verlegenheit.

Überrascht atmete Andi aus, suchte nach der richtigen Antwort auf diese heikle Frage. »Also, schauen wir mal: Ich war auf dem College, also muss ich wohl neunzehn oder zwanzig gewesen sein. Warum?«

Kate betrachtete ihre Kaffeetasse. »Ich hab mich das nur gefragt.«

»Denkst darüber nach, mit Ryan?«

»Dad glaubt mir nicht, aber ich liebe ihn, und ich weiß, dass er mich auch liebt.«

Andi bemühte sich, Ruhe zu bewahren, auch wenn ihr Herz raste und ihr die Handflächen feucht wurden. Das hier wuchs ihr gerade über den Kopf. »Da bin ich mir sicher, aber ihr seid beide noch ziemlich jung. Nächstes Jahr gehst du aufs College, und wer weiß, ob ihr überhaupt dasselbe besuchen werdet? Bist du sicher, dass du eine so ernste Beziehung mit ihm willst?«

»Ich werde nicht studieren.«

»Was?« Jack würde *durchdrehen*, wenn er davon erfuhr. »Wie meinst du das? Natürlich wirst du studieren.«

»Ich will meine Musikkarriere verfolgen, statt vier Jahre auf dem College zu verschwenden. Das ist nicht meins. Ich bin keine Einser-Schülerin wie Jill.«

»Du musst nicht wie Jill sein. Das erwartet keiner.«

»Dad schon.«

»Er weiß, dass ihr alle ganz verschiedene Stärken habt. Du musst mit ihm darüber reden.«

»Er wird ausflippen. Das weiß ich.«

»Trotzdem musst du mit ihm reden. Du kannst ihn nicht später vor vollendete Tatsachen stellen.«

»Von der anderen Sache wirst du ihm nichts verraten, oder?«

Darüber musste Andi kurz nachdenken. »Ich hoffe einfach, dass du dir das genau überlegst, bevor du etwas zulässt, wofür du vielleicht noch nicht bereit bist. Wie wollt ihr euch schützen? Hast du dir darüber schon Gedanken gemacht?«

»Ich lass mir vermutlich die Pille verschreiben, nur für den Fall.«

Andi seufzte noch einmal tief. Es war besser, nicht darüber nachzudenken, was Jack *davon* halten würde. »Die Pille wird dich nicht vor Krankheiten schützen«, rief sie ihr ins Gedächtnis, während sie sich fragte, was aus der stillen, zurückhaltenden Kate geworden war.

»Er hat es auch noch nicht getan, wir sind also beide sicher.«

»Klingt, als hättest du es schon ernsthaft in Erwägung gezogen. Ich hoffe, du weißt, was du tust. Sex verändert eine Beziehung – und nicht immer zum Besten.«

»Diesen Monat passiert es eh nicht, weil ich ihn nicht mal treffen darf.« Kate richtete den Blick ihrer atemberaubend blauen Augen auf Andi. »Aber wenn ich mich schützen wollte, nur für den Fall, würdest du mir helfen? Mir die Pille zu holen, meine ich.«

Andi versuchte nachzudenken, während sich in ihrem Kopf alles drehte. »Es gibt so gut wie nichts, was ich nicht für dich tun würde, Kate, aber du kannst mich nicht darum bitten, hinter dem Rücken deines Vaters so etwas zu erledigen.

Das werde ich ihm nicht antun. Allerdings können wir eine Vereinbarung treffen: Wenn du ihn dazu kriegst, dem zuzustimmen, werde ich dich begleiten.«

Kate verdrehte die Augen. »Als ob das *jemals* passieren würde. Er ist fast ohnmächtig geworden, als er mich dabei erwischt hat, wie ich Ryan *geküsst* habe.«

»Das weißt du erst, wenn du mit ihm geredet hast«, widersprach Andi, auch wenn sie selbst nicht besonders optimistisch war.

»Du verrätst ihm nichts?«

Obwohl sie ernste Bedenken hatte, ihr ein solches Versprechen zu geben, schüttelte Andi den Kopf. »Bitte enttäusch mich nicht, indem du etwas Törichtes tust. Rede mit deinem Vater.« Sie stand auf, gab dem Mädchen einen Kuss auf die Stirn und stellte ihre Kaffeetasse in den Geschirrspüler. »Schaffst du es, die Kinder heute um drei abzuholen?«

»Ich werde da sein«, bestätigte Kate. »Andi?«

Sie blieb auf dem Weg zur Garage stehen. »Ja?«

»Danke.«

»Kein Problem.«

* * *

Andi konnte sich nicht auf die sich stapelnde Arbeit auf ihrem Schreibtisch konzentrieren, solange sie das Gespräch mit Kate immer wieder im Geiste durchging. Sie konnte nur daran denken, wie sauer Jack werden würde, wenn er rausfand, dass Kate nicht studieren wollte, ganz zu schweigen davon, dass sie in Erwägung zog, mit ihrem Highschool-Freund zu schlafen, und dass sie die Pille wollte. Wenn sie sich die Szene vorstellte, erschauderte sie.

Da erschien Jack in ihrer Bürotür – mit einem Schutzhelm und in Jeans, einem Thermohemd und Arbeitsschuhen. Seine Wangen waren gerötet, weil er den ganzen Morgen mit den Maurern, die die südliche Veranda anbauten, in der Kälte verbracht hatte. Irgendwie schaffte er es, in Arbeitsklamotten genauso sexy zu sein wie im Smoking. Er hatte ihr mitgeteilt, dass dies die letzte Woche war, in der er am Hotel arbeiten würde, was sie traurig stimmte. Es würde ihr fehlen, ihn auch tagsüber um sich zu haben.

»Auf welchem Planeten warst du denn?«, fragte er. »Du warst tausend Kilometer weit weg.«

Sie streichelte sein kaltes Gesicht, als er sich runterbeugte, um sie zu küssen. »Ich war nur kurz zum Pluto geflogen, bin jetzt aber wieder zurück.«

»Woran denkst du?«

Sie wollte ihm so gerne alles erzählen, was Kate ihr anvertraut hatte. »Nichts Bestimmtes. Wie läuft dein Tag?«

Erschöpft und beunruhigt sank er auf einen Stuhl. »Die Maurer sprechen kein Wort Englisch, meine Aufgabe scheint also darin zu bestehen, still zu sein und sie tun zu lassen, was sie wollen. Da die Veranda nur unwesentlich anders aussieht, als wir sie geplant hatten, habe ich beschlossen, mich nicht mit ihnen anzulegen. Noch nicht.«

»Ich bin mir sicher, dass die das schon hinkriegen«, meinte sie, dann musterte sie ihn.

»Außerdem geht mir nicht mehr aus dem Kopf, was gestern Abend mit Kate passiert ist.«

»Du solltest mit ihr reden – wenn du nicht mehr wütend bist.«

»Glaubst du, ich war zu streng zu ihr?«

»Ganz und gar nicht. Sie weiß, dass sie keinen Jungen zu sich einladen darf, wenn wir nicht zu Hause sind. Du hast definitiv das Richtige getan.«

»Das hilft mir, danke. In der Sache mit Ryan befinde ich mich auf unbekanntem Terrain. Sie behauptet, dass sie ihn liebt, aber was weiß sie schon von Liebe? Sie ist doch noch ein Kind.«

»Jack, denk darüber nach. Du hast mir erzählt, dass die Jungs seit Jahren mit ihr ausgehen wollen, und bis jetzt hat sie noch nie zugestimmt. Warum, glaubst du, ist das so? Sie liebt ihn unter Umständen tatsächlich, und du kannst das nicht einfach abtun und dir wünschen, es wäre nicht so.« Sie hoffte, dass er die Initiative ergreifen und mit Kate reden würde – bald schon. Es gefiel ihr nicht, etwas vor ihm zu verheimlichen.

»Da hast du recht. Ich werde mit ihr reden. Jetzt lass ich dich besser weiterarbeiten und schau mal, wie viel Schaden sie bei meinem Design angerichtet haben.« Er gab ihr einen weiteren Kuss und verabschiedete sich: »Wir sehen uns zu Hause.«

»Bei mir wird es vermutlich später.«

»Lass dir Zeit.« Er winkte ihr zu, bevor er sie verließ.

Andis Herz zog sich zusammen, denn sie wusste, wie sehr ihn das aufregen würde, was Kate ihm mitzuteilen hatte. Dann atmete sie tief durch, um den Kopf frei zu bekommen, und zwang sich dazu, sich auf die Arbeit zu konzentrieren.

Sie nahm das Telefon und wählte die Nummer für Bills Anschluss in Chicago, um ihrem Nachfolger zu berichten, wie weit sie waren. Da sie von Anfang an mit der Planung des Hotels in Newport beauftragt gewesen war, hatte sie die meiste Arbeit selbst beaufsichtigt.

Jen Brooks, ihre ehemalige Assistentin, ging an Bills Telefon. »Hi, Andi, wie geht's dir? Ist es sehr chaotisch da drüben?«

»Es sieht aus wie auf einem Schlachtfeld. Ich kann mir kaum vorstellen, dass wir schon in fünfundzwanzig Tagen fertig sein sollen. Mein Büro besteht noch immer aus Kisten, und ich bin nur mit Vorstellungsgesprächen und Meetings beschäftigt, aber ich liebe es. Wie läuft's bei dir?«

»Ganz okay, schätze ich.«

»Du klingst aber nicht gut. Was ist los? Arbeitest du gerne für Bill?«

»Er ist toll – aber natürlich nicht so toll wie du.«

Andi lachte. »Natürlich. Also, was ist passiert? Du klingst so niedergeschlagen.«

»Mark und ich haben uns vor zwei Wochen getrennt.«

»O nein. Was ist passiert?« Andi wusste, dass Jen sich gewünscht hatte, den gut aussehenden Anwalt zu heiraten, mit dem sie seit ein paar Jahren zusammen war.

»Du weißt ja, dass wir über eine Verlobung gesprochen haben, aber er hat immer betont, dass er keine Kinder will. Ich hatte gehofft, dass er seine Meinung ändert, aber das will er nicht. Ich kann mir nicht vorstellen, nie Kinder zu haben.«

»Das tut mir leid, Jen. Ich weiß, wie glücklich du mit ihm warst.«

»Von dem einen Knackpunkt abgesehen.«

»Du hast dich richtig entschieden. Du solltest es dir nicht entgehen lassen, Mutter zu werden, wenn es dir so wichtig ist.«

»Ich bin einfach so ungern hier. Ständig hab ich Angst, dass ich ihm in der Stadt über den Weg laufen könnte. Wir haben dieselben Freunde. Es ist schrecklich.«

»Ich habe eine Idee.«

»Die da lautet?«

»Wie würde es dir gefallen, herzukommen und meine Stellvertreterin zu sein? Es wäre eine große Beförderung für dich, und wir könnten wieder zusammenarbeiten. Du könntest einen Tapetenwechsel gebrauchen. Ich könnte die Hilfe gebrauchen …«

»Abgemacht.«

»Bist du sicher? Warst du überhaupt schon mal hier?«

»Nein, aber ich will unbedingt aus der Stadt raus, und ich würde liebend gerne wieder mit dir zusammenarbeiten.«

»Wir könnten es ein Jahr lang probieren, und wenn du danach wieder nach Hause willst, dann würde ich das total verstehen.«

»Wann fange ich an?«

»Wie schnell kannst du denn hier sein? Wir bezahlen für deinen Umzug, und ich helfe dir dabei, eine tolle Wohnung zu finden. Es wird dir hier gefallen. Es ist wunderschön, hier zu leben.«

»Ich brauche eine Woche. Nach der Eröffnung kann ich noch mal zurück, um endgültig umzuziehen.«

»Bill wird mich umbringen.«

Jen lachte. »Ja, das wird er, aber du hast mir den Tag gerettet, Andi. Vielen Dank.«

»Ich danke *dir*. Du rettest mir den Hintern. Also, wo ist er?«

»In einem Meeting. Soll ich ihn für dich rufen?«

»Ja, bitte, und schick mir deine Fluginformation. Ich hol dich dann vom Flughafen ab.«

»Mach ich, noch mal danke.«

* * *

Andi kam um kurz nach sieben Uhr nach Hause und wurde von einem Duft empfangen, bei dem ihr das Wasser im Mund zusammenlief. »Was kochst du da, Jack?«

Er rührte mit einer Hand etwas im Topf um und umarmte sie mit der anderen. »Pastasoße, aber dafür kann ich nicht die Lorbeeren einheimsen.«

Sie gab ihm einen Kuss auf die Wange und linste in den Topf.

»Kate hat sie zubereitet. Ich soll nur umrühren.«

»Ich bin beeindruckt und halb verhungert. Wo sind denn alle?«

»Kate musste noch Hausaufgaben machen. Maggie und Eric sind in ihrem Zimmer. Sie haben heute Nachmittag die Zwillinge besucht.«

»Wir müssen auch mal wieder hin. Ich habe sie seit drei Tagen nicht gesehen. Hattest du schon eine Gelegenheit, mit Kate zu reden?«

»Noch nicht, das erledige ich nach dem Abendessen.« Er küsste sie auf die Nase und rief die Kinder zum Essen runter.

Die Soße schmeckte so gut, wie sie duftete, und Kates Gericht war ein voller Erfolg.

»Ich räum ab«, bot Andi an. »Maggie, lässt du bitte das Wasser für Erics Bad ein?«

»Klar. Komm, Eric«, forderte sie ihn in Gebärdensprache auf.

»Kate, kann ich im Arbeitszimmer mit dir reden?«, bat Jack sie.

»Okay.« Bevor Kate ihrem Vater folgte, warf sie Andi einen nervösen Blick zu.

»Rede mit ihm«, flüsterte die ihr zu und biss sich auf den Daumennagel, besorgt, wie er aufnehmen würde, was er hören würde.

* * *

»Ich hoffe, du verstehst, warum ich gestern Abend so sauer war«, fing Jack an, wobei er sich bemühte, sich zu beherrschen und gelassen zu klingen.

»Ich hätte Ryan nicht reinlassen dürfen, aber er war nur da, um mir etwas zu geben, was ich in seinem Auto vergessen hatte …«

»Du hast recht – du hättest ihn nicht reinlassen sollen. Ich weiß, dass du über ein gutes Urteilsvermögen verfügst, und ich hatte bisher noch keinen Grund, daran zu zweifeln. Es ist wirklich wichtig, dass ich dir vertrauen kann – ganz besonders, wenn du auf Maggie und Eric aufpassen sollst.«

»Du *kannst* mir vertrauen, Dad.«

»Für eine Sache, die mir gestern rausgerutscht ist, muss ich mich entschuldigen.«

»Echt?«, rief sie überrascht.

»Ich hätte nicht so abschätzig reagieren dürfen, als du behauptet hast, dass du Ryan liebst. Vielleicht tust du das. Ich weiß es nicht, aber es ist nicht fair von mir, dir vorzuschreiben, was du empfinden sollst.«

»Ich *liebe* ihn. Ich weiß, dass wir noch jung sind und so, aber wir lieben uns.«

Er wusste, dass er sie fragen musste, aber, bei Gott, er wollte es nicht. »Sag mir nicht, dass du, du weißt schon …«

Sie sah ihm direkt in die Augen. »Sex mit ihm habe?«

Ihm blieb das Herz stehen. »Hast du?«

»Ich überlege es mir.«

»Du bist zu jung, um auch nur daran zu denken.«

»Die Hälfte der Mädchen in meiner Klasse hatten schon mal welchen.«

Erschrocken zwang er sich dazu, sich auf seine Tochter zu konzentrieren. »Also, du liebst ihn. Du musst aber immer noch das große Ganze betrachten. Was, wenn du schwanger wirst? Du kannst nicht aufs College gehen, wenn du schwanger bist oder dich um ein Baby kümmern musst.«

»Andi hat mich auch daran erinnert, aber ich habe ihr erklärt, dass ich nicht studieren werde.«

»Was soll das heißen, du wirst nicht studieren? Du hast mit Andi darüber gesprochen? Wann?«

»Heute Morgen. Ich will Musikerin werden. Warum soll ich dafür vier Jahre College mitmachen?«

Er hob eine Hand, um sie zum Schweigen zu bringen. »Das ist doch verrückt. Du gehst aufs College. Darüber müssen wir nicht mal diskutieren.«

»Ich gehe nicht. Du kannst auch gleich wissen, dass ich die Pille nehmen will.« Sie schluckte schwer. »Nur für den Fall.«

Sein Kopf stand kurz davor, zu explodieren. Jeden Augenblick … »Drängt Ryan dich dazu, mit ihm zu schlafen?«

»Nein«, erwiderte sie gekränkt. »Ich weiß, dass du dir nicht vorstellen kannst, ich könnte es *wollen.* Ich will dabei sicher sein. Ich wünschte, du würdest das verstehen. Andi hat es.«

»Hat sie?« Er konnte nicht fassen, dass sie das vor ihm verheimlicht hatte.

»Du weißt, was ich denke, und ich habe dir ehrlich dargelegt, was ich will. Ich hoffe, du kannst das respektieren.« Damit stand sie auf und verließ das Zimmer.

Er blieb einige Minuten lang wütend sitzen, bevor er sich auf die Suche nach Andi machte.

Kapitel 24

»Du hast das den ganzen Tag schon gewusst und nichts gesagt? Ich war in deinem Büro, Himmelherrgott noch mal.«

»Sie hat es mir anvertraut, Jack. Damit konnte ich nicht einfach zu dir rennen.«

Er folgte ihr ins Badezimmer. »Sie denkt daran, Sex zu haben. Das hättest du mir erzählen müssen.«

»Nein, hätte ich nicht. Seit fast einem Jahr laufe ich hier wie auf Eiern rum, ganz besonders bei Kate und Jill. Verstehst du nicht, wie wichtig es war, dass sie mit mir darüber gesprochen hat? Ich habe ihr erklärt, dass sie mit dir reden muss, und habe dich dazu gedrängt, das Gespräch mit ihr zu suchen. Mehr konnte ich nicht tun. Ich konnte sie nicht einfach verraten.«

»Stattdessen hast du mich verraten.« Er stürmte aus dem Bad und schlug die Tür zu, denn er musste von hier verschwinden, bevor ihm noch etwas rausrutschte, was er später bereuen würde.

Da es zu dunkel war, um am Strand zu joggen, blieb er auf der wenig befahrenen Straße. Ohne Musik oder Ziel rannte er drauflos und konnte einfach nicht fassen, dass Andi ihm etwas so Wichtiges verschwiegen hatte, selbst wenn es nur für ein paar Stunden gewesen war.

Nach einer Weile blickte er auf und erkannte, dass er fast fünf Kilometer gelaufen war und sich dem neuen Haus von Frannie und Jamie näherte, einem modernen Gebäude, das Jamie entworfen und am Wasser hatte bauen lassen. Schon vor Jahren hatte er die Pläne für das Gebäude erstellt, sie aber beiseitegelegt, als es so aussah, als würde er nie eine Familie haben. Jack bemerkte, dass die Lichter noch an waren, also beschloss er, vorbeizuschauen. Drinnen fand er Frannie zusammengerollt auf der Couch, wie sie eines der Babys stillte.

»Hi«, grüßte er. »Ich wollte nicht klingeln und jemanden wecken.«

»Hier musst du nicht klingeln. Das weißt du. Warum bist du so spät noch draußen unterwegs?«

»Ich wollte nur kurz joggen. Wen haben wir denn da?«, fragte er und wischte sich mit der behandschuhten Hand den Schweiß vom Gesicht.

»Owen. Er ist unersättlich.« Sie lächelte, als das Baby die winzigen Finger um ihre legte, während es unter einer leichten Decke gestillt wurde.

Jack ließ sich auf einen Stuhl neben Frannie fallen und zog sich die Handschuhe aus. »Genieß es, solange sie noch so klein sind.«

»Was ist denn passiert?«

Er erzählte ihr, wie er Kate mit Ryan erwischt hatte und wie sie sich gestritten hatten. »Sie will die Pille, und sie geht nicht aufs College. Davon abgesehen ist alles super.«

»Wow, das hat sie dir einfach so hingeknallt, was? Willst du denn nicht, dass sie die Pille nimmt, wenn es zwischen den beiden schon so weit gekommen ist?«

Er bemühte sich, nicht die Stimme zu erheben, da das Baby an ihrer Schulter eingeschlummert war. »*Nein*, ich will *nicht*, dass sie die Pille nimmt. Ich werde ihr nicht erlauben, mit jemandem zu schlafen.«

»Jack, sie ist siebzehn. Sie braucht deine Erlaubnis nicht. Wenn sie es will, wird sie es tun. Wäre es da nicht besser, dafür zu sorgen, dass sie nicht schwanger wird?«

»Ich fass es nicht, dass wir diese Unterhaltung überhaupt führen. Oh, und halt dich fest: Kate hat vorher mit Andi darüber geredet, aber sie hat es mir nicht gesagt. Ich meine, meine Tochter spricht von Sex, und Andi findet nicht, dass ich das wissen sollte?«

»Du erwartest also, dass Andi dir alles verrät, was die Mädchen ihr anvertrauen?«

»Bei so etwas? Ja.«

»Also ich hab dir nicht alles erzählt.«

»Wie meinst du das?«

»Deine Töchter haben mir oft Dinge anvertraut und mich gebeten, es dir nicht zu verraten, weil es ihnen peinlich war oder es nur um Mädchenkram ging. Manchmal hab ich dir davon berichtet, manchmal nicht. Das hing davon ab, was es war. Findest du nicht, dass es toll ist, dass Kate sich damit an Andi gewandt hat? Es zeigt, wie gut sie das macht und dass die Mädchen ihr jetzt vertrauen. Wenn Andi es dir gegenüber ausgeplaudert hätte, würde Kate sich bei ihr nie wieder etwas von der Seele reden.«

Er gab nur ungern zu, dass sie vermutlich recht hatte. »Sie hätte mir einen Hinweis geben können, damit ich nicht völlig überrumpelt werde.«

»Ich weiß, wie schwer es dir fällt, zu verstehen, dass die Mädchen erwachsen werden. Es fällt mir auch nicht leicht, und ich bin nur ihre Tante.«

»Du bist für sie viel mehr als das, das weißt du.«

»Gib ihr die Pille, damit du dir in einem Jahr nicht wünschst, du hättest es getan.«

»Ich werde es mir durch den Kopf gehen lassen, aber der Gedanke gefällt mir nicht.«

»Überlege einfach, wie es dir gefallen würde, Großvater zu werden, dann fühlst du dich mit der Entscheidung gleich viel besser«, erwiderte sie mit spöttischem Lächeln.

Bei dem Wort *Großvater* verzog er das Gesicht. »Was wirst du tun, wenn Olivia dir mit siebzehn erklärt, dass sie die Pille will?«

»Olivia darf sich erst mit Jungs treffen, wenn sie dreißig ist. Das war dein erster Fehler: dass du ihr nicht von vornherein verboten hast, mit Jungs rumzuhängen.«

Er schmunzelte. »Ich hoffe, dass ich bei dem Streit dabei bin.«

»Sie will also nicht aufs College gehen? Wo kommt das denn her?«

»Sie will Musikerin werden und fragt sich, warum sie dafür vier Jahre am College verschwenden soll.«

»Wer verschwendet vier Jahre am College?«, wollte Jamie wissen, als er den Raum betrat.

»Kate. Sie hat diese tolle Vorstellung davon, dass sie Musikerin wird.« Jack verdrehte die Augen.

Jamie beugte sich runter, um Frannie den schlummernden Owen abzunehmen. »Gut genug wäre sie.«

»Warum lässt du sie das nicht wissen?«, erwiderte Jack trocken. »Damit hilfst du mir definitiv weiter.«

»Sie ist es doch aber«, beharrte Jamie. »Sie hat echt Talent. Vielleicht solltest du zulassen, dass sie herausfindet, wie weit sie es damit bringt.«

»Clare würde durchdrehen. Kaum waren sie alt genug, um zu wissen, was Schule ist, hat sie ihnen eingetrichtert, dass sie studieren sollen. Sie würde das nie zulassen.«

»Tust du Kate nicht genauso unrecht wie dein Vater dir?« Bei diesen Worten rieb Jamie über Owens Rücken. »Willst du, dass Kate dir das genauso übel nimmt wie du deinem Vater all die Jahre lang, weil er dich nicht gut genug verstanden hat, um dich deinen eigenen Weg gehen zu lassen?«

»Soll ich ihr einfach nur entgegnen: ›Viel Glück, hoffe, es klappt. Ruf hin und wieder mal an‹?«

»Unter Umständen solltest du das«, meinte Frannie leise. »Wenn du damit verhindern kannst, dass sich das wiederholt, was zwischen dir und Dad passiert ist, dann ist das womöglich genau das, was du tun musst.«

Jack stand kopfschüttelnd auf. »Ich glaube nicht, dass ich das kann, Fran. Entschuldigt, dass ich einfach so reingeplatzt bin. Danke, dass ich mich kurz aufregen durfte.« Er gab Owen einen liebevollen Klaps auf den gepolsterten Hintern.

»Für die Babys ist es draußen zu kalt, also sind wir zurzeit immer zu Hause«, erwiderte Frannie.

»Du kannst jederzeit vorbeikommen«, fügte Jamie hinzu. »Wir freuen uns über Gesellschaft.«

Schließlich joggte Jack nach Hause und ließ sich Frannies und Jamies Worte durch den Kopf gehen. Er wusste, dass sie vermutlich recht hatten, aber er hatte keine Ahnung, wie er zulassen sollte, dass Kate ihren Träumen folgte, wenn er sie gleichzeitig beschützen wollte.

Er duschte und lag lange wach neben Andi. Während er wegen Kate vor sich hin brütete, sehnte er sich nach Clare. Sie würde genau wissen, was zu tun wäre.

* * *

Nach dem Aufwachen entdeckte Jack einen Zettel, auf dem Andi ihn bat, sie aufzusuchen, wenn er im Hotel war.

Er brachte Maggie und Eric zur Schule und erreichte um neun das Gebäude. Unausgeschlafen und mürrisch, wurde er sofort wieder mit weiteren Problemen mit den Maurern konfrontiert. Schließlich brüllte er den Chef der portugiesischen Crew an, den Einzigen von ihnen, der Englisch sprach: *»Bauen Sie es so, wie es gezeichnet wurde, sonst such ich mir jemanden, der das hinkriegt.«* Dann ließ er den sprachlosen Mann stehen und stürmte ins Hotel, lief in Andis Büro und knallte die Tür zu.

»Was ist los?«, fragte sie.

»Sie ruinieren die Veranda.« Er fuhr sich frustriert mit einer Hand durch das Haar. »Ich gebe ihnen eine letzte Chance, sich an die Pläne zu halten, sonst ersetz ich sie.«

»Wir haben keine Zeit, uns eine neue Crew zu holen. Ich bin seit sieben hier und hab schon eine Katastrophe nach der anderen hinter mir, ich habe also nicht die Geduld, mich mit noch einer auseinanderzusetzen.«

»Wenn es dir egal ist, ob alles richtig gebaut wird, dann ist es mir auch egal. Du bist der Kunde.«

Sie stand auf, umrundete den Schreibtisch und stellte sich vor ihn hin. »Ist es das, was ich bin, Jack? Der Kunde?«

»Du weißt, wie ich das meine.«

»Du bist sauer, weil ich dir das mit Kate nicht erzählt habe, aber ich würde mich wieder so entscheiden, wenn ich müsste.«

»Ich wünschte einfach, du hättest mich vorgewarnt oder so.«

»Wäre es dann leichter gewesen, das zu hören? All das?«

»Vermutlich nicht, aber ich will nicht, dass wir Dinge voreinander verheimlichen. So läuft das bei mir nicht, und von dir hätte ich das auch nicht gedacht.«

»Du verhältst dich ziemlich ungerecht, und das habe ich nicht verdient.« Ihre sonst so sanften braunen Augen blitzten zornig auf. »Ich lebe im Haus deiner Ehefrau, esse von ihrem Geschirr, benutze ihre Handtücher, während ich versuche, ihren Töchtern eine Freundin zu sein. Ich gebe mir allergrößte Mühe. Um Himmels willen, Jack, *was willst du noch von mir?*«

»Andi …«, flüsterte er, überrascht von ihrem Ausbruch.

Sie hielt eine Hand hoch, um ihm Einhalt zu gebieten. »Vergiss es. Ich habe jetzt keine Zeit dafür. Wenn das so weitergeht, bin ich noch bis zehn heute Abend hier. Danke, dass du Eric heute Morgen zur Schule gebracht hast und mir mit ihm hilfst, solange ich so viel zu tun habe.«

»Dafür musst du mir nicht danken. Ich kümmere mich gerne um ihn.«

»Bis heute Abend.«

Mit einem flauen Gefühl im Magen kehrte er zu seiner Arbeit zurück.

* * *

Da Andi spät heimkam und gewöhnlich erst weit nach Mitternacht ins Bett kroch, sahen sie einander in den nächsten Wochen nicht oft.

Zwei Tage vor der Eröffnung schlossen die Führungskräfte aus Chicago ihre Inspektion ab und erteilten dem Hotel die Freigabe. Andis Reservierungsleiter teilte ihr mit, dass der erste Monat ausgebucht war, und die Chefin der Rezeption berichtete, dass ihr Team bereit sei, die geladenen Gäste für die Galaeröffnung zu empfangen.

Andi kümmerte sich persönlich um jedes Detail der Gala und war am Tag vor der Eröffnung gerade auf dem Weg, die letzten Vorbereitungen zu treffen, als sie durch das Foyer kam, in dem das Personal einen riesigen Weihnachtsbaum schmückte.

Das Erste, was die Gäste erblickten, wenn sie durch den Haupteingang traten, waren eine riesige Treppe, die Rezeption auf der einen Seite, der Concierge und die Hotelpagen auf der anderen. Die Stufen trennten die beiden Flügel des Hotels und dienten dem Gebäude als architektonischer Mittelpunkt. Gäste, die sich entschlossen, die Treppe zu nutzen, wurden am oberen Treppenabsatz mit einem großen Fenster belohnt, das ihnen einen atemberaubenden Blick auf die Bucht bot. Andi liebte die Aussicht bei Nacht, wenn man in der Ferne die erleuchtete Newport Bridge erkennen konnte.

Vor zwei Wochen war Jen Brooks eingetroffen, und schon jetzt war sie für Andi unentbehrlich. Sie kümmerte sich um das Servicepersonal von Hotel und Restaurant. Louis Jacard, der Küchenchef, den Andi von einem erstklassigen New Yorker Restaurant abgeworben hatte, war leicht reizbar, aber Jen versicherte ihr, dass sie mit ihm klarkam.

»Es schaut alles ganz wundervoll aus, Andi«, verkündete ihr Kollege Bill, während sie die Suiten im Westflügel besichtigten. »Es hat sich alles fabelhaft gefügt.«

»Das hat es«, stimmte ihm Andi zu.

»Die Gemälde sind phänomenal. Frannie Booth hat hervorragende Arbeit geleistet. Wir sollten bei ihr definitiv noch weitere Werke in Auftrag geben.«

»Zurzeit ist sie mit den Zwillingen beschäftigt, aber sie hat bestimmt Interesse daran, später wieder für uns zu arbeiten.«

Er warf ihr einen so finsteren Blick zu, dass er nicht ernst gemeint sein konnte. »Ich sollte gar nicht mit dir reden, nachdem du mir Jen unter der Nase weggeschnappt hast.«

Sie lachte. »Das war tatsächlich nicht nett von mir, aber ich musste es tun. Ich wäre nie rechtzeitig mit allem fertig geworden, wenn sie nicht hier aufgetaucht wäre.«

»Ich hab vorhin mitbekommen, wie sie sich mit Louis gestritten hat, und sie hat sich tapfer geschlagen. Das war eine gute Entscheidung für sie. Ihr ging es nicht gut, nachdem sie sich von Mark getrennt hat.«

»Sie ist erst ein paar Wochen hier, aber sie hat sich schon sichtlich erholt. Ich freue mich so, sie hierzuhaben, aber es tut mir leid, dass ich sie dir weggeschnappt habe«, entschuldigte sie sich mit gespielter Reue.

»Tut es nicht«, gab er zurück, und sie lachten.

Sie standen gerade in der »America's Cup«-Suite, als Jack in der Tür auftauchte.

»Hi.« Andi war überrascht – und erfreut –, ihn zu sehen. Er hatte sich seit ihrem Streit wegen Kate nur noch selten im Hotel blicken lassen. Diesen Bruch in ihrer Beziehung zu kitten, darum würde sie sich sofort nach der Eröffnung kümmern.

Jack gab Bill die Hand. »Hi, Bill. Wie läuft''s?«

»Schön, Sie zu sehen. Sie haben hervorragende Arbeit geleistet.«

»Sie auch. Die Suiten sehen beeindruckend aus.«

»Der größte Teil des Lobs dafür gebührt Andi. Entschuldigt ihr beiden mich? Ich muss zum Ostflügel rüber, wo meine Leute gerade letzte Hand anlegen.«

»Bis später, Bill.« Andi veranstaltete an diesem Abend ein Essen für ihre ehemaligen Mitarbeiter, als Dank für die harte Arbeit in den letzten Monaten.

»Wie fühlst du dich?«, fragte Jack, während er sie musterte. »Du wirkst müde.«

»Ich bin froh, wenn ich den morgigen Tag hinter mich gebracht habe. Können denn alle?«

»Wir freuen uns schon drauf. Ich hab Eric gestern einen Smoking gekauft. Warte nur, bis du siehst, wie niedlich er darin ausschaut.«

Er schien sich darüber zu freuen, und zum ersten Mal seit viel zu langer Zeit spürte sie wieder die vertraute Wärme zwischen ihnen. »Ich kann es kaum erwarten. Danke, dass du mit ihm einkaufen warst.«

»Es hat Spaß gemacht.«

Mit schmerzendem Herzen blickte sie zu ihm hoch. »Du fehlst mir.«

»Du mir auch.« Er streckte die Arme nach ihr aus.

Sie machte einen Schritt nach vorn, um ihm auf halbem Weg entgegenzukommen, und seufzte, als sie endlich wieder in seinen Armen lag, umfangen von seinem vertrauten Duft. »Ich hab Angst, Jack. Ich hätte nie gedacht, dass wir uns in so kurzer Zeit so weit voneinander entfernen könnten.«

»Wir kriegen das schon hin, Liebling. Nach der Eröffnung sollten wir ein paar Tage wegfahren. Nur wir zwei.«

»Liebend gerne.« Sie küsste ihn, länger, als sie vorgehabt hatte, denn die alte Erregung erfasste sie wieder, kaum dass ihre Lippen sich berührten.

Er schien sie nicht loslassen zu wollen. »Ich organisier da was für uns. Irgendwelche Vorlieben?«

»Überrasch mich.« Sie küsste ihn noch einmal. »Ich muss wieder nach unten. Jen und Louis sind vorhin wieder aufeinander losgegangen. Ich muss aufpassen, dass sie sich nicht gegenseitig umbringen.«

»Klingt lustig.« Ein letztes Mal küsste er sie, bevor er sie zurück ins Foyer geleitete.

Dort brachte sie ihn zur Tür, ehe sie sich auf die Suche nach Jen machte.

* * *

Andi kam erst gegen zwei am nächsten Morgen nach Hause. Sie stellte den Wecker auf sechs, damit sie noch Zeit hatte, die Sachen einzupacken, die sie brauchte, um nach der Gala im Hotel zu übernachten. Sobald sie im Bett lag, griff Jack nach ihr und zog sie, ohne aufzuwachen, an sich.

Sie lächelte in der Dunkelheit. Es war Wochen her, dass sie zuletzt in seinen Armen geschlafen hatte, und sie hoffte, dass sie sich wieder ein Stückchen näherkommen würden.

Kapitel 25

An der Eröffnung von Infinity Newport hätte Andi im Nachhinein nichts geändert, nicht, wie der Bürgermeister von Newport David die Ehrenbürgerschaft verlieh, das Essen nicht, die Musik oder die Dekoration. Ihr persönlicher Höhepunkt war, wie Jack und Eric in ihren Smokings eintrafen. Eric liebte seinen Anzug, und ein paarmal tanzte Andi mit ihm, bevor Jacks Eltern Eric und Maggie nach Hause brachten. Frannie und Jamie genossen ihren ersten Abend ohne die Zwillinge, kehrten aber trotzdem früh nach Hause zurück, um nach den Babys zu sehen.

Andi suchte in der Menge nach Kate und fand sie und Jill am Tisch, der für die Familie reserviert war.

»Amüsiert ihr euch?«, fragte sie. Sie trug ein mitternachtsblaues Samtkleid und hatte sich die Haare hochgesteckt.

»Es ist toll, und das Hotel ist wunderschön«, versicherte ihr Jill. Nachdem sie das erste Semester überstanden hatte, war sie für einen Monat nach Hause zurückgekehrt.

»Das Büro von eurem Dad hat großartige Arbeit geleistet«, lobte Andi. »Kate, kann ich kurz mit dir reden?«

»Klar.« Kate stand auf und folgte Andi zur Bar.

Dort bestellte Andi sich ein Glas Wein und Kate einen Softdrink. »Tut mir leid, dass ich noch keine Zeit hatte, nachzufragen, wie es bei dir läuft. Wie geht's dir? Hast du noch mal mit deinem Dad gesprochen?«

»Kurz. Er meinte, wenn ich das Gefühl habe, ich müsste die Pille nehmen, wird er mir nicht im Weg stehen, aber er ist nicht einverstanden damit. Er will, dass ich warte, und er glaubt, dass es mir leidtun würde, wenn ich das nicht tue.«

»Das klingt doch fair. Vergiss nicht, dass ich versprochen habe, dich zum Arzt zu begleiten, wenn du möchtest.«

»Ich bin mir da nicht mehr sicher. Ryan und ich haben uns nicht oft getroffen, seit ich Hausarrest hatte. Es war ihm echt peinlich, dass Dad uns erwischt hat, weißt du …« Ihre Wangen glühten. »Ich weiß nicht, ob er mich noch liebt.«

Andi legte einen Arm um sie. »Tut mir leid. Es sieht jetzt vielleicht nicht danach aus, aber du hast noch so viel vor dir und wirst noch ganz viele Menschen kennenlernen.«

»Ich weiß. Ist schon okay.«

»Gut.« Andi umarmte sie. »Du weißt, wo ich bin, sollte sich was ändern.«

»Danke, Andi. Mir ist klar, dass Dad sauer auf dich war, und das bedaure ich, aber ich bin dir dankbar, dass du mich nicht verraten hast.«

»Mach dir deswegen keine Gedanken. Du kannst dich mir jederzeit anvertrauen, hörst du?«

»Das werde ich«, versprach sie, dann erwiderte sie Andis Umarmung.

* * *

Jack unterhielt sich mit einigen Infinity-Managern aus Chicago, bis Andi darum bat, ihn sich kurz ausleihen zu dürfen.

»Was gibt's?«, fragte er, als sie ihn wegführte.

»Ich kipp gleich um. Darf ich meine eigene Feier verlassen, bevor sie vorbei ist?«

»Ich wüsste nicht, was dagegenspricht. Warte hier. Ich gebe den Mädchen Bescheid, dass wir verschwinden, und ich lass David und Jen wissen, dass sie den Rest des Abends das Sagen haben.«

David drückte Andi und riet ihr, sich die wohlverdiente Erholung zu gönnen. Sie und Jack gaben Jill und Kate einen Gutenachtkuss, bevor sie die Stufen im Foyer hinaufstiegen.

Ganz oben hielt sie ihn zurück. »Das hier ist mein Lieblingsplatz im ganzen Hotel.«

Er legte einen Arm um sie. »Ich verrate dir ein Geheimnis.«

»Das wäre?«

»Das Fenster habe ich den Plänen in der Woche hinzugefügt, in der ich dich getroffen habe. Hier sollte eine Wand mit Erinnerungsstücken von Newport errichtet werden. Das habe ich aber gestrichen und mich für den Ausblick entschieden.«

»Gute Entscheidung.« Sie lächelte zu ihm hoch. »Hab ich dir eigentlich schon gesagt, wie heiß du in einem Smoking aussiehst?«

Er hob amüsiert eine Augenbraue. »Machst du mich an?«, fragte er, erleichtert, den alten Zauber wieder zwischen ihnen zu spüren. Auch er war besorgt gewesen, dass sie im letzten Monat eine Grenze überschritten hatten, von der es kein Zurück mehr gab. »Ich dachte, du bist müde.«

»Nicht *so* müde.«

Er streichelte ihr mit der Hand über den Rücken und drückte ihr einen sanften Kuss auf die Lippen. »In dem Fall: Hab ich dir schon gesagt, wie sexy du in Samt aussiehst?«

»He, das ist mein Spruch.« Sie öffnete die Tür zur Kennedy-Suite, die von Frannies Gemälde der Hammersmith Farm und einem vom schneidigen jungen Präsidenten am Steuer seines Segelbootes geprägt wurde.

Jack studierte das Porträt, während Andi sich die Stöckelschuhe auszog und ihn bat, ihr mit dem Reißverschluss zu helfen. Er öffnete ihr das Kleid, löste dann ihre Frisur und küsste sie auf den Nacken.

Anschließend drehte sie sich um und nahm ihm die Fliege ab, bevor sie mit dem Kopf zum Gemälde der Hammersmith Farm zeigte. »An dem Tag habe ich mich in dich verliebt, Jack, und seitdem habe ich dich jeden Tag geliebt.«

»Selbst an Tagen, an denen ich es nicht verdient habe?«

Überrascht sah sie zu ihm hoch.

»Ich hatte genug Zeit, über alles nachzudenken, was vorgefallen ist, und weiß jetzt, dass du bei Kate das Richtige getan hast.« Er griff nach ihren Händen. »Das heißt nicht, dass es mir gefallen hat, im Dunkeln gelassen zu werden, aber sie brauchte den Rat einer Frau. Ich bin dankbar, dass sie sich an dich gewandt hat, und noch dankbarer, dass du für sie da warst. Es tut mir leid, dass ich mich wie ein Idiot verhalten habe.« Er beugte sich runter, um sie zu küssen. »Ich liebe dich, seit ich dich zum ersten Mal gesehen habe, und ich werde dich immer lieben.«

Seufzend legte sie die Arme um ihn.

»Was du damals erwähnt hattest, wie es ist, in Clares Haus zu leben …« Er zog sich zurück, um sie zu betrachten. »Auch das habe ich mir gründlich durch den Kopf gehen lassen.«

»Ich weiß nicht, warum das aus mir rausgeplatzt ist. Ich hatte ganz ehrlich gar nicht daran gedacht. Verbuch es unter ›im Eifer des Gefechts‹.«

»Wir können am Haus ein paar Veränderungen vornehmen.«

»Das müssen wir nicht.«

»Vielleicht sollten wir es.«

»Vielleicht. He, ich habe ein paar Neuigkeiten, die dir den Tag versüßen werden«, versprach sie, während sie die Onyx-Knöpfe an seinem Frackhemd öffnete.

»Raus damit.«

»Bei Kate und Ryan ist die Luft raus.«

Sein Gesicht erhellte sich erfreut. »Das ist die beste Nachricht, die ich seit Wochen gehört habe.«

»Diesmal bist du dem Ganzen gerade noch mal entronnen, aber damit verschiebt sich nur das Unausweichliche.«

»Aber jetzt muss ich mir darüber nicht den Kopf zerbrechen.« Er hob sie von den Füßen, wirbelte sie herum und legte sie aufs Bett. »Im Moment denke ich nur an dich.«

»Ach ja?« Sie fuhr ihm mit den Fingern durch das dichte dunkle Haar. »Und woran genau denkst du?«

»Dass es mir so vorkommt, als hätte ich dich seit einer Ewigkeit nicht mehr geliebt.«

»Das liegt daran, dass du das nicht getan hast«, erwiderte sie mit gespieltem Schmollen.

»Was hältst du davon, wenn wir sofort was dagegen unternehmen?«

»Dazu sage ich nur: Beeil dich, und zieh dich aus.«

Lachend tat er genau das, legte sich zu ihr ins Bett und seufzte, sobald er ihre zarte Haut an seiner spürte.

Sie schmiegte sich an ihn, drückte die Lippen auf seinen Hals.

»Das sollten wir nie wieder zulassen, Andi. Egal, was passiert.«

»Ich war nicht gerne mit dir zerstritten.«

»Ich auch nicht.« Er bedeckte ihren Mund mit einem leidenschaftlichen Kuss, legte eine Hand an ihre Brust und rieb die Brustwarze zwischen den Fingern. Langsam atmete er ihren unverwechselbaren Duft ein. Er hatte nicht gemerkt, wie stark er sich nach ihr verzehrte, bis sie wieder in seinen Armen lag.

Ein Schauer durchlief sie, und sie legte sich zurück, zog ihn mit sich. »Jetzt, Jack. Ich will dich jetzt.«

»Ich bin ja hier.« Er beugte den Kopf vor, um sie zu küssen, während er langsam in sie kam. »Du bedeutest mir alles. Ich hoffe, du weißt das.«

Sie keuchte auf und hob die Hüften, bog sich ihm entgegen. »Das tue ich. Ich weiß es. Du bedeutest mir auch alles.«

Er zog sie fest an sich, erfüllt von Liebe und Erleichterung, die sie beide zu einem explosiven Höhepunkt trieben.

* * *

Jack wachte vor dem Morgengrauen auf und konnte nicht mehr einschlafen. Er stand vorsichtig auf, um Andi nicht zu wecken, und schloss die Zimmertür, in der Hoffnung, dass sie sich noch etwas länger ausruhen konnte. Heute, sobald das Hotel die Pforten öffnete, würden all die Pläne, die sie entworfen hatten, sich bewähren müssen, und das ganze Personal, das sie eingestellt hatten, würde seine Arbeit aufnehmen.

Er rief den Zimmerservice an, um Frühstück zu bestellen, und bat sie, den Kaffee und die Zeitung jetzt schon, den Rest aber erst in einer Stunde raufzuschicken. Dann sah er sich in dem eleganten Wohnzimmer um und war zutiefst zufrieden damit, wie das Hotel geworden war – es war alles, was sie sich erträumt hatten, und noch so viel mehr.

Als er Andi das Frühstückstablett brachte, hatte er bereits eine kleine Kanne Kaffee geleert, die Zeitung gelesen und zu Hause angerufen, um sich nach den Kindern zu erkundigen.

Er beugte sich runter, um sie wach zu küssen. »Guten Morgen.«

»Hi«, grüßte sie ihn verschlafen. »Wie spät ist es?«

»Fast schon zehn.«

Sie setzte sich hin. »Im Ernst? Ich muss zur Arbeit.«

»Du kannst dir noch eine Stunde gönnen, Baby. Du bist der Boss. Hier, genieß dein Frühstück.« Er schenkte ihr eine Tasse Kaffee ein, zog einen Umschlag hinter dem Rücken hervor und reichte ihn ihr.

»Was ist das?«

»Öffne ihn.«

Vor Freude erhellte sich ihr Gesicht, sobald sie zwei Flugtickets zu den Jungferninseln und eine Broschüre von einem Ferienort auf Saint John hervorholte.

»Es ist alles dabei, wir können also essen, schlafen und in der Sonne baden.«

»Mehr nicht?«, fragte sie mit verführerischem Lächeln.

»Na ja, vielleicht noch ein paar andere Sachen«, räumte er ein und stahl ihr rasch einen Kuss.

»Das ist genau das, was wir brauchen. Wann geht's los?«

»Ich habe die Tickets auf keinen festen Tag gebucht, damit du in deinem Terminkalender nachschauen kannst, aber ich hatte gehofft, dass wir im Februar fliegen könnten, weil wir da einen Jahrestag zu feiern haben.«

»Ja, haben wir. Ich fasse nicht, dass wir schon fast ein Jahr lang zusammenwohnen.« Sie küsste ihn und ließ sich wieder in die Kissen sinken. »Danke«, hauchte sie, während sie sein Gesicht streichelte. »Ich weiß nicht, ob ich bis Februar warten kann, um eine Woche mit dir allein zu verbringen.«

Er küsste ihre Handfläche. »Ich bin davon ausgegangen, dass du etwas Zeit brauchst, um dir sicher sein zu können, dass hier alles glattläuft, bevor wir verreisen.«

»Da hast du recht.« Sie aß ein wenig von dem Toast und streckte die Hand nach ihm aus, um ihn zu sich ins Bett zu ziehen. »Heute arbeite ich nur ein paar Stunden. Und weißt du, was wir dann erledigen müssen?«

»Ich mag gar nicht fragen …«

»Die Weihnachtseinkäufe. Ich habe noch nichts besorgt.«

Er stöhnte. »Müssen wir? Die Läden werden heute brechend voll sein.«

»Ja, wir müssen.«

* * *

Später kehrten sie erschöpft nach Hause zurück, hatten aber das meiste bekommen. Der erste Tag im Hotel war problemlos verlaufen, und Jen übernahm am Wochenende die Leitung, mit der Anweisung, Andi zu rufen, sollte etwas vorfallen, womit sie nicht fertigwurde.

Andi eilte nach oben, während Jack joggen ging. Sie sehnte sich nur nach einem langen Bad und acht Stunden Schlaf. Also zog sie sich aus, öffnete den Medizinschrank und griff nach den Antibabypillen. Sie öffnete die Schachtel und zuckte zusammen.

Die Schachtel war beinahe voll.

Wann habe ich das letzte Mal daran gedacht, sie zu nehmen?

Benommen schlüpfte sie in den Morgenmantel und setzte sich auf den Rand der großen Badewanne, hielt die Verpackung mit den Tabletten in den Händen und versuchte, sich die letzten Wochen ins Gedächtnis zu rufen. Dem Inhalt der Packung nach zu urteilen, war es mehr als zwei Wochen her, dass sie das letzte

Mal eine genommen hatte. Noch nie hatte sie das auch nur ein Mal vergessen, geschweige denn volle zwei Wochen lang.

»Grundgütiger«, keuchte sie, als ihr wieder einfiel, wie sie und Jack sich gestern Abend und heute Morgen geliebt hatten, nachdem sie einander wochenlang kaum zu Gesicht bekommen hatten. »O *Gott*«, stöhnte sie erneut, nachdem sie rasch im Kopf nachgerechnet hatte.

Das Timing war perfekt.

Sie wusste, dass sie die Pille nicht nehmen sollte, wenn sie schwanger sein könnte, also stand sie auf, um die Tabletten in den Schrank zurückzulegen.

»Schwanger.«

Sie musste das Wort laut aussprechen, um es zu begreifen, und versuchte, sich daran zu erinnern, wie lange sie warten musste, um einen Test zu machen.

* * *

Andi brachte Weihnachten hinter sich, indem sie sich strikt untersagte, daran zu denken, dass sie schwanger sein könnte. Die Kinder hatten Ferien, und über die Feiertage hatten Jack und Jamie HBA geschlossen, als Dankeschön an die Mitarbeiter für ihre harte Arbeit am Hotel. Andi und Jen wechselten sich ab, damit sie beide während der Feiertage hin und wieder freihatten.

Am Silvestermorgen stellte sie sich schließlich dem Schwangerschaftstest. Anschließend starrte sie lange auf das rosa Plus, bevor sie das Bad verließ und wieder ins Bett kroch. Plötzlich war ihr kalt, und sie zitterte am ganzen Leib, als ihr das volle Ausmaß dieser Entwicklung bewusst wurde.

»Alles in Ordnung, Liebling?«, fragte Jack.

»Ich dachte, du schläfst noch.«

»Ich bin noch darauf programmiert, wegen der Arbeit früh aufzustehen.« Er legte einen Arm um sie. »Du zitterst ja. Komm her.« Um sie zu wärmen, zog er sie an sich. »Besser?«

Sie kniff die Augen zusammen, und eine Träne lief ihr über das Gesicht. »Viel.«

Als er ihr einen Kuss auf die Wange gab, bemerkte er, dass sie weinte. »He. Was ist los?«

Sie nahm sich einen Moment Zeit, um die Fassung wiederzuerlangen, dann drehte sie sich zu ihm um. »Was hältst du von seine, ihres und unseres?«

»Versteh ich nicht.«

»Wir haben deine, wir haben meins, und wie es ausschaut, werden wir auch noch ein Gemeinsames haben.« Sie beobachtete, wie sich sein Gesicht erhellte, sobald es ihm dämmerte.

»Ehrlich?«

Sie nickte.

Er drückte sie fest an sich. »Andi«, flüsterte er.

»Ich bin so dumm. Während des ganzen Chaos mit dem Hotel habe ich vergessen, die Pille zu nehmen, und ich habe es erst nach der Eröffnung bemerkt. Wir hatten doch beschlossen, dass wir kein …«

»Wen kümmert es, was wir beschlossen haben?«

»Ich fasse nicht, wie dämlich ich war.«

Er lachte leise und drückte sie fester an sich. »Ich bin so froh, dass du dumm warst.«

Sie schaute ihn an. »Was, wenn …«

»Was denn, Schatz?«

»Was, wenn dieses Baby auch taub ist?« Das hatte sie die ganzen letzten Tage befürchtet.

Er stützte sich auf einen Ellbogen und sah ihr in die Augen. »Wenn das passiert, dann werden wir das gemeinsam bewältigen, und wir werden ihn oder sie genauso lieben wie die anderen. Ich würde dich nie im Stich lassen wie er.«

»Ich weiß.«

»Für dich ist jetzt nur wichtig, dass du dich um dich selbst und das Baby kümmerst.« Er küsste sie auf die Wange und auf die Lippen. »Ich liebe dich, und ich werde unser Baby lieben. Darauf kannst du dich verlassen.«

Während er sie fest an sich zog, spürte sie, wie die letzten Bedenken verflogen.

»Ein Baby«, rief er. »Was für eine großartige Art, das Jahr ausklingen zu lassen. Ich kann es kaum erwarten.«

»Es dauert ein paar Monate, weißt du?«, erwiderte sie, amüsiert von seiner Vorfreude.

»Wann wollen wir es der Welt verkünden?«

»Können wir es eine Weile für uns behalten? Ich bin da abergläubisch.«

»Müssen wir?«

»Du schaffst das.«

»Für dich schaffe ich es«, versprach er, bevor er sie küsste. »Aber leicht wird es nicht.«

Kapitel 26

Um Silvester und seinen ersten Hochzeitstag mit Frannie zu feiern, lud Jamie alle zum Hummeressen ein. Jack und Andi hatten angeboten, auf die Babys aufzupassen, damit sie an ihrem Jahrestag ausgehen konnten, aber sie zogen es vor, bei den Kleinen zu Hause zu bleiben.

Nach dem Abendessen wollten sich die Kinder bis zu den Feierlichkeiten um Mitternacht einen Film anschauen. Jack folgte Jamie nach oben, um nach den schlafenden Zwillingen zu sehen, während Andi Frannie dabei half, das Geschirr wegzuräumen.

»Trinkst du heute keinen Wein, Andi?«, erkundigte sich Frannie.

»Mir ist nicht danach.« Sie wich Frannies prüfendem Blick aus, indem sie die Hummerpanzer einsammelte und in den Müll warf. Sie hatte seit über einer Woche keinen Wein mehr getrunken, aber in dem ganzen Chaos während der Feiertage war das niemandem aufgefallen.

»Seit wann ist dir nicht nach Wein?«

»Mein Magen hat mir neulich eine Weile Probleme bereitet.«

»So wie mein Magen damals in deinem Haus, als du meintest, ich hätte genau das, woran ich jetzt denken muss?«

Andis Herz raste. »Das wäre?«

»Du bist schwanger, nicht wahr?«

»Wer ist schwanger?«, wollte Jamie wissen, der gerade zurückkam, Jack dicht auf den Fersen.

Jack lachte. »Ich fasse es nicht. Du hast es nicht mal einen Tag lang ausgehalten.«

Und Andi fragte sich, wie sie hatte hoffen können, vor diesen Menschen ein Geheimnis zu bewahren.

»Dabei dachtest du, *ich* wäre das schwächste Glied«, fügte er hinzu.

»Ich habe es mit keiner Silbe erwähnt.« Sie warf Frannie einen Blick zu. »Sie hat es erraten.«

Frannie klatschte in die Hände. »Ich wusste es.«

Andi brachte sie zum Schweigen. »Ich bin erst seit fünf Minuten schwanger, weshalb wir es noch nicht erwähnen wollten – zumindest hatten wir das vor.«

Frannie umarmte sie. »Wir erzählen es nicht weiter, nicht wahr, Jamie? Ich bin so froh, dass unsere Kinder einen Cousin haben werden, der fast so alt ist wie sie. Gratuliere, Jack«, jubelte sie, bevor sie ihren Bruder drückte.

»Eine ganz schöne Überraschung, was, alter Mann?«, wandte sich Jamie an Jack.

»Ein wenig schon, aber eine gute.« Jack legte einen Arm um Andi. »Eigentlich die beste Überraschung überhaupt.«

»Himmel, ich hoffe, dass dir nicht so schlecht wird wie mir«, meinte Frannie mit einem Schaudern.

»War mir bei Eric nicht, also wird es diesmal wohl auch nicht so sein.«

* * *

Das stellte sich leider als reines Wunschdenken heraus. Eines Tages war ihr so schlecht, dass Jack zu Hause blieb, weil er sie nicht allein lassen wollte. Er rief Jen an, um ihr mitzuteilen, dass Andi heute nicht zur Arbeit kommen würde. Angesichts dessen blieb ihnen keine andere Wahl, als Jen einzuweihen. Zum Glück war ihre Assistentin liebend gerne bereit, für sie einzuspringen. Den Kindern erklärten sie, Andi hätte eine Magenverstimmung, aber sie würden ihnen die Wahrheit erzählen müssen, falls es nicht bald besser wurde.

Jack wischte ihr mit einem kalten Lappen übers Gesicht, nachdem sie sich wieder übergeben hatte. »Lass mich den Arzt rufen.«

»Nein.« Selbst ihre Stimme klang schwach. »Ich will nicht im Krankenhaus landen.«

»Aber du behältst nichts drinnen. Ich ertrag das nicht. Das kann doch nicht gut für dich sein, oder für das Baby.«

Sie versuchte, vom Badezimmerboden aufzustehen, auf dem sie saßen. »Es ist vorbei. Ich will wieder ins Bett.«

»Warte.« Er hob sie hoch und stellte erschrocken fest, wie leicht sie war. Dann trug er sie zum Bett und deckte sie mit einer weiteren Decke zu, weil sie zitterte. Sie schlief, kaum dass ihr Kopf auf dem Kissen lag, und er betete, dass sie sich nicht mehr übergeben musste – vorerst.

Von Frannie abgesehen hatte er noch nie davon gehört, dass jemandem während einer Schwangerschaft so schlecht geworden war wie Andi in den letzten Wochen. Clare hatte bei den Mädchen nie Probleme mit Übelkeit gehabt, und bei Eric war es Andi ebenso ergangen. Während sie schlief, schlich er nach unten und rief Frannie an.

»Wie geht es ihr?«, fragte sie.

»Nicht gut. Ich weiß nicht, wie viel länger das noch dauern kann.«

»Monate, fürchte ich.«

Jack ächzte. »Das kann ich mir nicht vorstellen.«

»Versuch, sie zum Essen zu bewegen – irgendwas. Nur ein paar Cracker und einen Schluck Gingerale oder was in der Art. Mir hat es geholfen, für Nachschub zu sorgen, so eigenartig das auch klingt.«

»Ich glaube nicht, dass sie es drinnen behält.«

»Es wäre vielleicht an der Zeit, Dr. Abbott anzurufen.«

»Sie hat Angst, ins Krankenhaus zu müssen.«

»Mir hat das gutgetan. Vielleicht solltest du trotzdem anrufen.«

»Ich denke, das werde ich.«

»Sag Bescheid, wenn du was brauchst. Ich weiß, wie schlimm sich das anfühlt.«

»Danke, Fran.«

Er legte auf und starrte ein paar Minuten lang das Telefon an, bevor er es wieder in die Hand nahm und die Ärztin anrief. Andi würde darüber nicht glücklich sein, aber er wollte weder ihr Leben noch das des Babys riskieren.

* * *

Als Jack nach oben zurückkehrte, stellte er fest, dass sie wach war, auch wenn sie noch immer im Bett lag. Er strich ihr das Haar aus dem Gesicht. »Wie fühlst du dich?«

»Ging mir schon mal besser.«

»Ich hab die Ärztin angerufen.«

Sie stöhnte. »Ich hab doch gesagt, dass du das nicht tun sollst.«

»Ich mache mir Sorgen, Andi. Du bist bestimmt schon ganz dehydriert. Dr. Abbott will, dass ich dich ins Krankenhaus bringe.«

Da brach sie in Tränen aus. »Ich will das nicht.«

»Liebling, denk ans Baby. Frannie hat der Besuch im Krankenhaus gutgetan. Lass dir von ihnen helfen. *Bitte.* Ich ertrag es nicht, dich so zu sehen. Es jagt mir eine Heidenangst ein.«

Ein Schluchzen entrang sich ihr. »Okay.«

Er zog sie an und brachte sie ins Auto, ohne dass sie sich daran beteiligte, was auch ganz gut war, da sie sowieso nichts hätte tun können.

Dr. Abbott warf nur einen Blick auf Andi und hängte sie sofort an den Tropf.

Frannie hatte Andi, die jetzt schon fast in der siebten Woche war, die Ärztin empfohlen. Andi und Jack hatten ihre Reise auf die Jungferninseln verschoben, bis es ihr besser ging, und das einjährige Jubiläum ihres Einzugs bei ihm war Anfang des Monats, ohne weiter Beachtung zu finden, an ihnen vorbeigezogen.

»Sie fühlen sich wohl nicht so gut, was, Andi?«, erkundigte sich Dr. Abbott, nachdem eine Krankenschwester Andi ins Bett geholfen hatte.

»Nein«, gab Andi zu.

»Wir tun, was wir können, um Ihnen zu helfen, aber Sie haben noch ein paar Wochen vor sich, bis es vorbei ist.«

Andi stöhnte.

»*Wochen?*«, fragte Jack.

»Ich fürchte schon. Wenn es einer Mutter derart schlecht geht, dann dauert das meistens das ganze erste Trimester. Aber wir führen Ihnen erst mal Flüssigkeit zu, damit Sie wieder zu Kräften kommen. Ich will auch per Ultraschall nach dem Kleinen schauen. Deswegen müssen Sie sich aber keine Gedanken machen. Bin gleich zurück.«

Andi griff nach Jacks Hand. »Ich hoffe, mit dem Baby ist alles in Ordnung.«

»Ich bin mir sicher, dass ihm nichts fehlt.«

»Du hast wohl keinen Zweifel daran, dass es ein Junge wird.«

»Es kann auf *keinen Fall* noch ein Mädchen werden.«

»Na ja, die Chancen stehen fünfzig-fünfzig.«

»Wirklich?« Er hob ihre verschränkten Hände an die Lippen. »Es tut mir so leid, dass du das durchmachen musst, Schatz.«

»Das hab ich nun von meiner Dummheit.«

Er lachte leise, während eine Krankenschwester ein Ultraschallgerät ins Zimmer rollte.

Ein paar Minuten später kehrte die Ärztin zurück, um die Untersuchung durchzuführen. Plötzlich hielt sie den Kopf schief und rutschte näher an den Bildschirm.

Jack hatte auf so einem Monitor noch nie etwas erkannt, was einem Baby auch nur im Ansatz ähnelte, und auch diesmal war es nicht anders, aber er bemerkte einen kräftigen Herzschlag. Dann entdeckte er einen zweiten. Er blickte im selben Moment zur Ärztin hoch, in dem sie ihn ansah.

»Frannie hat mir erzählt, dass Zwillinge in Ihrer Familie liegen«, meinte sie schmunzelnd.

»Hat meine Mutter behauptet«, stammelte Jack.

»Sieht so aus, als hätte sie damit recht.« Sie deutete auf den Bildschirm, um es auch Andi zu zeigen. »Ein Herz hier, ein zweites hier.«

Andi schnappte nach Luft und umklammerte Jacks Hand fester. *»Zwei?«*

Amüsiert von ihrer Überraschung hielt die Ärztin zwei Finger hoch. »Sollten sie eineiig sein, dann ist das reiner Zufall und nicht vererbt.«

Jack ließ einen langen Atemzug entweichen, von dem er nicht mal gemerkt hatte, dass er ihn zurückhielt.

Andis Blick hing wie gebannt am Monitor. »Können Sie erkennen, ob es Jungs oder Mädchen sind?«

»Dafür ist es noch zu früh – Sie sind gerade erst in der sechsten Woche. Das hier könnte ein Junge sein.« Sie zeigte auf das Bild. »Aber kaufen Sie noch nichts Blaues. Es scheint ihnen tadellos zu gehen. Die Herzen schlagen kräftig, und offensichtlich wachsen sie, obwohl es ihrer Mutter so schlecht ging. Wir wollen nur schauen, dass Sie bekommen, was Sie brauchen, Andi, denn sie werden sich von Ihnen nehmen, was sie benötigen.«

»Sie behält nichts drinnen«, warf Jack ein, der noch immer versuchte, zu begreifen, dass es zwei Babys waren.

»Solange Sie hier sind, tun wir für Sie, was wir können. In etwa vier oder fünf Wochen sollte es Ihnen allmählich besser gehen.«

»Das hoffe ich«, erwiderte Andi, die den Blick noch immer nicht vom Bildschirm lösen konnte.

»Kann sie denn Zwillinge austragen?« Er fragte sich besorgt, ob Andis gertenschlanke Figur überhaupt das Gewicht von zwei Babys verkraften würde.

»Die letzten beiden Monate werden anstrengend, aber Sie schaffen das schon.«

Damit ließ die Ärztin sie allein, und Andi wandte sich an Jack, die Augen vor Ungläubigkeit ganz groß. »Erst Jamie und Frannie, jetzt wir«, staunte sie. »Wie stehen die Chancen dafür?«

»Ich fasse es nicht. Wir hatten keine Ahnung, wie stark das Zwillingsgen in unserer Familie ist.«

»Himmel, Jack, wir werden *sechs* Kinder haben.«

»Zwei davon sind eigentlich schon erwachsen«, rief er ihr ins Gedächtnis. »Mit fünf hatte ich mich schon abgefunden. Was macht da eins mehr?«

»Es muss an dem Galaabend passiert sein.«

»Was doch gut passt, da das Hotel uns zusammengeführt hat, und jetzt hat es uns Zwillinge beschert.«

* * *

Sie teilten den Kindern die Neuigkeit mit, da Andi mehrere Tage im Krankenhaus bleiben musste, um die Dehydrierung auszukurieren. Wie Frannie ging es auch ihr viel besser, nachdem sie entlassen worden war, und sie war schon bald über den Berg, sodass ihr nur noch am Morgen schlecht war, was aber gegen Mittag wieder nachließ. Im April fühlte sie sich kräftig genug für die lang aufgeschobene Reise auf die Jungferninseln.

Am Abend vor ihrer Abreise rief Andi ihre Mutter an, um ihr von den Babys zu erzählen.

»Zwillinge?«

»Genau, Mutter. Offensichtlich liegt das bei Jack in der Familie. Weißt du noch, dass seine Schwester letzten Sommer Zwillinge bekommen hat? Unsere werden ungefähr ein Jahr nach ihren zur Welt kommen.«

»Da wirst du aber alle Hände voll zu tun haben.«

»Ich hoffe, dass du daran teilhaben wirst. Ich könnte deine Hilfe brauchen.«

»Ich bin für dich da, Andi, und ich bringe Tante Lou mit. Schickst du Eric im Sommer trotzdem zu uns?«

»Jack wird ihn vermutlich vorbeibringen. Ich finde es schade, dass ich euch nicht treffen kann, aber da werde ich mich nicht mehr allzu weit von zu Hause entfernen.« Eric hatte vor, im Juli zwei Wochen bei seiner Großmutter zu verbringen, aber Andi hatte ihm versprechen müssen, dass er lange vor der Geburt der Babys Ende September wieder zurück sein würde – wenn sie so lange durchhielt.

»Wir freuen uns schon drauf.«

»Er auch. Also, ich muss los. Jack und ich fliegen morgen für eine Woche auf die Jungferninseln, wie wir es eigentlich schon im Dezember vorhatten. Da ging es mir wegen der Schwangerschaft nur so schlecht, dass wir nicht wegkonnten.« Sie hatte ihrer Mutter nicht verraten, dass sie im Krankenhaus gewesen war, denn sie wusste, dass sie sich deshalb sorgen würde. »Aber ich fühle mich schon viel besser, und ich freu mich darauf, mich in der Sonne zu rekeln.«

»Schick mir eine Postkarte, Schatz. Viel Spaß.«

»Mach ich. Pass auf dich auf, Mom. Drück Tante Lou von mir«, fügte sie noch hinzu, bevor sie das Gespräch beendete.

»Wie hat sie es aufgenommen?«, fragte Jack.

»Erstaunlich gut. Ich glaube, sie ist vollkommen überwältigt.«

Er legte von hinten die Arme um sie und tätschelte ihren Bauch, der sich allmählich wölbte. »Die Kleinen haben uns alle überrascht.«

»Ich sollte ins Bett gehen, wenn wir den Flug erwischen wollen.« Sie wollten mittags ab Boston fliegen, aber da der Flughafen fast zwei Stunden entfernt lag, würde ein Taxi sie um acht abholen. Heute waren Jacks Eltern aus Connecticut gekommen, um auf die Kinder aufzupassen, während sie weg waren.

»Na dann.« Er hob sie hoch und trug sie durch das Haus, wobei er so tat, als würde er unter ihrem Gewicht zusammenbrechen.

»Das lässt du besser, Kumpel. In ein paar Monaten ist das nicht mehr lustig.«

»Dann musst du dir einen anderen suchen, der dich trägt.« Er wollte sie küssen, aber nach dieser Bemerkung ließ sie ihn nicht.

* * *

Sie landeten auf Saint Thomas und fuhren mit der Fähre über den Sund nach Saint John.

An dem Ferienort gab es jede erdenkliche Annehmlichkeit, aber nachdem sie seit ihrem letzten Urlaub auf Block Island im vergangenen Sommer ununterbrochen beschäftigt gewesen waren, gaben sie sich damit zufrieden, nichts zu tun.

Andi nippte an ihrer alkoholfreien Piña colada, während sie sich spätnachmittags am Strand auf einer Doppelliege sonnten. Zum Glück war ihr während des Urlaubs nicht einmal schlecht, und übergeben musste sie sich auch nicht. »Ich bin im Himmel«, seufzte sie.

»Ich auch. Wir sollten einfach herziehen.« Er musterte den schnittigen schwarzen Badeanzug, der die Wölbung ihres ehemals flachen Bauches bedeckte. Ihre Brüste waren fast zu voll für die Körbchen.

»Ja, klar, ich sehe es schon vor mir, wie wir mit unseren *sechs* Kindern am Strand wohnen.« Als sie zu ihm rüberschaute, erwischte sie ihn dabei, wie er ihre neue, kurvigere Figur betrachtete. »Hör auf, mich so anzuschauen, Jack.« Sie zupfte am Ausschnitt des Badeanzugs.

Er lachte. »Warum soll ich nicht genießen, was das Beste an deiner Schwangerschaft ist?«

Sie verdrehte die Augen. »Gewöhn dich bloß nicht dran. Die sind nur vorübergehend.«

»Das heißt ja nicht, dass ich sie nicht bewundern darf, solange sie hier sind, nicht wahr?«

»Denkst du auch mal an was anderes?«

»In letzter Zeit nicht.« Er streckte sich und gähnte. »In der Tat bin ich ziemlich müde. Du musst mich für ein Nickerchen zu Bett bringen.«

»Du hattest gerade erst ein ›Nickerchen‹«, erinnerte sie ihn.

»Das war vor zwei Stunden, und ich muss mich ausruhen.« Er stand auf und hielt ihr eine Hand hin. »Außerdem bekomme ich in der Sonne langsam Sommersprossen.«

Sie lachte und ließ sich von ihm hochhelfen. »Das können wir natürlich nicht zulassen, nicht wahr?«

Kaum waren sie in ihrem Zimmer, schob er ihr die Träger ihres Badeanzugs von den Schultern.

Als ihre Brüste entblößt wurden, verschränkte sie befangen die Arme davor.

Er zog sie beiseite. »Nicht. Ich will dich betrachten.«

»Die sind doch lachhaft«, jammerte sie, das Gesicht hochrot vor Verlegenheit.

»Nein, sind sie nicht.« Er streifte ihr den Badeanzug über die Hüften und drückte schließlich erst die Hand, dann die Lippen auf den Babybauch. »Ich hätte nie gedacht, dass du noch schöner sein könntest, aber dich schwanger mit meinen Babys zu sehen … Du bist so unglaublich sexy, und ich will dich die ganze Zeit.« Er drängte sie auf die Bettkante und kniete sich vor sie. Dann legte er die Hände an ihre Brüste, nahm eine besonders empfindliche Brustwarze in den Mund und fuhr mit der Zunge darüber.

Sie ließ den Kopf in den Nacken fallen, griff in sein Haar und stöhnte.

Da drückte er sie sanft nach hinten und zog, saugte und leckte, bis sie sich hilflos unter ihm wand. Seine Lippen auf ihrem Bauch schienen ihr glühend heiß, während er sie liebkoste. Er stellte ihre Beine auf den Bettrand und berührte und neckte sie mit der Zunge. Unter seinen Fingern war sie feucht und bereit für ihn, und als er sie sachte in sie schob, drückte er die Zungenspitze fest gegen die Stelle, die vor Verlangen pulsierte.

Andi schrie auf, sobald der Orgasmus sie erfasste. Sie kam noch immer, als er die Badehose auszog und in sie eindrang. Sie spreizte die Beine und nahm ihn tief in sich auf.

Er bemühte sich, nicht zu schwer auf ihr zu liegen. »Ich werde dich von jetzt an schwanger halten müssen«, flüsterte er an ihren Lippen.

Sie legte die Arme fester um ihn. »Meinst du?«

»Ich hätte nie gedacht, dass noch mehr zwischen uns sein könnte, aber in letzter Zeit …«

»Mmm, ich weiß.« Sie bog sich ihm entgegen. »Jack …«

»Was ist, Liebling?«

Flatternd senkten sich ihre Lider. »Ich glaube, ich komme … noch mal …«

Er griff dorthin, wo ihre Körper vereint waren, und brachte sie zum nächsten Höhepunkt.

Sie klammerte sich an ihn und riss ihn mit sich.

* * *

Eine Woche später flogen sie gebräunt, ausgeruht und entspannt wieder nach Hause. In ihrer Abwesenheit hatte der Frühling mit Macht Einzug gehalten, und strahlend gelbe Forsythienbüsche begrüßten sie mit einem Blütenmeer, als sie am späten Sonntagnachmittag eintrafen.

Das Taxi setzte sie zu Hause ab, und Jack sammelte ihre Taschen ein. Er ließ Andi nichts tragen, was schwerer war als ihre Handtasche.

Überrascht sahen sie, wie Jamie aus dem Haus trat, um ihnen mit dem Gepäck zu helfen. »He, wie war's?«

»Fantastisch«, erwiderte Jack. »Wir sind nur wieder da, weil das Gesetz von uns verlangt, dass wir uns um unsere Kinder kümmern. Was willst du hier?«

»Kommt rein, dann erzähl ich es euch.«

Jack warf Andi einen fragenden Blick zu.

Sie zuckte die Achseln.

»Was ist los?«, wollte Jack wissen, der allmählich den Eindruck gewann, dass etwas nicht stimmte. »Wo sind denn alle?«

»Jack, Clare ist im Krankenhaus. Sie hat einen Infekt. Zwar geben sie ihr Antibiotika, aber es geht ihr nicht gut.«

Andi griff nach Jack.

»Was für ein Infekt?«, rief er mit klopfendem Herzen. »Wie lange ist sie schon dort?«

»Sie halten es für eine Blutvergiftung. Seit gestern hat sie hohes Fieber, und letzte Nacht wurde sie dann eingeliefert.«

»Warum habt ihr mich nicht angerufen? Ich wäre sofort nach Hause geflogen.«

»Wir waren gestern Nacht der Meinung, dass du vermutlich nicht viel früher ankommen würdest, wenn wir dich anrufen.«

»Ich muss zu ihr.«

Andi umarmte ihn. »Natürlich, Jack. Du solltest bei ihr sein.«

»Kommst du zurecht?«

»Na klar. Geh schon. Jamie, bringst du ihn hin?«

»Ja. Ich hab hier auf Eric aufgepasst, da Jacks Eltern die Mädchen ins Krankenhaus begleitet haben. Er ist oben und spielt in seinem Zimmer, aber er wartet auf dich.«

»Danke, Jamie«, entgegnete Andi.

»Ich ruf dich an«, versprach Jack. Geistesabwesend gab er ihr einen Kuss auf die Wange, ehe er Jamie durch die Tür folgte.

* * *

Kurz nach Mitternacht brachten Jacks Eltern die Mädchen nach Hause.

»Wie geht's ihr?«, erkundigte sich Andi bei Madeline, nachdem die Kinder nach oben ins Bett gegangen waren.

»Nicht gut. Trotz der vielen Antibiotika ist das Fieber nicht gesunken.« Madeline ließ die Schultern hängen. »Ich fürchte, wir verlieren sie.«

»Das tut mir so leid.« Andi umarmte die ältere Frau. »Kann ich etwas für euch tun?«

»Ich glaube nicht, Schätzchen. Ich muss ins Bett, und du auch. Du musst dich ausruhen.«

»Ich hatte gehofft, noch mal von Jack zu hören. Wie hält er sich?«

»Er ist zutiefst erschüttert, aber resigniert. Er weiß, dass es vielleicht besser für Clare wäre, wenn sie stirbt, als so wie in den letzten drei Jahren zu leben.«

»Ist er alleine?«

»Frannie war vorhin da, und sie hat Clares Mutter mit zu sich nach Hause genommen, aber Jamie ist geblieben. Er lässt Jack nicht allein, Schätzchen. Keine Sorge. Warum legst du dich nicht hin?«

»Ich versuch es«, versprach sie und umarmte Madeline.

Jack kehrte in dieser Nacht nicht heim, sie bekam ihn erst am nächsten Abend um zehn wieder zu Gesicht. Als er ins Zimmer trat, sah er aus, als würde er jeden Moment umkippen.

»Hi.« Sie kletterte aus dem Bett und stellte sich vor ihn.

»Hi.« Zögernd umarmte er sie und küsste sie auf die Wange. »Komm mir lieber nicht zu nahe. Ich brauch eine Dusche.« Er trug noch immer dieselben Klamotten, die er auch auf Saint John angehabt hatte.

»Das kümmert mich nicht.« Lange hielt sie ihn fest. »Warum lass ich dir nicht einfach ein heißes Bad ein?«

»Das klingt gut, danke.« Er setzte sich auf das Bett, um sich die Schuhe auszuziehen.

Sie drehte den Wasserhahn an der Wanne auf, ehe sie ins Schlafzimmer zurückging, sich neben ihn setzte und ihm das Haar aus der gebräunten Stirn strich. Saint John schien so lange zurückzuliegen. »Hast du Hunger?«

Er schüttelte den Kopf. »Jamie hat mir vorhin was zu essen gebracht. Er war die ganze Zeit bei mir. Ich hab versucht, ihn nach Hause zu schicken, aber er wollte mich nicht allein lassen.«

Noch nie hatte sie ihn so erschöpft erlebt. »Ich bin froh, dass er da war. Wie geht es ihr?«

»Unverändert. Sie wissen einfach nicht, warum sie nicht auf die Antibiotika anspricht.« Er legte den Kopf an ihre Schulter und rieb ihr mit der Hand über den Babybauch. »Was ist mit dir, Liebling?«

»Mir fehlt nichts, Jack. Mach dir um mich keine Sorgen.«

»Das tue ich aber. Genau wie um die beiden.« Er beugte sich runter, um der Wölbung einen Kuss zu geben.

Während sich ihr das Herz zusammenzog unter dem Schmerz, der von ihm ausströmte, fuhr sie ihm mit den Fingern durch das Haar. »Mit uns ist alles in Ordnung, Liebling.«

»Ich geh in die Wanne.«

»Ich warte hier auf dich.«

»Gut.« Damit küsste er sie und verschwand ins Bad.

* * *

Clares Fieber wütete zwölf Tage lang. Und dann, gerade als Jack sich sicher war, dass er sie endgültig verlieren würde, öffnete sie die Augen und blickte ihn an.

TEIL IV

Rückenschwimmen: vorwärtsschwimmen, während es so aussieht, als würde man sich rückwärts bewegen

Kapitel 27

Als Clare die Lider hob und den Blick auf ihn richtete, sprang Jack auf die Füße. Er erkannte sofort, dass der leblose Ausdruck verschwunden war, den er in den letzten drei Jahren in ihren Augen gesehen hatte, und sie ihn nun aufmerksam anschaute. »Clare? O mein Gott. Kannst du mich hören?«

»Mmm.«

Er rannte zur Tür und rief nach einem Arzt.

»Was ist denn passiert?«, flüsterte sie, sobald er wieder an ihrem Bett stand und ihre Hand nahm. »Warum bin ich hier?« Ihre Stimme hörte sich schwach und rau an, aber es war Clares. Bis zu diesem Moment hatte er nicht gewusst, wie sehr er den Klang ihrer Stimme vermisst hatte.

Er beugte sich über das Seitenteil des Bettes und gab ihr einen Kuss auf die Stirn. »Du hattest ziemlich hohes Fieber.« Tränen rannen ihm ungehindert übers Gesicht.

»Warum weinst du? War ich lange krank?«

»Ja«, sagte er mit rauer Stimme.

»Ich hab Durst.«

Der Arzt betrat das Zimmer, gefolgt von zwei der Krankenschwestern, die sich in der Klinik um sie gekümmert hatten. Jack bat eine von ihnen, Kate, Maggie, Clares Mutter Anna und Clares Pflegerin Sally aus der Cafeteria zu holen.

»Clare, wie fühlen Sie sich?«, fragte der Arzt.

»Schwach«, flüsterte sie heiser. »Und ziemlich durstig.«

»Sie kann etwas Wasser bekommen«, teilte der Arzt der Schwester mit.

Die Tür öffnete sich, und Kate stürmte ins Zimmer, dicht gefolgt von den anderen. Sie warf einen Blick auf ihre Mutter und brach in Tränen aus.

Clare versuchte, eine geschwächte Hand nach ihrem mittleren Kind auszustrecken. »Kate, Schatz, komm her.«

Schluchzend warf sich Kate ihrer Mutter an die Brust.

Clare wollte sie mit einer Hand streicheln, aber die Jahre der Reglosigkeit hatten ihre Muskeln geschwächt, trotz der Physiotherapie, die sie fast jeden Tag erhalten hatte.

Maggie stand wie erstarrt da.

Leise weinend trat Anna auf die andere Seite des Bettes und küsste ihrer Tochter die Stirn. »Es tut so gut, deine Stimme zu hören.«

Während sich die irgendwie surreal wirkende Szene vor ihm abspielte, konnte Jack es kaum fassen, dass das, worauf sie drei Jahre lang gehofft hatten, endlich geschehen war. Dann fiel ihm ein, dass er Jill im College anrufen sollte, also begab er sich auf den Gang.

»Hi, Dad. Was gibt's?«

»Schatz …«

»Ist Mom gestorben?«, fragte sie leise.

»Im Gegenteil. Sie ist wach. Wirklich wach.«

»Was?«

»Ich will, dass du nach Hause kommst, aber wenn du das Gefühl hast, dass du dich nicht aufs Fahren konzentrieren kannst, dann bitte jemanden darum, dich herzubringen. Hörst du?«

»Ich fahre sofort los. Ich bin vorsichtig«, versicherte sie ihm. »Ist sie echt wach?«

»Ich schwöre es.«

»Das fasse ich nicht. Ich bin so schnell wie möglich da.«

»Bis dann, Schatz.«

Er legte auf, kehrte in Clares Zimmer zurück und näherte sich Maggie. »Schatz, möchtest du nicht zu Mommy?«

Vor Schock wirkte Maggies Gesicht ganz ausdruckslos, und Jack warf Sally, die einen Arm um das Kind gelegt hatte, einen beunruhigten Blick zu.

»Süße?« Er nahm Maggies Hand und führte sie an Clares Bett.

Plötzlich schnappte Clare nach Luft. »Maggie, *du bist ja so groß.* Wie lange war ich hier, Jack? Ich erinnere mich nicht daran, krank gewesen zu sein.«

Maggie starrte ihre Mutter an, während Kate leise schluchzte.

»Könnt ihr mir ein paar Minuten mit Mom geben?«, fragte Jack. »Nur ein paar, dann hol ich euch gleich wieder rein, okay?« Er half Kate auf die Füße und gab ihr Maggies Hand. »Rufst du Frannie und Jamie an?«

Kate trocknete sich das Gesicht und nickte.

Anna ging mit ihren Enkelinnen vor die Tür.

Als sie allein waren, ergriff Jack wieder Clares Hand und setzte sich auf den Bettrand. Er hatte keine Ahnung, wie er ihr all das erzählen sollte, was sie wissen musste.

»Jack, was ist los mit mir? Warum sind alle so aufgebracht?«

Er legte kurz die Stirn an ihre verschränkten Hände, um Fassung bemüht, ehe er wieder zu ihr hochblickte. »Vor fast drei Jahren wurdest du von einem Auto angefahren.«

Als er ihr die Zeit nannte, keuchte sie auf. *»Drei Jahre?«*

»Du hast eine schwere Kopfverletzung erlitten, und die Ärzte waren der Ansicht, dass du dich vermutlich nicht wieder erholen würdest. Aber das hast du, und es ist ein Wunder.«

»Das kann nicht stimmen. Ich war bei den Mädchen …«

»Es ist auf dem Parkplatz des Einkaufszentrums geschehen. Erinnerst du dich daran?«

»Nein.« Sie wandte den Blick von ihm ab, um das zu verarbeiten, was er ihr gerade erzählt hatte. »Wo ist Jill?«

»Auf dem Brown College. Sie ist bis gestern hier gewesen, musste aber wieder zurück.«

Mit großen Augen sah Clare wieder zu ihm. »Sie ist auf dem *College*? Grundgütiger.«

»Ich hab sie angerufen. Sie ist unterwegs hierher.« Seine Gefühle überwältigten ihn, und seine Stimme brach. »Es ist so viel passiert, Clare.« Zum ersten Mal seit einer Stunde dachte er an Andi, die schwanger mit seinen Kindern zu Hause wartete, während er mit der Ehefrau sprach, die er verloren geglaubt hatte. Das Ausmaß von alldem fühlte sich wie ein Eisblock in seinen Eingeweiden an.

»Die Mädchen sind so groß geworden.«

»Du wärst so stolz auf sie. Wir haben dich oft besucht.«

»Wo war ich?«

Er drückte auf den Knopf an ihrem Bett, damit sie sich ein wenig aufsetzen konnte. »Über ein Jahr lang warst du bei uns zu Hause. Nach einer Weile mussten wir akzeptieren, dass du nicht zu uns zurückkehren würdest – zumindest dachten wir das –, also habe ich eine Wohnung für dich gekauft. Ich habe Pflegerinnen eingestellt, die sich um dich gekümmert haben. Ich wusste nicht, was ich sonst tun sollte.«

Sie hörte ihm gebannt zu.

»Ich verrat dir noch etwas, das neu ist«, setzte er lächelnd hinzu. »Frannie hat vor mehr als einem Jahr Jamie geheiratet, und sie haben letzten Sommer Zwillinge bekommen.«

Clare atmete geräuschvoll ein. »Ist nicht wahr.«

Wie aufs Stichwort betraten sie das Zimmer. Frannie schlug sich eine Hand vor den Mund und schüttelte ungläubig den Kopf, als sie Clare reden hörte.

»Es stimmt«, rief sie, dann lief sie an Clares Bett. »O Gott sei Dank.«

»Ihr zwei seid *verheiratet*?«

Obwohl er Tränen wegblinzeln musste, zeigte Jamie Clare seinen Ehering. »Verheiratet mit acht Monate alten Zwillingen, Owen und Olivia.« Er zog ein Foto aus seinem Portemonnaie und hielt es ihr hin.

Sie betrachtete das Bild der Babys, und Tränen liefen ihr über das Gesicht.

»Frannie hat mir das Leben gerettet«, warf Jack ein. »Sie hat die ersten anderthalb Jahre bei uns gelebt und sich um die Mädchen gekümmert. Ich weiß nicht, was ich ohne sie getan hätte.«

»Danke«, wandte sich Clare an Frannie, die ihre Hand drückte.

In dem Moment steckte Kate den Kopf in den Raum. »Dad? Dürfen wir wieder rein?«

»Natürlich.«

Maggie wirkte noch immer erschrocken, aber diesmal lief sie gleich zum Bett ihrer Mutter.

»Ist schon gut, Maggie«, flüsterte Clare.

»Gehst du wieder weg?«

Jacks Herz zog sich zusammen, und er legte einen Arm um seine Tochter.

»Nicht, wenn ich es vermeiden kann«, erwiderte Clare.

Maggie griff nach der Hand ihrer Mutter. »Ich hab dich ganz doll vermisst.«

»Es tut mir leid, Baby. Es tut mir so unendlich leid.«

Wieder wurde die Tür aufgerissen, und Jill stürzte herein, blieb aber abrupt stehen, als sie sah, wie ihre Mutter mit Maggie redete.

»Jill«, flüsterte Clare. »Oh, du bist ja ganz erwachsen geworden. Komm her, damit ich dich ansehen kann.«

Jill lief ein paar Schritte vor, und Jack machte Platz, um sie durchzulassen. Sie beugte sich runter und gab ihrer Mutter einen Kuss auf die Wange, fing dann an, unkontrolliert zu schluchzen.

Mit der Hand rieb Jack Jill über den Rücken.

Kurz darauf kehrte der Bereitschaftsarzt mit dem Neurologen zurück, der Clare am Anfang behandelt hatte.

»Mr Harrington, ich bin Dr. Blake. Ich habe Sie im Fall Ihrer Frau beraten.«

Er erinnerte sich noch an ihr düsteres Treffen nur wenige Wochen nach dem Unfall und gab ihm die Hand. »Ich weiß.«

»Was für eine Entwicklung.« Dr. Blake lächelte und zeigte mit dem Kopf zu Clare, die von ihren aufgeregten Töchtern umgeben war. »Es ist ein wahres Wunder.«

»In der Tat«, stimmte Jack zu, der bei dem Gedanken an die Konsequenzen Bauchschmerzen bekam.

»Wie Sie sich vorstellen können, wollen wir sie gründlich untersuchen«, erklärte Dr. Blake. »Aber wie ich sehe, ist das nicht der richtige Zeitpunkt.«

»Sie hat viel durchgestanden, ganz besonders in den letzten zwölf Tagen«, fügte der behandelnde Arzt hinzu. »Wir wollen sie nicht weiter ermüden.«

»Die Mädchen werden demnächst gehen, und der Rest von uns wird dann auch gleich verschwinden, damit sie sich ausruhen kann«, versicherte Jack den Ärzten.

Er ließ die Mädchen noch eine halbe Stunde bei ihrer Mutter, bevor er sie nach Hause schickte. Frannie und Jamie nahmen Anna mit, damit sie bei ihnen übernachten konnte, und sie versprachen, Clare am nächsten Tag wieder zu besuchen.

Nachdem alle gegangen waren, widmete Jack sich wieder seiner Frau. »Bist du müde?«

Sie nickte, und wieder füllten sich ihre Augen mit Tränen. »Ich ertrage es nicht, dass ich drei Jahre ihres Lebens verpasst habe, *unseres* Lebens.«

»Ich kann mir nicht vorstellen, wie sich das anfühlen muss.« Er hielt inne und überlegte kurz, nicht ganz sicher, ob es nicht zu früh war … »Clare, an deinem Unfall war etwas eigenartig.«

»Inwiefern?«

Wieder zögerte er, aber drei Jahre der schrecklichen Unsicherheit verdrängten, dass er es eigentlich besser wusste. »Als das Auto dich traf, schien es so, als hättest du gar nicht versucht, auszuweichen.«

»Das verstehe ich nicht.«

»Die Mädchen meinten, es hätte so gewirkt, als hättest du dich absichtlich von dem Auto erfassen lassen. Ich wollte nicht glauben, dass du so etwas tun würdest, bis ich das Video gesehen habe …«

»Welches Video?«

»Von der Sicherheitskamera an der Mall.«

»Ich will es mir anschauen.«

»Das ist keine gute Idee. Es ist ziemlich erschütternd.«

»Ich will es sehen«, beharrte sie.

Widerwillig gab er nach. »Morgen bring ich es mit.«

Ein abwesender Ausdruck legte sich auf ihr Gesicht, als sie versuchte, sich zurückzuerinnern. »Ich weiß noch, dass ich mit den Kindern shoppen war, aber an etwas anderes aus der Zeit erinnere ich mich nicht. Es ist alles ganz verschwommen.«

»Mach dir darüber heute Nacht keine Gedanken, okay?« Er strich ihr das blonde Haar aus dem Gesicht und gab ihr einen Kuss auf die Stirn. »Wir kriegen das schon hin. Aber jetzt musst du dich ausruhen.« Er stand auf und griff nach seiner Jacke. »Ich komme morgen wieder.«

»Jack?«

Er drehte sich zu ihr um.

»Was habe ich noch verpasst?«, fragte sie mit einem besorgten Stirnrunzeln.

Er schluckte schwer und antwortete: »Nichts, was nicht bis morgen warten könnte.«

* * *

Auf dem Weg nach oben schaute Jack bei jeder seiner Töchter vorbei, die sich riesig freuten, dass ihre Mutter zurück war, aber er erkannte auch, dass sie es noch immer verarbeiten mussten, genau wie er selbst auch. Er stieg die Wendeltreppe rauf und erwischte Andi dabei, wie sie eine kleine Tasche packte. Eric saß auf dem Bett, seinen Rucksack neben sich. Vom Weinen waren seine Augen ganz gerötet.

»Was soll das werden?«, wollte Jack wissen.

Sie hielt den Kopf gesenkt. »Ich packe ein paar Sachen, die wir in den nächsten Tagen brauchen werden. Den Rest lasse ich später abholen.«

Er legte eine Hand auf ihre, um sie vom Weitermachen abzuhalten. »In den nächsten Tagen? Wo willst du hin?«

Eric beobachtete sie genau.

»Ins Hotel, bis wir etwas Permanentes finden«, erwiderte sie. Noch immer hatte sie ihn nicht angeschaut.

»Du bleibst hier, Andi. Das ist doch albern. Du bist schwanger. Das hier ist dein Zuhause«, beharrte er verzweifelt. In Gebärdensprache bat er Eric, seine Tasche zu nehmen und in seinem Zimmer zu warten. »Es ist alles in Ordnung, Kumpel. Ich bin in einer Minute bei dir, okay?«

Eric nickte und tat, worum Jack ihn gebeten hatte.

Dann drehte sich Jack wieder zu Andi, die gerade den Reißverschluss ihrer kleinen schwarzen Reisetasche schloss. Er nahm ihre Hand und zog sie neben sich aufs Bett.

»Sieh mich an.« Mit dem Finger hob er ihr Kinn, damit sie seinen Blick erwiderte. Ein gebrochener Ausdruck lag in ihren Augen, und er wollte sie nur noch in die Arme nehmen. »Ich möchte nicht, dass du ausziehst.«

»Das hier ist ihr Zuhause, und sie wird es zurückhaben wollen. Ich habe es mir nur ausgeliehen, genau wie dich.«

»*Nein*, Andi. Du hast mich nicht nur ausgeliehen. Ich *liebe* dich. Ich will, dass du bleibst.« Er versuchte, sie zu umarmen, aber sie wich ihm aus. »Ich brauche dich.«

»Du bist verheiratet, Jack. Meine Mutter hatte recht.«

Sie stand auf, aber er hielt sie am Arm fest.

»Deine Frau wird dich brauchen, und sie wird dich mit niemandem teilen wollen. Bitte, mach mir das nicht schwerer, als es ohnehin schon ist.« Sie riss ihren Arm los und hob die Tasche auf.

»Das war's? Du haust einfach ab? Was ist mit Eric? Was ist mit unseren Babys?«

»Eric wird dich treffen wollen, aber das ist deine Entscheidung. Wenn die Kinder auf der Welt sind, werden wir uns etwas einfallen lassen. Bitte, Jack. Lass mich gehen.«

Sie drängte sich an ihm vorbei und lief mit der Tasche nach unten zu Erics Zimmer, wo sie ihm den Rucksack aufsetzte und seine Hand nahm.

»Liebling, hör mir zu«, flehte Jack. »Lass uns darüber reden. Heute Abend müssen wir doch noch gar keine Entscheidung treffen.« Er folgte ihr durch das dunkle Haus zum Eingang. Dort holte er zu ihr auf und legte eine Hand gegen die Tür, damit sie sie nicht öffnen konnte. »Bitte.«

Sie streckte den Arm nach der Klinke aus, und als sie daran zog, um aufzumachen, nahm er die Hand weg und ließ sie vorbei.

Mit großen blauen Augen schaute Eric zu Jack hoch. »Ich hab dich lieb«, gebärdete er.

»Ich dich auch. Immer.« Während die beiden zu ihrem Auto gingen, fühlte er sich, als wäre ihm das Herz aus der Brust gerissen und überfahren worden.

Andi öffnete Eric die hintere Tür, half ihm auf den Kindersitz und setzte sich hinters Steuer.

Bevor sie die Tür schließen konnte, war Jack ebenfalls am Auto und trat davor. »Andi, Liebling. Bitte bleib hier. Ich liebe dich so sehr.«

»Mach's gut, Jack.« Sie fuhr davon, ohne noch mal zurückzublicken.

Er sah zu, wie die Rücklichter immer kleiner wurden, bis sie verschwunden waren, dann lief er los. Er rannte viele Kilometer weit, ohne zu wissen, wo er war oder wohin er wollte, und als er aus der Benommenheit erwachte, stellte er fest, dass er am Strand war. Erschöpft stürzte er auf die Knie und schrie, während ihn Schmerz und Freude gleichzeitig innerlich schier zerrissen.

Er schrie, bis er heiser war, und dann weinte er.

* * *

Andi steckte Eric ins Bett und versuchte wieder, ihm zu erklären, warum sie Jacks Haus hatten verlassen müssen.

»Er liebt dich«, versicherte sie ihm, dann wischte sie ihm die Tränen von den Wangen. »Er wird dich nicht vergessen. Da bin ich mir ganz sicher.«

»Es ist aber nicht dasselbe, wie dort zu wohnen.«

»Nein, Baby, das ist es nicht.«

Nachdem er eingeschlafen war, obwohl er auch im Schlaf noch weinte, deckte sie ihn zu und verließ sein Zimmer. Sie wischte sich die eigenen Tränen weg und machte sich Vorwürfe dafür, dass er so tief verletzt worden war. Sie hatte zugelassen, dass er einen Mann und eine Familie ins Herz schloss, die eigentlich nicht ihm gehörten.

Sie hatten die Suite bezogen, die Infinity jedem Hotelmanager zur Verfügung stellte, damit sie im Hotel wohnen konnten, wenn sie es wollten. Da sie die Zimmer bisher nicht gebraucht hatte, waren sie auch schon an Gäste vermietet worden. Aber zum Glück waren sie gerade frei. Sie konnten, solange es nötig war, hierbleiben, aber sie hoffte, ein richtiges Zuhause für Eric und die Babys zu finden, wenn sie wieder zu Atem gekommen war.

Sie setzte sich aufs Sofa und legte die Füße auf den Couchtisch, um die geschwollenen Knöchel zu entlasten. Als sie sich eine Hand auf die sich langsam rundende Mitte legte, spürte sie ein erstes Zucken und erkannte, dass sich eines der Babys bewegte. In dem Moment brach der Damm, und hätte er sie hören können, hätte ihr herzzerreißendes Schluchzen Eric sicher aufgeweckt.

Sie weinte, bis sie keine Tränen mehr hatte, dann schlief sie auf dem Sofa ein und träumte von Jack. Aber wenn sie im Schlaf die Hand nach ihm ausstreckte, konnte sie ihn nicht erreichen. Plötzlich war sie wach und sah sich gezwungen, den Schlag aufs Neue zu verdauen. Schließlich kroch sie ins Bett und sank in einen unruhigen Schlummer. Diesmal träumte sie von zwei wunderschönen Babys mit dunklem Haar und grauen Augen.

* * *

Jack verbrachte die schlaflose Nacht damit, beunruhigt über Clare, Andi und Eric nachzudenken. Am Morgen versuchte er, Andi im Hotel zu erreichen, aber sie nahm seinen Anruf nicht entgegen.

Obwohl die Mädchen vehement Einspruch erhoben, schickte er sie zur Schule. Sie hatten lange genug gefehlt, seit Clare im Krankenhaus war, aber er versprach ihnen, dass sie ihre Mutter gleich nach der Schule besuchen dürften.

Jill wusste nicht, wie sie sich überhaupt aufs College konzentrieren sollte, aber er ermutigte sie, es zu versuchen.

»Wo sind Andi und Eric?«, wollte Maggie beim Frühstück wissen.

»Sie bleiben ein paar Tage im Hotel.«

»Sie können nicht mehr bei uns wohnen, nicht wahr?«, fragte sie bedrückt.

Der Schmerz musste sich auf seinem Gesicht gezeigt haben, denn Kate kam ihm zu Hilfe.

»Wir sollten los, Maggie«, schlug sie vor. »Ich bring sie zur Schule, Dad.«

»Danke.« Er gab ihnen einen Abschiedskuss. »Ich sehe euch dann nach dem Unterricht.«

Auf dem Weg zum Krankenhaus fühlte er sich, als würde er durch Treibsand waten. Mit dem Fahrstuhl fuhr er in den siebten Stock, wohin man Clare aus der Intensivstation verlegt hatte, nachdem ihr Fieber gesunken war.

Sie saß im Bett, und ihr Gesicht hellte sich auf, als er eintrat.

»Guten Morgen. Hast du gut geschlafen?« Er gab ihr einen Kuss auf die Wange und stellte ein Dutzend gelber Rosen in eine Kristallvase auf dem Tisch. Ihre umwerfend blauen Augen funkelten voller Leben, so wie er sich an sie erinnerte, und er war wieder unglaublich dankbar, dass sie zurück war. Aber wenn er daran dachte, was er ihr beichten musste, zog sich sein Magen zusammen, und sein Herz raste.

»Die Blumen sind bezaubernd. Aber du siehst furchtbar erschöpft aus. Hast du nicht geschlafen?«

»Mir fehlt nichts. War schon Visite?«

»Ich habe mit dem Neurologen gesprochen, aber ich konnte ihm nicht viel erzählen.« Ihre Stimme klang schon kräftiger als gestern. »Nachher will der Psychiater mit mir über den Unfall reden.«

»Was ist mit der Reha?«

»Sie kümmern sich darum, dass ich in die Einrichtung hier im Krankenhaus kommen kann, um meine Bewegungsfähigkeit zurückzuerlangen. Ich werde vermutlich eine ganze Weile dort bleiben müssen, vielleicht sogar ein halbes Jahr. Es ist trotzdem nicht auszuschließen, dass ich nie wieder laufen werde.« Sie blickte auf ihre Hände runter. »Ich muss alles neu lernen, von den einfachsten Aufgaben bis zu den komplexesten«, fuhr sie fort. »Sie sind überzeugt, dass die Physiotherapie, auf der du bestanden hast, der einzige Grund ist, warum ich überhaupt eine Chance darauf habe, mich wieder ganz zu erholen.«

»Das haben sie mir gleich am Anfang mitgeteilt, deshalb habe ich stets darauf beharrt, dass man sich um dich kümmert, als wäre dein Zustand nur vorübergehend. Jetzt bin ich froh, dass ich das getan habe.«

»Du hattest noch Hoffnung, Jack. Selbst in einer scheinbar hoffnungslosen Situation.«

»Nicht immer.« Er ließ sich auf den Stuhl neben ihrem Bett fallen. »Im ersten Jahr schon. Danach musste ich mich der Realität stellen. Den Mädchen ging es schlecht, und ich war am Ende. Ich musste mich wieder um sie kümmern und konnte mich nicht mehr nur darauf verlassen, dass Frannie für mich einspringt.«

»Ich kann mir nicht mal ansatzweise vorstellen, wie das für dich gewesen sein muss.«

»Es war das Schlimmste, was mir jemals widerfahren ist, Clare. Es gibt keine Worte, um zu beschreiben, wie hilflos ich mir vorkam.« Gestern Abend hatte er sich beinahe genauso hilflos gefühlt, als Andi ihn mit Eric und den Babys verlassen hatte.

»Es tut mir leid.« Clare versuchte, seine Hände zu nehmen.

Um ihr die Mühe zu sparen, ergriff er stattdessen ihre. »Das muss es nicht. Es ist nicht deine Schuld.«

»Hast du das Video mitgebracht?«

»Ja, aber bist du dir sicher, dass du es dir anschauen willst? Es hat mich monatelang nicht losgelassen, nachdem ich es gesehen hatte. Ich weiß nicht, ob es das Richtige ist, es dir zu zeigen. Vielleicht sollten wir erst mit dem Psychiater sprechen.«

»Ich will es sehen. Bitte.«

Er stand auf, um die CD in den DVD-Player zu legen, der zum Krankenhausfernseher gehörte. Nachdem er ihn eingeschaltet hatte, kehrte er an Clares Bett zurück und hielt ihre Hand. Das Ganze war schnell vorüber, aber es gab keinen Zweifel daran, dass sie genug Zeit gehabt hätte, um auszuweichen.

»Spiel es noch mal ab.«

»Clare …«

»Bitte, ich muss es mir noch mal anschauen.«

Widerstrebend ließ er ihre Hand los und stand auf, um es neu zu starten.

Ihr Blick klebte am Bildschirm, bis zum Moment des Aufpralls, dann war sie gezwungen, wegzusehen. »Hatte ich noch andere Verletzungen?«, fragte sie leise.

»Du hast dir den linken Arm und das linke Bein gebrochen, deine Leber war gerissen, und sie mussten dir die Milz entfernen.«

»Ich verstehe es nicht. Warum bin ich einfach stehen geblieben?«

»Ich weiß es nicht, Schatz. Ich habe mir drei Jahre lang immer wieder dieselbe Frage gestellt.«

»Was um Himmels willen habe ich mir nur dabei gedacht? Es muss die Mädchen schrecklich traumatisiert haben.«

»Nachdem ich das Video gesehen hatte, habe ich sie gleich zur Therapie geschickt. Ich hatte ein schlechtes Gewissen, weil ich ihnen nicht geglaubt habe, als sie mir erzählt haben, was passiert war.«

»Ich erinnere mich an nichts. Ich habe mir den Kopf darüber zerbrochen, um einen Grund zu finden, warum ich so etwas Dummes tun würde.«

»Es fällt dir bestimmt noch ein.« Dann atmete er tief durch, denn er wusste, dass er es nicht länger vor sich herschieben konnte. »Hör mal, es … ähm … gibt da noch etwas, was ich dir erzählen muss … Dinge, von denen ich nicht will, dass du sie von jemand anderem erfährst.«

»Was für Dinge?«

Er suchte nach den richtigen Worten, um ihr von seinem Leben ohne sie zu erzählen, von den Entscheidungen, die er getroffen hatte, der anderen Frau, die er liebte.

»Nachdem du ein Jahr lang bei uns zu Hause gepflegt worden warst, hat Frannie mit mir geredet. Ich musste einsehen, dass es den Mädchen und mir nicht gutgetan hat, dich in dem Zustand bei uns zu haben. Das Krankenhausbett, die Geräte, die Pflegerinnen. Es war wie in einem Krankenhaus. So konnte es nicht weitergehen. Also haben wir dich in deine eigene Wohnung gebracht. Das war der Tiefpunkt für mich. Ich fühlte mich, als hätte ich dich im Stich gelassen.«

Er senkte den Blick und rang mit den Gefühlen, die ihn zu überwältigen drohten, als er an die finsterste Zeit seines Lebens zurückdachte.

»Jack«, flüsterte sie sanft. »Du hast mich nicht im Stich gelassen.«

»Frannie und Jamie haben mir geholfen, und ich bin ihnen äußerst dankbar. Ich schätze, indem sie mich unterstützt haben, haben sie auch nach all den Jahren, in denen sie gute Freunde waren, einander gefunden. Es ist quasi auch dein Verdienst, dass sie geheiratet haben.«

»Das kann ich immer noch nicht fassen.«

»Manchmal glaube ich es auch nicht, und ich war dabei.« Er lächelte und zwang sich dazu, weiterzureden. »Schließlich bin ich wieder arbeiten gegangen. Ich war vierzehn Monate weg gewesen. Kannst du dir das vorstellen?«

»Früher wolltest du nicht mal zwei Wochen Urlaub nehmen.«

»Ich habe bewiesen, dass ich ganz und gar entbehrlich bin.«

»Ist es dir besser gegangen, nachdem du wieder gearbeitet hast?«

»Es hat gutgetan, wieder etwas Normalität zurückzuerlangen. Wir hatten den Auftrag erhalten, ein Infinity-Hotel am Ocean Drive zu entwerfen und zu bauen. Ich habe das Projekt übernommen, und das hat mir etwas Positives gegeben, worauf ich mich konzentrieren konnte. Natürlich hatte ich auch die Mädchen und damit einen Grund, jeden Tag aufzustehen und nicht aufzugeben.« Er zögerte und sah vermutlich aus, als würde er sich quälen, denn sie ging sofort darauf ein.

»Was ist los?«

Sein Herz pochte wild, und seine Hände wurden plötzlich feucht. »Das Hotelprojekt machte Fortschritte, und bei unserer Zusammenarbeit mit Infinity habe ich jemanden kennengelernt, Clare.«

»Wie meinst du das?«

»Ich habe eine Frau im Team aus Chicago getroffen, und wir … Ich habe mich in sie verliebt.«

Sie schloss die Augen und atmete scharf ein.

Er musste sich dazu zwingen, fortzufahren. »Ich war mit niemandem ausgegangen und habe auch nichts anderes in der Richtung unternommen, das war also nichts, wonach ich gesucht hatte. Es hat mich gefunden, und ich habe mich dagegen gewehrt, glaub mir. Alle haben mich dazu gedrängt, mein Leben wieder in den Griff zu bekommen. Sie haben mir erzählt, ich sollte leben, dass du mich glücklich sehen wolltest.«

»Diese Frau«, setzte sie stockend an.

»Sie heißt Andi.«

»Liebst du sie noch immer?«

»Ja.«

Sie wandte sich von ihm ab. »Wo ist sie jetzt?«

»Sie und ihr Sohn haben über ein Jahr lang bei uns gelebt.«

Wütend riss sie den Kopf zu ihm herum. »In meinem Haus? Du hast sie in *mein* Haus gebracht? Das Haus, das du für *mich* gebaut hast?«

Er musste sich ins Gedächtnis rufen, dass für sie nur fünf Minuten vergangen waren, nicht drei Jahre. »Ich hatte daran gedacht, woanders hinzuziehen, als sie zu uns kamen, aber wir fanden, dass es für die Mädchen nicht gut wäre, wenn sie ihr Zuhause verlassen müssten, nachdem sie schon dich verloren hatten. Also sind wir geblieben.«

»Sind wir geschieden?«

»Nein.« Er hielt die Hand hoch, an der er noch immer ihren Ring trug. »Das ist mir nie in den Sinn gekommen, Clare. Das hätte ich niemals getan. Niemals.«

»Dann war meine Rückkehr aus dem Reich der Toten keine gänzlich wundervolle Sache für dich«, fauchte sie mit einem bitteren Klang in der Stimme.

»Das stimmt nicht. Ich bin froh, dass du wieder wach bist, und die Mädchen sind es auch. Das haben wir uns seit drei langen Jahren gewünscht. Aber wir mussten aufhören, jeden Tag darauf zu hoffen, und stattdessen herausfinden, wie wir ohne dich leben konnten.«

»Hat sie vor, weiterhin in meinem Haus zu wohnen, wenn ich aus dem Krankenhaus entlassen werde?«

»Sie ist letzte Nacht ausgezogen.«

»Kein Wunder, dass du so am Boden zerstört und erschöpft wirkst«, meinte sie vorwurfsvoll.

Das konnte er nicht leugnen, also schwieg er.

»Gibt es noch etwas, was der Rest der Welt schon weiß?«

Der Ausdruck auf seinem Gesicht musste ihr verraten haben, dass es noch mehr gab – viel mehr.

Sie keuchte auf. »Hast du Kinder mit ihr?«

»Ihr Sohn ist mir wichtig. Außerdem erwarten wir im September Zwillinge.« Bei den Worten sah er ihr direkt in die Augen. Er weigerte sich, sich für seine Beziehung mit Andi oder für die Kinder, die sie gezeugt hatten, zu schämen.

»Bitte geh.«

»Clare …«

»Bitte. Lass mich einfach in Ruhe.« Sie drehte sich weg und blickte aus dem Fenster.

»Wir müssen darüber reden.«

»Nicht heute.«

Er blieb einen Moment lang stehen, bevor er sich abwandte und das Zimmer verließ.

KAPITEL 28

Frannie verließ den Fahrstuhl in der siebten Etage und fand ihren Bruder im Wartesaal, vorgebeugt, die Ellbogen auf die Knie gestützt.

»Jack? Was ist passiert?«

»Hallo, Fran.«

»Warum bist du nicht bei Clare?«

»Sie hat mich rausgeworfen.«

Sie setzte sich neben ihn. »Oh. Dann hast du es ihr also gebeichtet.«

»Ich rufe mir immer wieder ins Gedächtnis, dass für sie alles noch so ist wie vor drei Jahren. Als wäre die Zeit stehen geblieben. Aber für uns hat die Uhr weitergetickt.«

»Lass mich mit ihr reden. Warum verschwindest du nicht für eine Weile von hier? Mutter und Dad sind bei den Zwillingen, aber sie wollen Clare nachher besuchen, es wird also immer jemand bei ihr sein.«

»Die Mädchen wollen nach der Schule auch herkommen.«

»Du kannst ein wenig Zeit mit Andi verbringen. Wie kommt sie damit klar?«

»Sie ist ausgezogen«, teilte er ihr mit, auch wenn er noch immer nicht glauben konnte, dass all das geschehen war.

»Wo wohnt sie denn jetzt?«

»Im Hotel, vorerst zumindest.« Er seufzte. »Sie will mich nicht sehen, nimmt meine Anrufe nicht entgegen.«

»Verdammt.«

»Genau mein Gedanke.«

»Was wirst du jetzt tun?«

»Ins Büro gehen, schätze ich. Ich will nicht zu Hause sein, wenn Andi nicht da ist, und hier bin ich im Moment auch nicht willkommen. Ich schau nachher noch mal vorbei. Hoffentlich beruhigt Clare sich wieder.«

»Ich rede mit ihr, dann fahr ich zu Andi rüber, um zu schauen, ob bei ihr alles in Ordnung ist.«

Das hellte seine Stimmung auf. »Gut. Danke, Fran.«

»Geh schon. Das wird wieder. Keine Sorge.«

»Du hast da mehr Vertrauen als ich. Was für ein Chaos, aber daran kann ich nur mir selbst die Schuld geben.«

Sie legte ihm eine Hand auf den Arm. »Tu dir das nicht an. Du hast die ganze Zeit dein Bestes gegeben. Du hast niemandem etwas versprochen, was du nicht halten konntest, ganz besonders Andi gegenüber.«

»Ich habe versprochen, dass ich sie nie mit den Babys im Stich lassen würde.«

»Wirst du auch nicht. Mach dich nicht verrückt, indem du jede Entscheidung anzweifelst, die du in den letzten drei Jahren getroffen hast. Ich weiß, dass im Moment alles ganz schlimm aussieht, aber dir fällt schon was ein.«

»Ich wünschte, ich wäre genauso optimistisch.«

»Ich ruf dich nachher an.« Sie küsste ihn auf die Wange und schob ihn Richtung Fahrstuhl.

* * *

Als Frannie Clares Zimmer betrat und sah, dass ihre Schwägerin geweint hatte, war sie sich nicht sicher, ob sie hier im Moment wirklich willkommen war. »Hi.«

»Hallo.«

»Wie ich höre, hattest du einen turbulenten Tag.«

Clare zuckte die Achseln und spielte mit ihren Fingern, schaute Frannie aber nicht an.

Sie setzte sich neben Clares Bett. »Darf ich dir was sagen? Wirst du mir zuhören, weil ich jemand bin, der dich lieb hat?«

»Vielleicht.«

»Ich habe noch nie jemanden so leiden gesehen wie meinen Bruder nach deinem Unfall. Es gab Zeiten, da habe ich befürchtet, dass er an seinem gebrochenen Herzen sterben würde. Er war unglaublich lange völlig am Boden zerstört. Selbst nachdem ihm die Ärzte erklärt haben, dass sie nichts mehr für dich tun konnten, hat er die Hoffnung nicht aufgegeben. Erst als er dich endlich losgelassen hatte, hat er sich gestattet, um dich zu trauern, und da dachte ich, wir hätten auch ihn verloren.«

»Ich verstehe, dass er Bedürfnisse hat, und drei Jahre sind eine lange Zeit, aber musste er sie in *mein* Haus bringen? Zu *meinen* Kindern? Was für eine Person zieht in das Zuhause und zu der Familie einer anderen Frau?«

»Sie ist ganz wundervoll«, seufzte Frannie. »Sie war nett zu deinen Mädchen, hat sich, so gut sie konnte, um sie gekümmert und kein einziges Mal versucht, deinen Platz einzunehmen. Sie hat in deinem Haus alles so gelassen, wie es war, von dem Zimmer abgesehen, dass sie sich mit Jack geteilt hat.«

»Das ist *mein* Zimmer. Aber wie ich sehe, hast du sie gern, und ich schätze, ich darf mir von meinen Kindern anhören, dass sie sie auch gernhaben. Du behauptest, sie hätte nicht versucht, mich zu ersetzen, aber sie hat es vermutlich trotzdem geschafft.«

»Da liegst du komplett daneben, und du bist Jack gegenüber schrecklich ungerecht.«

»Ich bin Jack gegenüber ungerecht? Während ich in einem Krankenbett lag, hat er mit einer anderen ein neues Leben angefangen, aber *ich* bin diejenige, die ungerecht ist?«

»Ja, Clare, das bist du«, bestätigte Anna im Türrahmen.

»Selbst meine eigene Mutter erkennt nicht, was hier schiefläuft? Mein Ehemann hat eine neue Familie. Eine andere Familie mit einer anderen Frau.«

»Ich liebe dich, Clare, und ich bin froh, dass du wieder bei uns bist«, erklärte Frannie. »Aber er ist mein Bruder, und ich liebe ihn auch. Ich kann nicht hier sitzen und zuhören, wie du so über ihn redest, nachdem ich erlebt habe, wie er deinetwegen gelitten hat. Ich hoffe, dass du dir das noch mal gut durch den Kopf gehen lässt, bevor du die Entscheidungen zu streng verurteilst, die er in einer unerträglichen Situation getroffen hat. Du weißt, dass er dir niemals absichtlich wehtun würde. Nicht in einer Million Jahre.«

Auf dem Weg zur Tür drückte Frannie Annas Arm.

Anna trat an das Bett ihrer Tochter. »Sie hat recht, weißt du? Du kannst dir nicht vorstellen, wie das für ihn war. Wo ist er überhaupt?«

Clare wich dem Blick ihrer Mutter aus. »Ich habe ihn darum gebeten, zu gehen.«

»Du machst einen schrecklichen Fehler, Clare. Er will für dich da sein. Er ist in den zwei Wochen, in denen du dieses hohe Fieber hattest, kaum von deiner Seite gewichen.«

»Hast du sie getroffen?«, wandte sich Clare wieder an ihre Mutter.

»Ein paarmal.«

»Du hast also einfach danebengestanden, während er eine andere Frau in *mein* Haus gebracht hat – das Haus, das er für *mich* gebaut hat –, und hast nichts dazu gesagt?«

»Es war nicht meine Aufgabe, ihm vorzuschreiben, wie er sein Leben zu führen hat, Clare. Er hat alles getan, was er konnte, um dir zu helfen, und dafür gesorgt, dass man sich bestmöglich um dich kümmert. Als er mir von ihr erzählt hat, war ich fast schon erleichtert, dass er sein Leben wieder in die Hand genommen hat. Er hat so viel durchgemacht. Es war schlimm mit anzusehen, für uns alle.«

Sie griff nach Clares Hand. »Dass er verheiratet ist, hat er nie vergessen. Er war stets hier, um nach dir zu schauen, und wenn du mir nicht glaubst, dann frag Sally. Sie ist seit Jahren deine Pflegerin. Sie wird es dir bestätigen.«

Clare starrte wieder zum Fenster raus.

»Ich weiß, dass es ein böser Schock ist, aber du kannst einfach nicht wissen, wie es für ihn war, für mich, für uns alle.«

»Er hat eine andere Familie, Mom.« Ihre Stimme erstarb in einem Schluchzen. »Mein Jack hat eine andere.«

»Es tut mir so leid, Süße.« Anna umarmte ihre Tochter. »Ich wünschte, es gäbe etwas, womit ich dich trösten könnte.«

* * *

Mitgenommen von der Szene in Clares Zimmer verließ Frannie das Hotel. Sie versuchte, sich in Clare hineinzuversetzen, um zu verstehen, was für ein Schock es gewesen sein musste, nach drei Jahren aufzuwachen, nur um festzustellen, dass sich die Welt ohne sie weitergedreht hatte. Aber das gab ihr nicht das Recht, so hart mit Jack ins Gericht zu gehen.

Auf dem Weg ins Hotel beschloss sie, Jack zu besuchen, nachdem sie mit Andi gesprochen hatte. Sie parkte vor dem Gebäude, in der Hoffnung, dass dieser Besuch besser verlaufen würde als der letzte.

Auf der anderen Seite des Foyers entdeckte sie Jen Brooks und ging zu ihr.

»Hallo, Jen. Ich bin mir nicht sicher, ob Sie sich an mich erinnern. Ich bin Jack Harringtons Schwester, Frannie Booth. Wir haben uns auf der Gala getroffen.«

Jen schüttelte Frannies ausgestreckte Hand. »Freut mich, Sie wiederzusehen. Wissen Sie, was mit Andi los ist? Jetzt wohnen sie und Eric hier, und heute hat sie mich gebeten, ihn zur Schule zu bringen. Sie hat ihn zwar zu mir geschickt, aber ich habe sie nicht zu Gesicht bekommen.«

»Sie hat Jack gestern Abend verlassen.«

»Warum?«, fragte Jen entgeistert.

»Seine Frau ist aufgewacht.«

Jen schnappte nach Luft. »Das ist fantastisch. Aber, Himmel, Andi …«

»Darf ich zu ihr?«

»Sie ist in der Manager-Suite. Ich habe vor einer Stunde versucht, mit ihr zu reden, aber sie hat nicht reagiert. Vielleicht haben Sie ja mehr Glück.« Sie wies ihr die Richtung.

»Danke, Jen.«

Frannie eilte durch das Foyer und die Treppe rauf zur Managerwohnung am hinteren Ende des Ostflügels. Dort klopfte sie an die Tür. »Andi, ich bin's, Frannie. Mach auf, Schatz.« Sie klopfte noch mal, und als sich die Tür schließlich öffnete, war sie von dem verzweifelten Ausdruck geschockt, der auf Andis Gesicht lag.

»Was willst du hier?« Andi band sich den seidenen Morgenrock fester um den gewölbten Leib.

»Ich wollte nach dir sehen. Darf ich rein?«

Andi trat beiseite, ließ sie vorbei.

»Alles in Ordnung?«

»Irgendwann schon.«

»Jack macht sich Sorgen um dich.«

»Er muss sich jetzt um seine Familie kümmern.«

»Du bist ein Teil davon, Andi. Du und Eric und die Kleinen.«

»Seine Frau braucht ihn.« Andis Stimme und der Ausdruck in ihren Augen wirkten trist und leblos. »Da gehört er hin.«

»Was hast du jetzt vor?«

»Ich bleibe hier, arbeite und kümmere mich um Eric, bis die Babys da sind.«

»Kann ich was für dich tun? Irgendwas?«

»Du warst mir eine gute Freundin, Frannie. Eines könntest du für mich tun.«

»Alles.«

»Ich kann dich nicht sehen. Keinen von euch. Ich muss einen Schlussstrich ziehen, wenn ich das durchstehen will. Teil das bitte auch den Mädchen mit. Ich hab sie lieb, aber ich kann nicht mit ihnen zusammen sein. Versuch, es ihnen zu erklären. Sie müssen an ihre Mutter denken, nicht an mich.«

»Was ist mit den Babys? Oder Eric?«

»Ich würde die Kinder nie von ihrem Vater trennen, und Eric verlässt sich darauf, dass Jack sich mit ihm trifft. Aber ich werde es nicht tun. Sag ihm das bitte. Ich werde mich nicht mit ihm treffen, ich werde auch nicht mit ihm telefonieren. Jetzt nicht. Ich melde mich bei ihm, wenn die Babys da sind.«

»Du kannst ihn nicht einfach so aus deinem Leben verbannen.«

»Ich habe kein Recht auf ihn. Hatte es vermutlich nie. Seine Frau wird kein Verständnis dafür haben, wenn eine andere Familie auf ihn wartet, also mache ich es ihm leicht – ihm und ihr.«

Frannie konnte kaum fassen, wie genau Andi Clares Ansicht beschrieben hatte.

»Bitte ihn und auch alle anderen darum, meine Gefühle zu respektieren.«

»Wenn du dir sicher bist, dass es das ist, was du willst.«

»Bin ich.«

Nichts an Andis entschlossenem Tonfall verriet den Schmerz, den sie empfunden haben musste, als sie diese Worte aussprach, aber Frannie erkannte ihn in ihren Augen. »Ich bedaure das sehr. Ich weiß, wie schrecklich das für dich sein muss.«

»Ich bedaure nicht, dass diese tollen Mädchen ihre Mutter wiederhaben oder dass Clare ihr Leben zurückhat. Ich werde auch nie die Zeit bereuen, in der ich deinen Bruder geliebt und mit ihm zusammengelebt habe. Das war der Höhepunkt meines Lebens.« Ihre Stimme brach schließlich doch.

Frannie trat einen Schritt auf sie zu, um sie zu trösten, aber Andi hob eine Hand und hielt sie zurück.

»Nicht. Bitte. Ich weiß es zu schätzen, dass du hergekommen bist, Frannie, aber du solltest jetzt wieder gehen.«

Schließlich öffnete Frannie die Tür. »Wir lieben dich und Eric. Ein Anruf genügt, falls du mich brauchst.«

Mit Tränen in den Augen nickte Andi wortlos, bis Frannie die Tür sanft hinter sich ins Schloss fallen ließ.

Kapitel 29

Clare wurde in die Reha-Klinik im Newport Hospital verlegt, und die Ärzte staunten über ihre rasche Genesung. Sie nahm feste Nahrung zu sich und erlangte einen Teil der Kraft zurück, die sie eingebüßt hatte, auch wenn es noch Monate dauern würde, bis eindeutig feststand, ob sie irgendwelche Einschränkungen würde hinnehmen müssen. Bis dahin war sie auf den Rollstuhl angewiesen und übte jeden Tag mit Physio- und Ergotherapeuten.

Die Kinder verbrachten so viel Zeit, wie sie konnten, mit ihr und nahmen sogar an ihrer Therapie teil. Clare gestattete Jack, sie gemeinsam mit den Mädchen zu besuchen, da sie sich so freuten, ihre Familie zurückzuhaben, aber über Andi hatte sie nicht noch mal mit ihm geredet. In der Zwischenzeit versuchte sie, damit zurechtzukommen, dass er eine andere Frau in sein Leben gelassen und zwei Kinder mit ihr gezeugt hatte.

In einigen Sitzungen mit ihrem Psychiater sprach sie über ihre Gefühle für ihren Ehemann. Obwohl der Arzt für ihre missliche Lage Verständnis hatte, ermahnte er sie, daran zu denken, wie viel in drei Jahren passieren konnte.

Um ihre Erinnerungen an den Unfall und die Monate davor anzuregen, wollte es der Psychiater mit Hypnose versuchen, in der Hoffnung, so eine Erklärung dafür zu finden, dass sie nicht auf den menschlichsten aller Instinkte reagiert hatte: sich aus einer unmittelbaren Gefahr zu retten. Sie versprach, es in Erwägung zu ziehen, aber aus irgendeinem Grund jagte ihr der Gedanke Angst ein.

Nach einigen Wochen Reha bat sie Jill und Kate, sich allein mit ihr zu treffen, und schließlich besuchten sie sie an einem Sonntagnachmittag – dem einen Tag, an dem sie nicht zu ihren zermürbenden Therapiesitzungen musste.

»Warum wolltest du uns sprechen, Mom?«, fragte Jill.

»Ich will wissen, was passiert ist, während ich … krank war. Ich weiß nicht, wer es mir sonst erzählen könnte, also wende ich mich an euch.«

Kate und Jill tauschten einen Blick aus.

»Ich will mehr über Andi erfahren.«

Nervös rutschte Kate auf ihrem Stuhl hin und her. »Was ist mit ihr?«

Clare hatte ein schlechtes Gewissen, weil sie ihnen das antat, aber sie musste es wissen. »Wie sieht sie aus?«

»Äh, sie ist groß und hat langes, gelocktes dunkles Haar und braune Augen.« Jill beschrieb eine Frau, die optisch das komplette Gegenteil von ihrer Mutter war.

»Sie klingt ziemlich hübsch.«

»Das ist sie«, bestätigte Kate. »Sie ist auch nett. Sie war lieb zu uns.«

»Da bin ich mir sicher. Sie wollte euren Vater, und den gibt's nicht ohne euch drei«, erwiderte Clare mit einem bitteren Tonfall, der ihre Töchter verblüffte.

»So war es nicht«, flüsterte Kate.

»Wie war es dann?«

»Ich bin mir nicht sicher, was du hören willst«, meinte Jill mit Blick auf ihre Schwester. »Wir mögen sie, sie war lieb zu uns, sie hat Dad gutgetan, und ihr Sohn ist niedlich. Er ist taub, und wir haben Gebärdensprache gelernt, damit wir mit ihm reden konnten.«

Erneut brach Clare das Herz, als sie hörte, wie Jill die Familie beschrieb, die sie sich aufgebaut hatten – mit einer anderen in der Hauptrolle. »Wo sind sie jetzt?«

»Wir haben sie nicht gesehen«, gestand Kate. »Andi ist ins Hotel gezogen. Dort ist sie die Managerin, und sie hat Frannie wissen lassen, sie will nicht, dass wir zu ihr kommen.«

»Hat sie das?«, fragte Clare, erstaunt über die Unverfrorenheit dieser Frau. Erst zog sie bei ihren Kindern ein, dann wies sie sie zurück?

»Sie will, dass wir uns um dich kümmern«, erklärte Jill. »Sie hat nie deinen Platz eingenommen, Mom. Das hätten wir nicht zugelassen, aber sie hat es auch nie versucht.«

»Bei eurem Dad hat sie meinen Platz eingenommen«, murmelte Clare traurig. »Liebt er sie? Liebt er sie tatsächlich?«

Die Mädchen schauten einander beunruhigt an, und Clare erkannte, dass sie sie in eine schwierige Lage gebracht hatte. Außerdem konnte sie die Antwort auf ihre Frage an ihren Gesichtern ablesen. »Egal. Sagt es mir nicht.«

* * *

Jack war überrascht, als er das Zimmer betrat und die Mädchen sah. Er hatte gehofft, Clare allein anzutreffen. Seit dem Tag, an dem sie ihn des Raumes verwiesen hatte, hatte er keine Gelegenheit gehabt, sich ungestört mit ihr zu unterhalten. Seitdem war sie lediglich um ihrer Töchter willen höflich zu ihm gewesen.

»Hallo«, begrüßte er alle, dann standen die Mädchen auf. Er bemerkte, wie unbehaglich sie wirkten, während sie ihrer Mutter einen Kuss gaben und ihm mitteilten, sie würden zu Hause auf ihn warten.

»Ich hab das Gefühl, als hätte ich etwas unterbrochen«, entschuldigte er sich bei Clare, als sie allein waren.

»Wir haben nur geredet. Was willst du hier?«

»Ich bin hier, um meine Frau zu besuchen. Ist das okay?«

Sie zuckte die Achseln. »Ist ein freies Land.«

Er seufzte. »Wie lange läuft das noch so zwischen uns?«

»Lass mal sehen: Deine Geliebte hat die Zwillinge noch nicht mal zur Welt gebracht, danach hast du noch achtzehn Jahre, um sie großzuziehen, bis dahin habe ich mich vielleicht an den Gedanken gewöhnt.«

»Ich habe sie seit Wochen nicht mehr gesehen oder mit ihr gesprochen.«

»Wem gehört dein Herz, Jack? Deiner kranken, gebrochenen Frau? Oder der hübschen Geliebten, die mit deinen Babys schwanger ist?«

Mit der Frage hatte sie ihn unvorbereitet getroffen, und er wusste darauf keine einfache Antwort. Wie konnte er erklären, dass sein Herz beiden gehörte?

»Ich erkenne doch, für wen dein Herz schlägt, und ich bin es nicht. Warum gehst du nicht zu ihr und lässt mich in Frieden? Es tut mir leid, dass ich deine Pläne zerstört habe, indem ich aufgewacht bin.«

Jack bemühte sich, die Wut, die in ihm hochkochte, zu beherrschen. »Ich würde alles tun, um das zu ändern, was dir widerfahren ist, aber ich kann es nicht. Damals nicht, und jetzt auch nicht. Ich habe *Jahre* darauf gewartet, dass du zu mir zurückkommst. Ich bin hier bei dir, weil es das ist, was ich will, und weil ich hierhergehöre. Aber lange bleibe ich nicht, wenn du so weitermachst.«

»Das wäre ein schöner, leichter Ausweg für dich, nicht wahr? Du könntest den Leuten erzählen, dass deine Frau sich verändert hat, nach ihrem langen Koma. Sie wollte dich nicht mehr.«

»Ich habe nicht den Eindruck, als würdest du mich noch wollen, Clare. Andi ist weg. Sie ist aus deinem Haus ausgezogen.« Er verstummte, um den Schmerz zu verarbeiten, der ihn bei diesen Worten überkam. »Ich werde im Leben ihres Sohnes eine aktive Rolle spielen, genau wie in dem unserer Kinder, sobald sie auf der Welt sind. Wenn du das akzeptieren kannst, dann haben wir eine Chance darauf, gemeinsam in die Zukunft zu blicken. Ich will nicht über zwanzig Jahre Ehe aufgeben, als hätten sie mir nichts bedeutet, denn das haben sie. Das weißt du.«

»Tun sie es noch?«

»Natürlich. Aber du musst rausfinden, ob du mit allem, was geschehen ist, während du weg warst, leben kannst, und mit der Tatsache, dass diese drei Kinder Teil meines Lebens sind, ganz gleich, was noch geschieht.«

»Ich weiß nicht, ob ich das kann. Ich weiß es einfach nicht.«

»Dann lass es mich wissen, wenn du das rausgefunden hast.«

»Gehst du zu ihr zurück, falls es zwischen uns nicht funktioniert?«

»Ich weiß nicht, ob sie mich noch will.«

»Aber du würdest es versuchen?«

»Darüber denke ich im Moment nicht nach. Ich konzentriere mich darauf, dir dabei zu helfen, wieder gesund zu werden, und zu versuchen, unsere Ehe zu retten.«

»Ich brauche Zeit, um das alles zu verarbeiten.«

Er stemmte die Hände in die Hüften und musterte sie. »Ich bereue es, dass ich dir wehgetan habe, Clare. Ich wünschte, ich könnte dir irgendwie zeigen, wie verloren ich mich ohne dich gefühlt habe.«

»Bis du sie getroffen hast.«

»Selbst dann … Ich habe nie aufgehört, dich zu vermissen oder mich nach deiner Weisheit im Umgang mit den Mädchen zu sehnen.«

»Es gibt vieles, worüber ich nachdenken muss.«

»Ganz gleich, was zwischen uns passiert, wir haben drei wundervolle Kinder, an die wir denken müssen. Ich verstehe, dass du wütend auf mich bist und dass dich die Entscheidungen verletzt haben, die ich getroffen habe, aber sie haben schon so viel erlitten. Können wir wenigstens versuchen, um ihretwillen freundlich miteinander umzugehen?«

»Ja«, flüsterte sie. »Natürlich.«

»Wenn du bereit bist, darüber zu reden, wie es mit uns weitergehen kann, dann bin ich für dich da.«

»Okay.«

* * *

Andi vergrub sich in der Arbeit und kümmerte sich um Eric. Sie schuftete bis spät in die Nacht, damit sie danach erschöpft ins Bett fiel. Aber viel zu oft holte sie der Schmerz, vor dem sie den ganzen Tag lang geflohen war, in der Nacht wieder ein, und das Verlangen nach Jack raubte ihr fast den Atem.

Als sie im sechsten Monat war, regten sich die Babys mehr denn je, und sie wusste, dass sie kürzertreten musste. Allerdings konnte sie sich nicht vorstellen, so viel Zeit für sich zu haben, in der sie wieder daran erinnert wurde, wie weit ihr Leben vom Kurs abgekommen war. Also behielt sie das hektische Tempo bei.

Außerdem brauchte sie noch immer eine eigene Wohnung, auch wenn sie und Eric im Hotel eine Routine gefunden hatten und sie am Ende jedes Tages zu müde war, um auch nur daran zu denken, sich auf Wohnungssuche zu begeben.

Eric freute sich stets auf Jacks wöchentliche Besuche. Sie plante die Treffen per E-Mail und achtete darauf, dass sie ihm nicht begegnen musste, wenn er Eric abholte oder wieder zurückbrachte. Bis sie eines Tages, etwa einen Monat nachdem sie ausgezogen war, in ihrer Suite ans Fenster trat und auf den Parkplatz unter ihr schaute, obwohl sie wusste, dass Jack Eric gerade erst abgeholt hatte. Sie sehnte sich danach, einen Blick auf ihn zu erhaschen, und ihr Herz raste, als sie sah, wie er ihren Sohn an der Hand zum Auto führte.

Jack öffnete die Beifahrertür für Eric und half ihm auf den Rücksitz. Nachdem er die Tür geschlossen hatte, schaute er hoch, als fühlte er, dass sie am Fenster stand.

Sie holte scharf Luft, als er sie dabei erwischte, wie sie ihn beobachtete. Erstarrt konnte sie sich nicht rühren, und die überwältigende Verbindung zu ihm, die sie selbst auf diese Entfernung spürte, überraschte sie. Der Schmerz ihres Verlustes raubte ihr den Atem, so frisch wie an jenem Tag, an dem sie ihn verlassen hatte. Unfähig, die Trauer auf seinem Gesicht zu ertragen, trat sie vom Fenster zurück und ließ den Vorhang zufallen.

Noch immer aufgewühlt von dem Erlebnis kehrte sie in ihr Büro neben dem Foyer zurück. Sie lief zügig und schenkte ihrer Umgebung keine Aufmerksamkeit, bis sie ihren Namen hörte. Als sie herumwirbelte und ihre Mutter und Tante Lou erblickte, unterdrückte sie ein Stöhnen.

»Mom. Tante Lou, warum seid ihr denn hier?« *O Gott.* Sie hatte ihrer Mutter noch nicht erzählt, dass sie Jack verlassen hatte oder was passiert war.

»Wir haben beschlossen, dich zu überraschen«, verkündete Betty.

»Das ist euch gelungen.« Sie zwang sich dazu, fröhlich zu klingen, und umarmte und küsste die beiden.

Betty trat zurück und tätschelte Andi den dicken Bauch. »Lass dich ansehen. Du bist ja *riesig*.«

»Vielen Dank«, erwiderte Andi und lachte trocken. »Es sind zwei, weißt du?«

»Solltest du noch arbeiten?«, fragte Lou mit Blick auf das geschäftige Treiben im Hotelfoyer.

»Etwa einen Monat lang darf ich noch. Warum kommt ihr nicht in mein Büro, damit wir uns in Ruhe unterhalten können?« Andis Magen zog sich nervös zusammen. *Wie soll ich ihr nur gestehen, dass sie recht hatte?*

Sie folgten ihr ins Büro, wo sie ihnen Kaffee und Softdrinks anbot. Sie entschieden sich beide für Diät-Limonade, und Andi goss ihnen ein. »Nicht zu glauben, dass ihr beide hier seid.«

»Wir wollten sehen, wo du wohnst, Liebes«, erklärte Betty. »Ich hoffe, es macht dir nichts aus.«

»Natürlich nicht. Ich hoffe, ihr übernachtet hier.«

»Tun wir«, bestätigte Lou. »Wir wollten auch dein neues Hotel begutachten. Es ist wirklich wunderschön.«

»Wo ist denn Eric?«, wollte Betty wissen.

»Bei Jack.« Beim Klang seines Namens, der ihr so leicht über die Lippen kam, als wäre alles wie immer, verspürte sie einen Stich. »Er bringt ihn später wieder her.« Sie hielt inne, bevor sie hinzufügte: »Es gibt da etwas, das ich euch sagen muss ...«

»Stimmt was nicht, Schatz?«, hakte Betty nach. »Ich wusste doch, dass du irgendwie komisch aussiehst. Liegt es an den Babys?«

»Mit den Kleinen ist alles in Ordnung.« Sie hielt einen Moment inne, um ihren ganzen Mut zusammenzunehmen und ihrer Mutter die Wahrheit zu sagen. »Ich bin nicht mehr mit Jack zusammen.« Es tat weh, die Worte auszusprechen.

Betty schnappte nach Luft. »Seit wann? *Warum?*«

»Die medizinische Situation seiner Frau hat sich verbessert. Sie ist aufgewacht, um genau zu sein. Ich bin vor etwa einem Monat ausgezogen.«

»O Schatz. Grundgütiger, das tut mir leid – nicht, dass es seiner Frau besser geht, sondern was das für dich bedeutet ...«

»Du hast versucht, mich zu warnen«, gestand Andi mit einem Achselzucken, das ihre wahren Gefühle verbarg. »Ich wollte es nur nicht hören.«

»Du bist deinem Herzen gefolgt.«

Sie schaute ihre Mutter überrascht an.

»Das muss ich dir zugutehalten. Aber was hast du jetzt vor? Du wirst drei Kinder haben.«

»Ich werde das tun, was ich immer getan habe. Arbeiten, mich um meine Kinder kümmern und mein Bestes geben. Mehr bleibt mir nicht übrig.« Es fiel ihr noch immer schwer, zu glauben, dass sie all das ohne Jack und die Mädchen durchstehen würde. Sie fehlten ihr fast so sehr wie er.

»Kommst du nach Chicago zurück?«, wollte Lou wissen.

Andi schüttelte den Kopf. »Der Vater meiner Kinder ist hier, und er wird sich um sie kümmern wollen – um alle drei.«

»Er trifft sich noch immer mit Eric?«, fragte Betty.

»Jede Woche. Er wird Eric nicht im Stich lassen, und auch diese Kinder nicht.« Sie fuhr sich mit einer Hand über den Bauch. »Das ist das Einzige, worin ich mir ganz sicher bin.«

Betty streichelte Andis Gesicht. »Geht es *dir* gut, Schatz?«

Bei der liebevollen Geste bildete sich ein Kloß in Andis Hals. »Es ist jetzt schon etwas besser. Aber ich vermisse sie alle schrecklich. Manchmal glaube ich, ich müsste sterben, weil sie mir so fehlen.« Tränen rannen ihr über die Wangen, und sie wischte sie weg, denn sie weigerte sich, diesem hilflosen Kummer nachzugeben.

Betty umarmte ihre Tochter fest. »Es tut mir so leid.«

»Es ist eine einzige Katastrophe, und du hast es vorhergesehen.«

»Kein Wort davon«, beschwor Betty sie. »Wir schaffen das gemeinsam. Keine Sorge.«

* * *

Andi verbrachte ein schönes Wochenende mit ihrer Mutter und Tante. Auch Eric freute sich, dass sie hier waren. Sie verwöhnten ihn nach Strich und Faden und bestanden darauf, Andi ebenfalls zu bemuttern.

Bei ihrer Abreise versprachen sie, wieder herzufliegen, sobald die Babys da waren. Andi wusste es zu schätzen, dass ihre Mutter ihr Unterstützung anbot und niemals auch nur andeutete, dass sie recht behalten hatte, auch wenn Andi es ihr nicht vorgeworfen hätte, hätte sie das getan. Wer hätte schon ahnen können, in was für einer Katastrophe sie sich wiederfinden würde?

Einen Tag nachdem ihre Mutter und Tante nach Chicago zurückgereist waren, arbeitete Andy in ihrem Büro, bis die Rezeption sie anrief, um ihr mitzuteilen, dass sie Besuch hatte. Sie betrat das Foyer und stellte überrascht und erfreut fest, dass Kate auf sie wartete.

»Was machst du denn hier?«, rief sie, bevor sie das Mädchen umarmte.

Kate starrte die Rundung unter Andis schwarzem Kleid an.

Über ihre Reaktion musste Andi lachen. »Ich weiß. Ich platze.« Die Babys schienen jeden Tag größer zu werden, und sie war ständig außer Atem, da sie mittlerweile auf ihre Lunge drückten. »Lass uns nach hinten gehen.«

»Ich weiß, du hast Frannie wissen lassen, dass du uns nicht sehen willst«, entschuldigte sich Kate, während sie Andi in ihr Büro folgte.

»Oh, Süße, es ist nicht so, dass ich euch nicht sehen *will*. Ich halte es nur für besser, wenn ihr euch um eure Mutter kümmert. Aber ich bin froh, dass du hier bist.« Sie klopfte auf das Sofa. »Komm, setz dich zu mir.«

»Ich bin froh, dass ich mich hergetraut habe. Du fehlst mir. Uns allen.«

»Ihr habt mir auch gefehlt. Aber ich freue mich so für euch Mädchen, weil eure Mutter wach ist. Ihr seid bestimmt begeistert, sie wieder zurückzuhaben.«

»Ich schätze schon«, erwiderte Kate schulterzuckend. »Ich meine, wir freuen uns, versteh mich nicht falsch. Aber sie ist … na ja … sie hat sich verändert. Sie scheint immer so wütend zu sein.«

»Ich bin mir sicher, dass sie wütend ist, weil sie so viel Zeit mit euch allen verpasst hat. Ich kann mir nicht vorstellen, wie sich das anfühlt.« Sie erwähnte nicht den viel offensichtlicheren Grund für Clares Zorn.

»Ich wollte dir mitteilen, dass Dad zugestimmt hat, mir ein Jahr dafür zu geben, mich meiner Musik zu widmen. Er wird mir eine Wohnung in Nashville bezahlen. Allerdings soll ich warten, bis ich im November achtzehn werde, ab dann habe ich ein Jahr lang Zeit, um einen Plattenvertrag zu bekommen. Wenn ich es in der Zeit nicht schaffe, muss ich aufs College.«

Andi war stolz auf Jack und wusste, wie weit er sich hatte verbiegen müssen, um diesem Kompromiss mit Kate zuzustimmen. Aber zwischen ihm und seiner Tochter würde nicht derselbe Unmut herrschen wie zwischen ihm und seinem Vater. »Das klingt fair. Bist du glücklich damit?«

»Es ist ihm schwergefallen, das verstehe ich, aber ich schaffe es. Das weiß ich.«

»Daran hege ich keinen Zweifel. Du hast definitiv das Talent. Wie willst du die Zeit bis November überbrücken?«

»Darüber wollte ich mit dir reden. Ich wollte wissen, ob ich hier arbeiten kann. Ich erinnere mich, dass du im Sommer auch draußen für Unterhaltung sorgen wolltest, das wäre eine tolle Gelegenheit für mich, vor einem Publikum zu üben und ein paar meiner eigenen Lieder zu testen.«

»Hast du mit deinem Vater darüber geredet?«

Sie nickte. »Er meinte, ich solle dich fragen.«

Er hat die Entscheidung also mir überlassen, dachte Andi. Kate wäre eine fantastische Attraktion für die Terrassen, auf denen im Sommer jeweils ein Ausschank stehen würde. Sie beschloss, sie für tagsüber einzustellen, wenn die Leute an der Bar weniger rüpelhaft waren, schließlich war sie erst siebzehn. Allerdings wollte Andi, dass Kate weiter Vertrauen in ihr Talent gewann und den Job nicht als Gefallen abtat.

»Meine Stellvertreterin Jen Brooks ist dafür zuständig, die Künstler für das Unterhaltungsprogramm zu engagieren. Du wirst ihr vorspielen müssen. Ist das okay für dich?«

Kates Augen wurden groß. »Jetzt? Ich hab meine Gitarre im Auto.«

»Hast du denn schon was vorbereitet?«

»Ich arbeite gerade an ein paar neuen Liedern – also, eigentlich sind es alte Lieder, aber du weißt ja, wie sehr ich die liebe.«

Andi lächelte über Kates Begeisterung und umrundete den Schreibtisch, um die Tür zu öffnen. »Schauen wir mal, ob Jen jetzt Zeit hat. Hol deine Gitarre, und triff dich hinten mit mir.«

Das Mädchen überraschte Andi mit einer Umarmung. »Danke, Andi.«

Kate holte ihre Gitarre, während Andi einen Moment lang unter der heftigen Sehnsucht nach ihr, ihren Schwestern und ihrem Vater ins Straucheln geriet. Sie schüttelte das Gefühl ab und suchte ihre Stellvertreterin, die gerne bei Andis Plan mitspielte, Kate einzustellen, sie aber glauben zu lassen, die Entscheidung läge bei Jen.

»Warte, bis du sie spielen hörst«, versprach Andi. »Sie zu engagieren wird dir leichtfallen.«

Sie brachten Kate in die leere Lounge am Foyer, die erst in einer Stunde öffnete. Dort packte Kate auf der kleinen Bühne ihre Gitarre aus und stöpselte den Stecker in den Verstärker, während Jen das Mikrofon einschaltete.

Andi beobachtete, wie Kate die Gitarre stimmte und kurz den Sound am Mikro testete, und war überrascht von ihrer Professionalität. Sie hoffte, dass Jack auf den Erfolg seiner Tochter gefasst war.

»Das hier wurde ursprünglich von Carole King gesungen«, teilte Kate ihnen mit.

Kaum hatte Kate angefangen zu spielen, drehte Jen sich zu Andi um, als wollte sie ihr bestätigen, dass sie mit dem fantastischen Talent der jungen Frau recht gehabt hatte. Sie ließ »Now and Forever« erklingen, ein Lied über die perfekte Liebe, die verloren ging und nur noch in Erinnerungen weiterlebte.

Als Kate die letzten Noten verhallen ließ, stand Andi auf, murmelte eine Entschuldigung und eilte aus dem Raum. Das Lied hatte sie direkt in ihr gebrochenes Herz getroffen, denn es beschrieb ganz genau, wie sie sich ohne Jack fühlte.

Sie lief durch das überfüllte Foyer, in dem ihr ein Mitarbeiter nach dem anderen besorgt nachrief. Am Ende stieß sie die große Doppeltür auf, die auf eine von Jacks Steinveranden führte, und stürmte über den Rasen. Sie wusste, dass sie in ihrem Zustand nicht rennen sollte, aber sie konnte nicht stehen bleiben, bis das Gras in den Steinstrand überging. Dort ließ sie sich auf die Wiese sinken und schluchzte.

So fand Kate sie schließlich.

Sie setzte sich neben Andi. »Entschuldige bitte. Ich habe nicht darüber nachgedacht, als ich mich für dieses Lied entschieden habe. Ich war einfach so aufgeregt, weil ich eine Chance bekommen habe.«

Andi zog sie in eine Umarmung. »Es tut mir leid, dass ich so reagiert habe. Zumindest musst du dich nicht fragen, ob deine Musik die Menschen berührt.«

Lächelnd gestand Kate: »Wenn es dir irgendwie hilft: Dad geht es nicht viel besser.«

Davon eigenartig getröstet, drückte Andi Kate noch etwas länger an sich. »Du hast den Job.«

Kates Augen leuchteten auf. »Ehrlich?«

»Du wirst sie umhauen, Kate, hier und überall, wo du spielst. Daran habe ich keinen Zweifel. Eines Tages, wenn du reich und berühmt bist, dann erinnere dich daran, wer dir deine erste Chance gegeben hat.«

»Das werde ich nie vergessen«, flüsterte Kate. »Ich werde mich an alles erinnern.«

»Ich auch.« Ganz gleich, wie lange es angedauert hatte, sie waren eine Familie gewesen, und keine von ihnen würde das je vergessen.

»Du kannst um zwei Uhr am Sonntagnachmittag anfangen. Zieh an, was du bequem findest.«

Kate umarmte sie erneut. »Oh, danke, Andi. Soll ich dich reinbringen?«

»Ich denke, ich bleib noch ein paar Minuten hier.« Sie richtete den Blick auf das strahlend blaue Wasser der Bucht, auf dem ein paar Segler einen der ersten warmen Frühlingstage genossen. »Bis dann.«

Sobald Kate weg war, lehnte Andi sich auf dem Gras zurück und ließ sich die Sonne ins Gesicht scheinen. Die Babys bewegten sich unermüdlich und erinnerten sie daran, dass das Leben weiterging, auch wenn es so schien, als läge ihre ganze Welt in Trümmern.

Kapitel 30

Clares Herz raste so schnell, dass sie keine Luft mehr bekam. Er packte sie, und sie schrie.

Das Auto preschte auf sie zu, bot Erlösung, wohltuende Erlösung.

Groß, blond, gut aussehend, grausam. Er würde ihr wehtun. Dann lag sie auf dem Boden. Er auf ihr, zerrte an ihrer Kleidung.

Sie schrie, als er sich brutal in sie stieß, aber es war niemand da, der sie hörte. Es ging ewig so weiter, oder so schien es ihr. Brennender Schmerz durchfuhr sie, und sie rang nach Luft. Dann war er fertig. Irgendwie schaffte er es, das Ganze zu wiederholen, aber diesmal verlor sie das Bewusstsein, während sein erdrückendes Gewicht ihr die Luft aus den Lungen presste.

Das Auto hielt auf sie zu – eine blaue Limousine, der Fahrer über das Lenkrad gekrümmt. *Nimm mich mit. Lass all das verschwinden.*

Das Monster riss sie auf die Füße, befahl ihr, sich anzuziehen. Ihre Kleidung war zerrissen, aber sie streifte sie trotzdem über. Dann zwang er sie, ihn zu seinem Auto zurückzufahren. Bevor er ausstieg, griff er in ihr Haar und zerrte sie so nah an sich ran, dass Speicheltröpfchen ihr Gesicht trafen.

»Wenn du das irgendjemandem erzählst, töte ich eins deiner Kinder. Du wirst nicht wissen, wann, und mir ist auch scheißegal, welches, aber ich werde es tun. Ein Wort davon, und eines deiner Mädchen ist tot, verstanden?«

Stumm vor Schock und Angst konnte sie nur nicken.

»Und wenn du versuchst, mich hinter Gitter zu bringen«, fuhr das Ungeheuer fort, das einst hübsche Gesicht verzerrt und hässlich, »bring ich jemand anderen dazu, es zu tun. Leg dich nicht mit mir an.«

Wieder nickte sie, wollte ihn verzweifelt loswerden.

Abrupt ließ er sie los und war weg.

Diesmal raste das Auto schneller auf sie zu. *Nicht vor den Kindern. Tu ihnen das nicht an. Ich bin so müde. Ich kann mich nicht bewegen. Wenn ich tot bin, kann er ihnen nicht mehr wehtun. Nimm mich mit. Bring mich von hier weg. Lass all das verschwinden.* Sie sah noch Jacks attraktives lächelndes Gesicht vor sich, dann Schwärze – herrliches, friedliches Nichts.

Schreiend und weinend wachte sie auf.

Krankenschwestern rannten in ihr Zimmer.

»Clare, was ist los?«, fragte eine von ihnen, die ihr das Haar aus der schweißgebadeten Stirn strich.

Kurz vor der Hysterie, rang sie um jeden Atemzug.

»Ich hole die Ärztin«, beschwichtigte die Schwester sie. »Sie wird Ihnen was geben, um Sie zu beruhigen.«

»Nein!«, rief Clare. »Ich will mich erinnern, *muss* mich erinnern.« Sie hatte den Traum schon einmal gehabt. Das Auto war neu, aber sie erinnerte sich daran, dass sie von dem Überfall noch Monate danach geträumt hatte. Es hatte sie nicht mehr losgelassen, aber selbst die Albträume hatte sie schweigend hingenommen, um ihre Kinder zu beschützen.

»Woran erinnern Sie sich, Clare?«, hakte die Ärztin nach.

Clare zwang sich dazu, tief einzuatmen, um sich wieder zu beruhigen, aber das Zittern ihrer Hände und das heftige Pochen ihres Herzens konnte sie nicht zurückdrängen.

»Ich brauche Jack«, flüsterte sie. »Rufen Sie bitte meinen Ehemann.«

* * *

Jack rannte über den dunklen Parkplatz des Krankenhauses. Als mitten in der Nacht das Telefon geklingelt hatte, hatte sein erster Gedanke Andi gegolten, die vielleicht viel zu früh in den Wehen lag.

Die Krankenschwestern warteten auf ihn, als er Clares Station in der Reha-Klinik erreichte.

»Was ist passiert?«

»Sie hatte einen Albtraum und ist schreiend und weinend aufgewacht. Sie fragt nach Ihnen.«

Er eilte an der Schwesternstation vorbei in Clares Zimmer. Sie weinte leise, während eine der Schwestern ihre Hand hielt und versuchte, sie zu trösten. Als Jack reinkam, stand die Schwester auf und verließ das Zimmer.

»Clare, Schatz, was ist los?«, fragte er und nahm die Hand, die die Pflegerin gerade losgelassen hatte.

»Ich erinnere mich«, flüsterte sie. »Das Auto … Ich hab mich absichtlich überfahren lassen.«

»Nein. Das hättest du den Mädchen nicht angetan.«

»Ich hätte es dir sagen sollen.« Sie schüttelte den Kopf, und neue Tränen rannen ihr über die Wangen. »Vielleicht wäre nichts von alldem geschehen, wenn ich es dir anvertraut hätte.«

Verwirrt fragte er: »Was hättest du mir anvertrauen sollen, Schatz?«

»Ich bin vergewaltigt worden. Von einem Klienten in einem leeren Haus, das ich ihm zeigen sollte.«

Sprachlos starrte er sie an.

»Ich habe niemandem davon erzählt, weil er damit gedroht hat, eine unserer Töchter zu töten, wenn ich es tue. Ich habe ihm geglaubt.« Sie schluchzte. »Sein Name war Sam Turner, und die Frauen in meinem Immobilienbüro waren so neidisch, weil er unglaublich gut aussah und ich mit ihm arbeiten durfte.«

Jack setzte sich aufs Bett und legte die Arme um sie. »Ich hätte ihn umgebracht, Clare. Bevor er noch jemandem in meiner Familie hätte schaden können.« Er hatte Mühe, den Zorn im Zaum zu halten, der ihn zu überwältigen drohte. »Ich hätte ihn umgebracht.«

»Ich wollte es dir so gerne erzählen«, flüsterte sie an seiner Brust. In all den Wochen, seit sie zu ihnen zurückgekehrt war, war es das erste Mal, dass sie sich von ihm halten ließ. »Aber Tag für Tag konnte ich nur daran denken, was ich tun würde, wenn er seine Drohung wahr machte. Manchmal stellte ich mir vor, Maggie wäre fort. Dann Jill, dann Kate. So, wie er davon geredet hat, weiß ich, dass er es getan hätte.«

»Ich hätte das nie zugelassen.«

»Ich hatte solche Angst, Jack. An dem Tag auf dem Parkplatz, als das Auto auf mich zuhielt, erkannte ich nur einen Ausweg.«

»Clare …« Er rang nach Luft, bestürzt von ihrem Eingeständnis. »Aber die Mädchen, sie waren direkt bei dir. Wie konntest du ihnen das antun?«

»Ich habe an sie gedacht. An dich. Aber ich konnte mich nicht von der Stelle rühren. Ich wusste nur, wenn ich weg wäre, wären sie sicher. Dann wären sie alle sicher.«

»Hattest du darüber nachgedacht?« Er wählte seine Worte mit Bedacht. »Darüber, dir das Leben zu nehmen?«

»Es war mir nie in den Sinn gekommen, bis das Auto auf mich zugerast kam.«

»Ich weiß nicht, was ich für dich tun kann. Was soll ich tun?«

»Ruf die Polizei, Jack. Ich will die Vergewaltigung melden.«

»Bist du sicher?«

Sie nickte. Ihre Tränen waren getrocknet, und an ihrer Stelle strahlte sie Wut und Entschlossenheit aus.

* * *

Jack fragte nach Sergeant Curtis, dem Polizisten, der den Unfall untersucht hatte, und eine halbe Stunde später war er da.

»Schön, Sie zu sehen.« Curtis gab ihm die Hand. »Ich hab mich gefreut zu hören, dass Ihre Frau aufgewacht ist.«

Jack stellte ihn Clare vor, und sie berichtete ihm, was geschehen war, lieferte ihm eine Beschreibung des Mannes und nannte ihm die ungefähre Adresse des Hauses, in dem der Angriff stattgefunden hatte. Sie erklärte, ihr Büro führte Protokoll über die Aufträge der Makler, und sie würden die genaue Adresse kennen und könnten auch bestätigen, wann sie für Sam Turner tätig gewesen war.

»Ich werde ehrlich zu Ihnen sein, Clare«, setzte der Beamte an. »Ich glaube Ihnen. Ich glaube Ihre Geschichte. Das sollten Sie wissen.« Er schwieg kurz, bevor er hinzufügte: »Aber es gibt keine Beweise, die ihn mit dem Verbrechen in Verbindung bringen.« Curtis hatte das Gesicht verzogen, als sie ihm berichtete, wie sie die Kleidungsstücke weggeworfen hatte, die sie getragen hatte. »Der Tatort ist schon vor Langem verunreinigt worden. *Falls* – und das ist ein großes *falls* – wir den Fall vor Gericht bringen, stünde Ihr Wort gegen seines. Der Fall basiert einzig auf Indizien.«

Jack starrte ihn ungläubig an. »Wollen Sie damit sagen, dass der Kerl einfach damit durchkommt, meine Frau zu vergewaltigen und sie zu terrorisieren, indem er das Leben unserer Kinder bedroht?«

»Wir werden für Sie tun, was wir können«, versprach Curtis. »Ich werde seinen Namen durch alle Datenbanken jagen, und ich hoffe, dass wir ihn irgendwo im System finden. Wenn wir ihn dafür festnageln können, Clare, dann werden wir das auch tun.«

»Danke, Sergeant«, wandte sie sich an ihn, während sie sich an Jacks Hand klammerte.

»Sie müssen mir garantieren, dass meine Töchter sicher sind«, drängte Jack, bevor er erwähnte, dass Jill an der Brown studierte. »Wenn er rausfindet, dass wir zur Polizei gegangen sind …«

»Wir werden überall Leute postieren, wo sie sich aufhalten. Ich werde auch die Polizei an der Brown University informieren. Ihnen wird nichts geschehen«, versicherte ihnen Curtis, bevor er aufstand, um zu gehen. Er versprach noch, sie auf dem Laufenden zu halten.

Als er weg war, kam Clares Psychiater Dr. Baker rein, um mit ihr zu sprechen. Clare wiederholte ihre Geschichte, aber nachdem sie fertig war, blieb ihr nur eine Frage, die sie noch stellen konnte.

»Habe ich versucht, mich selbst umzubringen?«, wollte sie mit leiser Stimme wissen.

»Ich halte es eher für eine posttraumatische Reaktion.«

Clare war erleichtert, das zu hören.

»Wir werden in Ruhe darüber reden müssen«, meinte Dr. Baker. »Aber im Moment brauchen Sie ganz dringend Ruhe. Ich komme später noch mal, um nach Ihnen zu schauen.«

Kaum waren sie allein, meinte Jack: »Ich muss mit den Mädchen sprechen, damit sie wissen, warum die Polizei da ist.«

»Ich sollte es ihnen selbst erzählen«, warf Clare ein.

»Ich kümmere mich darum. Ich will nicht, dass du dir deswegen Gedanken machst.«

»Danke, dass du hergefahren bist, nachdem sie dich angerufen haben. Das weiß ich wirklich zu schätzen.«

Er setzte sich wieder auf das Bett und nahm ihre Hand. »Natürlich bin ich hergekommen. Es gibt nichts, was ich nicht für dich tun würde.«

»Ich war nicht besonders nett zu dir, das bedaure ich.« Sie streichelte sein Gesicht. »Jamie war letztens hier. Wusstest du das?«

Erstaunt über die liebevolle Geste, schüttelte er den Kopf. Das hatte ihm Jamie nicht erzählt.

»Wir haben uns lange unterhalten. Er hat mir viel von dem gesagt, was auch andere schon angemerkt haben, aber er hat mir auch verraten, wie besorgt du warst, dass die Leute denken könnten, du hättest mich vergessen, wenn du eine Beziehung mit Andi eingehst. Es hilft mir, wenn ich weiß, dass du an mich gedacht hast.«

»Ich habe nie aufgehört, an dich zu denken.«

»Aber du hast ein Leben mit ihr geführt«, wiederholte sie bedrückt. »Du liebst sie. Ich weiß nicht, inwiefern ich da reinpasse.«

»Darüber müssen wir jetzt nicht reden. Du hast eine anstrengende Nacht hinter dir. Warum versuchst du nicht, etwas zu schlafen, während ich mit den Mädchen wegen der Polizei rede?« Er deckte sie zu und gab ihr einen Kuss. »Ich bin sofort zurück.«

* * *

»Sie wurde *vergewaltigt*?« Jamie ließ sich auf einen Stuhl fallen, weil seine Beine ihm den Dienst versagten.

Auf dem Rückweg von Providence, wo Jack sich mit Jill getroffen hatte, hatte er bei Frannie und Jamie einen Zwischenstopp eingelegt. Die Mädchen waren sprachlos, nachdem sie gehört hatten, was ihrer Mutter widerfahren war. Ein paar Einzelheiten hatte er ausgelassen, um sie nicht zu verunsichern. Sosehr es ihn auch schmerzte, hatte er ihnen jedoch mitteilen müssen, dass ihr Leben bedroht worden war, damit sie wachsam waren und um Hilfe baten, wenn sie welche brauchten. Maggie hatte noch immer Angst, dass der böse Mann seine Drohung wahr machen könnte, aber nachdem Jack ihr das Polizeiauto in der Auffahrt gezeigt hatte, beruhigte sie sich etwas.

»Warum hat Clare denn nichts gesagt?«, wollte Frannie wissen, ganz geschockt von der Neuigkeit.

»Er hat das Leben der Mädchen bedroht.« Er erzählte ihnen, was Turner als Druckmittel benutzt hatte.

»Was für ein Scheißkerl«, fluchte Jamie leise.

Jack erklärte ihm, wie Sergeant Curtis ihnen erläutert hatte, sie müssten damit rechnen, dass Turner aus Mangel an Beweisen mit dem davonkommen könnte, was er Clare angetan hatte.

»Nein, unmöglich«, rief Frannie. »Das dürfen wir auf keinen Fall zulassen. All der Schmerz, der Kummer … Damit darf er nicht durchkommen.«

»Ich frage mich die ganze Zeit, wo ich war, als ihr das passiert ist«, warf Jack ein. »Was habe ich gemacht?«

»Quinn könnte es dir verraten, wenn du es unbedingt wissen willst«, entgegnete Jamie vorsichtig.

»Es wäre vielleicht besser für dich, wenn du es nicht weißt«, meinte Frannie.

Jack fuhr sich mit den Händen durchs Haar und lief im Zimmer auf und ab, während die Wut in ihm hochkochte, die er den ganzen Morgen über unterdrückt hatte. »Ich hätte nie gedacht, dass ich jemanden umbringen könnte, aber wenn er jetzt hier im selben Raum stünde …«

»Ich würde dir dabei helfen«, knurrte Jamie.

* * *

Als Jack am nächsten Morgen eintraf, saß Sergeant Curtis bereits in Clares Zimmer.

»Haben Sie ihn gefunden?«, fragte Jack, bevor er sich neben Clare setzte und ihre Hand nahm.

»Er ist in Kalifornien im Gefängnis. Offensichtlich hat er fast dasselbe noch mal getan. Er wurde für die Vergewaltigung einer Maklerin in San Diego verurteilt, etwa ein Jahr nachdem er Sie angegriffen hat. Der Fall ähnelt dem, was Sie gestern beschrieben haben, auf geradezu unheimliche Weise, Clare.«

»Wenigstens befindet er sich hinter Gittern«, bemerkte Jack erleichtert.

»Er verbüßt eine lebenslange Haftstrafe, ohne Chance auf Bewährung, wegen schwerer Körperverletzung und Vergewaltigung.« Curtis erklärte ihnen, dass Turner aufgrund von zwei weiteren Verurteilungen wegen zuvor begangener Verbrechen lebenslänglich bekommen hatte, wie es bei drei Verstößen gemäß dem kalifornischen Gesetz üblich war. Er war auf Bewährung und auf der Flucht vor dem Gesetz gewesen, als er Clare attackiert hatte.

»Wir können in Ihrem Fall eine neue Anklage erheben, und da wir es mit einem Muster zu tun haben, stehen unsere Chancen auf eine Verurteilung besser.«

»Warum höre ich da ein ›Aber‹ raus?«, hakte Clare nach.

Curtis schwieg kurz, bevor er fortfuhr, wobei er seine Worte sorgfältig zu wählen schien. »Ihre Familie hat schon viel durchgemacht. So eine Gerichtsverhandlung wird ziemlich hässlich. Sie müssten den Überfall vor Gericht beschreiben, und sein Anwalt wird sich darauf stürzen, dass Sie sich nur in einem Traum an den Angriff erinnert haben. Er sitzt lebenslang im Gefängnis, ohne Bewährung. Sie müssen abwägen, ob es die Belastung für Sie und Ihre Familie wert ist, seinem Vorstrafenregister eine weitere Verurteilung hinzuzufügen.«

»Ist es nicht«, erklärte sie, ohne zu zögern. »Er ist im Gefängnis und darf nicht wieder raus, er kann das also nie wieder jemand anderem antun. Wenn ich Anzeige gegen ihn erstatte, dann muss ich Angst haben, dass er seine Drohung wahr macht und einen anderen dazu bringt, meinen Kindern wehzutun. Das Risiko gehe ich nicht ein.«

»Wenn Sie sich sicher sind«, meinte Curtis.

»Das bin ich«, beteuerte Clare, und sie umklammerte Jacks Hand fester.

»Wenn Sie mich fragen, finde ich, dass Sie das Richtige tun. Ein Vergewaltigungsopfer wird oft vor Gericht vorgeführt, und ich möchte nur ungern erleben, wie Sie das auch noch durchstehen müssen, nachdem Sie schon so viel ertragen haben.«

»Danke, Sergeant, dass Sie mir gestern geglaubt und so schnell dafür gesorgt haben, dass meine Familie beschützt wird. Und dafür, dass Sie Turner aufgespürt haben«, sagte Clare. »Das weiß ich wirklich zu schätzen.«

»Ich bin froh, dass wir ihn gefunden haben.«

»Es wäre schön, wenn nichts davon in der Zeitung landet. Meine Familie hat schon genug durchmachen müssen, auch ohne dass das überall in den Nachrichten breitgetreten wird. Wir teilen es den Leuten mit, die es erfahren sollen.«

»Kein Problem«, versprach Curtis, dann stand er auf. »Ich bewundere Ihren Mut, Clare. Viel Glück Ihnen beiden.«

Jack erhob sich, um dem Detective die Hand zu geben. Nachdem Curtis das Zimmer verlassen hatte, drehte Jack sich zu ihr. »Ich bin stolz auf dich. Ich bin mir sicher, dass du dir Gerechtigkeit wünschst, aber du hast die richtige Entscheidung getroffen.«

»Er hat mir schon genug genommen – uns allen. Ich bin bereit, mich wieder auf mein Leben zu konzentrieren. Mit einer Gerichtsverhandlung und seiner Drohung könnte ich das nicht. Ich will all das hinter mir lassen.«

»Dann werden wir genau das tun.« Er drückte ihre Hand und gab ihr einen Kuss auf die Wange, während er hoffte, dass er sie dabei unterstützen konnte.

* * *

Andi rollte sich ächzend herum und ließ die Füße auf den Boden fallen, um sich aus dem Bett zu schwingen. Jetzt, da sie im siebten Monat war, konnte sie sich nicht vorstellen, noch dicker zu werden, als sie schon war. *Es wird schlimmer, bevor es vorbei ist*, rief sie sich ins Gedächtnis. Ihr Rücken schmerzte vom Gewicht der Babys, und Dr. Abbott hatte ihr mit Bettruhe gedroht, wenn sie nicht von sich aus kürzertrat. Sie hatte Jack seit drei Monaten nicht gesehen und fand noch immer, dass beständige Beschäftigung das Einzige war, was sie davon abhielt, mit den Gedanken in die Zeit mit ihm abzuschweifen.

Eric blieb länger als erwartet auf Besuch in Chicago, da Andi entweder arbeitete oder zu erschöpft war, und zudem auch zu dick, um hinter das Steuer ihres Autos zu passen und ihn rumzufahren. Zu Ferienbeginn war Betty nach Rhode Island geflogen und hatte ihren Enkel für einen Monat zu sich geholt. Andi wusste, dass das seine beste Chance darauf war, im Sommer Spaß zu haben, und war für die Hilfe ihrer Mutter dankbar.

Schon an ihrem ersten Tag im Hotel stellte sich Kate als großer Erfolg heraus, und der Barmanager berichtete, dass sie unterdessen Stammgäste hatten, die stets an den Tagen auftauchten, an denen sie auftrat, nur um sie singen zu hören. Andi genoss es, sie um sich zu haben, und Kate schaute für gewöhnlich vor ihrer Schicht bei ihr vorbei.

Nach ihrer kurzen Pause ging Andi schwerfällig wieder nach unten, denn sie wusste, dass Kate gleich ankommen würde. Sie hatte es gerade wieder zurück in ihr Büro geschafft, als Kate eintraf, ganz erwachsen in einer weißen Bluse, einem schwarzen Rock und hochhackigen Sandalen.

»Hi, wie läuft's?« Kate musterte sie besorgt.

Andi wusste, dass vermutlich jede Farbe aus ihrem Gesicht gewichen war, außerdem war sie wie so oft völlig außer Atem. »Ich habe mir grad ein Nickerchen gegönnt, um den Nachmittag zu überstehen. Wie läuft's bei dir?«

»Gut.« Kate warf einen nervösen Blick über ihre Schulter. »Äh, hör mal, mein Auto ist in der Werkstatt, damit das neue Radio eingebaut werden kann, deshalb hat Dad mich heute zur Arbeit gefahren. Er wollte wissen, ob er mit dir reden kann. Nur ganz kurz …«

Andis Herz raste. »Das halte ich für keine gute Idee.«

»Bitte, Andi. Er muss sich mit eigenen Augen überzeugen, dass es dir gut geht.«

Ihr fehlte die Kraft, um sich der Bitte zu widersetzen. »Also meinetwegen. Schick ihn rein. Kommst du nachher noch mal her?«

»Ich schau vorbei, bevor ich wieder fahre.« Dann holte sie ihren Vater.

Andis Herz pochte wild, während sie hinter ihrem Schreibtisch saß und auf ihn wartete. Als er eintrat, spürte sie sofort wieder diese Liebe für ihn, die ihr mit ihrer Macht schon den Atem geraubt hatte, lange bevor ihr Zwillinge die Luft aus den Lungen gedrückt hatten.

Er lehnte sich an den Türrahmen, als hätte er Angst, reinzukommen. »Hi.«

Sie betrachtete ihn voller Sehnsucht, verschlang ihn mit Blicken, wusste nicht, wann sie ihn das nächste Mal zu Gesicht bekommen würde. »Hallo.«

»Danke, dass du mich empfängst. Wie fühlst du dich?«

Sie schob sich vom Schreibtisch weg, damit er den riesigen Bauch sehen konnte. »Gigantisch, und mit jedem Tag größer.«

Ihm fielen fast die Augen aus dem Kopf. »Tut es weh?«

Sie musste über seine Reaktion lächeln. »Nur der Rücken, der mich umbringt, außerdem habe ich die Lungenkapazität eines Kettenrauchers, der drei Packungen pro Tag verbraucht, da die beiden den ganzen Platz für sich beanspruchen.«

Sie tätschelte ihren Bauch und ließ Jack wissen, dass die Ärztin ihr bei ihrer letzten Untersuchung versichert hatte, dass alles großartig verlief. Sie erwähnte nicht, dass sie beschlossen hatte, sich nicht das Geschlecht verraten zu lassen, da sie es nicht ertrug, diese Neuigkeit ohne ihn zu erfahren.

»Du warst noch nie so schön. Du strahlst.«

»Wie ein Atomreaktor«, erwiderte sie mit trockenem Humor.

Er lachte.

»Willst du dich einen Moment setzen?« Sie zeigte auf den Stuhl neben ihrem Schreibtisch, also kam er rein und brachte seinen schmerzlich vertrauten Duft mit sich. »Wie geht es *dir*?« Etwas war anders an ihm, aber sie konnte nicht sagen, was.

»Ich halte durch.« Er berichtete ihr, woran Clare sich erinnert hatte.

»Oh, Jack. Gott … Das tut mir so leid. Arme Clare. Was für eine schreckliche Last, die sie da ganz allein getragen hat.«

»Sie hatte zu viel Angst, um es jemandem zu erzählen, selbst mir. Ich war so hilflos, so wütend, als ich es gehört habe, und wusste sofort, dass ich ihn umbringen könnte, wenn ich die Chance dazu hätte.«

Der Zorn, der sich in seinem Gesicht abzeichnete, war, was sich verändert hatte. »Daran hege ich keinen Zweifel.« Sie wollte ihn umarmen, so dringend, dass sie ihre ganze Willensstärke aufbringen musste, um sitzen zu bleiben. »Wie geht es ihr jetzt?«

»Sie stürzt sich in ihre Therapien – in jede davon. Dass sie sich daran erinnert, was passiert ist, scheint sie nur weiter anzuspornen, wieder gesund zu werden und ihn nicht gewinnen zu lassen.«

»Gut. Kate hat mir erzählt, dass Clare bei ihrer Abschlusszeremonie dabei war.«

»Es war ihr erster Ausflug aus dem Krankenhaus. Die Klasse hatte Kate gebeten, zu singen, und Clare konnte kaum glauben, wie gut sie geworden war.«

»Kate hat mir auch ihr Auto gezeigt«, meinte Andi mit einem kleinen Lächeln. Sie hatte einen gelben Beetle bekommen.

Er lachte leise. »Maggie hat sich einen Roten bestellt, wenn sie an der Reihe ist.«

»Kate ist hier ein großer Star. Die Gäste lieben sie.«

»Sie genießt es. Danke, dass du ihr die Gelegenheit gegeben hast.«

»Ich sollte ihr danken. Seit sie angefangen hat, ist unser Umsatz an der Bar erheblich gestiegen.« Sie stützte die Ellbogen auf den Tisch, um ihren Rücken etwas zu entspannen. »Sie hat mir erzählt, worauf ihr euch geeinigt habt. Das war ein kluger Schachzug, Jack.«

»Das hoffe ich. Das Ganze regt mich immer noch auf, aber ich schätze, ich muss es sie versuchen lassen. Ich muss auch noch den Mut aufbringen, Clare zu beichten, dass Kate nicht studieren wird.«

»Wenn sie Kates Musik gehört hat, wird sie es bestimmt verstehen.«

Nach einem unangenehmen Moment der Stille blickte er mit diesen ausdrucksvollen grauen Augen zu ihr hoch. »Was soll aus den Babys werden, Andi? Ich kann an nichts anderes denken. Ich habe dir versprochen, dass ich dich nie allein lassen werde, und jetzt …«

Sein gequälter Gesichtsausdruck ließ sie beinahe die Fassung verlieren. »Können wir uns deswegen später unterhalten? Ich kann jetzt nicht darüber nachdenken.« Der Gedanke, allein mit drei kleinen Kindern zu sein, überwältigte sie. Auch wenn sie wusste, dass er helfen würde, wo er konnte, war es nicht das, was sie sich vorgestellt hatten.

»Du fehlst mir.«

Seine Worte und die Gefühle dahinter drangen ihr ins Herz. »Nicht«, flüsterte sie leise. »Du gehst jetzt besser.«

Also stand er auf. »Versprichst du mir, mich anzurufen, wenn du was brauchst? Du hast meine Telefonnummern.«

»Mach ich.« Sie sagte ihm, was er hören wollte, aber sie wusste, dass sie das niemals tun würde.

KAPITEL 31

Andi ging gerade die letzten Pläne für eine bevorstehende Hochzeit im Hotel durch, als das Telefon klingelte. »Andrea Walsh«, antwortete sie, während sie das Menü durchlas, das die Braut zusammengestellt hatte.

»Ja, hallo, hier spricht Clare Harrington.«

Der Vertrag entglitt Andis Fingern und flatterte auf den Schreibtisch. »Hallo«, stammelte sie, als sie sich wieder unter Kontrolle hatte.

»Entschuldigen Sie, dass ich Sie einfach so anrufe, aber ich hatte mich gefragt, ob Sie mich vielleicht besuchen könnten? Ich würde ja zu Ihnen kommen, aber man lässt mich noch nicht alleine raus.«

Mit pochendem Herzen erwiderte Andi zögernd: »Natürlich. Wann soll ich da sein?«

»Die Sadisten, die sich Therapeuten nennen, sind gegen drei Uhr nachmittags mit mir fertig. Wäre Ihnen eine Stunde später recht?«

»Ja, na klar. Bis nachher.«

»Danke«, verabschiedete sich Clare und legte auf.

Andi lehnte sich auf dem Stuhl zurück und hätte zu gerne gewusst, warum Jacks Frau sich mit ihr treffen wollte.

»Ich schätze, ich werde es noch früh genug erfahren«, murmelte sie, bevor sie sich wieder dem Vertrag widmete, aber nachdem sie zum vierten Mal denselben Satz gelesen hatte, gab sie es ein paar Minuten später auf.

* * *

Andi verpflichtete einen der Chauffeure des Hotels, sie in die Stadt zu bringen. Sie hatte das Fahren aufgegeben, da ihre Füße nicht mehr an die Pedale reichen würden, wenn sie den Sitz noch weiter nach hinten schob.

Der Fahrer brachte den Wagen vor dem Eingang der Reha-Klinik zum Stehen und versprach ihr, auf dem Parkplatz auf sie zu warten.

»Danke, Tom.«

Er hielt ihr die Tür auf und half ihr aus dem Auto. »Ist mir ein Vergnügen, Ms Walsh. Lassen Sie sich Zeit.«

»Da hab ich keine andere Wahl.«

Drinnen fragte sie an der Rezeption nach Clare.

Die Pflegerin zeigte einen langen Gang hinunter. »Die letzte Tür rechts.«

»War ja klar«, brummte Andi, bevor sie sich mit ihrem schwerfälligen Watschelgang zum Zimmer aufmachte und anklopfte.

Clare rief sie rein.

Auf den ersten Blick sah Clare genauso aus wie auf den Fotos in ihrem Haus, jedoch wirkte sie, nach allem, was sie durchgemacht hatte, zerbrechlicher. Ihr Haar schien länger als auf den Bildern, leuchtete aber noch immer in einem kräftigen Blond. Allerdings waren es ihre Augen, die Andi auffielen. Sie strahlten in demselben erstaunlichen Blau wie Maggies und Kates. So wie die frappierende Ähnlichkeit zwischen Jill und Jack sie verblüfft hatte, so deutlich erkannte sie Kate in ihrer Mutter wieder.

»Danke, dass Sie gekommen sind«, begrüßte sie Clare.

Andi setzte sich ihr gegenüber und hoffte, sie würde nachher wieder aus dem niedrigen Stuhl hochkommen können. »Kein Problem.«

»Irgendwie bezweifle ich das.«

Trotz der Anspannung im Zimmer musste Andi lachen. »Ich fühle mich zurzeit wie ein Heißluftballon.«

»Wann ist es so weit?«

»Am zwanzigsten September. Noch zwei Monate.«

»Entschuldigen Sie, dass ich Sie von der Arbeit abhalte, aber ich wollte Sie treffen. Ich *musste* Sie treffen.« Clare blickte auf ihre Hände runter, als wäre sie nervös, nachdem sie die andere Frau im Leben ihres Ehemannes herbestellt hatte.

»Das verstehe ich.«

»Meine Töchter haben nur Gutes von Ihnen zu berichten.«

»Es sind wundervolle Mädchen. Sie können wirklich stolz auf sie sein.«

»Maggie hat mir die Gebärdensprache vorgeführt. Beeindruckend.«

Andi nickte zustimmend. »Sie beherrscht sie so gut wie ich. Sie war wirklich großartig zu meinem Sohn Eric. Sie alle.«

»Meine Genesung hat Sie in eine unschöne Lage gebracht, das bedaure ich.«

Erstaunt über Clares Großmut erwiderte Andi: »Sie müssen sich nicht entschuldigen, Clare. Ich habe gehört, was passiert ist. Dass jemand meinen Sohn bedroht, kann ich mir nicht mal vorstellen. Ich bin froh, dass es Ihnen jetzt wieder viel besser geht.«

»Ich stand heute auf Krücken und bin sogar ein paar Schritte gelaufen.«

»Das ist großartig.« Andi verstummte, suchte nach den richtigen Worten. »Ich weiß, dass es schlimm gewesen sein muss, von mir und den Babys zu erfahren. Aber ich werde mich nicht in Ihre Familie einmischen.«

»Jack wird die Babys und Ihren Sohn nicht aufgeben wollen.«

»Dem würde ich mich niemals in den Weg stellen, aber ich werde auch nicht im Hintergrund lauern.«

Clare hob eine Augenbraue. »Werden Sie nicht?«

»Ich fürchte, ich verstehe Sie nicht ganz.«

»Sie haben sein Herz erobert, Andi. Das erkenne ich an dem gequälten Ausdruck auf seinem Gesicht, wann immer Ihr Name fällt. Sie werden nicht im Hintergrund sitzen. Sie werden mitten in unserem Leben stehen.« Clare sprach freiheraus und anscheinend ohne Groll.

»Ich habe ihn nur einmal in den letzten drei Monaten getroffen, und das auch nur zehn Minuten lang. Er wollte wissen, ob ich gesund bin. Ich habe nur mit ihm geredet, wenn er Eric besuchen wollte. Ich stehe wohl kaum mitten in seinem Leben.«

»Sie unterschätzen ihn, wenn Sie glauben, dass er Ihnen einfach so den Rücken zukehrt und sich wieder dem Leben widmet, das wir geführt haben, als wäre nie etwas geschehen. So ist er nicht, aber das muss ich Ihnen vermutlich nicht erklären. Außerdem ist das Leben, das wir mal hatten, längst fort.«

»Das wissen Sie noch nicht. Sie müssen dem Ganzen Zeit geben. Ihre Familie hat so viel durchgestanden.« Andi war nicht ganz klar, warum sie versuchte, Clare davon zu überzeugen, ihrer Ehe noch eine Chance zu geben. Es kam ihr einfach richtig vor.

»Ich könnte dem von jetzt bis ans Ende der Ewigkeit Zeit geben, aber er wird nicht aufhören, Sie zu lieben, und jedes Mal, wenn er mein Haus verlässt, um sich mit Ihren Kindern zu treffen, werde ich mich fragen, ob er zu mir zurückkehrt, weil er es will oder weil er muss. Ich will keinen Mann, der den Rest seines Lebens mit mir verbringt, weil er mir Treue versprochen hat, obwohl er in Wirklichkeit eine andere liebt. Nach allem, was mir widerfahren ist, möchte ich mehr vom Leben als das.«

Andis rasendes Herz blieb fast stehen. »Was wollen Sie damit sagen, Clare?«

»Ich will das zurück, was ich mal hatte. Aber da ich das nicht haben kann, werde ich ihn freigeben. Vielleicht klappt es ja zwischen Ihnen. Vielleicht auch nicht.« Sie zuckte die Achseln. »In einem oder zwei Monaten werde ich entlassen. Ich hab meine Mädchen, und eines Tages werde ich eventuell wieder arbeiten. Keine Ahnung. Aber mir wird es gut gehen.«

»Ich weiß nicht, was ich sagen soll«, erwiderte Andi entgeistert.

»Ich bin froh, dass Sie hier sind und wir die Gelegenheit hatten, einander kennenzulernen.«

»Ich auch.« Andi kämpfte sich auf ihre Füße, überwältigt von ihrer Unterhaltung und Clares innerer Stärke. »Ich wünschte, wir hätten uns unter anderen

Umständen getroffen. Wir hätten Freundinnen werden können.« Sie streckte Clare eine Hand entgegen.

Clare nahm ihre Hand und drückte sie, bevor sie wieder losließ. »Womöglich werden wir das ja eines Tages.«

»Passen Sie auf sich auf, Clare.«

»Sie auch. Viel Glück bei der Geburt. Ich hoffe, sie verläuft problemlos.«

»Danke.«

Andi winkte in der Tür zum Abschied und ging auf dem langen Weg zurück zum Auto das Gespräch noch einmal im Kopf durch. Clares Großzügigkeit verblüffte sie. Sie hatte erwartet, Clare würde darauf bestehen, dass sie sich von Jack fernhielt, und das hätte sie verstanden. Das Einzige, was sie niemals erwartet hätte, war, dass Jacks Ehefrau sich zurückzog. Ihr Herz bebte aufgeregt bei dem Gedanken, dass es vielleicht doch eine Chance für sie und Jack geben könnte.

* * *

Clare mühte sich mit einer einfachen Stickerei ab, die der Ergotherapeut ihr gegeben hatte, als Jack ihr Zimmer betrat. Er stand eine Zeit lang im Türrahmen und beobachtete sie. »Du machst gute Fortschritte«, meldete er sich schließlich zu Wort.

»Oh, hallo. Komm rein. Das hier wird nichts.« Offenkundig frustriert schob sie die Stickerei beiseite.

»Du findest dich schon wieder rein.«

»Ich habe heute auf Krücken gestanden.«

»Das ist toll. Ich kann kaum glauben, wie weit du es in so kurzer Zeit geschafft hast.«

»Mir tut jeder Muskel weh, glaub mir.«

»Da bin ich mir sicher. Ich hab deine Nachricht bekommen. Entschuldige, dass ich es nicht früher hergeschafft habe. Ich hatte heute in Boston zu tun und bin auf dem Heimweg im Verkehr stecken geblieben. Du wolltest mich sehen?« In letzter Zeit besuchte er sie fast jeden Abend, aber sie hatte angerufen, um ganz sicher zu sein, dass er auch heute herkam.

»Setz dich.« Sie forderte ihn dazu auf, neben ihr auf dem kleinen Sofa Platz zu nehmen, und griff nach seiner Hand. »Ich habe eine Theorie«, setzte sie lächelnd an.

»Die wäre?« Erleichtert stellte er fest, dass er nach und nach wieder die Clare vor sich hatte, die ihm vertraut war.

»Weißt du, warum wir all die Jahre zusammengeblieben sind, obwohl es so aussah, als würden sich alle, die wir kannten, voneinander trennen?«

»Ich dachte, das läge daran, dass wir uns lieben«, erwiderte er, nicht ganz sicher, worauf sie hinauswollte.

»Ja, aber es lag auch daran, dass keiner von uns jemanden oder etwas anderes wollte. Wir waren komplett zufrieden miteinander. Das ist aber nicht mehr der Fall, oder?«

Als er ihre Worte verstand, sah er zu Boden. Er konnte nicht leugnen, dass es nicht seine Ehefrau war, nach der er sich sehnte, wenn er Nacht für Nacht wach lag, sondern die dunkelhaarige Schönheit, die sein Herz gestohlen hatte, als er sie zum ersten Mal erblickt hatte.

»Ich habe sie heute getroffen.«

Er riss den Kopf zu ihr hoch. »Hast du? Wie?«

»Ich habe sie angerufen und gebeten, zu mir zu kommen. Ich mag sie. Ich wollte es nicht, aber ich tue es.«

Er versuchte, sich vorzustellen, wie Andi und Clare sich zivilisiert unterhielten, aber dann fiel ihm ein, wie Jill fast genau das Gleiche über Andi gesagt hatte.

Clare atmete tief durch. »Das zwischen uns ist vorbei, Jack.«

»Aber …«

Sie hielt eine Hand hoch, bevor er weiterreden konnte. »Ich mache dir keinen Vorwurf mehr und ihr auch nicht. Der Mann, der mich angegriffen hat, trägt die Schuld daran. Das verstehe ich jetzt. Aber wir können die schlichte Wahrheit, dass du eine andere liebst, nicht ändern, und da ich nicht von dir verlangen werde, dich zu entscheiden, fasse ich den Entschluss für uns beide. Ich habe bereits Coop angerufen und ihn gebeten, die Papiere aufzusetzen«, erklärte sie mit Verweis auf ihren gemeinsamen Freund und Anwalt. »Ich werde die Scheidung beantragen, damit niemand dich bezichtigen kann, mich wegen ihr verlassen zu haben. Ich werde nicht zulassen, dass man schlechtredet, was zwischen uns war, indem man dich durch den Dreck zieht.«

»Bei dir war heute wohl viel los, während ich in Boston war«, meinte er verblüfft. »Das war's? Einfach so?«

»Es ist ganz und gar nicht einfach. Es tut höllisch weh, aber das ist das Einzige, was mir übrig bleibt. Ich kann nicht den Rest meines Lebens mit jemandem verbringen, der bei einer anderen sein will, selbst wenn du dir jeden Tag Mühe geben würdest, mich davon zu überzeugen, dass es nicht so ist, nur um das Richtige zu tun. Ich weiß, dass du mich nie verlassen würdest, also verlasse ich dich.«

»Ohne mir auch nur eine Chance zu geben?«

»Würde das was ändern? Würdest du in einem Jahr etwas anderes für sie empfinden?«

Er schüttelte den Kopf, als ihm klar wurde, dass sie sich entschieden hatte. »Was sollen wir den Kindern erzählen?«

»Die Wahrheit – dass zu viel Zeit vergangen ist, zu viel geschehen ist und dass wir nicht mehr zurückkönnen. Sie werden es verstehen. Schließlich haben sie es miterlebt.«

»Ich werde mich um dich kümmern. Das weißt du, oder?«

»Ich weiß. Ich will nur das Haus und genug, um die Rechnungen zu bezahlen, bis ich wieder arbeiten kann. Jill und Kate werden dann auf dem College sein. Wegen Maggie lassen wir uns was einfallen, damit wir beide Zeit mit ihr verbringen können.«

»Das ist alles kein Problem, abgesehen von Kate und dem College ...« Er hatte dieses Gespräch lange genug vor sich hergeschoben. »Sie geht dieses Jahr nicht.«

»Was meinst du damit? Natürlich geht sie.«

»Ich habe ihr ein Jahr versprochen, damit sie sich auf ihre Musik konzentrieren kann. Sie ist unglaublich talentiert, wie du bei ihrem Abschluss gehört hast. Ab ihrem achtzehnten Geburtstag hat sie ein Jahr lang Zeit, um einen Plattenvertrag zu bekommen. Wenn sie es nicht schafft, muss sie nach Hause zurück und studieren.«

»Von wo käme sie nach Hause zurück?«

»Nashville.«

»Ich fasse nicht, dass du dem zugestimmt hast. Du weißt, wie wichtig es mir ist, dass sie studieren.«

»Deshalb habe ich mich auch zunächst dagegen gesträubt. Dann hat Jamie mich daran erinnert, wie dieses schlimme Zerwürfnis zwischen mir und meinem Vater entstanden ist. Ich habe jahrelang nicht mit ihm gesprochen, weil er nicht verstanden hat, dass ich meinen eigenen Weg finden musste. Ich konnte nicht zulassen, dass sich das wiederholt. Bei einer meiner Töchter hätte ich das nicht ertragen. Du warst nicht hier, und ich musste eine Entscheidung treffen. Ich hoffe, du respektierst meinen Entschluss. Da sie sich gar nicht erst beworben hat, wäre es für das Semester im September ohnehin zu spät.«

»Ich schätze, wir können ihr ein Jahr geben«, lenkte sie ein, was ihn überraschte. »Toll finde ich das nicht, aber ich weiß noch, wie tief dein Vater dich verletzt hat. Ich wünsche das meinen Kindern genauso wenig wie du.«

»Das weiß ich zu schätzen, und ich weiß, dass sie dasselbe empfindet.«

»Du solltest wissen, dass ich Coop alles erzählt habe – von Sam Turner und Andi und den Babys. Bei anderen ist mir das zwar egal, aber ich wollte, dass er versteht, warum ich das tue und wieso ich es schnell hinter mir haben will.« Sie verstummte und blickte zu ihm hoch. »Du wirst sie heiraten wollen, bevor die Kinder geboren werden.«

»Clare …«

Sie nahm wieder seine Hand. »Danke für alles, was du für mich getan hast, während ich krank war, dafür, dass du für die Therapie gesorgt hast, die mir jetzt die Chance gibt, mein Leben wieder in den Griff zu bekommen, dafür, dass du mich besucht und mir Blumen geschenkt hast, und dafür, dass du die Mädchen immer wieder zu mir gebracht hast.«

Sie hatte offensichtlich mit Sally und den anderen Pflegerinnen gesprochen, die sich um sie gekümmert hatten.

»Danke für all die wundervollen Jahre, die wir zusammen verbracht haben. Lass uns nichts bereuen. Wir hatten eine fantastische Zeit, aber das ist jetzt vorbei.«

Doch Reue war alles, was er empfand, als er den Kopf schüttelte. »Ich wollte nie, dass es so endet, Clare.«

»Ich weiß.«

Er umarmte sie. »Reden wir morgen gemeinsam mit den Mädchen?«

Sie nickte.

»Bis dann.« Er stand auf. »Du weißt, wo du mich findest, wenn du was brauchst, nicht wahr? Egal, was?«

»Ja.«

In der Tür verharrte er noch einmal und brachte es nicht über sich, sie zu verlassen.

»Ist schon gut, Jack«, flüsterte sie. »Geh.«

* * *

Nachdem sie sich am nächsten Tag in Clares Zimmer versammelt hatten, um den Mädchen die Nachricht zu überbringen, stimmte diese Maggie traurig, aber Jill und Kate wirkten resigniert. Sie waren alt genug, um zu verstehen, dass zu viel geschehen war, während ihre Mutter im Koma lag, und begriffen, warum ihre Eltern es nicht schafften, das zurückzugewinnen, was einst zwischen ihnen gewesen war.

»Wirst du jetzt Andi heiraten, Dad?«, wollte Maggie wissen, und alle Augen richteten sich auf sie.

»Hättest du was dagegen?«

»Würde es *dich* stören, Mom?«, fragte Kate.

»Wenn es das ist, was euer Dad will, dann werde ich dem nicht im Weg stehen, Schatz. Das Einzige, was ihr nicht vergessen dürft, ist, dass wir euch immer lieben werden, auch nach allem, was unsere Familie erlitten hat, auch wenn euer Dad und ich nicht mehr zusammenleben. Nichts könnte das jemals ändern.«

»Wo werde ich wohnen?«, wollte Maggie leise wissen.

»Du und ich werden im Haus wohnen, und ich bin mir sicher, dass du ganz viel Zeit bei deinem Dad verbringen wirst«, versicherte ihr Clare.

»Wo willst du wohnen, Dad?«, wollte Jill wissen.

»Das weiß ich noch nicht, aber egal, wo ich lande, es wird dort genug Platz für euch alle geben«, versprach er ihnen, und sie zeigten sich damit zufrieden.

Ausgelaugt von ihrer emotionalen Unterhaltung kehrte Jack ins Büro zurück, während die Kinder bei ihrer Mutter blieben, um sie bei ihrer Therapie am Nachmittag zu unterstützen.

Jamie und Frannie kamen gerade vom Mittagessen zurück, als er auf den Parkplatz von HBA fuhr.

»Habt ihr beide kurz Zeit? Es gibt da etwas, was ich euch erzählen muss«, begrüßte Jack sie, bevor er ihnen nach drinnen folgte.

»Klar«, erwiderte Fran. »Jamies Eltern sind bei den Zwillingen, also hab ich den Tag frei.«

»Großartig, danke«, entgegnete Jack. »Ich muss kurz einen Anruf tätigen, dann komme ich zu euch in Jamies Büro.«

Nachdem er Quinn darum gebeten hatte, sich zu ihnen zu gesellen, ging er in sein Büro und schloss die Tür. Dort wählte er Cooper Hayes' Nummer.

»Jack, wie läuft's?«

»Geht so, Coop. Und bei dir? Was macht die Familie?«

»Bei uns ist alles gut. Wir haben uns echt gefreut, dass Clare wieder gesund wird.«

»Sie macht unglaubliche Fortschritte. Ich hab gehört, dass sie dich gestern angerufen hat.«

»Hat sie, und es ist eine verdammte Schande. Es tut mir für euch beide leid. Was ihr widerfahren ist … Ich schätze, das muss ich dir nicht sagen.«

»Nein, musst du nicht.« Jack hatte noch immer Schwierigkeiten, auch nur daran zu denken, aber der glühende Zorn, der anfangs in ihm hochgekocht war, war ein wenig abgekühlt, denn er versuchte, Clares Beispiel zu folgen und das Ganze hinter sich zu lassen.

»Ich war heute Morgen im Krankenhaus, und sie hat die ersten Papiere aufsetzen lassen«, erklärte Coop. »Sieht so weit ganz unkompliziert aus. Sie hat um das Haus gebeten, vorübergehenden Unterhalt vom Ehemann, Alimente und das gemeinsame Sorgerecht für Maggie und Kate, bis Kate im November achtzehn wird. Mehr nicht.«

»Kein Problem. Ich möchte auch eine Abfindung in bar anbieten, damit sie finanziell unabhängig ist.« Er nannte eine siebenstellige Summe, die Coop einen leisen Pfiff entlockte.

»Das ist ziemlich großzügig von dir. Ich werde heute die Papiere ausarbeiten. Wenn ich es richtig verstehe, muss es schnell über die Bühne.«

»Ja«, bestätigte Jack, ging aber nicht näher darauf ein, da er wusste, dass Clare Coop längst die ganze Geschichte anvertraut hatte. »Ich hätte die Papiere gerne bis zum Zehnten. Reichen dir drei Wochen?«

»Geht klar. Ich leg gleich los.«

»Danke, Coop. Bevor ich auflege: Kannst du mir einen guten Privatdetektiv empfehlen?«

Kapitel 32

Am vierundzwanzigsten August wachte Andi früh auf und drehte sich, um ihren Rücken etwas zu entlasten. Der Schmerz in ihrem Kreuz war über Nacht beinahe unerträglich geworden, aber das war nichts verglichen mit der Pein in ihrem Herzen, seit sie wochenlang auf eine Nachricht von Jack gewartet hatte.

Clare hatte ihm doch sicherlich mittlerweile mitgeteilt, dass sie ihn verlassen wollte. Hatte sie ihre Meinung geändert? Hatte er sich umentschieden? Warum war er nicht zu ihr gekommen? Jedes Mal, wenn das Telefon klingelte, zuckte sie zusammen. Wenn es an der Tür klopfte, wurde ihr vor Vorfreude ganz taumelig, und sie verbrachte viel Zeit damit, aus dem Fenster zu starren und darauf zu warten, dass sein Auto auf den Parkplatz fuhr. Sie musste ihre ganze Willenskraft aufwenden, um Kate während ihrer regelmäßigen Besuche nicht nach Informationen auszuhorchen.

Nachdem ein langer Sommertag dem nächsten gewichen war, akzeptierte sie, dass er nicht auftauchen würde, und fühlte sich, als hätte sie ihn erneut verloren. Heute war der vierundzwanzigste August, und sie beging den Jahrestag ihrer ersten Begegnung allein, und nur die Babys, die sich in ihr regten, erinnerten sie daran, dass sie überhaupt jemals zusammen gewesen waren.

Eric kam aus seinem Zimmer und linste in ihres, um nach ihr zu sehen. Er konnte es zwar kaum erwarten, ein großer Bruder zu sein, aber sie wusste, dass ihr runder Bauch ihm unheimlich war. Er hatte ihr verraten, dass er hoffte, die Kleinen wären schon bald da, damit sie nicht mehr so dick war.

Mit dem Finger winkte sie ihn zu sich.

Also hüpfte er zu ihr aufs Bett.

Sie hob die Decke und zog ihn an sich. Kurz darauf mussten sie eingeschlafen sein, denn als Nächstes klingelte das Telefon, und sie stellte erschrocken fest, dass es nach neun Uhr war. Sie griff nach dem Hörer.

»Guten Morgen«, grüßte Jen sie. »Wie fühlst du dich heute?«

»Als wäre ich im achten Monat schwanger und hätte verschlafen«, murrte Andi.

»Warum bleibst du nicht ein bisschen länger oben? Ich schick dir und Eric was zum Frühstück rauf. Heute Morgen kann ich für dich einspringen. Ruh dich aus, Andi.«

»Das mach ich vielleicht sogar. Mein Rücken tut höllisch weh.« Sie rieb sich die schmerzende Stelle. Da im Hotel das reinste Chaos geherrscht hatte, waren die Beschwerden seit gestern schlimmer geworden. Nach etlichen kleineren Katastrophen hatte Jen die südliche Veranda schließen müssen, denn auf der noch neuen Terrasse hatte jemand Risse entdeckt. Jen veranlasste die Reparatur, und Andi überließ das Ganze ihren fähigen Händen.

»Vergiss nicht, dass du am Mittag einen Termin mit einem Lieferanten hast, um alles andere kann ich mich kümmern«, versprach Jen. »Bring Eric mit, wenn du runterkommst. Er kann mit mir rumhängen, während du im Meeting bist.«

Der Vertreter des Spirituosenhändlers hatte ihr so viele Nachrichten hinterlassen, dass Andi sich schließlich einverstanden erklärt hatte, sich von Jen einen Termin organisieren zu lassen, um mit ihm über den Ausschank seiner Marken im Infinity Newport zu reden.

»Klingt gut, danke«, meinte Andi, dann legte sie auf. »He, Kumpel, sieht so aus, als hätten wir etwas Zeit zum Faulenzen und Entspannen«, teilte sie Eric in Gebärdensprache mit.

Er grinste. »Toll.«

* * *

Kurz vor Mittag liefen Andi und Eric Hand in Hand durch das Foyer in ihr Büro, wo Jen bereits auf sie wartete.

Sie schaute von Andis Schreibtisch auf. »Hi«, begrüßte sie die beiden in Gebärdensprache, um Eric nicht auszuschließen. In den letzten Wochen hatte sie darauf bestanden, dass ihre Chefin kürzertrat, und hatte viele von Andis Aufgaben übernommen.

»Danke, dass ich heute früh im Bett bleiben durfte. Das hat meinem Gemüt wunderbar geholfen«, erklärte Andi mit einem dankbaren Lächeln. »Ist der Spirituosen-Typ schon da?«

»Er ist vor ein paar Minuten eingetroffen. Aus irgendeinem Grund will er sich oben mit dir treffen, also bring ich dich rauf, und dann nehme ich den Kleinen hier mit nach draußen«, verkündete Jen und versuchte, Eric das Haar zu verwuscheln.

Kichernd wich er ihrer Hand aus.

»Warum denn oben?«, fragte Andi, genervt von diesem lästigen Händler. »Wir haben hier unten einen perfekt geeigneten Konferenzraum.«

»Keine Ahnung«, antwortete Jen mit einem Schulterzucken. »Er wollte dort oben warten, bis du so weit bist, also lass uns einfach rauffahren.«

Da Andi dieser Tage Treppen mied, nahmen sie den Fahrstuhl in den ersten Stock. Jen und Eric liefen voraus, und als Andi aus dem Aufzug stieg, stand plötzlich Jack vor ihr.

Sie schnappte nach Luft, freute sich aber über seinen Anblick. Er trug ein marineblaues Polohemd und Khakishorts, und obwohl er müde wirkte, hatte er nie besser ausgesehen. »Was machst du denn hier?«

Während Jen zurück in den Lift stieg und sie allein ließ, streckte er ihr eine Hand entgegen und Eric die andere.

Andi sah zurück, als sich gerade die Fahrstuhltüren schlossen. »Was geht hier vor?«

»Folge mir.« Er führte sie zum obersten Treppenabsatz, an die Stelle, von der sie ihm erzählt hatte, dass es ihr liebster Ort im ganzen Hotel war, und bedeutete ihr, sich auf den Stuhl zu setzen, der dort für sie hingestellt worden war.

Neben ihr legte Eric einen Arm um ihre Schultern.

Jack kniete sich vor sie, um eine Wange an ihren Babybauch zu legen, und wurde von einem der Babys mit einem kräftigen Tritt gegen die Wange belohnt. Er lachte, bis sein Blick ihrem begegnete.

Der Ausdruck auf seinem Gesicht ließ ihr beinahe das Herz stehen bleiben.

»Andrea, vor zwei Jahren bist du in meinem Leben aufgetaucht und hast es für immer verändert.« Um Eric mit einzubeziehen, benutzte Jack beim Reden auch die Gebärdensprache.

Andi schaute zu Jack runter, noch immer geschockt, dass er hier war, noch immer nicht sicher, warum er hier war.

»Ich habe dich gebeten, den Sprung ins Ungewisse zu wagen, als du in mein Leben getreten bist, und du hast es bereitwillig getan. Seitdem ist viel passiert, aber eines hat sich nie geändert: Ich liebe dich, seit ich dich das erste Mal erblickt habe, und ich werde dich immer lieben. Ich bin heute hier, weil ich zum ersten Mal, seit wir uns vor zwei Jahren getroffen haben, vollkommen frei bin und dich lieben kann, frei, um mit dir und unseren Kindern ein Leben aufzubauen, frei, dich zu heiraten, wenn du mich willst.« Er hielt einen großen Diamantring hoch.

Andi schlug sich eine Hand vor den Mund. Tränen rannen ihr über das Gesicht, als seine Worte einsanken und sie endlich genau verstand, was er da tat.

Er steckte ihr den Ring an die linke Hand. »Andi, wirst mich bitte, *bitte* heiraten?«

Unfähig, mit dem riesigen Kloß in ihrem Hals auch nur ein Wort hervorzubringen, konnte sie nur nicken, dann schaute sie zu Eric, den das Ganze nicht so zu überraschen schien wie sie. Sie streckte Jack die Arme entgegen, und er zog sie und Eric in eine feste Umarmung. Andi atmete den Duft ein, den sie überall als seinen erkennen würde.

Lange hielt er die beiden fest, bevor er sich zurücklehnte, um sie zu küssen und ihr die Tränen von den Wangen zu wischen.

»Ich dachte, du kommst nicht mehr«, flüsterte sie, als sie wieder sprechen konnte.

»Ich wollte erst hier aufkreuzen, wenn ich dir etwas zu bieten habe.« Die Erschöpfung, die sie in ihm wahrnahm, verriet ihr, was es ihn gekostet hatte, ihr fernzubleiben.

Er griff in seine Tasche und zog zwei zusammengefaltete Zettel raus. Der erste, den er ihr gab, war eine Heiratserlaubnis.

Als sie das Datum entdeckte, atmete sie scharf ein. *»Heute?«*

Er grinste und erklärte mit den Händen: »Es musste heute sein. Glaubst du wirklich, auf *meiner* Terrasse gibt es Risse?«

Eric kicherte über den Ausdruck auf ihrem Gesicht, als sie erkannte, dass man sie hinters Licht geführt hatte.

»Hast du davon gewusst?«, fragte sie ihren Sohn.

Eric nickte fröhlich.

»Er hat mir vor einer Woche die Erlaubnis gegeben, dich zu heiraten, und war ganz artig und hat dir nichts verraten. Für dich habe ich auch etwas, Eric.« Er reichte dem Jungen den zweiten Zettel.

Eric faltete ihn auf und reichte ihn seiner Mutter, da er nicht verstand, was draufstand.

»Es ist eine Einwilligungserklärung zur Adoption«, erklärte ihm Andi. Alec Walshs Unterschrift bestätigte, dass er alle Ansprüche auf seinen Sohn aufgab. Erstaunt blickte sie zu Jack hoch. »Wie hast du das geschafft?«

»Ich habe einen Privatdetektiv angeheuert, um ihn ausfindig zu machen, und er hat vor zwei Tagen unterschrieben«, erklärte Jack, aber für den Teil nutzte er nicht die Hände, um Eric das Ganze zu ersparen.

»Er hätte das nicht getan, wenn nicht was für ihn rausgesprungen wäre«, wandte Andi leise ein.

»Mach dir deswegen keine Sorgen.«

»Er wird noch mehr haben wollen.«

»Nein, wird er nicht.«

Eric wirkte verwirrt, also wandte sich Jack an ihn.

»Ich liebe dich, Eric, und ich möchte, dass du mein Sohn bist«, verkündete er in Gebärdensprache. »Ich will nicht, dass du nur in meinem Haus wohnst, ich will, dass du auch meinen Namen trägst. Ich möchte dich gerne adoptieren, und genau das steht auf dem Zettel. Nimmst du mich als deinen Vater an, Eric Harrington?«

Eric nickte eifrig. »Kann ich dich jetzt Dad nennen?«

»Ja, Kumpel«, bestätigte Jack, die Stimme rau vor Emotionen.

Dann umarmte er sie, bis von unten laute Jubelschreie bis nach oben drangen.

Gekleidet für eine Hochzeit am Dienstagnachmittag kamen ihre Familien und Freunde die Treppe herauf. Jill, Kate und Maggie liefen vorneweg. Den Mädchen folgten Andis Mutter und Tante Lou. David, Lauren und ihre Töchter waren da, ebenso wie Frannie, Jamie und die Zwillinge, Jacks Eltern und Jamies Eltern. Hinter ihnen standen Andis ehemalige Arbeitskollegen aus Chicago, Jacks Kollegen von HBA und der größte Teil vom Infinity-Newport-Personal.

Da sie Jacks bisher schönste Überraschung bewerkstelligt hatten, klatschte Jen Quinn ab und lächelte glücklich.

Jack nahm Andis Hand, um ihr aufzuhelfen, damit sie die Gäste begrüßen konnte. »Wir müssen zu einer Hochzeit«, erklärte er.

»So kann ich mich doch aber nicht zeigen.« Sie wies auf ihr legeres Sommerkleid, während sie von den Mädchen umarmt wurde. Dass sie Jill und Maggie zum ersten Mal seit Monaten wiedersah, trieb ihr neue Tränen in die Augen.

»Keine Sorge, Andi, da kümmern wir uns drum.« Frannie reichte Jamie Olivia. »Los. Er gibt uns eine halbe Stunde, mehr nicht.«

»Kommt ja nicht zu spät«, warnte Jack und sah zu, wie Andi von Frannie und den Mädchen weggeführt wurde.

Beinahe hatte Andi Angst, sich abzuwenden, und warf ihm einen Blick zu. Was, wenn sie sich das Ganze nur einbildete? »Wie um alles in der Welt hat er das geschafft?«, flüsterte sie Frannie zu.

»Er hat uns alle um Hilfe gebeten, um kurzfristig eine Hochzeit auf die Beine zu stellen. Ich hoffe, du hast nichts dagegen, dass ich mich selbst zu deiner Trauzeugin erklärt habe«, erläuterte Frannie, bevor sie sie in die Suite drängte, die für sie bereitgestellt worden war, damit sie sich zurechtmachen konnte.

»Natürlich nicht. Du wärst ohnehin meine erste Wahl gewesen. Aber, Frannie, wie hat er sich so schnell scheiden lassen? Das verstehe ich nicht.« Sie sprach leise, damit die Mädchen sie nicht hörten.

»Er ist in die Dominikanische Republik gereist.«

Sie hatte vom Eilverfahren einer dominikanischen Scheidung gehört, kannte aber keinen, der das schon mal durchgezogen hatte.

»Er ist seit über einer Woche geschieden, aber er wollte warten, bis die Sache mit der Adoption geklärt war, und natürlich ist heute ein besonderer Tag.«

»Ich kann es noch immer nicht glauben.« Andi schaute auf den herrlichen Verlobungsring runter. An der anderen Hand trug sie noch immer den Saphirring, den er ihr bei ihrem ersten gemeinsamen Weihnachtsfest gegeben hatte.

»Er wollte nicht, dass die Babys geboren werden, ohne dass ihre Eltern verheiratet sind. Als es ihm möglich wurde, das zu verhindern, hat er alles in die Wege geleitet. Er saß wie auf glühenden Kohlen und hat gehofft, dass sie nicht zu früh kommen.«

Andi lächelte bei der Vorstellung, denn sie wusste, dass Geduld nicht Jacks Stärke war.

»Uns läuft die Zeit davon, während wir hier plaudern. Ziehen wir dich lieber mal an.«

Andi legte die Hand auf den Arm ihrer zukünftigen Schwägerin. »Ich hege keinen Zweifel daran, dass du wie immer Himmel und Hölle in Bewegung gesetzt hast, um ihm zu helfen. Danke für alles.«

»War mir ein Vergnügen. Komm und schau dir dein Kleid an – man wird nicht mal erkennen können, dass du schwanger bist.«

Andi lachte laut und glücklich.

* * *

Dass sie Jack auf der südlichen Veranda heiratete, die zu einer magischen Kulisse für die Hochzeit hergerichtet worden war, kam ihr vor, als würde sie durch einen Traum wandeln. Jamie war wieder Jacks Trauzeuge, und Frannie stand bei Andi. Bevor sie ihr Gelübde ablegten, baten sie die Mädchen, sich neben Andi zu stellen, und Jack streckte die Hand nach Eric aus, der für den Anlass eine Krawatte trug. Das Einzige, was den ansonsten atemberaubenden Tag schmälerte, war der zermürbende Schmerz in Andis Rücken, den zu ignorieren ihr immer schwerer fiel.

Nach der Zeremonie rief die Band, die Jack angeheuert hatte, Kate auf die Bühne, damit sie mit ihnen sang. Jack saß neben Andi, hatte einen Arm um sie gelegt und betrachtete Kates Auftritt mit der Band. Sie sang »Bless the Broken Road«, und als sie den Refrain vortrug, wischten sich Braut und Bräutigam beide Tränen der Rührung weg.

Die Hochzeitsgäste jubelten, als die letzten Noten des Liedes verklangen. Kate wirkte so geübt und professionell, als sie sich zur Band umdrehte und ihnen applaudierte, dass Andi nach Jacks Hand griff, der Kate erstaunt musterte.

Er versprach Andi, dass er sie heute nur um einen Tanz bitten würde, und sang »The Way You Look Tonight« mit, änderte aber »tonight« in »today« um.

In dem Moment, in dem sie sich streckte, um ihm einen Kuss zu geben, keuchte sie auf, als sie die Nässe zwischen ihren Beinen spürte.

»Liebling, was ist los?«

»Ich glaube, meine Fruchtblase ist geplatzt.«

»Bist du sicher?«

Sie schaute zu der Pfütze unter ihren Füßen runter und dann wieder hoch zu ihm und nickte.

»Okay, komm, ich sag Jamie, dass er hier weitermachen soll. Kein Grund, die Feier platzen zu lassen«, meinte Jack, während er sie von der Tanzfläche führte.

Aber bevor sie verschwinden konnten, krümmte sich Andi unter einer Wehe, bei der sie sich weder rühren noch atmen konnte. Sie hatte diese gerade hinter sich gebracht, da ging die nächste los.

»Jack«, keuchte sie und kämpfte schon gegen den Drang, zu pressen. »Ich glaube nicht, dass ich es bis ins Krankenhaus schaffe.«

Frannie half Jack, Andi nach oben zu bringen, während Jamie die anderen bat, einfach weiterzufeiern.

»Sieht so aus, als würden wir heute zwei Ereignisse zum Preis von einem bieten«, verkündete er unter dem nervösen Gelächter der Hochzeitsgäste.

»O mein Gott, ich muss pressen«, rief Andi, überwältigt von dem Gefühl.

Jack warf Frannie einen panischen Blick zu.

»Vielleicht ist ja ein Arzt im Hotel«, sagte sie.

Kaum hatten sie Andi ins Bett gebracht, telefonierte Jack mit der Rezeption und forderte sie auf, nach einem Arzt zu suchen. Er rief auch Dr. Abbott an, die ihm versicherte, dass sie sich sofort auf den Weg machen, aber dennoch mindestens eine halbe Stunde brauchen würde.

»Beeilen Sie sich«, drängte Jack, dann widmete er sich wieder Andi, die aufschrie, als eine weitere Wehe sie innerlich schier zerriss. Zwischen den Wehen halfen Jack und Frannie ihr aus dem Hochzeitskleid und in ein Nachthemd.

»Es tut mir leid, Jack«, entschuldigte sich Andi, während sie Tränen wegblinzelte. »Ich hab unsere Hochzeit ruiniert.«

»Das muss dir nicht leidtun, Schatz. Ich bin nur froh, dass wir den ersten Teil gerade noch rechtzeitig hinter uns gebracht haben.« Er gab ihr einen Kuss, bevor sie sich unter einer weiteren Wehe krümmte.

Sie unterdrückte den Drang, zu pressen. »Ich kann nicht mehr warten.«

In dem Moment klopfte es, und Frannie raste durch das Zimmer. Sie kehrte mit einem jungen Paar zurück. »Wir haben Glück.« Sie stellte ihnen Mark und Julie Patterson vor.

»Ich bin Assistenzarzt in der Kardiologie, und meine Frau ist Krankenschwester auf der Entbindungsstation«, erklärte Mark, ehe er Jack die Hand gab, der vor

Erleichterung ganz schwach wurde, weil sie professionelle Unterstützung erhielten. »Wir sind in den Flitterwochen hier und haben gehört, dass Sie etwas Hilfe gebrauchen können.«

Andi nickte, als Julie fragte, ob sie sie untersuchen dürfte.

»Man sieht schon den Kopf, Andi. Sind Sie bereit, zu pressen?«

»Ich versuch seit einer halben Stunde, es nicht zu tun. Sie sollten wissen, dass ich vor sieben Jahren einen Kaiserschnitt hatte.«

»Sieht so aus, als hätten wir keine Zeit für was anderes als die altmodische Art, pressen Sie also bei der nächsten Wehe.« Julie erteilte Frannie und Jack Anweisungen, wie sie helfen konnten.

Zehn Minuten später kam John Joseph Harrington IV. auf die Welt, und acht Minuten danach sein identischer Zwillingsbruder Robert Franklin Harrington. Sie benannten die Jungs nach ihren Vätern und Großvätern, würden sie aber Johnny und Robby nennen.

Beide Babys ließen einen herzhaften Schrei erklingen, und Julie schätzte sie beide jeweils auf gesunde zweitausendsiebenhundert Gramm, obwohl sie einen Monat zu früh gekommen waren.

Fünf Minuten nach Robbys Geburt traf Dr. Abbott ein, überrascht, dass die Babys schon da waren und alle wohlauf zu sein schienen. »Hab ich es verpasst?«

»Wir sind hier ziemlich schnell«, erwiderte Jack, der Andi in den Armen hielt und sich die Tränen trocknete.

Mark und Julie versprachen beim Abschied, später nach der frischgebackenen Familie zu sehen. Jack und Andi dankten ihnen überschwänglich für ihre Hilfe, und Andi versicherte ihnen, dass ihr Aufenthalt im Hotel gratis war.

Nachdem Dr. Abbott alle aus dem Zimmer gescheucht hatte, um Andi zu untersuchen, brachte Jack die Kleinen auf den Flur, wo eine aufgeregte Gruppe aus Großeltern und Geschwistern schon darauf wartete, die neuen Familienmitglieder kennenzulernen.

Ein paar Minuten später trat Dr. Abbott nach draußen, um Jack mitzuteilen, dass er die Babys wieder zur Mutter bringen durfte.

Andi ruhte an einen großen Kissenstapel gelehnt, und ihre Augen strahlten vor Glück.

Jack setzte sich neben sie, gab ihr Johnny und behielt Robby bei sich.

»Dr. Abbott meinte, ich hätte vermutlich die ganze Nacht in den Wehen gelegen, es aber nicht erkannt, weil der Schmerz im Rücken saß«, erklärte Andi verlegen. »Die Rückenschmerzen waren nichts Neues, darum hab ich sie ignoriert.«

»Kein Wunder, dass alles so schnell ging. Aber ich bin froh, dass wir keine Zeit hatten, dich ins Krankenhaus zu bringen, und dass unsere Jungs in *unserem* Hotel zur Welt gekommen sind, das, wie ich hinzufügen darf, unser Zuhause sein wird, bis wir ein neues Haus für unseren Nachwuchs finden.« Er beugte sich zu ihr, um sie zu küssen. »Du warst unglaublich, Andi. Ich bin so stolz auf dich.«

Sie liebkoste sein Gesicht, und Erleichterung durchströmte sie, dass er hierbleiben würde und für immer ihr gehörte. Sie trug zwei neue Ringe an der linken Hand und hatte zwei neue Babys, um es zu beweisen.

»Ich bin heute Morgen mit drei Kindern aufgewacht, jetzt habe ich *sechs*«, flüsterte er, während er Robby bestaunte. Beide Babys hatten schimmerndes schwarzes Haar.

»Ich hatte *eins*, und jetzt habe ich *sechs*.«

»Okay, du hast gewonnen«, gab er sich geschlagen, und sie lachten. »Ich habe *Söhne*.«

»Drei sogar. Weißt du noch, was Dr. Abbott über eineiige Zwillinge gesagt hat?«

»Ein reiner Glückstreffer«, erinnerte er sich. »Hört ihr das, Jungs? Ihr seid ein reiner Glückstreffer – so wie eure Mutter für mich.«

Sie zog ihn nah genug für einen Kuss zu sich. »Ich liebe dich, Jack.«

»Ich liebe dich auch, aber ich habe eine Frage an dich«, meinte er mit einem übermütigen Funkeln in den Augen.

»Die da lautet?«, erkundigte sie sich amüsiert.

»Wie soll ich den Jungs jemals erklären, dass sie an unserem Hochzeitstag zur Welt gekommen sind?«

»Wenn ich herausgefunden habe, wie das alles passiert ist, lass ich es dich wissen.«

Sie lachten, während die Babys in ihren Armen schliefen.

Weitere Titel von Marie Force

Die McCarthys

Liebe auf Gansett Island (Die McCarthys 1)

Sehnsucht auf Gansett Island (Die McCarthys 2)

Hoffnung auf Gansett Island (Die McCarthys 3)

Gluck auf Gansett Island (Die McCarthys 4)

Traume auf Gansett Island (Die McCarthys 5)

Kusse auf Gansett Island (Die McCarthys 6)

Herzklopfen auf Gansett Island (Die McCarthys 7)

Ruckkehr nach Gansett Island (Die McCarthys 8)

Die Green Mountain Serie

Alles Was De Suchst (Lost in Love Die Green Mountain Serie 1)

Kein Tag Ohne Dich (Lost in Love Die Green Mountain Serie 2)

Mein Hern Gehort Dir (Lost in Love Die Green Mountain Serie 3)

Schenk mir deine Traume (Lost in Love Die Green Mountain Serie 4)

Ein Fest für alle (Lost in Love Die Green Mountain Serie/ Story 5)

Sehnsucht nach dir (Lost in Love Die Green Mountain Serie 5)

Bücher von M. S. Force

Die Quantum Series

Tugendhaft (Quantum-Serie Band 1)

Furchtlos (Quantum-Serie Band 2)

Vereint (Quantum-Serie Band 3)

Über die Autorin

Marie Force ist die New-York-Times-Bestseller-Autorin von über fünfzig zeitgenössischen Liebesromanen, unter anderem den beliebten Romanserien »Gansett Island« und »Green Mountain«. Unter dem Namen M. S. Force veröffentlicht sie außerdem die erotische Quantum-Serie. Sie hat unterdessen weltweit über fünf Millionen Bücher verkauft. Die Autorin lebt zusammen mit ihrem Mann, zwei fast erwachsenen Kindern und zwei Hunden in Rhode Island.

30694688R00231

Printed in Poland
by Amazon Fulfillment
Poland Sp. z o.o., Wrocław